Kerstmis op Ridgewater

In het hart van Australië: moedige vrouwen en onvergetelijke paarden

Caitlyn Lynch

Shenanigans Press

Inhoudsopgave

Dankwoord

Deze serie had niet geschreven kunnen worden zonder de gulheid van paardendeskundigen uit alle geledingen van de sector, die hun kennis met mij deelden, in de meeste gevallen zonder het geringste idee waarom ik deze ogenschijnlijk krankzinnige vragen stelde. Alle fouten zijn geheel voor mijn rekening.

Met bijzondere dank aan:

Charlotte, paardendierenarts pur sang

Caleb, een getalenteerde hoefsmid die zowel betaalbaar als betrouwbaar is (goud waard!)

Emma, Masterson-therapeut met werkelijk gouden handen

Tamara, OTTB-trainer en briljante coach

En de mensen uit de ruitersportgemeenschap in Elimbah, Bellmere en Upper Caboolture, die momenteel vechten voor hun huizen tegen de niet te stuiten kolos Main Roads, een strijd waaruit ik inspiratie putte voor de bypass-strijd van de McKenzies.

Hoofdstuk Één

Zoe Webb kneep haar ogen samen tegen de al felle
ochtendzon van Queensland terwijl ze over de hoofdwerf
van Ridgewater liep. Zelfs vroeg in november trilde
de hitte boven de metalen daken van de schuren, wat
een snikhete dag beloofde en Zoe deed vrezen voor
de nog hetere zomerdagen waarvoor men haar had
gewaarschuwd. Ze stopte een eigenwijze krul achter haar
oor en keek op haar horloge. Het was net na zes, en
de temperatuur was nu al onaangenaam. Zes maanden
in Australië hadden haar nog niet echt gehard tegen de
meedogenloze zon, maar de vroege ochtenden, wanneer
de wereld nieuw leek en de paarden zacht hinnikten in
afwachting van hun ontbijt, voelden niet zo anders dan in
Engeland. Alleen was de kans om doorweekt of verkleumd
te raken veel kleiner, en bij die gedachte glimlachte ze.

De keurig getypte lijst met klanten en lessen staarde haar vanaf het klembord tegemoet dat ze van het bureau in het kantoor had gepakt. Pip had alles tot in de puntjes geregeld voordat ze met Jake op vakantie naar Tasmanië vertrok. Namen, tijden, toegewezen pony's, speciale aantekeningen bij elke ruiter, alles stond overzichtelijk genoteerd. Zoe liet haar vinger over het rooster glijden, bereidde zich in gedachten voor op elke les en visualiseerde de oefeningen die ze met de verschillende kinderen en hun pony's zou doen.

'Goed dan,' mompelde ze tegen zichzelf, haar Britse accent nog steeds duidelijk ondanks haar maanden bij Ridgewater. 'Om zeven uur als eerste, Lucy Wareham op Foxie. Eerste les, absolute beginner.'

Ze hield even in en tikte met haar pen op de regel. Lucy's vader was Danny Wareham, de journalist. Ze herinnerde zich hem van Kate's recente interview, dat had geholpen Kate's reputatie te herstellen. Marcus had gezegd dat Danny Wareham onlangs met zijn jonge dochter naar de streek was verhuisd. Kate was onder de indruk geweest van zijn integriteit, wat veel zei gezien de algemene achterdocht van de familie tegenover de pers en Kate's recente afbranding door hun toedoen nadat haar paard gezakt was voor een dopingtest, door sabotage van een medecompetitor. Zoe had Wareham zelf ontmoet toen hij met Kate over Ridgewater rondliep, en was aangenaam verrast geweest door zijn oprechte interesse en bedachtzame, in plaats van opdringerige, vragen.

Het knarsen van banden op grind onderbrak haar gedachten. Een vrij nieuwe Europese sedan reed de parkeerplaats op, licht stoffig van de landweggetjes. Zoe keek toe hoe Wareham uitstapte, een lange, slanke man met kort bruin haar. Hij leek hier best op zijn plek, in zijn doorgewassen spijkerbroek, afgetrapte laarzen en eenvoudig grijs T-shirt.

Toch was het het kleine figuurtje dat opgewonden naast hem op en neer hupte dat haar aandacht trok. Het meisje, vermoedelijk Lucy, trilde zowat van enthousiasme. Haar bruine krullen glansden in het ochtendlicht terwijl ze aan haar vaders hand trok en wees naar de weilanden, waar verschillende pony's graasden.

'Pap! Kijk! Is een van die van mij? Zou ik die met de stippen mogen rijden?'

Zoe glimlachte om de opwinding van het kind, maar merkte Danny's lichaamstaal op. Hij had zijn armen over elkaar, voeten wijd geplant, en zijn ogen gleden met een waakzame blik over de werf. Ze herkende de beschermende houding van een alleenstaande vader; ze had die al zo vaak gezien in haar werk met kinderen en paarden.

Ze klemde het klembord onder haar arm en liep naar hen toe. Ze stak Danny haar hand toe met een professionele glimlach, terwijl ze tegelijk hurkte zodat ze op Lucy's hoogte was.

'Goedemorgen! Jij moet Lucy zijn! Fijn om je weer te zien, meneer Wareham. Ik ben Zoe Webb. Pip neemt vandaag voor mij waar – ik bedoel, ik neem voor Pip waar.' Ze schudde haar hoofd en lachte om haar eigen verspreking. 'Ik ben juf Zoe, en ik ben vandaag jouw instructrice, Lucy.'

Danny's handdruk was stevig, en hij bekeek haar bedenkelijk. 'je bent de specialist in paardengedrag? Ik herinner me je toen ik met Kate langskwam.'

'Klopt,' bevestigde Zoe. 'Ik ben nu zo'n zes maanden in Australië. Equitherapie is mijn vaste rol, maar ik help hier met lesgeven wanneer dat nodig is.'

Lucy keek schuchter langs haar wimpers naar Zoe op. 'Op welke pony ga ik rijden? Is het die met de stippen? Hij is zó schattig!'

Zoe glimlachte warm naar het meisje, dat meteen in verlegenheid was geschoten toen Zoe dichterbij kwam. 'Die met de stippen heet Freckles, en hij is net iets te gevorderd voor een allereerste les. We hebben een lieve voskleurige pony voor je uitgezocht, Foxie. Ze is zachtaardig en geduldig, perfect voor beginners.'

'Wat betekent voskleurig?' vroeg Lucy, met gefronste wenkbrauwen.

'Dat betekent dat ze roodbruin is, zoals de kleur van, tja, kastanjes,' legde Zoe uit, terwijl ze even struikelde in haar zoektocht naar een Australisch equivalent – ze wist niet zeker of ze hier kastanjebomen hadden. 'Of vossen. Jullie hebben hier toch vossen? Daarom heet ze Foxie.' Ze praatte te snel, een slechte gewoonte als ze nerveus was. En dat was ze, een beetje; hoewel ze in het VK bevoegdheden had gehaald voor lesgeven, had ze nooit veel lesgegeven en Pip's reputatie hing nu aan haar kunnen.

De manier waarop Danny Wareham naar haar keek, alsof hij wachtte tot ze zou struikelen, liet haar tong in de knoop raken.

Danny schraapte zijn keel, zijn armen nog steeds over elkaar. 'En hoe ervaren is die Foxie met kinderen? Vooral met absolute beginners? Lucy heeft nog nooit op een paard gezeten.'

De beschermende ondertoon in zijn stem was onmiskenbaar. Zoe rekte zich tot haar volle lengte, al moest ze nog steeds omhoog kijken om Danny in de ogen te zien.

'Foxie leert hier op Ridgewater al acht jaar kinderen rijden, zonder één enkel incident,' verzekerde ze hem. 'Ze is wat wij in de paardenwereld bomproof noemen. Dat betekent heel kalm en stabiel, zelfs als er onverwachte dingen gebeuren. Pip heeft haar zorgvuldig aan Lucy gekoppeld op basis van karakter en formaat.'

'En hoe zit het met veiligheidsmateriaal?' drong Danny aan, terwijl hij om zich heen keek. 'Helmen? Bodyprotectors?'

Zoe onderdrukte een glimlach. Dit was bepaald niet haar eerste ontmoeting met bezorgde ouders. 'We hebben in de helmenkamer een assortiment goedgekeurde veiligheidshelmen in allerlei maten. Lucy stapt niet op voordat ze er eentje goed aangemeten heeft; hier op Ridgewater gaat niemand zonder cap op een paard. Dat is een heilige regel vanwege onze verzekeringsvoorwaarden. We hebben ook bodyprotectors beschikbaar, maar voor een eerste les in stap in de omheinde piste vinden de meeste beginners ze beperkend. Maar als je wilt dat Lucy er een draagt, kan dat natuurlijk.'

Danny's houding ontspande een fractie. 'En je leidt de pony de hele tijd?'

'Tijdens de eerste les verwacht ik van wel,' bevestigde Zoe. 'Lucy leert de basiszit, hoe ze de teugels vasthoudt en eenvoudige hulpen, maar ik houd de controle over Foxie tot ik zeker weet dat Lucy de basis onder de knie heeft.'

Lucy keek haar vader smekend aan. 'Mogen we nu beginnen? Toe, pap?'

Danny vouwde eindelijk zijn armen los en legde een hand op de schouder van zijn dochter. 'Eerst even een helm passen, Luce.'

Zoe keek op haar horloge. 'Nou, je bent keurig op tijd.' Ridgewater nodigde klanten uit om tot een uur vóór hun les te komen om te helpen hun paard klaar te maken. Hun ethos legde veel nadruk op de band tussen paard en ruiter, en die smeed je niet alleen in het zadel. Zoe stond helemaal achter die aanpak. De Warehams waren dit keer niet zo vroeg gekomen, maar dat had Zoe ook niet verwacht; ze had Foxie al voorgezadeld en opgetoomd. 'We hebben ruim de tijd om Lucy overal rustig aan te laten wennen voordat de les officieel begint.' Ze gebaarde richting de stallen. 'De helmenkamer is deze kant op. Je wilt Foxie vast graag ontmoeten, Lucy, maar laten we eerst je helm regelen.'

Danny's uitdrukking werd net iets zachter. Normaal zou Zoe het kind eerst de pony laten ontmoeten en pas vlak voor de les de helm pakken, maar ze vermoedde dat

Danny een wat overbezorgde ouder was. Eerst de veiligheid benadrukken zou hem waarschijnlijk eerder overtuigen.

'Goed,' stemde hij toe. 'Gaat je voor.'

Terwijl Zoe hen naar de helmenkamer leidde, maakte ze in haar hoofd een notitie om na de les aan het klantdossier toe te voegen: Lucy Wareham, enthousiaste beginner, beschermende vader. Extra tijd nemen voor veiligheidsuitleg ter geruststelling van papa. Uit ervaring wist ze dat soms de ouder lesgeven net zo belangrijk was als het kind lesgeven.

De helmenkamer was klein en netjes, en rook licht naar desinfectiemiddel van de doekjes waarmee ze de helmen tussen ruiters door schoonmaakten. Planken bekleedden drie wanden, vol helmen in allerlei maten, elk netjes gelabeld. Op de vierde wand, boven de hangrail met bodyprotectors, toonde een kurkbord tientallen foto's van breed lachende kinderen te paard. Zoe deed het plafondlicht aan en gebaarde Lucy naar het bankje in het midden van de ruimte.

'Goed, dan gaan we een helm zoeken die echt goed past,' zei ze, terwijl ze de planken afspeurde. Danny bleef in de deuropening hangen, armen weer over elkaar, en keek scherp toe.

'Zijn deze allemaal gecertificeerd?' vroeg hij, knikkend naar de rijen helmen.

Zoe pakte een marineblauwe helm van de middelste plank. 'Absoluut. Al onze helmen voldoen aan de huidige Australische veiligheidsnormen, worden tussen ruiters schoongemaakt en regelmatig gecontroleerd op schade of slijtage.' Ze draaide de helm om en liet Danny het certificeringslabel aan de binnenkant zien. 'We halen ze uit roulatie na elke klap, zelfs een kleine, en vervangen ze sowieso om de paar jaar.'

Lucy keek hoopvol. 'Mag ik een roze?'

'Eerst letten we op de pasvorm,' stelde Zoe voor, terwijl ze voor Lucy hurkte. 'De veiligste helm is degene die goed past. We hebben verschillende merken, en die passen ook nog eens net andere hoofdvormen en maten.'

Ze zette de marineblauwe helm voorzichtig op Lucy's hoofd. 'Te groot,' mompelde ze, en nam hem meteen af. 'Hij moet recht zitten, ongeveer twee vingerbreedtes boven je wenkbrauwen.'

Danny stapte verder de kamer in. 'Hoe weet je of hij te strak of te los zit?'

'Goede vraag,' zei Zoe, terwijl ze een kleinere helm van een lagere plank pakte. 'Een te losse helm beweegt als je je hoofd schudt, en dan mist hij zijn doel. Te strak geeft hoofdpijn of drukplekken.' Ze demonstreerde door met haar vingertoppen tegen haar slaap te drukken. 'Als hij goed past, beweegt de helm de huid van je voorhoofd mee wanneer je hem zachtjes draait, maar hij schuift niet uit zichzelf rond.'

Ze zette de kleinere helm op Lucy's hoofd en stelde hem af. 'Hoe voelt dit, Lucy? Iets wat drukt?'

Lucy rimpelde haar neus. 'Het voelt raar.'

'Hoe raar?' vroeg Danny meteen bezorgd.

'Rijhelmen voelen anders dan fietshelmen,' legde Zoe uit, terwijl ze de pasvorm rond Lucy's slapen controleerde. 'Ze zijn ontworpen om andere delen van je hoofd te beschermen en voor een ander soort val.' Ze wiebelde hem een beetje, fronste en nam hem af. 'Nog niet helemaal goed. We proberen er nog eentje.'

Terwijl Zoe een derde helm pakte, dwaalden Danny's ogen naar het kurkbord met foto's. Ze zag zijn uitdrukking zachter worden toen hij de plaatjes bekeek van kinderen die straalden van trots.

'Dat is Pip's pronkmuur,' zei Zoe. 'Elke foto is een mijlpaal; eerste draf zonder leidlijn, eerste sprongetje, een lint gewonnen. Dat blonde meisje dat je op meerdere foto's ziet, is Jemima, Emma's dochter. Zij is ook op Foxie begonnen, net als Lucy vandaag. Ik was er toen nog niet, maar ik heb gehoord dat Jim McKenzie Foxie voor Jemima's eerste verjaardag heeft gekocht.' Ze grijnsde naar Danny, hem uitnodigend om de absurditeit ervan te delen; een pony kopen voor een éénjarige! De randjes van zijn mond kropen heel licht omhoog.

'Waar is Jemima nu? Rijdt ze nu op grotere paarden?' vroeg Lucy.

Zoe lachte en zette de derde helm op Lucy's hoofd, deze keer in het gevraagde roze. 'Jemima? Die springt nu wedstrijden op haar volbloed, Pepper. Ken je haar? Jullie zijn vast zo ongeveer even oud. Zit je op Ridgemont Primary?'

Lucy tuurde naar de foto's, haar ogen gingen glanzen. 'Oh, Jemima McKenzie! Ja, ze zit bij mij in de klas! Ze is lief.'

Danny keek een tikje verrast, maar tevreden. 'Dat is fijn om te horen, moppet.' Hij wendde zich tot Zoe en verlaagde zijn stem. 'Ze is pas dit trimester op Ridgemont begonnen. Halverwege het jaar starten is niet makkelijk, maar het lijkt een goede school.'

Deze helm leek beter te zitten. Zoe maakte kleine aanpassingen, keek naar de ruimte boven Lucy's wenkbrauwen en zorgde dat de zijbandjes een Y vormden net onder haar oren.

'Deze ziet er veelbelovend uit. We stellen nog even de kinband af.' Ze werkte aan het bandje en trok het aan tot ze twee vingers strak tussen band en Lucy's kin kon steken. 'Het bandje moet zo snug zitten dat als je je mond wijd opendoet, je voelt dat de helm een beetje naar beneden trekt.'

Lucy sperde haar mond overdreven wijd open en giechelde. 'Het kietelt aan mijn kin!'

'Daaraan merken we dat hij goed zit.' Zoe glimlachte en schoof een los plukje haar weg bij het bandje. 'Haar dat in de gesp komt, kan trekken, dus het is handig om je haar goed vast te maken.'

Danny was dichterbij gekomen en volgde het proces met interesse. 'En als ze valt? Hoe goed beschermen deze echt tegen een hersenschudding?'

Zoe haalde rustig adem; ze herkende de angst in zijn vraag. Ze had die van ontelbare ouders gehoord. 'Geen enkele helm kan volledige bescherming garanderen, maar moderne rijhelmen zijn ontworpen om de klap te absorberen en de kracht te verdelen. We nemen valpartijen hier heel serieus.' Ze gebaarde naar een map op een plank onder het kurkbord. 'Dat is ons incidentprotocol. Voor beginners als Lucy beperken we het risico door onze meest betrouwbare pony's te gebruiken, ze continu aan de lijn te houden en vanaf het begin de juiste houding aan te leren.'

'En hoeveel valpartijen zijn er geweest tijdens eerste lessen?' vroeg Danny.

'Bij Pip's beginners aan de leidlijn? Geen één, ooit,' zei Zoe. 'Foxie in het bijzonder heeft een smetteloos veiligheidsrecord. We houden van ieder paard en elke pony op Ridgewater individuele dossiers bij, en in dat van Foxie staat geen enkel veiligheidsincident.'

Lucy had geduldig met de helm op gezeten, maar nu wiebelde ze van opwinding. 'Mogen we nu naar Foxie? Toe?'

Zoe deed een laatste afstelling aan de helm. 'Deze zit goed. Hoe voelt hij, Lucy? Iets wat drukt?'

'Hij zit oké,' zei Lucy, duidelijk meer geïnteresseerd in het ontmoeten van haar pony.

'Schud eens met je hoofd van links naar rechts.' Lucy deed wat gevraagd werd, en de helm bleef keurig zitten.

'Nu op en neer.' De helm bewoog mee met Lucy's hoofd, niet los ervan.

'Perfect,' verklaarde Zoe. Ze keek op naar Danny. 'Wat denkt je, meneer Wareham? Tevreden?'

Danny bekeek zijn dochter. 'Hij zit stevig. En zeg alsjeblieft maar Danny. "Meneer Wareham" doet me denken dat ik aan het werk ben.'

Zoe merkte de lichte ontspanning in zijn houding op. Hij bleef waakzaam, maar was minder stijf dan eerst. Vooruitgang.

'Dan wordt het Danny,' zei ze glimlachend. 'Zou je onze lespiste willen zien voordat we Lucy aan Foxie voorstellen? Dan kan ik je onze veiligheidsmaatregelen toelichten.'

'Graag,' antwoordde Danny. 'Dat zou ik op prijs stellen.'

Lucy sprong van het bankje, haar nieuwe helm stevig vastgegespt. 'Pap, je bent zó gênant,' fluisterde ze theatraal, hard genoeg dat Zoe het kon horen.

'Dat is mijn taak, Luce,' zei hij, terwijl hij liefdevol door haar haar woelde. 'Ik let gewoon op je. Maar... goed. Juf Zoe lijkt op elke vraag een antwoord te hebben, en ik ben niet gekomen om je plezier te verpesten. Op naar jouw ponyrijtijd.'

Zoe noteerde Lucy's helmmaat op haar klembord en gaf vader en dochter even de ruimte. Uit ervaring wist ze dat de meest beschermende ouders vaak de meest ondersteunende werden zodra hun zorgen waren weggenomen. Danny Wareham mocht nu nog wat hoveren, maar het was overduidelijk dat onder die voorzichtigheid een vader schuilging die zijn dochter vreugde en zelfvertrouwen gunde.

'Goed dan,' zei ze opgewekt, terwijl ze het klembord weer onder haar arm schoof. 'Laten we Foxie gaan ontmoeten, goed? Ik denk dat jullie tweeën het geweldig met elkaar gaan vinden.'

Foxie stond geduldig te wachten in het gangpad van de stal, haar voskleurige vacht glanzend als gepolijst koper. Zoe streek met een zachte hand langs de hals van de pony en controleerde of de borstelbeurt van eerder geen plekjes had overgeslagen. Foxie's tuigage was eenvoudig maar smetteloos: een goed onderhouden lederen zadel met veiligheidsbeugels, een correct afgestelde neusriem aan een hoofdstel met een rubberen bit, en teugels met gekleurde bandjes om Lucy te helpen met de handhouding.

Lucy kwam aanlopen met grote ogen en iets aarzelende stappen; duidelijk dat ze nu het moment daar was ook een beetje zenuwachtig werd. Danny volgde een stap achter haar, klaar om bij het minste teken van problemen in te grijpen.

'Dit is Foxie,' zei Zoe, wijzend op de gemoedelijke pony. 'Ze is zestien, wat in ponyjaren betekent dat ze heel ervaren en wijs is, maar nog lang geen oud dametje. Ze heeft nog heel wat jaren voor zich om kinderen zoals jij les te geven.'

'Ze is zó mooi,' fluisterde Lucy. 'Mag ik haar aanraken?'

'Natuurlijk. Kom hier bij mij staan, dan laat ik je zien hoe je haar netjes begroet.'

Danny schraapte zijn keel. 'Is er iets wat ze niet mag doen? Iets wat de pony niet prettig vindt?'

Zoe glimlachte. 'We proberen een paard nooit te verrassen, omdat het prooidieren zijn. Ze schrikken van verrassingen en willen dan misschien weglopen. Zie je hoe hun ogen aan de zijkanten van hun hoofd zitten? Hun zicht is opzij heel goed, terwijl wij recht vooruit beter zien. Dus kun je een paard het beste van opzij benaderen.'

Ze leidde Lucy naar voren en zette haar neer bij Foxie's schouder. 'Houd je hand plat, zo.' Zoe deed het voor. 'Laat haar eerst even aan je snuffelen. Zo zeggen paarden hallo.'

Lucy volgde de aanwijzing en giechelde toen Foxie's snorharen haar handpalm kriebelden. 'Haar neus is zó zacht!'

'Nu mag je haar hals aaien, met zachte, platte handen,' zei Zoe, terwijl ze het voordeed. 'Niet kloppen. Daar heeft ze geen pijn van, maar paarden vinden vloeiende strijkingen fijner.'

Uit haar ooghoek zag Zoe Danny's witte knokkels, zijn handen tot vuisten gebald langs zijn dijen. Die blik had ze vaak gezien: de beschermende ouder, verscheurd tussen je kind iets nieuws laten ervaren en de drang om het tegen elk gevaar te beschermen. Hij vocht zichtbaar tegen de impuls om Lucy weer op veilige afstand te trekken.

'Goed dan,' zei Zoe, nadat ze Lucy een paar minuten had gegeven om met Foxie te bonden. 'Ben je klaar om op te stappen?'

Lucy knikte enthousiast. Danny verplaatste zijn gewicht van de ene voet op de andere.

'Laten we naar de piste gaan. Ik laat je zien hoe je haar veilig leidt.' Zoe haalde de halster van over Foxie's hoofdstel en gaf Lucy de teugels, waarbij ze haar liet zien hoe ze die met beide handen vast moest houden, stevig maar niet zó dicht bij Foxie's mond dat de pony er last van had. Foxie, zeer gewend aan kinderen, volgde gedwee zodra Lucy een stap zette, en samen liepen ze naar de overdekte piste.

'Waar...' begon Danny, halt houdend bij het hek.

'je mag kiezen,' antwoordde Zoe. 'Er zijn zitplaatsen hier buiten, maar als het je of Lucy een veiliger gevoel geeft, mag je voor deze eerste les gerust met ons mee naar binnen. Als Lucy straks zit, is het opstapblok best een comfortabele zitplaats.'

Danny keek een beetje ongemakkelijk, alsof hij zich realiseerde dat hij aan het hoveren was. 'Wat vind jij, Luce?' vroeg hij, de keuze bij zijn dochter neerleggend.

'Je mag er dit keer wel bij zitten, pap,' besloot Lucy, en Danny's lippen trokken even, alsof hij om zichzelf moest lachen.

'Dat stel ik op prijs,' zei hij, terwijl hij het hek achter hen sloot en achter Zoe, Lucy en Foxie naar het opstapblok liep.

'Het allereerste wat je leert, is veilig opstappen,' legde Zoe uit, haar woorden gericht aan zowel kind als vader. 'We stappen altijd van links op. Dat is gewoon traditie in de ruitersport.' Ze zette Lucy naast het opstapblok neer, waar Foxie, oude rot die ze was, zich al had uitgelijnd. 'We gebruiken deze trede om makkelijker op te stappen zonder aan het zadel te trekken, want dat zou oncomfortabel zijn voor Foxie. Eerst controleren we of de singel stevig genoeg is, zodat het zadel niet verschuift als je opstapt, en we trekken de beugels omlaag. Ik heb de lengte gegokt op basis van je lengte, maar we stellen ze bij als je zit. We doen ze omhoog als we niet rijden, zodat ze niet tegen Foxie's zijden tikken en haar irriteren.'

Zoe begeleidde Lucy stap voor stap, en legde alles duidelijk uit. 'Linkervoet in de beugel, houd de teugels en een plukje manen in je linkerhand voor balans, en zwaai je rechterbeen zachtjes over haar heen. Ik help je met je andere voet in de beugel.'

Lucy volgde de aanwijzingen nauwkeurig. Toen ze eenmaal zat, brak er een stralende glimlach op haar gezicht door, die blik die voor een paardenliefhebber nooit verveelt: dat magische moment waarop een kind voor het eerst in het zadel zit en beseft dat het écht gebeurt.

'Perfect,' prees Zoe, terwijl ze Lucy's beugels op de juiste lengte afstelde. 'Nu checken we je houding. Zit mooi rechtop, alsof er een touwtje aan de bovenkant van je helm trekt. Schouders naar achter en ontspannen.'

Ze corrigeerde zachtjes de beenligging. 'Hakken laag, tenen naar voren. Denk aan je benen als een zachte knuffel om Foxie heen.'

Danny was dichterbij geslopen, zijn aandacht volledig bij zijn dochter. Zoe merkte dat zijn ademhaling sneller ging en zijn uitdrukking bezorgd was.

'Ze zit heel stabiel,' verzekerde Zoe hem zacht, terwijl ze Lucy's handen op de teugels corrigeerde. 'Het zadel is voor beginners, met een diepere zit dan de meeste. We hebben er zelfs extra riempjes voor, voor ruiters met een beperking – die Foxie ook lesgeeft – maar Lucy heeft die niet nodig.' Ze draaide haar hoofd even om Danny een glimlach te geven. 'Ik zeg altijd: het is eigenlijk veel makkelijker dan fietsen. Paarden vallen niet om als je ophoudt met trappen.'

Dat leverde Danny opnieuw een kleine glimlach en een knikje op.

Lucy wiebelde een beetje terwijl ze aan het gevoel wende. 'Het is zó hoog! Ik ben hier bijna net zo lang als jij, pap!'

'Je doet het fantastisch,' moedigde Zoe aan. 'Ik ga Foxie leiden terwijl jij went aan de beweging. Jij hoeft alleen maar rechtop te zitten en te ontspannen. Foxie weet wat ze moet doen.'

Zoe klikte haar leidlijn aan Foxie's hoofdstel en begon de pony in een rustige cirkel te leiden. Lucy wiegde eerst wat heen en weer, maar vond al snel haar balans; haar aanvankelijke stijfheid smolt weg tot een natuurlijkere houding.

'Dat is het,' prees Zoe. 'Je volgt haar ritme prachtig, Lucy. Hoe voelt het?'

'Het is stuiterig! Maar fijn-stuiterig,' antwoordde Lucy, met een steeds bredere glimlach.

Na een paar rondjes liet Zoe Lucy zien hoe ze de teugels goed vasthield, waarbij de gekleurde bandjes hielpen om de juiste greep te begrijpen.

'Rood gaat tussen je pink en ringvinger, en blauw tussen je wijsvinger en duim, met je duim bovenop,' legde Zoe uit. 'Als je wilt dat Foxie stopt, knijp je zachtjes met je vingers en ga je extra rechtop zitten, terwijl je rustig "ho" zegt.'

Ze oefenden wegrijden en stilstaan, en Lucy's zelfvertrouwen groeide met elke geslaagde hulp. Zoe wierp een blik op Danny en was blij te zien dat zijn gespannen houding was versoepeld, al had hij zich niet op het blok gezet en bleven zijn ogen op zijn dochter gericht.

'Je doet het zó goed, ik denk dat we een klein stukje draf kunnen proberen,' stelde Zoe na een kwartier voor. 'Het is wat stuiteriger dan stap, maar ik houd je goed vast. Probeer gewoon te ontspannen en met Foxie mee te bewegen.'

'Val ik dan niet eraf?' vroeg Lucy, terwijl even een zweem van ongerustheid over haar gezicht flitste.

'Ik ben pal hier en houd zowel jou als Foxie vast,' stelde Zoe haar gerust. 'En denk eraan, je hebt je helm om je te beschermen. Maar Foxie doet dit al jaren en is heel zacht met beginners.'

Lucy zette haar kaken vast, vastberaden. 'Ik wil het proberen.'

Zoe ging zo staan dat ze Foxie kon leiden én Lucy kon steunen als dat nodig was. 'Klaar? Daar gaan we. Slechts een paar pasjes draf.'

Ze klikte naar Foxie, die gehoorzaam in een langzame, zachte draf overging. Lucy stuiterde de eerste passen komisch, met grote verbaasde ogen, en barstte toen in verrukt gelach uit toen ze het ritme begon te vinden.

'Ik kan het! Pap, kijk, ik draaf!'

Zoe wierp een blik op Danny en ving de verandering op zijn gezicht: de zorgen maakten plaats voor trots en blijdschap terwijl hij zijn dochter zag slagen.

'Ik zie je, Luce! Je doet het geweldig!' riep hij.

Na het korte drafje ging Zoe terug naar stap en begon ze Lucy te leren sturen, met zachte teugelhulpen om Foxie te leiden.

'Als je naar rechts wilt, open je je rechterhand een beetje – dus naar opzij – en kijk je waar je naartoe wilt,' legde Zoe uit. 'Foxie voelt zelfs piepkleine bewegingen in de teugels.'

Lucy concentreerde zich fanatiek, haar tong tussen haar tanden, terwijl ze Foxie door een serie wijde bochten en uiteindelijk een perfect liggende acht leidde. Toen ze het patroon afsloot, lichtte haar gezicht op van trots.

'Ik heb het gedaan! Heb je het gezien, pap? Ik liet haar precies gaan waar ík wilde!'

'Ik heb het gezien, lieverd,' riep Danny terug, nu met een echte glimlach. 'Je bent een natuurtalent.'

De vijfenveertig minuten vlogen voorbij. Al snel legde Zoe uit hoe je veilig afstapt. Lucy's gezicht betrok bij het nieuws dat haar tijd met Foxie erop zat.

'Maar we zijn net begonnen,' protesteerde ze, al zag Zoe de vermoeidheid in haar lichaam, niet gewend aan de nieuwe spieren die paardrijden vraagt.

'Je spieren hebben tijd nodig om aan het rijden te wennen,' legde Zoe zacht uit. 'Het is beter om te stoppen terwijl alles fijn gaat, zodat je met een goed gevoel afsluit. Volgende keer kun je weer meer doen.'

'Volgende keer?' Lucy fleurde op. 'Wanneer mag ik terugkomen?'

Zoe hielp Lucy afstijgen en ondersteunde haar toen haar benen even wiebelden bij terugkeer op vaste grond. 'Dat is aan je vader,' zei ze, met een blik op Danny.

'Mogen we snel weer komen, pap?' smeekte Lucy, terwijl ze op wankele beentjes naar hem toe holde. 'Toe? Foxie is de beste pony ooit, en juf Zoe zegt dat ik er goed in ben!'

Danny keek van het hoopvolle gezicht van zijn dochter naar dat van Zoe, en vervolgens naar Foxie, die geduldig in de buurt stond.

'We zouden kunnen kijken wanneer Zoe, of Pip, weer een plekje heeft,' gaf hij toe, met een glimlach die zijn trekken verzachtte. 'Als dat mogelijk is?'

'Ik denk dat Pip het heerlijk zou vinden om Lucy aan haar vaste lijst toe te voegen,' antwoordde Zoe, en ze kon de voldoening niet helemaal uit haar stem houden. 'Ze is pas over drie weken terug, maar als jullie eerder willen komen, heb ik vrijdag om halfvijf een plekje, als een middagles uitkomt. In het weekend zitten we vol, al zijn er, zodra Lucy wat ervaring heeft, groepslessen met plek waar ze bij kan. Dat is ook voordeliger,' voegde ze eraan toe, niet zeker of de prijs een rol zou spelen. Ze had geen idee wat journalisten verdienden, maar je reed geen keurige, vrij nieuwe Europese sedan als je het krap had.

'Vrijdagmiddag is prima,' zei Danny.

Lucy sloeg haar armen om de taille van haar vader. 'Dankjewel, dankjewel, dankjewel!'

Terwijl Danny zijn dochter wat onhandig op de rug klopte, ontmoetten zijn ogen die van Zoe over Lucy's hoofd heen. De waakzaamheid had plaatsgemaakt voor iets warmers – dankbaarheid misschien, of nieuw respect.

'We zien je vrijdag,' zei hij. 'En... dank je. je bent hier duidelijk heel goed in.'

Zoe glimlachte en gaf Foxie een waarderende klop. 'De pony's doen het meeste van het lesgeven. Wij vertalen alleen voor ze, tot de kinderen zelf hebben geleerd te communiceren. Lucy, ik weet dat je zo naar school moet, dus ik haal Foxie voor je af. Maar kom de volgende keer, als je kunt, een kwartiertje eerder, dan laat ik je ook zien hoe je haar zadel en hoofdstel omdoet.'

Lucy's gretige blik vertelde Zoe dat ze haar vader het liefst rechtstreeks vanuit school naar Ridgewater zou slepen. Terwijl Zoe Foxie terug naar de stal leidde, kon ze het opgewonden geklets van het kind helemaal tot bij hun auto horen.

Hoofdstuk Twee

Op vrijdagochtend bewoog Zoe zich vlot door de schuur, controleerde emmers met water en hooinetten en liep haar mentale checklist voor de zaken van de dag door. Het rustige ritme van de ochtendroutine was in haar zes maanden in Australië behaaglijk vertrouwd geworden, al betrapte ze zichzelf er soms nog op dat ze uit Engelse gewoonte naar een regenjas greep zodra ze naar buiten stapte.

Ze bleef staan bij Foxies stal en glimlachte toen de voskleurige pony zacht hinnikte van herkenning. 'Morgen, lief meisje. Klaar voor een volgende les met Lucy vanmiddag?' Ze tastte in haar zak naar een stukje wortel en bood het plat in haar hand aan. 'Ze is echt weg van je, weet je. Niet dat het me verbaast, je bent briljant met nerveuze beginners.'

Foxies zachte lippen kietelden Zoe's handpalm terwijl ze het traktatietje behoedzaam aannam. Het zachtaardige karakter van de pony had Lucy's eerste les tot een daverend succes gemaakt, ondanks de duidelijke bezorgdheid van haar vader. In elk geval was Danny Warehams beschermende houding tegen het einde van de les zichtbaar afgezwakt. Zoe keek ernaar uit om vandaag Lucy's vooruitgang te zien, in de hoop dat de vader dit keer iets minder gespannen zou zijn.

De trilling van haar mobiele telefoon onderbrak haar gedachten. Ze viste hem uit haar achterzak en glimlachte bij het zien van de naam op het scherm.

'Pip! Hoe is het in Tassie? Al duivels gevonden?'

'Morgen, Zoe!' antwoordde Pip opgewekt. 'Tasmania is prachtig, al zegt Jake dat ik geen duivel mee naar huis mag nemen als souvenir. Iets met quarantainevoorschriften en dat ze bedreigd zijn. Mopperkont.'

Zoe lachte en leunde tegen het staldeurtje. 'Jammer. Ik weet zeker dat ze het prima zouden kunnen vinden met de paarden.'

'Over paarden gesproken,' Pips stem verschoof, haar toon werd serieuzer. 'Ik ben gebeld door de RSPCA en ik moet je om een enorme gunst vragen.'

Zoe kwam rechtop te staan, meteen alert door de verandering in Pips stem. 'Wat is er gebeurd?'

'Ze hebben een pony die vandaag met spoed herplaatst moet worden. Een Arabier-Welsh kruising, ruin, genaamd Midnight.' Pip zweeg even, en Zoe hoorde de aarzeling. 'Hij is te gevaarlijk bevonden voor het huidige pleegadres. Eigenlijk heeft hij zijn pleegverzorgster het ziekenhuis in geschopt.'

Zoe voelde haar maag samentrekken. 'Hoe ernstig?'

'Dubbele trap tegen de borst. Gebroken ribben, doorboorde long. Ze is stabiel, maar...' Pip liet langzaam haar adem ontsnappen. 'Ze laten hem inslapen als ze niet uiterlijk vanmiddag een geschikte plek voor hem vinden.

Ze kennen mij goed, daarom belden ze, maar omdat ik er niet ben... zijn ze door hun opties heen. Ik heb ze over jou en je ervaring met getraumatiseerde paarden verteld en ze zeiden dat, als jij wilt, je een kans met hem krijgt.'

'En ze willen hem hierheen sturen? Vandaag nog?' Zoe keek om zich heen op het drukke erf, waar een ruiter haar paard aan het uitladen was voor een springles met Emma en twee eigenaren die hun paarden op Ridgewater hadden gestald net vertrokken voor een buitenrit.

'Ik weet dat het veel gevraagd is nu ik er niet ben,' ging Pip snel verder. 'Maar die pony, Zoe... voor zover ik heb gehoord, is hij zwaar mishandeld. Geslagen, uitgehongerd, het hele pakket. Ze hebben hem vastgebonden gevonden in een schuurtje, tot aan de kogels in zijn eigen stront, al maanden niet buiten geweest. Hij is doodsbang voor mensen.'

Zoe haalde een hand door haar krullen, haar gedachten raasden. 'Ik heb met zulke gevallen gewerkt, maar zonder zijn volledige voorgeschiedenis te kennen, zijn triggers... het is riskant, Pip.'

'Ik zou het niet vragen als er ook maar enige andere optie was. Maar als wij hem niet nemen, heeft hij vanmiddag een afspraak met het groene spuitje.' Pips stem was zacht.

Zoe sloot kort haar ogen en woog de verantwoordelijkheid af. Als iemand dit arme diertje kon helpen, dan was het iemand met haar specifieke training. Maar toch...

'Kate is dit weekend weg naar die dressuurwedstrijd in Coffs Harbour,' zei ze peinzend. 'Sarah en Emma zijn hier, maar met al die geplande lessen...'

'Ik begrijp het als het te veel is,' zei Pip zacht. 'Ik kan ze terugbellen en...'

'Nee,' onderbrak Zoe haar, terwijl haar besluit kristalliseerde. 'Nee, we nemen hem. Als we het niet doen, gaat hij dood, en hij verdient een kans. Ik kan hem aan tot jij terug bent.'

'Weet je het zeker? Het klinkt als een stevig geval, en ik wil je niet in de problemen brengen.'

'Ik weet het zeker,' zei Zoe, met meer zelfvertrouwen dan ze voelde. 'Maar ik moet meteen met Sarah en Emma praten. Wanneer komt hij aan?'

'Ze zeiden dat ze hem om drie uur vanmiddag bij jullie kunnen hebben.'

Zoe zette haar schouders recht, ook al kon Pip haar niet zien. 'Goed. Ik zorg dat we een hengstenpaddock klaar hebben om hem veilig te houden, en ik laat waarschuwingsborden printen en lamineren om mensen op afstand te houden.'

'Je bent een levensredder, Zoe. Letterlijk, in dit geval. Bel me als je iets nodig hebt, dan praat ik je erdoorheen.'

'Komt goed. Geniet van de rest van je vakantie. Maak je om ons geen zorgen.'

Na het ophangen bleef Zoe even roerloos staan om haar gedachten te ordenen. Een gevaarlijke pony, die over een paar uur al aankwam, op een dag met een volle lesplanning, inclusief Lucy Warehams tweede les ooit. Op zijn zachtst gezegd geen ideale timing.

Ze haalde diep adem, duwde zich van het staldeurpostje af en liep doelgericht richting het hoofdgebouw. Ze moest Sarah en Emma onmiddellijk vinden.

Ze trof hen in de keuken, Sarah aan de eettafel met haar laptop, terwijl Emma nog snel een kop koffie weg klokte voordat ze naar beneden ging voor de springles.

'Goedemorgen,' zei Zoe, terwijl ze haar stem zo nonchalant mogelijk hield. 'Hebben jullie een minuutje? We hebben een kleine situatie.'

Sarah keek op, haar uitdrukking meteen alert. 'Wat is er aan de hand?'

'Ik hing net op met Pip. De RSPCA heeft haar benaderd over een pony die vandaag met spoed herplaatst moet worden. Hij is... nou ja, hij is als gevaarlijk bestempeld.

Heeft zijn pleegverzorgster met een trap in het ziekenhuis doen belanden.'

Emma zette haar koffie neer. 'En ze willen hem hierheen brengen? Vandaag?'

Zoe knikte. 'Als wij hem niet nemen, laten ze hem vanmiddag inslapen. Pip vroeg of wij hem aankunnen totdat zij terug is.'

'Wat weten we van hem?' vroeg Sarah, zoals altijd praktisch.

'Niet veel. Het is een Arabier-Welsh kruising, hij heet Midnight. Geschiedenis van zware mishandeling; geslagen, uitgehongerd, opgesloten gehouden. Hij is doodsbang voor mensen.'

Sarah en Emma wisselden een blik die Zoe niet helemaal kon duiden.

'Wanneer komt hij aan?' vroeg Sarah.

'Om drie uur vanmiddag. Ik dacht dat we hem in een van de hengstenpaddocks konden zetten. Het hekwerk is daar steviger. En noch Legend noch Cavalier zal zo dom zijn om binnen bereik van een trap door het hek te komen.'

Emma knikte langzaam. 'Dat klinkt logisch.' Ze boog zich over Sarah's schouder en haalde het lesrooster van de dag erbij. 'Geen lessen in de rijbanen rond dat tijdstip, dat is mooi. Ik wilde eigenlijk wat springwerk doen met Phoenix, maar dat kan later ook.'

Sarah zei bedachtzaam: 'Denk je dat Marcus hier moet zijn? Voor het geval er sedatie nodig is?'

Zoe aarzelde. 'Het is misschien verstandig om hem stand-by te hebben, maar ik vermijd liever sedatie als het kan. Vertrouwen opbouwen met een getraumatiseerd paard is lastiger als je eerste contact bestaat uit het toedienen van drugs.'

'Terecht punt,' gaf Sarah toe. 'Maar het is goed om hem beschikbaar te hebben, voor de zekerheid. Ik stuur hem een bericht en kijk of zijn planning hem vanmiddag in de buurt heeft.'

Zoe keek voor de vijfde keer in net zoveel minuten op haar horloge. Kwart over drie, en nog steeds geen spoor van het RSPCA-transport. Ze ijsbeerde langs de rand van de klaargemaakte paddock, de spanning in haar buik opgerold als een te strak aangedraaide veer. Sarah stond bij het hek, haar uitdrukking zorgvuldig neutraal, terwijl Emma zich bij de oprit had opgesteld om het transport te dirigeren zodra het arriveerde. Uit voorzorg was de paardenhouderij ontruimd, wat een ongebruikelijke bubbel van stilte creëerde rond de normaal zo bedrijvige stallen.

'Misschien staan ze in de file,' suggereerde Sarah, doorbrak de stilte.

Zoe knikte, al waren haar gedachten elders; ze liep in haar hoofd nog eens alles na wat ze wist over de aankomende pony. Wat niet veel was. Een naam – Midnight – en een afschuwelijke geschiedenis van mishandeling. Niet genoeg om een degelijk plan op te stellen.

Emma's stem sneed door haar gedachten. 'Ze zijn er!'

Zoe draaide zich naar de oprit, verwachtend een paardentrailer te zien. In plaats daarvan kwam er een grote vrachtwagen het erf op, met achterop iets wat op een veekooicontainer leek. Haar maag zonk. Zulke kooien waren voor runderen, niet om paarden te vervoeren... tenzij het dier te gevaarlijk was om een gewone trailer te vertrouwen.

'Dat is geen goed teken,' mompelde Sarah naast haar, en verwoordde Zoe's gedachten.

De chauffeur zette de motor af en klom uit de cabine. Het was een doorleefde man van in de vijftig, in een RSPCA-uniformshirt, met lijnen in zijn gezicht die spraken van jaren werken met de allerslechtste gevallen van dierenmishandeling. Hij kwam met een grimmige uitdrukking op hen af.

'je moet Zoe Webb zijn,' zei hij, terwijl hij een hand uitstak. 'Graham Parker, RSPCA. Pip sprak lovend over jouw ervaring met lastige gevallen.'

Zoe schudde zijn hand en merkte de eeltige handpalm en vervaagde littekens op die getuigden van een leven lang met dieren omgaan. 'Ja, die ben ik. We hadden een paardentrailer verwacht.'

Grahams mondhoeken trokken in een humorloze glimlach. 'Ik denk niet dat we hem daarop hadden gekregen – we moesten hem door een smalle vangkooi jagen om hem hierin te krijgen – en al was het gelukt, dan had hij de boel kort en klein geschopt.'

Alsof om zijn woorden kracht bij te zetten klonk er van binnenuit de kooi een hevige dreun, gevolgd door het gekletter van metaal toen hoeven de verstevigde wanden raakten.

'Mogen we hem zien?' vroeg Zoe, terwijl ze probeerde professioneel kalm over te komen, al bonsde haar hart tegen haar ribbenkast.

Graham knikte en leidde hen naar de achterkant van de kooi. Door de metalen spijlen kreeg Zoe haar eerste glimp van Midnight.

Hij was kleiner dan ze had verwacht, nauwelijks meer dan 13 hands hoog, maar wat hij aan formaat miste, maakte hij meer dan goed met pure présence. Zijn vacht was gitzwart, glanzend van het zweet na zijn inspanningen in de kooi, zijn bouw toonde de duidelijke, verfijnde lijnen van zijn Arabische afkomst, gecombineerd met de steviger ponybouw van Welsh-bloed. Het viel niet te ontkennen dat het een opvallend dier was, al veel te mager ondanks wat zo'n zes weken intensief bijvoeren zou zijn geweest bij zijn vorige pleegadres.

Maar het waren zijn ogen die Zoe gevangenhielden; wild, witgerand, en rusteloos heen en weer schietend, op zoek naar een uitweg. Zijn neusgaten waren wijd, hij hapte naar paniekerige adem, en zijn hele lijf trilde van spanning.

'Prachtig is-ie, hè?' zei Graham zacht. 'Zonde wat ze hem hebben aangedaan.'

Terwijl ze toekeken, draaide Midnight zich in de krappe ruimte en trapte opnieuw uit, zijn hoeven knalden met een oorverdovende klap tegen de metalen spijlen, waardoor ze allemaal ineenkrompen. Het geluid echode over het erf, en Zoe hoorde de andere paarden in de stallen onrustig hinniken.

'Wat is er precies met zijn pleegverzorgster gebeurd?' vroeg Sarah, terwijl ze op veilige afstand van de kooi bleef.

Grahams uitdrukking werd donkerder. 'Ze heeft ervaring met revalidatiegevallen. Had hem zes weken, boekte langzaam vooruitgang. Gisteren schrok hij ergens van, geen idee waarvan, en hij liet met beide achterbenen vliegen. Raakte haar vol op de borst. Vier ribben gebroken, een long doorboord. Ze is nu stabiel, maar het was even kantje boord volgens haar man. Goed dat hij thuis was om de ambulance te bellen.'

Zoe slikte, terwijl ze de paniekerige bewegingen van de pony bestudeerde. 'En daarvoor? Wat weten we over zijn voorgeschiedenis?'

'We hebben hem gevonden bij een inval op een terrein nadat een buurman had gebeld en gevraagd of we eens wilden kijken. Dit kleintje zat opgesloten in een schuurtje, zo kort vastgebonden dat hij amper kon bewegen, staand in zijn eigen smerigheid. Al maanden niet buiten geweest, als je hem zo zag. Ernstig ondervoed, bedekt met zweepsporen en blauwe plekken van God weet wat.' Grahams stem bleef professioneel, maar Zoe hoorde de ingehouden woede eronder. 'Hij was gekocht voor een verwende puber als showpony – je ziet dat hij een knapperd is – maar had gewoon te veel temperament om aan te kunnen. Ze zijn rijk. De baas denkt niet dat we de aanklacht rondkrijgen, maar we gaan het proberen.'

Sarah en Emma keken allebei zichtbaar vol afschuw. Midnight trapte weer tegen de spijlen.

'Zijn er specifieke triggers waar we van moeten weten?' vroeg Zoe, die zoveel mogelijk informatie probeerde te verzamelen.

Graham schudde zijn hoofd. 'Moeilijk te zeggen. Plotselinge bewegingen. Alles wat op een zweep of stok lijkt. Maar eerlijk gezegd lijkt op dit moment zo'n beetje alles hem te triggeren. Hij zit constant in vecht-of-vluchthouding, en hij kiest vaker voor vechten dan voor vluchten.'

Sarah stapte dichter naar Zoe en verlaagde haar stem. 'Misschien moeten we Marcus nu bellen, om hem in elk geval voor het uitladen te sederen. Dat zou veiliger zijn.'

Zoe aarzelde en keek naar de doodsbange pony. Sedatie zou de overdracht inderdaad makkelijker maken, maar het zou ook betekenen dat ze hun relatie begonnen met een handeling die, vanuit Midnights perspectief, aanvoelde als nog een inbreuk. De basis van vertrouwen die ze moest leggen, zou vanaf het begin zijn ondermijnd.

'Ik wil het eerst zonder sedatie proberen,' zei ze zacht. 'Ik heb met dit soort gevallen gewerkt. Soms stelt sedatie de onvermijdelijke confrontatie alleen maar uit, en ik heb hem liever volledig bij zinnen als we grenzen gaan stellen.'

Sarah's twijfelende blik zei genoeg, maar ze knikte. 'Jij beslist. Maar ik houd mijn telefoon paraat om Marcus te bellen als het misgaat.'

Graham schraapte zijn keel. 'Ik moet je waarschuwen, we hebben hem licht gesedeerd om hem door de vangkooi en in de kist te krijgen. Dat is nu aan het uitwerken, en daarom wordt hij onrustiger. Hij zal waarschijnlijk nog reactiever zijn zodra we de deur openen.'

Zoe knikte en paste haar aanpak in gedachten aan. Een pony die uit de sedatie komt, is gedesoriënteerd én doodsbang: een onvoorspelbare combinatie.

Emma en Sarah wisselden een blik die Zoe vanuit haar ooghoek opving; bezorgdheid, gemengd met twijfel. Ze kon het hen niet kwalijk nemen. Op papier was dit een scenario dat vroeg om ellende: een gevaarlijk dier, een begeleider die hij niet kende, een onbekende omgeving.

'We moeten de kist zo dicht mogelijk bij de ingang van de paddock zetten,' zei Zoe, en richtte zich op het praktische. 'Ik wil dat hij meteen de open ruimte ziet, zodat hij ergens naartoe kan rennen in plaats van zich in het nauw gedreven te voelen.'

Graham knikte goedkeurend. 'Goed bedacht. Ik zet hem achteruit tot aan het hek.'

Terwijl hij terugliep naar de cabine van de vrachtwagen, stapte Emma dichterbij en sprak zacht. 'Weet je dit zeker, Zoe? Niemand zal je kwalijk nemen als je beslist dat dit te riskant is. Eerlijk gezegd: als we deze bij Laidley Sales hadden gezien, was zelfs Pip doorgelopen.'

Zoe keek toe hoe Midnight heen en weer liep in zijn metalen gevangenis, zijn angst tastbaar. Heel even wankelde haar zelfvertrouwen. Wat als ze hem niet kon helpen? Wat als iemand gewond raakte tijdens het proberen?

'Ik weet het zeker,' zei ze, terwijl ze vastberadenheid in haar stem legde, ondanks de lichte trilling die ze in haar handen voelde. 'Als we hem geen kans geven, gaat hij dood. Zo simpel is het.'

Emma knikte en aanvaardde haar besluit. 'Wees gewoon... voorzichtig. We zijn hier als je ons nodig hebt.'

Sarah en Emma deden een stap terug om haar ruimte te geven, maar Zoe las de twijfel in hun houding, de manier waarop ze zich opstelden om in te grijpen als dat nodig was. Ze kon het ze niet kwalijk nemen. Van buitenaf gezien leek wat ze nu ging proberen complete waanzin.

Misschien wás het dat ook. Maar toen ze in Midnights wilde, doodsbange ogen keek, wist Zoe dat ze het moest proberen. Elk bang dier verdiende ten minste één iemand die voorbij de angst keek, naar de gekwetste ziel eronder.

Ze hoopte alleen dat ze opgewassen was tegen de uitdaging.

Het geluid van autobanden op grind trok Zoe's aandacht weg van de veekist net toen Graham klaar was met achteruit rijden tot aan het hek van de paddock. Een vertrouwde sedan reed de parkeerplaats op, en Zoe's maag trok samen. Danny Wareham en Lucy, die vroeg arriveerden voor hun les van halfvijf, precies zoals zij had voorgesteld. Van alle momenten waarop ze konden opduiken, moest dit wel het slechtste zijn. Zoe ving Sarah's blik en liet haar zwijgend haar bezorgdheid weten, maar er was geen tijd om hen om te sturen. Danny stapte al uit, en zijn blik bleef meteen hangen op het ongebruikelijke tafereel voor hem – de veekist, de RSPCA-inspecteur die weer uit de truck klom, de spanning die in ieders houding te lezen stond.

Danny's hele lichaamstaal veranderde; je zag zijn beschermingsinstincten aanspringen terwijl hij naar mogelijke gevaren zocht. Hij legde een stevige hand op Lucy's schouder en hield haar dicht bij zich terwijl ze dichterbij kwamen.

'Wat is hier aan de hand?' vroeg hij, zijn stem strak van bezorgdheid.

Voordat Zoe kon antwoorden, trapte Midnight opnieuw woest tegen de kist, het metalen gekletter galmde over het erf. Lucy schrok van het geluid, maar in plaats van zich achter haar vader te verstoppen, boog ze voorover, haar ogen groot van nieuwsgierigheid.

'Is dat een nieuwe pony?' vroeg ze, haar stem helder van opwinding.

Sarah nam soepel het woord. 'We hebben vandaag een bijzondere nieuwkomer die wat extra aandacht nodig heeft en Zoe's magische touch. Emma geeft jou je les, Lucy. Ga je met haar mee naar de stal, dan laat ze je zien hoe je Foxie poetst en opzadelt?'

Maar Lucy leek betoverd, en rekte zich uit om door de tralies van de kist te gluren. 'Hij is prachtig! Hij is zo zwart, kijk, pap!'

Danny's greep om Lucy's schouder verstevigde licht. 'Lucy, kom. Laten we niet in de weg lopen.'

'Eigenlijk,' zei Zoe, 'zou het beter zijn als je allebei ruim naar achteren gaat. Deze pony is behoorlijk nerveus en we hebben ruimte nodig om hem rustig te krijgen.'

Precies op dat moment liet Midnight een schelle gil horen, wat iedereen die erbij stond een rilling bezorgde. Zijn hoeven beukten weer tegen het metaal en door de tralies zag Zoe zijn ogen wild rollen, met overal het oogwit zichtbaar.

Danny deed meteen een paar stappen achteruit en trok Lucy met zich mee. 'Dat klinkt mij niet als alleen "nerveus" in de oren,' zei hij.

Zoe schonk hem een gespannen glimlach. 'Hij heeft een moeilijke geschiedenis. We geven hem een veilige plek om te herstellen.'

Lucy staarde nog steeds, als gehypnotiseerd. 'Hoe heet hij?'

'Midnight,' antwoordde Zoe, terwijl ze weer naar de kist keek. Ze moest zich op de taak concentreren, niet op nieuwsgierige toeschouwers. 'Lucy, ga alsjeblieft met Emma mee. Dit is geen goed moment voor publiek.'

Emma kwam erbij, haar glimlach professioneel maar een tikje gespannen. 'Kom, Lucy. Zoe zegt dat je een geweldige eerste les had; dan ben je vandaag klaar om te gaan lichtrijden.'

Met tegenzin liet Lucy zich meevoeren, al bleef ze over haar schouder terugkijken. Danny daarentegen leek verscheurd tussen zijn dochter volgen en zijn duidelijke bezorgdheid over wat zich hier afspeelde. 'Is het wel veilig om hem hier te hebben? Met kinderen in de buurt?'

'Hij komt in een veilige paddock,' verzekerde Sarah hem. 'We hebben protocollen voor het omgaan met moeilijke gevallen.'

Zoe voelde kostbare minuten wegtikken. Hoe langer Midnight opgesloten bleef in de kist, hoe onrustiger hij zou worden. Ze moest nu handelen.

'Alsjeblíéft, Danny,' zei ze, zonder te proberen de urgentie in haar stem te verbergen. 'Ik moet me nu op deze pony concentreren.'

Er moest iets in haar toon tot hem zijn doorgedrongen, want hij knikte kort en begon zich terug te trekken, al bleef zijn uitdrukking zorgelijk. 'Wees voorzichtig,' zei hij, voordat hij zich omdraaide om Emma en Lucy te volgen.

Nu de Warehams eindelijk weg bewogen, richtte Zoe al haar aandacht weer op de taak. Graham stond bij de achterdeur van de kist, hand op de grendel van de loopplank, wachtend op haar teken.

'Heb je haast?' vroeg Zoe aan Graham, die haar een scheve glimlach gaf en zijn hoofd schudde.

'Ik heb de hele middag, als het moet. Neem de tijd die je nodig hebt.'

'Ik probeer hem te sturen met stem en lichaamstaal,' legde Zoe uit aan Sarah, die er nog steeds sceptisch uitzag. 'Als ik hem naar voren de paddock in kan laten lopen zonder dat hij zich ingesloten of in het nauw gedreven voelt, is dat een geweldige start.'

'En als dat niet lukt?' vroeg Sarah zacht.

Zoe gaf haar een gespannen glimlach. 'Dan schakelen we door naar plan B en bellen we Marcus. Maar laat me dit eerst proberen.'

Zoe haalde diep adem en ging staan waar Midnight haar zou zien, maar zich niet geblokkeerd zou voelen. Ze begon te spreken in een lage, gelijkmatige toon, dezelfde kalme stem die ze bij alle bange paarden gebruikte.

'Hallo, Midnight. Ik weet dat je bang bent. Alles is vreemd en nieuw, en mensen zijn niet aardig voor je geweest. Maar je bent nu veilig. Niemand hier zal je pijn doen.'

Ze praatte en praatte tot haar keel droog was, zonder af te wijken van die zachte, sussende toon. Pas toen de pony stilhield en Zoe begon te observeren in plaats van door de kist te blijven stormen, hield ze even in. En daarna praatte ze door, tientallen keren herhalend, wetend dat zelfs als Midnight de woorden niet begreep, de kalmte van haar stem en de ontspannen houding van haar lichaam hem vertelden dat ze geen bedreiging vormde. Dat hij veilig was, ook al wilde hij dat nog niet geloven.

Er was bijna een uur verstreken, en achter in Zoe's hoofd kriebelde de gedachte: Lucy zou haar les zo klaar hebben. Ze moest Midnight veilig uit de kist en een paddock in krijgen, vóór het kind terugkwam. Links aan zichzelf had ze misschien nog een uur rustig doorgepraat, maar ze besefte ook dat Graham het verdiende om zijn dag af te ronden en óók naar huis te gaan. Midnight stond rustig, begon er moe uit te zien, en misschien was dit het beste wat ze vandaag kon bereiken. Ze hief een hand op om Grahams aandacht te trekken.

Graham ving haar blik en ze knikte. Langzaam liet hij de grendel los en liet hij de loopplank zakken, waardoor er een vrije weg ontstond van de kist rechtstreeks de paddock in.

Een lange tel gebeurde er niets. Midnight stond verstijfd in de kist, zichtbaar trillend, zijn ogen op Zoe gericht alsof zij een roofdier was dat elk moment zou toespringen.

'Het is goed zo,' ging ze zachtjes verder. 'Je mag eruit komen wanneer jij eraan toe bent. Geen haast, geen druk.'

Ze deed een klein stapje opzij, zodat hij het open pad langs haar naar ruimte en veiligheid kon zien, en hield haar bewegingen traag en beheerst. Midnights oren prikten naar voren, dan weer naar achteren, zijn neusgaten wijd opengesperd toen hij de geur van het groene gras in de paddock daarachter oppikte.

Er verstreek nog een minuut in gespannen stilte. Toen zette Midnight, aarzelend, één stap naar voren, zijn hoef raakte de loopplank.

'Zo is het goed,' moedigde Zoe hem zacht aan. 'Braaf.'

Wat er daarna gebeurde, voltrok zich zo onvoorspelbaar als een bliksemschicht. Midnights hoofd schoot naar haar stem toe, zijn angst sloeg in één klap om in agressie. Voordat Zoe kon reageren, sprong hij de plank af en dook recht op haar af, met ontblote tanden, waarmee hij haar onderarm in een venijnige beet greep.

Pijn schoot vlammend door haar arm toen zijn tanden zich vastklemden. Zoe hapte naar adem, maar dwong zichzelf om niet weg te rukken, beseffend dat plotselinge bewegingen zijn paniek alleen maar zouden aanwakkeren. In plaats daarvan bleef ze stil, ademde door de pijn heen, en sprak in dezelfde kalme toon, ondanks de scherpe scheuten die door haar arm joegen.

'Het is goed. Je bent bang. Ik snap het.'

Midnight liet haar arm los, maar voordat ze zich kon terugtrekken, stoof hij naar voren en beukte met zoveel kracht tegen haar aan dat ze helemaal onderuitging. Zoe kwam hard ten val, de adem uit haar longen geslagen, sterretjes dansend voor haar ogen.

'Zoe!' Sarah's stem sneed door de waas van pijn heen.

'Ik ben oké!' bracht Zoe hijgend uit, terwijl ze overeind krabbelde. Bloed sijpelde door de mouw van haar shirt waar Midnights tanden door stof en huid waren gegaan. 'Geef hem gewoon ruimte.'

Midnight was langs haar heen geschoten en stond nu in de verste hoek van de paddock, hoofd hoog, flanken heigend, klaar om bij het minste of geringste te vluchten of te vechten. Zoe plaatste zich tussen de bange pony en de anderen in, negeerde de bonzende pijn in haar arm en de blauwe plek die ze nu al voelde opkomen, terwijl ze langzaam achteruitlopend door het hek terugging.

'Doe het hek dicht,' instrueerde ze Graham, haar stem opmerkelijk vast ondanks de adrenaline die door haar lijf gierde. 'Rustig.'

Graham gehoorzaamde en duwde het hek behoedzaam dicht zonder plotselinge bewegingen te maken. De grendel klikte dicht en Zoe liet een kleine zucht van verlichting ontsnappen. In elk geval was Midnight nu ingesloten, ook al was de overplaatsing niet zo soepel verlopen als ze had gehoopt.

Uit haar ooghoek zag ze Danny op een afstand blijven staan, toekijkend met zichtbare bezorgdheid.

Sarah kwam voorzichtig dichterbij en keek naar het bloed dat door Zoe's mouw heen lekte. 'Laat me even kijken.'

'Zo meteen,' antwoordde Zoe, nog steeds gefocust op Midnight. De pony liep langs de omheining op en neer, snoof en gooide met zijn hoofd, maar in elk geval stormde of trapte hij niet meer, en schreeuwde hij geen uitdagingen naar Legend, Ridgewaters nestor, de oude hengst, die vanuit de naastgelegen paddock met milde nieuwsgierigheid toekeek. 'Ik wil eerst zeker weten dat hij kalmeert.'

Danny kwam aanlopen, maar hield een voorzichtige afstand tot het hek. Zijn uitdrukking was bezwaard, zijn voorhoofd gefronst terwijl hij naar Midnights onrustige bewegingen keek.

'Is het dit risico echt waard?' vroeg hij. 'Met zo'n gevaarlijk dier op een manege waar kinderen rondlopen?'

Zoe draaide zich naar hem om, zich ervan bewust dat er nu bloed van haar vingertoppen droop. 'Elk dier verdient een kans. Hij is niet gevaarlijk van aard, hij is doodsbang en getraumatiseerd. Met de juiste revalidatie kan hij herstellen.'

'En intussen? Wat als hij uitbreekt? Wat als een kind te dicht bij zijn paddock komt?' Danny's bezorgdheid klonk oprecht in plaats van uitdagend, maar de vragen deden tóch pijn.

Voordat Zoe kon antwoorden, galmde Lucy's stem achter hen. 'Pap! Juf Emma zei dat ik naar de nieuwe pony mag kijken als ik héél ver weg blijf. Alsjeblieft? Hij is zó mooi!'

Emma verscheen achter Lucy en wierp Zoe een verontschuldigende blik toe. 'De les is klaar. Ze deed het fantastisch met het lichtrijden, maar ze vraagt al de hele tijd naar de nieuwe aanwinst.'

Danny keek bedenkelijk, heen en weer kijkend tussen zijn enthousiaste dochter en de duidelijk gevaarlijke pony. 'Ik denk niet dat dat een goed idee is, Luce.'

'Ik blijf echt heel ver weg, beloofd! Alsjeblieft?' Lucy's ogen stonden smekend groot.

'Zullen we een middenweg proberen?' stelde Emma nuchter voor. 'Kom met mij op de veranda en dan haal ik een koud glas water voor je. Het is op veilige afstand, maar je kunt hem nog steeds zien, en je moet dorst hebben, het is een warme dag.'

Lucy wipte op haar tenen. 'Mogen we, pap? Alsjeblieft?'

Danny aarzelde, knikte toen met tegenzin. 'Goed dan. Maar alleen vanaf de veranda, en maar vijf minuten.'

Terwijl Emma Lucy en Danny weg leidde, pakte Sarah Zoe's onbeschadigde arm zacht vast. 'Nu ga ik naar die beet kijken. Geen tegenspraak.'

Te moe om te protesteren liet Zoe zich naar een bankje leiden, waar Sarah voorzichtig haar mouw oprolde en de vurige punctiewonden van Midnights tanden zichtbaar werden. Het bloeden was minder, maar nog niet gestopt, en de huid rond de beet zwol en verkleurde al.

'Dit moet goed schoongemaakt worden, en je hebt misschien antibiotica nodig,' zei Sarah, met een toon die geen tegenspraak duldde. 'Paardenbeten kunnen nare infecties veroorzaken.'

Zoe knikte en voelde ineens de volle impact van het letsel nu de onmiddellijke crisis voorbij was. 'Ik maak het schoon, beloofd. Maar ik wil nog even naar hem kijken, zien of hij kalmeert.'

Sarah zuchtte, maar maakte geen woorden vuil aan tegenspreken. 'Ik haal de EHBO-doos. Niet bewegen.'

Terwijl Sarah wegliep, ging Zoe's blik terug naar Midnight. De pony had zijn tempo wat verlaagd, al bewoog hij nog steeds met nerveuze energie, waarbij hij af en toe stilhield om haar aan te staren met wilde, wantrouwige ogen.

'Succes,' zei Graham, terwijl hij de veekist afsloot. Hij wierp Midnight een droevige blik toe. 'Het is verdomd zonde.'

Er klonk iets in zijn stem dat Zoe vertelde dat hij Midnight al had afgeschreven. Dat hij er vast op rekende dat ze binnen dagen, niet weken, zouden bellen om te zeggen dat het niet gelukt was en dat ze Midnight hadden moeten laten inslapen omdat hij te ver heen was. En alles in Zoe kwam daartegen in opstand. Er waren paarden in haar verleden die ze niet had kunnen redden, maar ondanks alles wat hij had meegemaakt, was deze nog steeds sterk, fit en vurig.

'Als je ons maar laat helpen,' fluisterde ze. 'Ik beloof je, je bent veilig. Ik laat niemand je ooit nog pijn doen.'

Zoe bleef bij het hek staan, lang nadat Sarah haar arm had schoongemaakt en verbonden, lang nadat Danny met tegenzin een betoverde Lucy had meegenomen, lang nadat Emma drie keer bij haar had gekeken en uiteindelijk naar huis was gegaan om het eten voor Jemima te bereiden.

In de snel invallende schemer keek ze toe hoe Midnight op en neer liep. Zijn oren bleven gespitst naar voren, zijn lijf gespannen, klaar om bij de minste prikkel te vluchten. Hij graasde niet, zelfs niet met Legend die aan de andere kant van de afrastering in alle rust gras stond te knabbelen als voorbeeld.

'Waar ben ik aan begonnen?' fluisterde Zoe, haar schouders zakten onder het gewicht van de verantwoordelijkheid. De ogen van de pony vingen de laatste zonnestralen toen hij zich omdraaide, prachtig, wild en te bang om zelfs maar te eten.

Ze had hem gered van de onmiddellijke dood, ja. Maar of ze hem werkelijk kon redden van de demonen die zijn angst voedden, moest nog blijken. En hoeveel beten en blauwe plekken zou ze tijdens dat proberen nog oplopen? Hoeveel gevaar haalde ze zo in huis voor Ridgewater?

Op deze vragen was nu geen antwoord. Voorlopig kon ze alleen maar kijken en afwachten, hopend dat er ergens onder die paniek een pony zat die weer kon leren vertrouwen.

Hoofdstuk Drie

DANNY'S VINGERS TIKTEN EEN nerveus ritme tegen het stuur terwijl hij de grindoprit van Ridgewater opdraaide. Achter hem op de achterbank trilde Lucy zowat van opwinding, haar woorden tuimelden zo snel over elkaar heen dat hij ze amper kon bijbenen. Drie lessen verder en paarden waren nu al het middelpunt van haar universum geworden. In de achteruitkijkspiegel ving hij haar stuiterende krullen en voelde hij die vertrouwde mix van trots en zorg in zijn borst. Vandaag was haar eerste groepsles; geen leidlijn, niemand die de pony vasthield of meeliep, alleen Lucy die met haar eigen kleine handen en benen een dier van tien keer haar gewicht moest besturen. Die gedachte deed zijn maag samentrekken.

'Denk er gewoon aan wat juf Zoe je vertelde over eerst de veiligheid, goed?' zei hij.

Lucy rolde met haar ogen met precies die mate van dramatische zucht die alleen een negenjarige kan opbrengen. 'Pa-ha, ik wéét het. Ik heb al drie lessen gehad.'

'Drie hele lessen? Dan ben je praktisch al een expert,' plaagde hij, zijn angst met humor maskerend terwijl ze uit de auto stapten. Hij zag verschillende andere ouders rondhangen, koffie drinkend en gemoedelijk pratend, alsof hun kinderen niet zo meteen op onvoorspelbare dieren zouden balanceren. Hoe kregen zij het voor elkaar zo kalm te lijken?

Zoe kwam uit de schuur, zwaaiend toen ze hen zag. Ze droeg een vaal olijfgroen overhemd met de mouwen opgestroopt, waardoor het witte verband zichtbaar bleef dat nog steeds haar onderarm bedekte waar die zwarte pony haar had gebeten. Danny voelde een steek van bezorgdheid bij het zien ervan, gevolgd door een onverwachte schok van iets heel anders toen ze in hun richting glimlachte.

'Lucy! Geweldig om je te zien,' riep Zoe. 'En mooi op tijd voor je eerste groepsles. Ik ben zó blij dat je je al zeker genoeg voelt om mee te doen.'

Lucy straalde onder de lof en ging rechter staan. 'Ik heb elke avond mijn houding geoefend op de keukenstoel, precies zoals je me liet zien.'

'Dat verklaart je uitstekende zit,' knikte Zoe ernstig, al dansten haar ogen van pret. Ze draaide zich naar Danny, haar glimlach verzachtte. 'Ze is een natuurtalent, je dochter. Ze pakt aanwijzingen prachtig op en ze kent geen angst.'

'Dat is precies wat me zorgen baart,' gaf Danny toe, de eerlijkheid ontsnapte voordat hij het kon filteren.

Zoe lachte. 'Maak je geen zorgen, we bouwen het heel rustig op. In groepslessen is er nog steeds genoeg toezicht, alleen net wat meer zelfstandigheid. Foxie staat al te wachten, Lucy, als je haar nog even wilt poetsen voor we beginnen.'

Terwijl Lucy vrolijk naar de schuur huppelde, bleef Zoe nog even bij Danny staan. 'De andere kinderen in deze groep zitten op een vergelijkbaar niveau, al verschillen ze in leeftijd. We gaan in de binnenbak, we werken vooral aan sturen en mogelijk aan lichtrijden in draf als het allemaal goed gaat.'

Danny knikte en vond vreemde troost in haar methodische uitleg. 'Dank je. Ik zal...' Hij gebaarde vaag richting de rijbaan.

'Er is een plek op de tribune waar de meeste ouders zitten,' stelde Zoe voor. 'Goed zicht, maar niet in de weg.'

Hij vond de aangewezen plek zonder moeite. Vier andere ouders stonden er bij elkaar, allemaal vrouwen, nippend aan hun koffie en kletsend. Danny kreeg een paar schuine blikken, maar had niet echt zin om aan te haken. Hij wilde zich concentreren op zijn dochter, niet kletsen met vreemden.

De les begon met Zoe die de kinderen in een rij de bak in leidde en vervolgens elk van hen liet opstappen op hun toegewezen pony. Lucy zat kaarsrecht op Foxie, haar gezicht een masker van concentratie dat Danny's hart deed samentrekken. Ze leek zo klein daarboven, zo kwetsbaar ondanks de cap en de gemoedelijke uitstraling van de pony. Hij klemde zijn handen om de reling terwijl de kinderen zich langs de hoefslag uit elkaar zetten.

'Denk aan wat we geoefend hebben,' riep Zoe, terwijl ze naar het midden liep. 'Voorwaarts, gebruik je benen, niet je stem, en stuur naar de hoefslag.'

De kinderen lieten hun pony's langs de rand van de bak stappen, netjes op afstand van elkaar. Zoe riep zachte correcties: 'Kijk omhoog, Lucy, kijk waar je naartoe wilt, niet naar Foxies hals,' en 'Prachtige zit, Annabelle,' terwijl ze als een dirigent door het midden bewoog en op de een of andere manier al vijf kinderen tegelijk in de gaten hield.

Toen hij Lucy zag, rustig zittend en Zoe's aanwijzingen opvolgend, voelde Danny een golf van trots zo sterk dat die zijn angst even overvleugelde. Ze deed het, ze bestuurde de pony zelf, haar gezicht ernstig van concentratie.

'Nu gaan we wat wendingen proberen,' kondigde Zoe aan. 'Als ik je naam roep, draai je door de diagonaal en rijd je in een rechte lijn naar de overkant.'

Danny's greep verstrakte weer. Wenden betekende sturen, en sturen betekende de mogelijkheid dat kind en pony elkaar verkeerd begrepen. Maar toen Zoe 'Lucy!' riep, draaide zijn dochter Foxie vol vertrouwen van de hoefslag en liep bijna in een rechte lijn door de bak, haar houding perfect.

'Prachtig, Lucy!' Zoe's lof droeg door de rijbaan, en Danny betrapte zichzelf erop dat hij glimlachte. Zoe keek zijn kant op en ving zijn blik met een snelle duim omhoog. Danny voelde de hitte naar zijn gezicht stijgen en keek weg, op een vreemde manier in de war van die simpele erkenning.

Toen de les doorging met lichtrijden in draf, Lucy die in het ritme van de pony opstond en ging zitten, merkte Danny dat zijn aandacht zich opsplitste tussen de vooruitgang van zijn dochter en de vrouw die haar lesgaf. Zoe bewoog met een vanzelfsprekende gratie, haar aanwijzingen helder en geduldig, haar complimenten specifiek en oprecht. Toen Annabella, naar Danny's schatting pas een jaar of vijf, moeite had met haar ritme, bleef Zoe extra bij haar, zonder ook maar een spoortje frustratie, alleen kalme vasthoudendheid tot het kind slaagde.

Er zat iets bijna hypnotiserends in het zien lesgeven, realiseerde Danny zich. Hoe ze problemen voorzag voor ze optraden, hoe ze het zelfvertrouwen van elk kind opbouwde met strategisch geplaatste lof, haar schijnbaar onuitputtelijke geduld. Zijn pols versnelde toen ze om iets lachte dat Jemima zei, het geluid droeg als muziek door de bak.

Toen Lucy een hele ronde in doorzitten-lichtrijden voltooide zonder haar ritme kwijt te raken, wilde Danny juichen. In plaats daarvan betrapte hij zichzelf erop dat hij naar Zoe's reactie zocht, vreemd genoeg blij toen ze in haar handen klapte van plezier. 'Geweldig gedaan, Lucy! Mooi ritme, en je hangt helemaal niet aan de teugels. Knap hoor!'

De les eindigde met een rustige uitstap in stap, elk kind glimmend van trots op wat ze bereikt hadden. Danny's schouders ontspanden eindelijk, het uur spanning gleed van hem af terwijl de kinderen afstegen en in een ordelijke rij hun pony's terug naar de schuur leidden.

'Ze deed het fantastisch,' merkte een van de moeders naast hem op, met een knikje naar Lucy. 'Pakte het veel sneller op dan Juliette. Mijn meisje was haar eerste maand doodsbang voor draven.'

'Dank je,' zei Danny, verrast door het gemoedelijke kameraadschap. 'Ze is sinds haar allereerste les helemaal verkocht.'

De vrouw grinnikte. 'Zo begint het. Een waarschuwing: je portemonnee wordt een stuk lichter. Eerst zijn het lessen, dan rijbroeken, en voor je het weet smeken ze om een eigen pony.'

Danny moest ondanks zichzelf lachen, terwijl hij Lucy geanimeerd zag kletsen met Zoe terwijl de pony's de bak uitliepen. Voor het eerst sinds de verhuizing naar Ridgemont zag zijn dochter er volstrekt, onvoorwaardelijk gelukkig uit.

Na de les leunde Danny tegen de staldeur terwijl hij toekeek hoe Lucy met vaste hand Foxie poetste onder Zoe's waakzame oog. De bewegingen van zijn dochter waren voorzichtig maar vol zelfvertrouwen, haar kleine handen hanteerden de borstel met verrassende vaardigheid na nog maar drie lessen. De band tussen meisje en pony was nu al zichtbaar; Lucy murmelde zachte lof terwijl ze over Foxies koperkleurige vacht ging, de pony stond vredig met halfgesloten ogen van tevredenheid. Het tafereel roerde iets onverwachts in Danny's borst, een warmte die hij niet had gevoeld sinds lang voor zijn huwelijk in duigen viel.

'Zo is het, mooie lange halen,' moedigde Zoe aan, dichtbij genoeg om toezicht te houden maar Lucy toch de ruimte gevend om zelfstandig te werken. 'Je doet het schitterend met haar.'

Lucy glunderde om het compliment. 'Ik denk dat ze het fijnst vindt als ik haar hals borstel. Dan wordt ze helemaal slaperig.'

'Paarden poetsen elkaar in het wild,' legde Zoe uit, haar stem kreeg die zachte didactische toon die Danny al in de bak had opgemerkt. 'Als jij haar borstelt, spreek je haar taal, je vertelt haar dat je bij haar kudde hoort.'

Danny keek naar de vanzelfsprekende verstandhouding tussen hen, hoe Lucy Zoe's kennis opslurpte als een spons. Zijn dochter was altijd al pienter geweest, maar sinds ze met deze lessen was begonnen, leek ze een focus gevonden te hebben die haar transformeerde. Het voortdurende gepraat over paarden, dat hem eerst een bevlieging had geleken, groeide uit tot echte kennis.

'Klaar,' kondigde Lucy trots aan, terwijl ze een stap achteruit deed om haar werk te bewonderen.

'Perfect gedaan,' bevestigde Zoe, terwijl ze de borstel van Lucy aanpakte en in een nabijstaande poetskist legde. 'En nu moet ik even bij Midnight kijken voor ik help met het avondvoer.'

Lucy's hoofd schoot omhoog, haar ogen groot van nieuwsgierigheid. 'Die zwarte pony? Mag ik ook even naar hem kijken? Alsjeblieft?'

Zoe aarzelde en wierp Danny een vragende blik toe. Danny stapte naar voren, zijn beschermingsdrang stond meteen op scherp. Hij had de gewelddadige reactie van de pony die eerste dag gezien; het verband om Zoe's onderarm bewees hoe gevaarlijk hij was.

'Ik denk niet dat dat slim is, Luce,' begon hij, maar het gezichtje van zijn dochter trok zó sip dat de woorden in zijn keel stierven.

'Jullie kunnen heel ver achterblijven,' stelde Zoe voor, alsof ze zijn bezorgdheid aanvoelde. 'Ruim buiten het hek. Hij staat in een goed afgesloten paddock en met goed toezicht is Lucy volkomen veilig.'

Danny woog de risico's af. Zijn journalistieke nieuwsgierigheid naar de pony trok ook aan hem, als hij eerlijk was. 'Goed dan, maar je blijft de hele tijd bij mij, Lucy. Niet vooruit rennen, geen onverwachte bewegingen, en we houden afstand. Afgesproken?'

Lucy knikte plechtig, al danste de opwinding in haar ogen. 'Afgesproken! Ik zal supervoorzichtig zijn, beloofd.'

Ze volgden Zoe over het terrein naar een afgelegen paddock tegen een rij eucalyptus bomen. Toen ze dichterbij kwamen, viel Danny de extra hoogte van het hekwerk op in vergelijking met de andere weides, de dubbele grendels op het hek en gelamineerde waarschuwingsborden met de tekst 'GEVAAR: VERBODEN TOEGANG' in vette rode letters.

'Blijf hier, alsjeblieft,' instrueerde Zoe, terwijl ze hen enkele meters van de afrastering neerzette. 'Ik moet alleen even kijken of hij water heeft en of hij zich niet bezeerd heeft.'

Danny legde beschermend een hand op Lucy's schouder en hield haar op haar plek terwijl Zoe alleen naar de paddock toeliep. Binnenin drentelde de kleine zwarte pony nerveus aan het het verre uiteinde, zijn bewegingen schokkerig en gespannen. Toen hij Zoe zag, legde hij zijn oren plat in zijn nek, zijn neusgaten wijd opensperrend in duidelijke agitatie.

'Hallo daar, Midnight,' riep Zoe zacht, enkele passen van het hek af stoppend. Haar stem daalde tot een zachte, bijna hypnotische cadans die Danny moeite had te verstaan. 'Ik kom alleen even kijken, niets om je zorgen over te maken. Je bent hier veilig.'

De pony snoof en sloeg met zijn hoofd, maar Danny viel op dat hij bleef staan, Zoe met wantrouwige ogen gadeslaand.

'Hij ziet er niet erg blij uit,' fluisterde Lucy, dichter tegen Danny's zijde kruipend.

'Hij is erg bang,' legde Danny zacht uit, zijn ogen geen moment van Zoe afhalend terwijl zij met bedachtzame, trage bewegingen langs de afrastering liep. 'Soms doen dieren, of mensen, boos als ze bang zijn.'

Zoe ging door met haar zachte monoloog, controleerde de drinkbak en scande de paddock zonder plotselinge bewegingen te maken. Haar lichaamstaal bleef open en ontspannen ondanks de overduidelijke onrust van de pony. Danny bestudeerde haar techniek met belangstelling en merkte hoe ze elke beweging vooraf aankondigde, hoe haar stem even kalm bleef ongeacht de reactie van de pony.

Na haar ronde kwam Zoe terug naar hen, haar uitdrukking nadenkend. 'Hij heeft wat hooi gegeten, dat is vooruitgang. En hij drinkt, dat is cruciaal.'

'Waarom is hij zo bang?' vroeg Lucy, haar eerdere opwinding getemperd door de zichtbare stress van de pony.

Zoe wierp Danny een blik toe, in stilte afwegend hoeveel ze een kind kon vertellen. Danny gaf een kleine knik en vertrouwde op haar oordeel.

'Midnight heeft een heel moeilijk leven gehad voordat hij hier kwam,' legde Zoe uit, terwijl ze door haar knieën zakte zodat ze op Lucy's hoogte was. 'Sommige mensen waren heel wreed voor hem. Ze deden hem pijn en hielden hem opgesloten in een donkere schuur, zonder genoeg te eten. Dus nu denkt hij dat alle mensen hem misschien ook pijn zullen doen.'

Lucy's ogen werden groot van afschuw. 'Dat is vreselijk! Wie doet zoiets een pony aan?'

'Helaas kunnen sommige mensen erg wreed zijn voor dieren,' zei Zoe zacht. 'Maar hij is nu veilig, en mijn taak is hem te laten leren dat niet alle mensen eng zijn.'

Danny's journalistieke instincten sloegen aan; de behoefte aan details en context duwde zijn gebruikelijke terughoudendheid opzij. 'Wat is er precies gebeurd waardoor hij hier terechtkwam? Je zei dat hij gered is?'

Zoe kwam overeind en haar goudbruine ogen ontmoetten de zijne. 'De RSPCA heeft hem gevonden tijdens een inval op een terrein, zo'n zes weken geleden. Hij was gekocht als showpony voor een kind, maar hij bleek te pittig voor hen. In plaats van een passend thuis voor hem te zoeken, sloten ze hem op in een schuur, sloegen hem en lieten hem praktisch wegkwijnen.'

Danny voelde zijn maag omdraaien. Als misdaadverslaggever had hij vaker verhalen over menselijke wreedheid gedaan, maar de achteloze boosaardigheid van zo'n behandeling bleef hem choqueren. 'En toen kwam hij hier?'

'Niet meteen,' schudde Zoe haar hoofd, haar hand ging onbewust naar het verband op haar arm. 'De RSPCA plaatste hem eerst bij een ervaren pleegverzorger, maar hij was zo getraumatiseerd dat, toen hij ergens van schrok, hij uithaalde en haar met gebroken ribben en een doorboorde long in het ziekenhuis deed belanden. Ze zouden hem diezelfde middag nog laten inslapen als wij hem niet hadden aangenomen.'

Lucy hapte naar adem, haar kleine hand zocht die van Danny en kneep hard. 'Jullie hebben hem gered!'

Een schaduw trok over Zoe's gezicht. 'Voor nu. Mijn broer Marcus is dierenarts en hij vindt dat we hem beter kunnen laten inslapen, zegt dat hij te gevaarlijk en te getraumatiseerd is om te rehabiliteren. Maar...' Ze keek terug naar de pony, die zijn nerveuze heen-en-weer lopen had hervat. 'Ik heb paarden van erger terug zien komen. Het kost tijd, geduld en de juiste aanpak, maar ik geloof dat hij kan herstellen.'

De felle vastberadenheid in haar stem overrompelde Danny. Dit was geen blinde positiviteit of naïeve hoop, maar een weloverwogen professionele inschatting, gestaafd door ervaring en kunde. Ondanks zijn eigen scepsis betrapte hij zich erop dat hij haar wilde geloven.

'Wat gebeurt er met hem als het jullie lukt hem te helpen?' vroeg Lucy, haar stem weer hoopvol.

Zoe glimlachte, al haalde het haar ogen net niet. 'Als we hem weer mensen kunnen laten vertrouwen, kan hij een prachtig leven hebben. Hij is jong, mooi en lijkt goed gefokt ondanks alles. Maar eerst moeten we hem overtuigen dat mensen vriendelijk kunnen zijn.'

Terwijl ze naar de getroebleerde pony bleven kijken, trof Danny Zoe's onverzettelijke toewijding aan een dier dat velen niet de moeite van het redden waard zouden vinden. Dezelfde geduld en compassie die ze toonde bij kinderen die leerden rijden, strekte zich uit tot dit beschadigde dier dat haar al eens pijn had gedaan en dat zo weer zou kunnen doen.

'Je moet echt van paarden houden,' zei hij zacht, de woorden glipten eruit voor hij erover nadacht.

Zoe wierp hem een blik toe, een zweem van verrassing gleed over haar gezicht voor ze glimlachte. 'Elk dier verdient een pleitbezorger, zeker degenen die verkeerd begrepen of mishandeld zijn.' Ze zweeg even en keek terug naar Midnight. 'Soms is er maar één iemand nodig die in ze gelooft als niemand anders dat doet.'

De eenvoudige uitspraak raakte aan iets dieps in Danny's borst, een waarheid die hij herkende uit zijn eigen leven, uit de jaren van vechten voor Lucy's veiligheid en welzijn toen iedereen zijn zorgen over de gevaarlijke nieuwe partner van zijn ex-vrouw wegwuifde. Het geloof van één persoon kon inderdaad het verschil maken.

Hij bekeek Zoe's profiel tegen de late namiddagzon, haar aandacht volledig gericht op de getraumatiseerde pony, en voelde een onverwachte golf van bewondering, gevolgd door een kriebel van aantrekking die hij niet helemaal wilde erkennen.

Toen ze terugliepen van Midnight's paddock, huppelde Lucy een beetje vooruit, haar eerdere somberheid over de getroebleerde pony al weer weggezakt in de veerkrachtige opgewektheid van een kind. Danny bleef een paar passen achter, zich bewust van Zoe naast hem, haar aanwezigheid tegelijk geruststellend en ontregelend. De afgelopen twee jaar had hij zich volledig gericht op stabiliteit voor Lucy en bewust elke relatie gemeden die hun zorgvuldig heropgebouwde leven zou kunnen compliceren. En toch leek er iets aan deze plek, en aan de vrouw die stil naast hem meeliep, te knagen aan de muren die hij zo zorgvuldig had opgetrokken.

Lucy bleef plots staan en wees opgewonden. 'Kijk! Het zijn Jemima en Charlotte! Ze kijken naar de veulens!'

Danny volgde haar gebaar en zag de twee meisjes tegen een weidehek leunen waar twee stelterige veulens om hun moeders heen dartelden. De een was een knappe bruine met een witte ster, de ander een schimmel met appeltjes die eruitzag alsof ze haar eigen schaduw probeerde te snel af te zijn.

'Mag ik even hoi zeggen? Toe?' Lucy wipte op haar tenen en schoof al richting haar schoolgenootjes.

Danny aarzelde en keek op zijn horloge. 'We moeten zo waarschijnlijk naar huis, Luce. Ik moet aan het eten beginnen.'

'Heel even maar?' smeekte Lucy. 'Ik kan op school haast nooit gewoon met ze kletsen, omdat ik nog het nieuwe meisje ben.'

De ongefilterde kwetsbaarheid in haar stem trof Danny als een fysieke klap. Hij was zo gefocust geweest op de praktische kanten van hun verhuizing, op Lucy's veiligheid en onderwijs, dat hij de sociale uitdagingen waar ze voor stond misschien onderschat had.

'Ga dan maar,' gaf hij toe. 'Tien minuten, niet langer.'

Lucy straalde en sprintte naar de andere meisjes, die zich naar haar toekeerden met welkomstglimlachen en enthousiaste zwaaien. Danny keek toe, met een brok in zijn keel, hoe Jemima meteen plaats maakte voor Lucy aan het hek, de drie meisjes die meteen samenklitten alsof ze al jaren vriendinnen waren in plaats van vage kennissen.

'Dat is Renaissance met zijn moeder Serenade,' zei Zoe zacht naast hem, met een knikje naar het bruine veulen. 'Hij is een kleinzoon van Legend, gefokt als topspringpaard of eventer. De schimmel is Starlight, een dochter van Legend uit een van Emma's reddingsmerries. Allebei dit voorjaar geboren.'

Danny knikte, dankbaar voor het neutrale onderwerp. 'Ze lijken energie voor tien te hebben.'

'Dat is nog zacht uitgedrukt,' lachte Zoe. 'Veulens zijn net peuters op espresso: allemaal benen en impulsieve beslissingen, zonder ook maar een greintje zelfbehoud.'

De beschrijving ontlokte Danny een oprechte lach. 'Dat klinkt akelig herkenbaar. Lucy had rond haar derde een fase waarin ze overal op wilde klimmen, inclusief boekenkasten.'

'Dat geloof ik graag,' glimlachte Zoe, en Danny viel het fijne rimpeltje bij haar ogen op, hoe haar hele gezicht oplichtte als ze geamuseerd was. 'Hoewel ik merk dat ze van nature best gereserveerd is met mensen, heeft ze diezelfde onbevreesde instelling op het paard, en dat is prachtig om te zien. Sommige kinderen aarzelen, maar Lucy springt er gewoon in.'

'Dat heeft ze van haar moeder,' zei Danny zonder erbij na te denken, en meteen had hij er spijt van toen Zoe's uitdrukking verschoof naar beleefde belangstelling.

'Is haar moeder ook een ruiter?'

'Nee, ik bedoelde meer de impulsiviteit,' verduidelijkte Danny, ongemakkelijk met de wending van het gesprek. 'Lucy ziet haar moeder niet. Al heel lang niet meer.'

Zoe leek zijn ongemak te voelen en duwde niet verder. 'Ze bloeit hier echt op. Haar zit ontwikkelt zich prachtig, en ze heeft zachte handen en een geweldig evenwicht. Sommige kinderen krijgen dat nooit, hoe lang ze ook rijden.'

Danny voelde een golf van trots bij die professionele beoordeling. 'Dank je. Het betekent veel voor haar, deze lessen. Meer dan ik had verwacht, eerlijk gezegd.'

Ze vielen in een comfortabel zwijgen, terwijl ze naar de meisjes bij het hek keken. Hun verrukte gegiechel droeg over de weide toen de schimmel merrieveulen zijwaarts danste en een speelse bok gaf, eindigend met een verbaasde blik toen ze bijna over haar eigen stelterige benen struikelde, wat de kinderen opnieuw in lachen deed uitbarsten. Lucy's gezicht was één en al vreugde, haar gebruikelijke voorzichtige reserve volledig verdwenen terwijl ze kletste met haar nieuwe vriendinnen.

'School was... even wennen,' gaf Danny toe, verrast dat hij zich bij Zoe aan het uitspreken was. 'We zijn aan het begin van het vorige trimester van Brisbane hierheen verhuisd. Lucy's oude school was groter, formeler. Het plattelandsklasje was even een cultuurschok.'

'Kinderen zijn opmerkelijk flexibel,' merkte Zoe op. 'Maar vrienden maken alle verschil, toch? Jemima en Charlotte zijn onafscheidelijk, maar ze zijn altijd vriendelijk geweest in het verwelkomen van anderen. Charlotte is de dochter van de lokale advocaat Joe Ashford, en ze woont nu fulltime bij hem sinds haar moeder begin dit jaar vertrokken is. Dus Lucy is niet de enige met een alleenstaande vader. En Jemima's vader verdween van het toneel voordat ze geboren werd... al is Emma nu verloofd met Ryan, die de golfbaan hiernaast bezit.'

De parallellen met zijn eigen situatie ontgingen Danny niet, en hij voelde een sprankje dankbaarheid tegenover Zoe om haar geruststellende woorden. Ze begreep, dacht hij, zelfs met de weinige informatie die hij had gedeeld, dat hij onzeker was over het opvoeden van Lucy als alleenstaande vader.

Voor hij kon reageren, brak Lucy plots los van haar vriendinnen en rende naar hem terug, met rode wangen en fonkelende ogen.

'Pap! Pap! Jemima zegt dat als ik twee keer per week les neem in plaats van één keer, ik misschien zelfs al mee kan doen met het Kerstspel, waar ze de pony's als rendieren verkleden!'

Danny knipperde en probeerde de stortvloed aan informatie te verwerken. 'Rustig aan, Luce. Eén ding tegelijk.'

Lucy haalde diep adem en deed zichtbaar haar best haar opwinding te beteugelen. 'Mag ik vaker lessen? Jemima rijdt elke dag en Charlotte minstens drie keer per week, en ze zeggen dat dat de enige manier is om goed genoeg te worden voor shows.'

Danny wierp een blik op Zoe, die glimlachend haar schouders ophaalde. 'Lucy gaat beslist snel genoeg vooruit om te profiteren van meer zadeluren.'

Toen hij naar het hoopvolle gezicht van zijn dochter keek, voelde Danny zijn weerstand wegsmelten. Lucy's verandering was onmiskenbaar. Niet alleen haar herwonnen zelfvertrouwen, maar de pure, ongecompliceerde vreugde die nu van haar uitging, iets wat hij niet had gezien sinds lang voor de scheiding.

'Misschien kunnen we één extra vaste les per week proberen en kijken hoe dat gaat,' zei hij zorgvuldig. Het geld was gelukkig geen probleem: de erfenis die zijn grootmoeder hem had nagelaten omvatte niet alleen het huis, maar ook een aanzienlijk geldbedrag. Nu zijn eigen uitgaven veel lager waren zonder de huurprijzen van Brisbane, kon Danny zich makkelijk veroorloven Lucy desnoods elke dag een rijles te geven als dat was wat nodig was om haar gelukkig te zien.

Lucy slaakte een gilletje van blijdschap en vloog hem om de middel. 'Dank je, dank je, dank je! Ik vind het hier zó leuk, pap. De paarden, en de lessen, en hoe het naar hooi en zon ruikt, en dat iedereen iedereen kent, en dat niemand het raar vindt als je laarzen modderig zijn. En Jemima zegt dat ik soms ook mag komen als ik geen les heb, gewoon om te chillen en te helpen bij de paarden, want zo doen vrienden dat hier!'

De woorden buitelden eruit in een ademloze stroom pure vreugde. Danny streek door haar haar, zijn hart tegelijk vol en pijnlijk. 'Dat klinkt heerlijk, poppet.'

'Mag ik het hun gaan vertellen?' vroeg Lucy, al achteruitlopend richting haar wachtende vriendinnen.

'Nog twee minuutjes, dan moeten we echt gaan,' gaf Danny toe, terwijl hij toekeek hoe ze terug naar het hek rende en meteen in een geanimeerd gesprek met de andere meisjes verviel.

'Je hebt haar dag gemaakt,' zei Zoe zacht naast hem. 'Waarschijnlijk haar hele week. En ik beloof je, ze is veilig als ze met Jemima rondhangt. Jemima is hier opgegroeid en ze kent de gevaren en respecteert de regels. Zij zal Lucy nooit in een gevaarlijke situatie brengen.'

Danny knikte, niet in staat woorden te vinden voor de complexe emoties die door hem heen kolkten. Blijdschap omdat Lucy zo gelukkig was, dankbaarheid voor deze plek en deze mensen die haar zo warm hadden ontvangen, angst dat het haar misschien afgenomen zou worden, bezorgdheid om dit nieuwe geluk te beschermen. En daar onderdoor een onhandig bewustzijn van de vrouw naast hem, wier geduld en vakmanschap hadden bijgedragen aan deze ommekeer bij zijn dochter.

'Dat zijn de meeste woorden die ik haar heb horen zeggen in...' hij kon niet eens bedenken hoe lang. 'Ze vraagt bijna nooit iets. Natuurlijk krijgt ze dit, als het haar gelukkig maakt.'

De drie meisjes hadden het bruine veulen nu naar het hek gelokt, hun verrukte gelach klonk over de weide terwijl het nieuwsgierige jonkie hun uitgestoken handen onderzocht. Lucy's gezicht straalde van verwondering, haar lichaamstaal volkomen ontspannen tussen haar twee nieuwe vriendinnen. Voor het eerst sinds de vreselijke voogdijstrijd en de daaropvolgende verhuizing leek ze echt ergens thuis te horen.

Danny deed zichzelf op dat moment een belofte, terwijl hij keek naar de ongeremde vreugde van zijn dochter. Hij zou dit geluk kostte wat kost bewaken, elke kans creëren, elk offer brengen dat nodig was om dit nieuwe begin voor haar te koesteren. En als dat betekende dat hij zijn eigen groeiende aantrekkingskracht tot een zekere goudogige paardentrainster met zachte handen en blijkbaar eindeloos geduld en mededogen zorgvuldig moest managen, dan was dat een kleine prijs voor de glimlach van zijn dochter.

Hij zou zijn hart stevig op slot houden. Lucy's geluk kwam eerst, altijd. Zelfs als een verraderlijk deel van hem zich afvroeg hoe het zou zijn om voor het zijne te reiken.

Hoofdstuk Vier

HET BLEEKGOUDEN LICHT VAN de dageraad had Ridgewaters weitjes nog maar net beginnen te wassen toen Zoe dichter bij Midnights omheining kwam. De wereld had die bijzondere stilte die alleen in de allervroegste uren bestaat, doorbroken enkel door vogelzang en af en toe een zacht gehinnik uit de stal, terwijl de paarden het ontbijt verwachtten.

Midnight stond in de verste hoek van zijn paddock, hoofd hoog en alert terwijl ze naderde. Zijn vacht leek nog zwarter tegen het zilverige ochtendlicht, zijn ogen weerspiegelden wantrouwen terwijl hij zich op haar fixeerde.

'Goedemorgen, mooie jongen,' riep Zoe zacht, haar stem vriendelijk en laag houdend. 'Ik ben het weer, hoor. Niets om je druk over te maken.'

Ze ging kleermakerszit op de grond zitten buiten zijn hek, onverschillig voor de dauw op het gras. Tussen de hekspijlen door zag ze hem snuiven, zijn elegante hoofd schudden en weer verder grazen, al bleven zijn oren in haar richting gespits. Dit was al vooruitgang, dacht ze; drie dagen geleden had hij zijn hoofd niet laten zakken als er een mens in zicht was.

Geduld was alles bij getraumatiseerde paarden. Zoe had lang geleden geleerd dat een band afdwingen angst alleen maar versterkte. In plaats daarvan zat ze stil, zodat Midnight kon wennen aan haar aanwezigheid zonder eisen of verwachtingen.

'Het is vanmorgen prachtig weer,' ging ze praatgraag verder. 'Nog niet zo heet. Perfect voor een workout, zou ik zeggen, als je er zin in hebt. Geen haast, hoor.'

Midnight trok een oor in haar richting bij het geluid van haar stem, maar scheurde onverstoorbaar gras los. Zoe glimlachte in zichzelf. Elk kalm moment in het bijzijn van een mens was een storting op de spaarrekening van vertrouwen die ze probeerden op te bouwen.

Na twintig minuten rustig observeren haalde ze voorzichtig een wortel uit haar zak. Midnights hoofd schoot omhoog bij de beweging, neusgaten wijd open.

'Het is goed,' suste ze. 'Gewoon een klein ontbijtsupplementje.'

Langzaam brak Zoe de wortel in stukken en legde er een paar net binnen de heklijn neer, waarna ze terugweek naar haar oorspronkelijke plek. Dit was de aanpak die ze voor Midnight had aangepast: niet-invasieve aanwezigheid, de grenzen van het dier respecteren en tegelijk zachte prikkels bieden voor vrijwillig contact.

Midnight bekeek de stukjes wortel, zijn interesse duidelijk ondanks zijn terughoudendheid. Hij zette een paar passen dichterbij en stopte toen, heen en weer geslingerd tussen verlangen en wantrouwen.

'Geen druk,' mompelde Zoe. 'Ze liggen er nog als je er klaar voor bent.'

De minuten rekte zich uit. Zoe's benen begonnen te tintelen, maar ze bleef stil, elke subtiele verschuiving in de lichaamstaal van de pony observerend. Als ze echt even moest bewegen, kondigde ze haar bedoeling aan, zachtjes vertellend voordat ze langzaam van houding veranderde.

'Ik ga alleen even mijn benen strekken, niets om je zorgen over te maken.'

Midnight snoof en deinsde bij haar beweging een paar passen achteruit, maar schoot niet naar de verste hoek zoals hij dagen eerder zou hebben gedaan. Weer een kleine overwinning.

De zon klom hoger en de dag begon op te warmen terwijl Zoe haar stille wake volhield. Na bijna een uur wierp ze een blik op haar horloge en zuchtte. De ochtendlessen zouden zo beginnen en ze moest zich voorbereiden.

Ze pakte haar notitieboekje en noteerde observaties: 'Dag 5. Bleef grazen terwijl mens aanwezig. Eet ongeveer 60% van het hooi dat 's nachts is gegeven (omhoog van 40% gisteren). Interesse in wortels duidelijk, maar voorzichtigheid overheerst. Minder reactief op kleine bewegingen. Vandaag geen nadering, maar wel langer op kortere afstand gebleven dan in eerdere sessies.'

Elk detail telde bij gevallen zoals dat van Midnight. Vooruitgang kwam in microscopische stapjes, gemakkelijk te missen als je niet zorgvuldig documenteerde. Dat hij consistenter at was eigenlijk belangrijk; gestreste paarden weigerden vaak volledig te eten, en hoewel ze wist dat hij bij zijn vorige pleegverzorger al wat was aangekomen, was hij nog veel te mager.

'Nou, vriend,' zei Zoe, 'de plicht roept. Ik ben vanmiddag terug.' Ze haalde het ochtendvoer, een speciale mix van eiwitrijke, mineraalverrijkte voeders die ze voor Midnight had samengesteld in overleg met Emma, die een kei was in het op gewicht brengen van veel te magere, net-van-de-renbaan-renpaarden. Ze hadden de eerste dag geleerd dat hij niet uit een voeremmer at, dus stortte ze het voer op de grond net binnen de poort voordat ze wegliep.

Ze liet de overige stukjes wortel liggen waar ze lagen, hopend dat ook die zouden verdwijnen terwijl ze weg was. Soms vond de grootste vooruitgang plaats in afwezigheid, wanneer de druk van menselijke observatie wegviel.

Terwijl ze wegliep, rolde Zoe haar schouders om de spanning los te laten die tijdens haar bewegingloosheid was opgebouwd. Werken met Midnight was emotioneel en fysiek uitputtend; het vergde een niveau van focus en geduld dat haar uitgeblust achterliet.

Het vrolijke geluid van meisjesgelach begroette haar toen ze de zadelkamer naderde. Toen ze de deur openduwde, trof Zoe Lucy, Jemima en Charlotte aan, zittend op omgekeerde emmers, met zadelzeep en doeken voor zich uitgespreid terwijl ze verschillende stukken tuig poetsten.

'En toen,' zei Jemima, haar handen dramatisch gebarend, 'stopte Sparky zó plotseling dat ik zo over zijn hoofd heen ging en met mijn gezicht in de modder landde!'

De meiden gierden het uit, Lucy's lach helder en ongeremd. Zoe bleef in de deuropening staan, getroffen door de gedaanteverwisseling. Weg was het enthousiaste maar waakzame kind van die eerste les. Deze Lucy zat met ontspannen schouders, haar lichaam vanzelf naar de andere meisjes toe gedraaid, helemaal op haar gemak in haar omgeving.

Charlotte merkte Zoe als eerste op. 'Morgen, juf Zoe! Ik laat Lucy zien hoe je hoofdstellen goed schoonmaakt. Juf Sarah zegt dat ik ze opnieuw moet doen als ik zeepvlekken laat zitten.'

' uitstekend, Charlotte,' antwoordde Zoe met een glimlach. 'Goed tuigonderhoud is net zo belangrijk als rijvaardigheid.'

'Ik heb nog nooit tuig schoongemaakt,' gaf Lucy toe, terwijl haar handen zorgvuldig zadelzeep in leren teugels werkten. 'Maar het is eigenlijk best leuk.'

'Zeker als je het samen doet,' stemde Zoe in, terwijl warmte zich door haar borst verspreidde bij het tafereel. Deze natuurlijke kinderlijke connecties waren precies wat Lucy nodig had: normaliteit en erbij horen, na wat vast een moeilijke overgang naar haar nieuwe leven was geweest.

'Oh!' riep Charlotte plotseling uit, terwijl ze in haar zak greep. 'Ik was het bijna vergeten. Ik heb dit voor jou gemaakt, Lucy.'

Ze haalde een gevlochten vriendschapsarmband tevoorschijn in paarse en blauwe tinten en hield die met een verlegen glimlach omhoog. Lucy's ogen werden groot, haar handen bevroren op het hoofdstel dat ze aan het schoonmaken was.

'Voor mij?' vroeg ze, haar stem zacht van verbazing.

'Natuurlijk voor jou, gekkie,' zei Jemima, terwijl ze Lucy tegen de schouder duwde. 'Je bent nu onze vriendin.'

'Charlotte maakt de beste vriendschapsarmbandjes,' ging Jemima verder terwijl Charlotte hem om Lucy's pols knoopte. 'Ze heeft er ook een voor mij gemaakt, kijk? De mijne is groen met zwart.'

Lucy staarde naar het armbandje en liet vol verwondering haar vingers over de geweven draadjes glijden. 'Dank je,' fluisterde ze, terwijl haar glimlach langzaam over haar gezicht verspreidde. 'Ik ben er dol op.'

Zoe's hart kneep samen bij deze eenvoudige uitwisseling. Dáárom deed ze wat ze deed; niet alleen om rijvaardigheden te onderwijzen, maar om plekken te creëren waar kinderen zelfvertrouwen en verbinding konden vinden.

'Goed, dames,' zei Zoe, terwijl ze haar horloge checkte. 'De lessen beginnen over een halfuur en er is nog geen pony klaar! Jemima, wil jij Lucy laten zien waar we de poetskisten bewaren? Charlotte, zou jij me willen helpen Foxie, Freckles en Butterscotch uit de wei te halen?'

Terwijl de meisjes zich, nog steeds kletsend en giechelend, naar hun taken haastten, gunde Zoe zichzelf een private glimlach. Soms kwam vooruitgang in spectaculaire doorbraken zoals vriendschapsarmbandjes en ongeremde lachbuien. En soms kwam het in de subtielste signalen, zoals een bange pony die net iets meer hooi at dan gisteren.

Beide, vond ze, waren evenzeer het vieren waard.

'Hielen omlaag houden, Annabelle,' riep Zoe over de rijbaan, terwijl ze toekeek hoe het kleine meisje zich fel concentreerde op haar houding in het zadel. De middagzon brandde op de overdekte baan, warm zelfs in de schaduw van het dak. Uit haar ooghoek zag Zoe Emma twee pony's uit de wei halen, die stilletjes de voorbereidingen overnam die normaal Zoe's verantwoordelijkheid waren tussen de lessen door.

Zoe leidde haar huidige groep door de laatste oefeningen, dankbaar voor Emma's stille hulp. Pips drukke lesrooster combineren met haar eigen klanten zorgde ervoor dat ze de hele dag rennen en vliegen was, en de steun van de zussen McKenzie was onverflauwd.

Toen de les afliep en de kinderen afzadelen, kwam Emma naar haar toe, terwijl ze haar handen aan haar spijkerbroek afveegde.

'Ik kan je volgende klas wel overnemen als jij even naar ons zorgenkind wilt gaan kijken,' bood Emma aan, knikkend naar Midnights paddock in de verte. 'Ricardo zei dat hij dacht dat de pony eerder mank liep, maar hij kwam niet dichtbij genoeg om het goed te controleren.'

Onmiddellijk flitste er bezorgdheid door Zoe heen. 'Mank? Zei hij welk been?'

Emma schudde haar hoofd. 'Hij kon het op afstand niet zien. Maar als Midnight zichzelf bezeerd heeft, gaat hij ons zeker niet makkelijk laten behandelen.'

Zoe keek op haar horloge en rekende in gedachten de tijd tussen de lessen uit. Niet genoeg voor een goede beoordeling, maar ze moest op z'n minst verifiëren of Midnight pijn had.

'Weet je zeker dat je het niet erg vindt?' vroeg ze. 'De Turnertweeling is straks, en die kunnen een handenbindertje zijn.'

Emma lachte, haar ogen kraaiend. 'Ik geef de Turnertweeling al les sinds ze vijf waren. Ik ken al hun streken.' Ze wuifde met haar handen. 'Ga maar, ik regel het. Hoe eerder we weten of we Marcus moeten bellen, hoe beter.'

Dankbaarheid overspoelde Zoe terwijl ze haar lesmap overdroeg. 'Je bent een redder in nood. Ik ben zo snel mogelijk terug.'

Ze haastte zich over het erf, haar bezorgdheid groeiend bij elke stap. Gewonde paarden konden gevaarlijk zijn om te hanteren; een gewonde, getraumatiseerde pony met een geschiedenis van gewelddadige verdedigingsreacties zou exponentieel uitdagender zijn. Als Midnight echt diergeneeskundige zorg nodig had, hadden ze misschien geen andere keuze dan hem te sederen, wat het fragiele vertrouwen dat ze aan het opbouwen was terug zou zetten.

Tot haar opluchting, toen Midnight in zicht kwam, stond de pony vierkant op alle vier zijn benen, rustig grazend. Zoe naderde langzaam, voorzichtig om hem niet te laten schrikken.

'Hallo weer,' riep ze zacht, op respectvolle afstand van het hek blijvend.

Midnights hoofd schokte omhoog, ogen met de gebruikelijke achterdocht op haar gericht, maar hij trok zich niet terug naar de verste hoek zoals hij doorgaans deed. In plaats daarvan hield hij stand, haar van dertig meter afstand taxerend.

Zoe observeerde hem aandachtig en lette op tekenen van het ontzien van een been. Ze durfde de paddock niet in voor een nadere blik, maar op deze afstand leek zijn gewichtsverdeling gelijkmatig, zijn houding ontspannen in plaats van behoedzaam.

'Hou je Ricardo nou voor de gek, of zit er echt iets dwars?' mompelde ze, terwijl ze toekeek hoe Midnight een paar passen zette, zijn beweging soepel en onbelemmerd.

Wat Ricardo had gezien – misschien een momentane struikel – leek geen aanhoudend probleem. Zoe nam zich voor later opnieuw te kijken, maar voelde zich zeker genoeg om terug te keren naar haar taken zonder alarm te slaan.

Toen ze terugkwam bij de stallen, trof ze Sarah op kantoor aan, telefoon geklemd tussen oor en schouder terwijl ze het rooster op het whiteboard herindeelde, lesuren uitwiste en herschreef met snelle, efficiënte bewegingen.

'Als je het niet erg vindt, Mrs. Lawrence, kunnen we Bethany morgen naar het vieruur-tijdslot verplaatsen,' zei Sarah. 'Een van onze schoolpony's is vanmorgen mank geworden... Nee, niet Freckles, met hem is alles goed. Het is Butterscotch... Ja, het is een hoefzweer en de dierenarts is al geweest. Hij komt er wel bovenop, maar hij heeft een week of twee nodig om te herstellen, en helaas betekent het dat we het rooster een beetje moeten schuiven.'

Zoe leunde tegen het deurkozijn en keek naar het whiteboard terwijl ze wachtte tot Sarah het telefoongesprek beëindigde. Het rooster was volledig omgegooid, met lessen samengevoegd en pony's herverdeeld om Butterscotchs afwezigheid op te vangen.

'Prima, dan zien we Bethany om vier uur. Dank je wel voor jouw flexibiliteit.' Sarah hing op en wendde zich met een wrange glimlach tot Zoe. 'Zo, dat was de laatste. Iedereen opnieuw ingepland zonder al te veel gedoe.'

'Je hebt het schema voor de hele week opnieuw ingedeeld,' merkte Zoe indruk gemaakt op. 'Dat had je niet hoeven doen. Ik had het wel gered.'

Sarah haalde haar schouders op. 'Jij had je handen vol aan Midnight, en Emma zei dat hij misschien geblesseerd was. Is het in orde met hem?'

'Lijkt goed, voor zover ik kon zien, al kwam ik niet dichtbij genoeg voor een echte controle,' antwoordde Zoe. 'Dank je dat je dit allemaal hebt geregeld. Ik zag ertegenop die telefoontjes te plegen nadat Butterscotch in de eerste les mank was.'

Sarah wuifde haar dank weg. 'Daar zijn we hier voor. Iedereen springt bij waar nodig.' Ze wierp een blik op de klok. 'Het is bijna één. Heb je al iets gegeten? De volgende les is om half twee, dus kom een broodje pakken. Emma rondt net af met de Turner-kinderen en Ricardo zal afzadelen.'

Vijftien minuten later zat Zoe aan de keukentafel met Sarah en Emma, het zeldzame moment van rust slechts onderbroken door het zachte tinkelen van theelepeltjes tegen mokken. De huiselijke keuken, met de doorleefde houten tafel en muren vol rozetten, foto's en wedstrijdschema's, voelde als een toevluchtsoord na de constante drukte van de ochtend.

'Hoe voelt je arm?' vroeg Emma, knikkend naar Zoe's verbonden onderarm waar Midnights tanden dagen eerder hun sporen hadden achtergelaten.

Zoe bewoog haar pols onderzoekend. 'Veel beter. Doet nauwelijks pijn, tenzij ik er tegenaan stoot.'

Sarah nam nadenkend een slok van haar thee. 'Weet je, Pip zou trots zijn op hoe jij je schouders eronder zet. Haar volledige lesrooster overnemen terwijl je ook Midnights revalidatie doet... het is veel, zeker voor iemand die nog niet zo lang hier is.'

Warmte die niets met de hete thee te maken had verspreidde zich door Zoe's borst. 'Ik probeer gewoon niemand teleur te stellen terwijl zij weg is.'

'Je doet meer dan dat,' hield Emma vol. 'Ik zag Midnight vanmorgen toen je bij hem hing. Hij laat al subtiele veranderingen zien. De manier waarop hij je met zijn oren volgt in plaats van met zijn hele lichaam, hoe hij normaler graast zelfs als jij in de buurt bent.' Ze boog voorover, ellebogen op tafel. 'Dat zijn echte verbeteringen, hoe minimaal ze ook lijken.'

Zoe voelde een blos van trots bij Emma's observatie, al wimpelde ze de lof reflexmatig af. 'Het is nog vroeg. Waarschijnlijk valt hij nog terug voordat hij echt vooruitgaat.'

'Natuurlijk,' stemde Sarah in. 'Maar jij houdt hem etend en drinkend, en dat is eerlijk gezegd meer dan ik verwachtte, gezien zijn toestand toen hij aankwam.'

Zoe staarde in haar thee, vreemd ontroerd door hun vertrouwen in haar kunnen. 'We zullen zien. Ik ben vooral dankbaar voor jullie hulp. Zonder jullie redde ik het niet.'

'Dat is Ridgewater,' zei Emma, terwijl ze opstond om haar mok bij de gootsteen om te spoelen. 'Hier slaagt niemand alleen, en faalt ook niemand alleen.'

Terwijl het gesprek verschoof naar de middaglessen en Sarah's fokplannen voor het komende jaar, voelde Zoe zich meedeinen op het gemakkelijke ritme van hun samenzijn. Er was iets bijzonders aan werken met mensen die zowel de technische als emotionele kanten van haar werk begrepen, die de kleine overwinningen herkenden die buitenstaanders zouden missen.

De drie vrouwen gingen de rest van de dag dezelfde comfortabele pas in, Emma die insprong om een worstelende leerling te helpen terwijl Zoe een techniek demonstreerde, Sarah die stilletjes de administratie regelde zodat Zoe en Emma zich op het lesgeven konden richten. Verschillend in temperament en expertise, maar verenigd door hun gedeelde passie voor paarden en hun inzet voor Ridgewaters succes.

Voor iemand die de afgelopen jaren vooral solo had gewerkt, voelde dit gevoel bij een echt team te horen als het ontdekken van een taal die Zoe altijd had willen spreken maar nooit had geleerd.

De lessen van de dag waren eindelijk klaar, de pony's gevoerd en voor de nacht buiten gezet, en het erf was vervallen in die vredige stilte die alleen kwam nadat de laatste trailer was weggereden. Zittend aan de gehavende tafel in de zadelkamer sloeg Zoe haar dagboek open. De aantekening van vandaag zou niet alleen Midnights minieme veranderingen omvatten, maar ook Lucy's opmerkelijke sociale transformatie, beide verschillende vormen van heling die Zoe diep voldeden.

Ze klikte haar pen open en begon te schrijven:

15 november – Midnight

Ochtendsessie: Bleef grazen terwijl ik 2 m van het hek stil bleef staan. Oren volgden mijn bewegingen, maar lichaam minder reactief. Toonde interesse in wortels die bij het hek waren gelegd, maar kwam niet dichterbij terwijl ik aanwezig was. Geen vluchtreactie toen ik van houding veranderde (verbetering).

Voeding: Ongeveer 70% van het hooi 's nachts geconsumeerd (opwaartse trend zet door). Volledige portie krachtvoer geconsumeerd (nog steeds op de grond voeren). Wateropname normaal. Ricardo meldde mogelijke kreupelheid, maar geen bewijs gezien tijdens beoordeling. Nauwlettend blijven volgen.

Namiddagsessie: Bleef op middellange afstand staan in plaats van de verste hoek bij benadering. Snoof maar trok zich niet terug. Bleef visueel contact houden zonder het oogwit te tonen (significante verbetering in stressindicatoren).

Beoordeling: Vooruitgang blijft minimaal maar consistent. Begin van een neutrale associatie met menselijke aanwezigheid. Huidige aanpak voortzetten met geleidelijke verkleining van de afstand. Aanbevolen om ten minste nog een week isolatie van andere handlers te handhaven om conflicterende interacties te vermijden.

Zoe pauzeerde en tikte met haar pen tegen haar kin terwijl ze haar volgende observatie overwoog. De wetenschappelijke documentatie was nodig voor Midnights revalidatieprogramma, maar ze ving er niet haar intuïtieve gevoel over zijn vooruitgang mee. Ze voegde toe:

Notitie: Zijn lichaamstaal laat subtiele verschuivingen zien richting nieuwsgierigheid in plaats van pure angst. De kwaliteit van zijn aandacht is veranderd; minder hyperwaakzaam, meer beoordelend. Deze veranderingen zijn niet meetbaar, maar suggereren interne verwerking onder de waarneembare gedragingen.

Tevreden over haar professionele beoordeling sloeg Zoe om naar een ander deel van haar dagboek, waar ze notities bijhield over de kinderen die ze lesgaf.

Lucy Wareham – Les 6 (tweede groeples)

Technisch: Hield correct houding aan gedurende stap. Doorzitten in draf toont goed ritme, al is nog steun nodig bij overgangen. Begint benen effectief te gebruiken voor sturen in plaats van op de teugels te vertrouwen. Natuurlijk gevoel voor de bewegingen van het paard.

Sociaal: Dramatische verandering ten opzichte van de eerste les. Naadloos geïntegreerd met Jemima en Charlotte tijdens activiteiten voor en na de les. Lichaamstaal open en ontspannen. Ongevraagde lach en gesprek waargenomen. Vriendschapsarmband van Charlotte geaccepteerd met oprechte emotie.

Zoe schetste snel een diagram van de fysieke posities die ze bij de drie meisjes had opgemerkt. Bij hun eerste interactie had Lucy iets apart gestaan, lichaam schuin voor een snelle terugtocht. De configuratie van vandaag liet alle drie zien in een hechte kring, Lucy centraal in plaats van aan de rand, voorover leunend naar het gesprek toe in plaats van ervan weg. Deze subtiele ruimtelijke relaties onthulden vaak meer dan woorden ooit konden.

Notitie voor later: Lucy toont bijzondere aanleg voor de stillere, meer technische aspecten van paardenvakmanschap. Volgende week eventueel intermediate grondwerkoefeningen introduceren, mits vader akkoord is.

Zoe sloot het dagboek en leunde achterover in haar stoel, haar armen boven haar hoofd uitstrekkend om de spanning in haar schouders los te laten. De voldoening om zowel Lucy als Midnight vooruit te zien gaan, hoe verschillend van omvang ook, vulde haar met een stille tevredenheid. Toch borrelde eronder een stroom van onrust die ze niet helemaal kon wegdrukken.

Pips vertrouwen in haar capaciteiten drukte soms zwaar. Hoewel de McKenzies niets dan steunend waren geweest, vroeg Zoe zich af of ze echt gekwalificeerd was om een zo complex geval als dat van Midnight aan te kunnen. Wat als ze een cruciale fout maakte? Wat als Midnight nooit genoeg herstelde om veilig hanteerbaar te zijn? De verantwoordelijkheid om levensbepalende beslissingen te nemen over de revalidatie van een dier nam ze niet licht op.

Ze stopte het dagboek in haar schoudertas en stond op, besluitend dat frisse lucht haar verwarde gedachten misschien zou opklaren. Buiten hing de zon laag boven de westelijke weitjes en baadde Ridgewater in een warme ambergloed die elke rand verzachtte. Paarden graasden vredig over het terrein, sommigen alleen, anderen in kleine groepjes, hun vormen donkere silhouetten tegen het gouden gras.

Zoe bleef staan en gunde zichzelf een moment om simpelweg het rustige tafereel in zich op te nemen. Wat de dag van morgen ook zou brengen, dit moment, deze plek, voelde diep juist op een manier zoals weinig dingen in haar leven ooit hadden gedaan.

Haar voeten droegen haar vanzelf naar Midnights paddock voor een laatste check voor het donker. De avondvoeding was gedaan door Ricardo, die op instructie eerbiedige afstand hield van de lastige pony. Toen Zoe het hek naderde, zag ze meteen dat de stukjes wortel die ze die ochtend had achtergelaten van de grond verdwenen waren.

'Hallo weer,' riep ze zacht, haar gebruikelijke zachte toon aanhoudend. 'Even checken voor bedtijd.'

Midnight stond in het midden van de paddock, noch naderend, noch terugwijkend bij haar komst. In het gouden avondlicht glansde zijn vacht als gepolijst obsidiaan, zijn Arabische afkomst zichtbaar in de fiere welving van zijn hals en de fijne dish van zijn hoofd. Zelfs na alles wat hij had doorstaan, was zijn aangeboren schoonheid onverminderd.

Zoe leunde nonchalant tegen het hek. 'Ik zie dat je je wortels hebt gevonden. Heb je ervan genoten?'

De oren van de pony draaiden naar haar stem, zijn neusgaten zetten zachtjes uit terwijl hij haar geur opving op de avondbries. Hij zette één stap naar voren en stopte toen, hield nog steeds veilige afstand maar zonder het geagiteerde ijsberen van de vorige dagen.

Er vormde zich een idee in Zoe's hoofd; riskant misschien, maar mogelijk veelzeggend. Langzaam, elke beweging aankondigend, draaide ze haar rug naar de paddock en bleef rustig staan. Dit was de ultieme vertrouwensoefening met een potentieel gevaarlijk dier: haar kwetsbare rug blootstellen terwijl ze binnen slagafstand van het hek bleef.

Haar hart bonsde tegen haar ribbenkast terwijl ze onbeweeglijk bleef staan en de oerdrang om zich om te draaien en Midnights positie te checken weerstond.

Ze concentreerde zich op gelijkmatig ademhalen, haar houding ontspannen ondanks de spanning die zich door haar lichaam krulde. Minuten gleden in stilte voorbij, gemarkeerd alleen door de verre roep van vogels die zich voor de nacht settelden.

Toen, zo subtiel dat ze het zich verbeeld zou kunnen hebben, voelde ze de lucht achter haar verstoren, de aanwezigheid van iets groots dat behoedzaam naderde. De haartjes in haar nek gingen instinctief overeind staan, maar ze bleef roerloos, vertrouwend op haar professionele oordeel in plaats van op de verdedigingssignalen van haar lichaam.

Een zacht snuiven klonk net achter haar, gevolgd door de onmiskenbare sensatie van warme adem tegen haar haar. Midnight was dichtbij genoeg om door de hekspijlen heen te kunnen bijten als hij dat wilde, dichtbij genoeg dat één agressieve beweging ernstig letsel kon veroorzaken. Maar in plaats daarvan snoof hij haar alleen voorzichtig op, onderzoekend naar deze vreemde mens die niets eiste.

Het moment rekte zich uit, zo broos als gesponnen glas, voordat ze het zachte terugtreden van hoeven hoorde terwijl Midnight weer afstand nam. Pas toen gunde Zoe zichzelf om zich om te draaien, langzaam bewegend.

De pony stond nu een paar meter verderop, haar aankijkend met een uitdrukking die op de een of andere manier anders leek. Nog steeds op zijn hoede, nog steeds onzeker, maar met een vleugje nieuwsgierigheid in plaats van blinde angst.

Een glimlach spreidde zich over Zoe's gezicht, opluchting en triomf vermengden zich in haar borst. Deze kleine interactie, slechts seconden van vrijwillige nabijheid, betekende enorme vooruitgang. Geen volledig vertrouwen, nog lang niet, maar de eerste voorzichtige overweging dat misschien niet alle mensen pijn brachten.

'Brave jongen,' fluisterde ze, de woorden meegelift op de avondbries. 'We komen er wel, stapje voor stapje.'

Terwijl de duisternis over Ridgewater viel, liep Zoe met lichtere tred naar het huis. De weg die met Midnight voor hen lag bleef lang en onzeker, maar vanavond had bevestigd dat ze in de juiste richting bewogen, hoe langzaam ook. Soms, bedacht ze, begint herstel met niets dramatischers dan een nieuwsgierige snuif in het samenvallende donker.

Hoofdstuk Vijf

De keukentafel van Danny was verdwenen onder ordners, printjes en zijn notitieboek: de georganiseerde chaos van een journalist die aan de jacht begint. Hij nipte van koffie die lauw was geworden en bladerde door notulen waarin het Ridgemont Bypass Project op frustrerend vage wijze werd genoemd. Drie weken waren verstreken sinds Kate McKenzie in hun interview de dreiging voor Ridgewater had genoemd, haar stem gespannen van zorgen terwijl ze uitlegde hoe het voorgestelde oostelijke tracé dwars over hun land zou gaan en alles zou vernietigen wat ze hadden opgebouwd. De McKenzies stonden voor onteigening, en ondanks stevige lokale tegenstand en een levensvatbaar alternatief tracé leek de overheid vastberaden voor de oostelijke route te gaan.

'Ik kijk het na,' had Danny beloofd; de woorden kwamen gemakkelijk. Beloftes deden dat in zijn ervaring altijd. Het nakomen ervan bleek het ingewikkelde deel.

Maar Ridgewater begon belangrijk te worden voor Lucy, en dus werd het belangrijk voor Danny. Zijn blik gleed naar de koelkastdeur, bedekt met Lucy's kunstwerkjes en schoolblaadjes die door niet bij elkaar passende magneten werden vastgehouden. Haar nieuwste creatie toonde een opmerkelijk accurate weergave van Foxie, de voskleurige pony waarop ze reed. Met elke rit werd ze zelfverzekerder; haar rijden verbeterde in hetzelfde tempo als haar vrolijkheid. De gedachte dat Ridgewater beschadigd zou worden door kortzichtige planningsbesluiten, riep iets beschermends in hem op dat verder ging dan professionele nieuwsgierigheid.

Hij pakte zijn mobiel en scrolde naar het nummer van Sarah McKenzie. Als oudste zus en degene die de zakelijke kant van Ridgewater runde, was zij de logische eerste stap om dieper te graven dan het openbare dossier. De telefoon ging drie keer over voordat haar kordate stem opnam.

'Danny. Goedemorgen.' Haar toon was vriendelijk maar doelgericht, een vrouw die gewend was om voor het ontbijt al meerdere crises te managen.

'Morgen, Sarah. Ik hoopte dat we elkaar vandaag konden spreken over de bypass. Kate zei dat je documentatie hebt verzameld.'

Een korte pauze. 'Ja, ik ben de familiearchivaris geweest in deze particuliere nachtmerrie. Hoe snel kun je hier zijn? Ik heb om elf uur een fokconsult.'

Danny keek op zijn horloge. 'Ik kan er over tien minuten zijn.' Het oude huis van zijn grootmoeder, waar hij en Lucy nu woonden, lag op korte afstand van Ridgewater.

'Perfect. Ik leg de dossiers klaar. De koffie staat te wachten.'

De efficiëntie van haar reactie deed hem glimlachen toen hij het gesprek beëindigde. Hij had de McKenzie-zussen inmiddels genoeg geobserveerd om hun verschillende manieren van problemen aanpakken te herkennen – Kates perfectionisme, Emma's medeleven en Sarah's methodische volharding. Als iemand een sluitend dossier tegen de bypass had samengesteld, dan was het Sarah wel.

Sarah stond hem op te wachten in de keuken van het Grote Huis, een uitgestrekte Queenslander die het hart vormde van de Ridgewater-activiteiten. De grote boerderijkeukentafel was van de gebruikelijke rommel ontdaan om plaats te maken voor een aantal keurig gelabelde opbergdozen.

'Je bent stipt. Dat waardeer ik,' zei Sarah ter begroeting. Ze zag er moe uit, merkte Danny op, de soort bottenmoeheid die komt van een strijd waarvan je begint te denken dat je hem niet kunt winnen. 'Schenk zelf maar koffie in.' Ze knikte naar een karaf op het aanrecht.

Danny schonk een mok in en keek toe hoe Sarah mappen uit de eerste doos haalde. 'Hoe lang volg je dit bypassvoorstel al?'

'Sinds het begin van het jaar,' antwoordde ze. 'Het ging daarvoor al langer als gerucht rond natuurlijk; het is allang geen geheim dat de Bruce Highway gedupliceerd moet worden, maar ineens kregen we in januari een brief uit het niets waarin het oostelijke tracé in feite als al gekozen en voorkeursoptie werd neergelegd. Er is geen voortraject openbaar gemaakt; ik betwijfel of ze dat überhaupt hebben gedaan. Gewoon wat lijnen op de kaart getrokken en gezegd: 'Dat zal wel voldoen'.' Ze gaf hem een dikke blauwe map. 'Dit is de chronologie. Ik heb alles gedateerd en van aantekeningen voorzien.'

Danny sloeg de map open en trof een minutieuze tijdlijn, elke entry in Sarah's nette handschrift met verwijzingen naar de bijbehorende documenten. Het detailniveau sprak van uren zorgvuldig werk – raadsnotulen kruisverwezen met krantenberichten, kadastrale gegevens naast voorgestelde routes gelegd, e-mailcorrespondentie met ambtenaren zorgvuldig bewaard.

'Dit is ongelooflijk grondig,' zei hij, onder de indruk.

Sarahs mond trok in een humorloze glimlach. 'Moest wel. Elke keer dat we zorgen uitten, veranderden documenten op mysterieuze wijze of verdwenen ze uit het openbare dossier. Dus ben ik van alles kopieën gaan bewaren.'

Ze spreidde een grote kaart over de tafel uit, waarop verschillende kleuren markeerstift potentiële bypassroutes aanduidden. 'De oostelijke route, in rood, snijdt dwars door ons land. De alternatieve westelijke route, in groen, treft vooral dennenplantages op staatsgrond, met minimale impact op particuliere eigendommen.' Haar vinger volgde de groene lijn. 'Logischerwijs is de westelijke route veel verstandiger. Minder ontheemding, en minder milieuzorgen omdat hij een kwetsbaar moerasgebied ten noorden van Ridgewater Lake mijdt, waar de oostelijke route recht doorheen zou gaan.'

Danny bestudeerde de kaart en zag hoe de oostelijke route ook verschillende andere percelen raakte. 'Maar ze duwen toch op het oosten?'

'Agressief.' Sarah's stem bleef neutraal; ze presenteerde feiten in plaats van beschuldigingen. Ze tikte op de kaart. 'De oostelijke route zou ook de commerciële waarde verhogen van deze percelen hier, onlangs gekocht door Coastal Holdings... en met 'onlangs' bedoel ik eind vorig jaar, weken voordat het oostelijke tracé zo goed als een fait accompli werd verklaard.'

'En van wie is Coastal Holdings...?' vroeg Danny, terwijl hij het antwoord al vermoedde.

'Een trust waarin verschillende raadsleden begunstigde zijn, onder wie raadslid James Conley, die ons erg luidruchtig heeft weggezet als – en ik citeer – 'hobbyboeren'.' Sarah zuchtte en wreef over haar slapen.

'Ik wijs alleen op patronen die vragen oproepen. Ik heb geen bewijs dat er iets onbehoorlijks speelt.'

Danny knikte en maakte aantekeningen. Het verhaal kreeg een bekend profiel – waar geld, macht en gemak elkaar kruisen, leiden ze vaak tot dezelfde voorspelbare uitkomsten. 'Heb je deze zorgen formeel geuit?'

Sarah lachte kort en vermoeid. 'Meerdere keren. We hebben elke openbare consultatie bijgewoond, uitgebreide bezwaren ingediend, zelfs een onafhankelijke milieuadviseur ingehuurd om onze eigen beoordeling te doen.' Ze gebaarde naar een andere doos. 'Ze luisteren beleefd, bedanken ons voor onze 'passionele inbreng' en gaan vervolgens precies hun eigen gang.'

Terwijl Danny de documentatie doorwerkte, werd de omvang van Sarah's inspanningen duidelijk. 'Dit vergt wat spitwerk,' zei hij, terwijl hij kernstukken selecteerde om mee te nemen. 'Ik zal een aantal van deze verbanden onafhankelijk moeten verifiëren.'

Sarah knikte, opgelucht maar zonder te juichen. 'Natuurlijk. Ik snap journalistieke standaarden. Alles wat ik je heb verteld, is ergens in deze dossiers gedocumenteerd, maar jij moet het zelf bevestigen.'

'Sarah,' zei Danny zacht, 'waarom heeft dit tot nu toe geen media-aandacht gekregen?'

Ze keek weg; haar uitdrukking verstrakte bijna onmerkbaar. 'We hebben het geprobeerd. De lokale krant is eigendom van een dochter van Coastal Holdings. Regionale media waren geïnteresseerd, tot ze dat niet meer waren. Eén verslaggever zei ronduit dat hem was opgedragen het te laten vallen.' Ze keek hem recht aan. 'Ik ben niet naïef, Danny. Ik snap hoe dit werkt. Geld praat, en Ridgewater is gewoon een stuk grond dat de vooruitgang in de weg staat.'

'Niet zomaar een stuk grond,' corrigeerde Danny, denkend aan Lucy's gezicht dat oplichtte als ze Foxie reed, aan de kinderen die hij zelfvertrouwen had zien krijgen onder Zoe's geduldige begeleiding, aan de gemeenschap die zijn dochter had verwelkomd toen ze dat het hardst nodig had. 'Ridgewater betekent iets voor veel mensen.'

Sarah's uitdrukking verzachtte iets. 'Ja. Dat doet het.' Ze begon mappen terug in de dozen te leggen. 'Misschien moet je met Ryan Wardell praten. Hij heeft contacten in regionale ruimtelijke ordening uit zijn vorige corporate loopbaan, voordat hij de golfbaan kocht en hierheen verhuisde. Hij is bij Emma in de springweide om op te bouwen voor haar sessie met Phoenix.'

Danny pakte zijn aantekeningen en de documenten. 'Daar ga ik nu heen. En Sarah? Dank je dat je zo georganiseerd bent. Dat maakt mijn werk makkelijker. Ik beloof dat ik alles veilig bij je terugbreng.'

'Dat is de McKenzie-manier,' antwoordde ze met een vleugje trots. 'We winnen misschien niet elk gevecht, maar niemand kan zeggen dat we onvoorbereid waren.'

Toen Danny de keuken verliet, voelde hij het gewicht van de documenten in zijn handen – niet slechts papier en inkt, maar de optelsom van de strijd van één familie om hun thuis te beschermen. Het verhaal kreeg vorm in zijn hoofd, verbanden ontstonden tussen feiten, en uit patronen rezen vragen op. Het was te lang geleden dat hij zich in een echt onderzoek had vastgebeten, in iets dat verder ging dan dagelijkse nieuwscycli en klikwaardige koppen.

Hiervoor was hij in de eerste plaats journalist geworden. Niet alleen om nieuws te melden, maar om waarheid boven tafel te krijgen. Om een stem te geven aan wie het systeem probeerde te smoren. Dat Ridgewater persoonlijk belangrijk voor hem was geworden, deed niets af aan zijn professionele interesse – het verscherpte die.

De springweide lag naast de binnenhal, precies waar de rode lijn over Sarah's kaart had gejaagd. Ryan Wardell bewoog zelfverzekerd tussen een reeks imponerende hindernissen, hoogtes en afstanden bijstellend met de gefocuste precisie van iemand voor wie millimeters tellen. Langs de rand van de weide warmde Emma McKenzie Phoenix op, de volbloed die met ingehouden energie rondcirkelde, zijn zwarte vacht glanzend in het felle, hete zonlicht.

Danny hield stil bij het hek en keek toe hoe Ryan een paar passen achteruit deed om een bijzonder complexe combinatie te beoordelen. Zelfs voor Danny's ongetrainde oog leken de obstakels formidabel – felgekleurde balken op hoogtes die voor elk paard onmogelijk leken om veilig te nemen. Ryan controleerde afstanden met een rolmaat en zette vervolgens één sprong een paar centimeter dichter bij de volgende.

'Vind je het erg als ik stoor?' riep Danny.

Ryan keek op; herkenning gleed over zijn gezicht. 'Wareham. Lucy's vader.' Hij liep aan, wreef zijn handen af aan zijn broek. 'Wat brengt je naar het enge deel van Ridgewater?'

'De bypass,' antwoordde Danny, terwijl hij zijn notitieboek iets optilde. 'Sarah zei dat jij misschien inzichten had.'

Ryan's uitdrukking verschoof subtiel; de humor maakte plaats voor iets bedachtzamer. 'Ah. Die hoofdpijn.' Hij keek naar Emma, die Phoenix nearby had stilgezet en duidelijk meeluisterde terwijl ze deed alsof dat niet zo was. 'Geef me een minuut om deze hoogtes voor Em af te ronden, dan praten we.'

Danny knikte en was tevreden om te observeren terwijl Ryan weer aan het werk ging. Emma draafde met Phoenix in een grote cirkel; het paard reageerde op onzichtbare hulpen – een minieme gewichtsverplaatsing, subtiele beendruk – met opmerkelijke gevoeligheid. Emma sprong met Phoenix over een kleine hindernis, of in elk geval klein in vergelijking met wat Ryan naliep. De grote ruin leek er zin in te hebben, oren gespitst, maar hij ging er niet met Emma vandoor. Wat maar goed was, want Danny zag ineens dat Phoenix een hoofdstel droeg zonder bit! Hoe kon Emma zo'n massaal dier in vredesnaam sturen?

Ryan rondde zijn aanpassingen af en gaf Emma een seintje, waarop zij Phoenix in galop zette en richting de eerste sprong draaide. Danny hield zijn adem in terwijl de imposante volbloed de hindernis naderde; hij was er zeker van dat het paard op het laatste moment zou weigeren. In plaats daarvan verzamelde Phoenix zich en zweefde met ruime marge over de balken, zijn vorm een perfecte boog tegen de hemel.

'Jeetje,' mompelde Danny, tegelijk onder de indruk en gealarmeerd door het gezicht.

Ryan grinnikte terwijl hij naar Danny toe liep. 'Precies wat ik zei de eerste keer dat ik haar met hem zag springen. Afschrikwekkend, hè?'

'Als Lucy maar geen ideeën krijgt,' zei Danny, terwijl hij toekeek hoe Emma Phoenix door de complexe combinatie leidde en het bijna eenvoudig deed lijken.

'Daar ben je te laat voor,' antwoordde Ryan. 'Elk kind dat springen kijkt, wil het uiteindelijk zelf proberen. Maar er gaan jaren training aan vooraf voor ze iets serieus doen.' Hij hield een landmeterrolmaat omhoog. 'Wil je even helpen? We kunnen praten terwijl ik afrond.'

Danny nam de rolmaat aan en viel vanzelf in de rol van assistent terwijl Ryan kleine aanpassingen aan het parcours bleef doen. 'Sarah zei dat je contact hebt gehad met de regionale planafdeling over de bypass.'

Ryan mat de afstand tussen twee sprongen voor hij antwoordde. 'In eerste instantie heb ik het via de officiële kanalen geprobeerd. Informatie opgevraagd, de openbare consultaties bezocht, directe vragen gesteld. Geen steek verder gekomen.' Hij markeerde met zijn voet een plek. 'Kun jij die staander zo'n tien centimeter deze kant op zetten?'

Danny hielp de zware staander verplaatsen, verrast door het gewicht. 'Wat veranderde er?'

'Ik heb connecties uit mijn vorige leven aangeboord.' Ryan's toon bleef luchtig, maar Danny hoorde het staal eronder. 'Een paar oud-cliënten gebeld die in infrastructuurcommissies zitten en mijn zorgen geuit over procedurele onregelmatigheden in het goedkeuringsproces.' Zijn glimlach haalde zijn ogen niet. 'Plotseling werd de afdeling heel geïnteresseerd in het volgen van het juiste protocol.'

'Maar ze blijven op de oostelijke route inzetten,' merkte Danny op, terwijl hij in zijn notitieboek krabbelde.

'Met iets meer papierwerk nu, ja.' Ryan deed een paar passen achteruit en bekeek de sprong. 'Ze probeerden het oosten erdoor te drukken met minimale inspraak. Toen ik vragen begon te stellen, vertraagden ze, maar van koers veranderen deden ze niet.' Hij wierp een blik op Emma, die Phoenix nu door een serie krappe wendingen tussen sprongen leidde. 'Ik heb nooit een eerlijk antwoord gekregen waarom.'

Danny liep met Ryan naar de waterbak-sprong en hielp de balken ervoor bij te stellen. 'Theorieën?'

'Meerdere, geen ervan te bewijzen.' Ryan verlaagde zijn stem iets. 'Van de oostelijke route worden meer mensen rijk, laten we het zo zeggen. De westelijke route loopt door dennenbos op staatsgrond aan de overkant van het meer, en daar zouden ze maar een strook van gebruiken. Geen woningbouw of commercieel vastgoed waar aan verdiend kan worden daar.' Hij glimlachte een tikje zelfrelativerend. 'Helaas ben ik een van de weinigen die er commercieel baat bij zou hebben als de westelijke route wordt goedgekeurd; die zou langs de andere kant van mijn golfbaan lopen en er ligt onontwikkelde grond die geschikt is voor commercieel gebruik. Dus ik ben als bron een beetje verdacht, vrees ik.'

Danny knikte begrijpend. 'Er zijn altijd winnaars en verliezers, dat snap ik. Maar het lijkt erop dat de meeste verliezers bij de oostelijke route juist de mensen zijn die hier echt wonen. De eigenaren, de boeren.'

'Sommigen zitten hier al generaties.' Ryan knikte, zijn uitdrukking wat grimmig. 'Zoals de McKenzies. Ridgewater zou volledig onteigend worden. Wat me overigens ook niet lekker zit, want wat gebeurt er met de rest van het land waar de weg niet overheen gaat?' Hij maakte een weids gebaar om de enorme omvang van het landgoed aan te geven. 'Je zou prachtige, dure huizen kunnen neerzetten met uitzicht op het meer, een fortuin waard, en ver genoeg van de weg om geen geluidsoverlast te hebben. Dan meer woningen of commerciële ontwikkeling aan de andere kant. Wie profiteert daarvan? Want het zullen de McKenzies niet zijn.'

Emma galoppeerde met Phoenix hun kant op, de krachtige passen van het paard slokten moeiteloos de afstand op. Van dichtbij zag Danny de concentratie op haar gezicht, het perfecte evenwicht dat ze behield terwijl Phoenix over de sprongen zweefde.

'Hoe ligt het erbij?' vroeg Emma aan Ryan, terwijl ze in galop om hen heen kwam.

'Perfect. Doe de combinatie nog één keer, en geef hem dan even pauze.' Ryan's stem werd zachter toen hij Emma toesprak; zijn gebaar naar de sprongen was tederder dan zijn efficiënte bewegingen van zo-even. 'Hij springt vandaag schitterend.'

Emma straalde. 'Hij lijkt er lol in te hebben. Belachelijk dat hij geen moeite wil doen voor iets onder één meter dertig, maar dat is onze Phoenix!'

Terwijl ze Phoenix weer richting het parcours stuurde, keek Ryan haar na met een uitdrukking die Danny herkende – de blik van iemand voor wie de hele wereld versmalt tot één focuspunt zodra die persoon in beeld komt. Kort, beheerst, maar onmiskenbaar.

'Opmerkelijk paard,' merkte Danny op, opzettelijk achteloos.

'Opmerkelijke vrouw,' corrigeerde Ryan zacht, en leek zich toen te herpakken. 'De McKenzies allemaal. Daarom kan ik niet toekijken terwijl een kortzichtige planningsbeslissing dreigt te vernietigen wat zij hier hebben opgebouwd.'

Ze keken zwijgend toe hoe Emma Phoenix over de waterbak stuurde – de sprong met de watertray. Ryan leek zijn adem in te houden, viel Danny op. Phoenix aarzelde lichtjes in de aanloop, verzamelde zich toen en sprong schoon, en Emma's zachte lof was zelfs op afstand hoorbaar.

'Pfoe,' mompelde Ryan. 'Water is het enige waar hij soms nog over twijfelt, maar hij wordt elke keer beter.'

'Wat zou jij als volgende stap aanraden?' vroeg Danny terwijl hij zijn notitieboekje opborg. 'Sarah's documentatie is volledig, maar ik heb meer nodig over het besluitvormingsproces.'

Ryan dacht na terwijl hij beugels uit een emmer verzamelde. 'Er is een planningsmedewerker die Christine Delaney heet. Carrièreambtenaar, al twintig jaar bij de dienst. Zij uitte in een vroeg stadium zorgen over het oostelijke tracé, en werd toen plotseling naar een ander project overgeplaatst.' Hij gaf Danny een paar van de metalen houders. 'Met haar zou je kunnen praten. Ik kan je haar contactgegevens sturen als je wilt.'

Danny nam zowel de beugels als het aanbod met oprechte waardering aan. 'Dat zou enorm helpen.'

Ze werkten nog een paar minuten samen; Danny vond onverwachte voldoening in het fysieke werk van sprongen verstellen. Het was te lang geleden dat hij iets zo concreets had gedaan; het afgelopen decennium had zijn werk vooral bestaan uit woorden en digitale bestanden.

'Nog één ding,' zei Ryan toen ze klaar waren. 'Wat je ook vindt, deze mensen spelen hard. Ik heb gezien hoe ze te werk gaan. Wees voorzichtig.'

De waarschuwing werd luchtig gebracht, maar Danny herkende de ernst erachter. 'Ben ik altijd.'

Die zondagmiddag zat Danny op het verweerde bankje buiten de rijhal tussen een rij ouders, zijn notitieboek op zijn knie. Voor een toevallige toeschouwer leek hij gewoon een ouder die naar de les van zijn kind keek, maar intussen taxeerde hij de moeders die in groepjes stonden te praten en identificeerde mogelijke interviews voor zijn onderzoek.

Lucy ving zijn blik vanaf Foxie's rug, haar houding nu zelfverzekerd rechtop terwijl ze de pony door een reeks zachte wendingen leidde. Zoe sprak een zacht woord van lof toen Lucy de oefening afrondde, en Lucy straalde haar gelukkig toe.

Danny wendde zich tot de vrouw naast hem, een blonde veertiger wier zoon op een schimmeltje aan de overkant van de bak zat. Ze had zich voorgesteld als Helen toen hij net was gaan zitten; haar vriendelijke glimlach maakte haar een toegankelijke eerste gesprekspartner.

'Ik kijk voor een artikel naar de bypass,' legde Danny uit, zijn stem luchtig houdend. 'Heb jij een idee hoe die de lokale bewoners zou raken?'

Helens uitdrukking sloeg meteen om; haar voorheen ontspannen houding spande zich. 'Een idee? Ik heb meer dan ideeën. Ik heb er nachtmerries van.' Ze gebaarde vaag zuidwaarts. 'Ons land ligt aan Mills Road; we hebben melkvee. De oostelijke route snijdt er dwars doorheen, met ons huis en de stal aan de ene kant en onze dam en achterste weiden aan de andere. Het wordt volledig onwerkbaar omdat we de koeien niet meer naar de stal kunnen brengen om te melken. Ze bieden een compensatie die niet de helft dekt van wat we verliezen.'

Danny knikte en noteerde snel. 'Hoelang zitten jullie daar al?'

'Altijd al.' Haar ogen volgden de vorderingen van haar zoon, maar haar gedachten waren duidelijk elders. 'Mijn vader en grootvader hielden al vee op dat land voor ons.'

'En als de westelijke route gekozen wordt?'

'Raakt ons helemaal niet. Raakt de meeste woonhuizen niet.' Ze schudde haar hoofd. 'Dat maakt het zo frustrerend. Er is een logisch alternatief dat ze negeren.'

Danny noteerde naast de feiten ook de persoonlijke details; de generaties geschiedenis. Juist deze menselijke elementen zouden droge planningsdiscussies veranderen in verhalen waarmee lezers zich emotioneel konden verbinden.

Aan de overkant van de bak instrueerde Zoe de kinderen voor een nieuwe oefening; ze demonstreerde het patroon door voor te doen hoe ze hun pony's in een acht moesten sturen, alles in draf maar met een halthouding in het midden. Lucy's gezicht was een studie in concentratie, haar tong tussen haar tanden terwijl ze de manoeuvre zorgvuldig uitvoerde. Nog maar twee weken geleden was ze een volslagen beginner, nerveus en onzeker. Nu bewoog ze met Foxie alsof ze een taal deelden, anticiperend op de bewegingen van de pony voordat die gebeurden.

'Danny? Heb je een minuut?'

Hij keek op en zag Melissa Carter naast zich staan, een tengere vrouw wier dochter ook meedeed met de les, maar die hij ook herkende van de school waar ze onderwijsassistent was. Ze wees op de lege plek naast hem op het bankje.

'Heeft Helen je al aardig wat over de bypass verteld?' vroeg ze terwijl ze ging zitten, haar glimlach haalde alle scherpte uit de woorden.

'Ik verzamel invalshoeken,' antwoordde Danny, terwijl hij een nieuwe pagina in zijn notitieboek omsloeg. Het was duidelijk dat Melissa was gekomen om haar kant van het verhaal te geven.

Melissa's glimlach doofde. 'Nou, hier is er nog één voor je. De oostelijke route loopt op nog geen honderd meter van Ridgemont Primary, als je dat nog niet doorhad.'

Danny's pen stokte even. Lucy zat op Ridgemont Primary. Hij had die specifieke impact van de bypass nog niet meegewogen. 'Heeft de schoolleiding bezwaren geuit?'

'Herhaaldelijk. De raad beweert dat de geluidsimpact binnen aanvaardbare grenzen blijft, maar hun meting is in de schoolvakantie gedaan.' Melissa schudde haar hoofd. 'Handig getimed.'

Er hadden zich inmiddels meer ouders verzameld; het ging rond dat er een journalist naar de bypass vroeg. Danny bevond zich ineens in het middelpunt van een klein groepje, ieder gretig om zijn of haar perspectief te delen. Een wildverzorger die zich zorgen maakte over faunapassages, een vrijwillige brandweerman bezorgd over aanrijroutes voor nooddiensten, een vader die nerveus was over woningwaarden. Danny noteerde ieder verhaal met empathie en bouwde zo een samengesteld beeld op van een gemeenschap die eensgezind tegen een plan was dat leek te zijn gemaakt zonder rekening met hen te houden.

Danny keek op van zijn aantekeningen en zag hoe Lucy een perfecte overgang van stap naar draf uitvoerde; haar lichaam ging in ritme op en neer met Foxie's bewegingen. Ze had die overgang geoefend, vastberaden de eerste onhandigheid doorwerkend tot het soepel ging. Haar volharding deed hem denken aan Sarah McKenzie's methodische documentatie van de strijd tegen de bypass – zich niet laten ontmoedigen door tegenslag, blijven geloven dat inzet uiteindelijk resultaat oplevert.

'Wat vindt je vrouw hier eigenlijk van?' vroeg Helen ineens, waardoor Danny uit zijn gedachten werd gehaald.

'Ik ben alleenstaande vader,' antwoordde hij automatisch, en besefte toen dat ze naar zijn notitieboek had gebaard.

'Sorry,' zei ze snel. 'Ik nam gewoon aan dat je met iemand samenwerkte, zo te zien aan hoe je dit verhaal opbouwt.'

Het misverstand trof Danny onverwacht hard. Hij werkte al zo lang alleen – geïsoleerd nadat zijn huwelijk was ingestort, volledig gefocust op het creëren van stabiliteit voor Lucy – dat het idee van samenwerking bijna vreemd aanvoelde. Maar hier, omringd door ouders die hun zorgen deelden, terwijl hij Lucy zag rijden naast vriendinnen die haar onvoorwaardelijk hadden omarmd, besefte hij dat er iets was verschoven.

Hij was niet langer slechts een observator die een planningsgeschil documenteerde. Ergens tussen Lucy's eerste rijles en dit moment waren Ridgewater en de omliggende gemeenschap persoonlijk geworden. De bypass was niet langer alleen een verhaal; het was een bedreiging voor een plek die hem iets betekende, Lucy iets betekende, en voor deze mensen wier namen nu zijn notitieboek vulden.

Toen de les eindigde en de kinderen afzadelen gingen en hun pony's naar de stal leidden, sloot Danny zijn notitieboek en stond op. Zijn blik gleed over Ridgewaters weiden, de verweerde stallen, het glinsterende meer aan de westgrens. De fysieke schoonheid van de plek was onmiskenbaar, maar het waren de minder tastbare aspecten die hem hadden gegrepen: de gemeenschap die zijn dochter had omarmd, het doel en de vreugde die Lucy hier had gevonden, de onverzettelijke vastberadenheid van de McKenzie-zussen om de erfenis van hun familie te beschermen.

Lucy kwam aanlopen, wangen rood van inspanning. 'Hé, pap! Kunnen we nog even bij Midnight langs voor we gaan?' vroeg ze hoopvol.

Danny aarzelde. 'Heb je het aan Zoe gevraagd?'

'Nog niet. Ze zegt misschien ja als jij het vraagt.' Lucy gaf hem een sluwe blik en Danny voelde een moment van plotselinge, hartstilstandachtige paniek. Had Lucy ook maar enig idee hoe aantrekkelijk haar vader de krullenkoppige equitherapeut vond, die even zachtaardig en vriendelijk was met paarden als met bange kinderen?

'We vragen het,' zei hij, hopend dat hij het zich te veel inbeeldde. Lucy die voor hem cupido ging spelen was een complicatie die hij écht niet nodig had!

Lucy haakte haar hand in de zijne en samen gingen ze op zoek naar Zoe, die ze uiteindelijk vonden zittend in het gras, net buiten Midnight's paddock.

'Lekker zo?' vroeg Danny nieuwsgierig.

'Het doel is niet dat ik het lekker heb,' zei Zoe met een glimlach omhoog naar hem. 'Het is dat Midnight zich op zijn gemak voelt bij mijn aanwezigheid. Ga zitten, als je wilt.' Ze klopte op het gras naast haar. 'Ik heb op mieren gelet.'

Lucy plofte meteen neer en na een moment ging Danny ook zitten, terwijl hij de zwarte pony bekeek, die met grazen was gestopt om naar hen te kijken.

'Dus je... zit gewoon?' vroeg hij.

'Soms lees ik.' Zoe haalde een gehavende paperback uit haar achterzak. 'Gezelschap zonder verwachting, daar gaat het om. Hij begint aan me te wennen.'

'Mag ik dat ook doen?' vroeg Lucy. 'Ik lees graag. Dan kan ik hem gezelschap houden terwijl jij werkt.'

Zoe keek naar Danny, die aarzelde.

'Veiligheid?' checkte hij bij Zoe.

'Zolang je aan deze kant van die balk op de grond blijft, kan hij niet ver genoeg reiken om te bijten,' zei Zoe, terwijl ze Lucy de balk aanwees. 'En onder deze boom, waar schaduw is en je niet verbrandt. Niet proberen hem aan te raken, zelfs niet als hij zijn hoofd door het hek steekt.' Ze liet Lucy haar arm zien; het verband was eraf, maar de sporen van de beet waren nog aan het genezen. 'Dat kan hij met zijn tanden.'

Lucy keek passend ontsteld. 'Ik raak hem niet aan, en ik blijf achter de balk, beloofd!' Ze keek Danny smekend aan.

'Goed dan,' gaf hij toe. Ondanks zijn aanhoudende voorbehoud over Midnight leek de pony vooruit te gaan, en hij vertrouwde erop dat Lucy de simpele veiligheidsregels die Zoe had uitgelegd, zou volgen. De blijdschap op het gezicht van zijn dochter toen hij zijn toestemming gaf, bevestigde dat hij de juiste beslissing had genomen – net als de goedkeuring op dat van Zoe.

Hoe moeilijk hij het ook vond, hij moest zijn dochter kleine stapjes richting zelfstandigheid gunnen, en hij kon geen betere plek bedenken dan een omgeving als Ridgewater, waar veiligheid bij het plannen van elke activiteit wordt meegenomen.

Het feit dat Zoe Webb hem daarbij zó toelachte, hielp ook niet bepaald om zijn hart rustig te houden.

Hoofdstuk Zes

Zoe's benen waren gaan tintelen van de slapende prikkels, maar ze durfde haar houding niet te verleggen. Naast haar zat Lucy opmerkelijk stil voor een negenjarige, haar boek open maar grotendeels vergeten terwijl ze samen naar Midnight keken. De zwarte pony had aan het uiteinde van zijn paddock staan grazen, maar de afgelopen tien minuten was hij langzaam, bijna onmerkbaar, stapje voor stapje dichter naar hun plekje bij het hek gekomen. Elke pas was afgewogen, zijn hoofd ging vaak omhoog om hen op te nemen met die waakzame, intelligente ogen.

'Hij doet een stiekeme nadering,' fluisterde Lucy.

Zoe knikte heel licht, de beweging minimaal houdend. 'Precies. Hij is nieuwsgierig maar nog bang. Dus hij doet alsof hij gewoon staat te grazen, maar in werkelijkheid keurt hij ons.'

Ze zaten er al bijna een uur, de tijd gemarkeerd door het zachte omslaan van de bladzijden in Lucy's boek en Zoe's af en toe zachte commentaar, gericht aan Midnight. De pony maakte vooruitgang; trager dan ze had gehoopt, maar sneller dan ze had gevreesd. Elke dag bracht kleine overwinningen: eten met een mens in de buurt, dichterbij toelaten, interesse tonen in plaats van blinde paniek.

Lucy was een onverwacht goede gezelschapsmaat voor deze stille sessies gebleken. Waar andere kinderen onrustig zouden zijn geworden of om actie gevraagd zouden hebben, leek Lucy intuïtief te begrijpen hoe waardevol geduld was.

Midnight zette nog een stapje dichterbij en liet toen zijn hoofd zakken om een pluk gras af te trekken, op misschien tien meter van waar ze zaten. Zijn oren bleven op hen gericht, af en toe draaiend naar de verre geluiden van bedrijvigheid op het hoofdterrein.

'Je doet het heel goed,' murmelde Zoe, haar stem een zachte rimpel in de stilte. 'Gewoon een normale ponydag, hè? Gras eten, van het zonnetje genieten.'

Midnight sloeg met zijn staart naar een vlieg, de beweging terloops, natuurlijk. Zoe voelde een sprankje voldoening. Toen hij net was aangekomen, was elke beweging gespannen, hyperalert geweest. Nu liet hij glimpjes van normaal paardengedrag zien.

Nog een behoedzame stap bracht hem nóg dichterbij. Zoe kon het spel van spieren onder zijn glanzend zwarte vacht zien, de fijne zweem van zweet langs zijn hals. Angst heerste nog over hem, maar nieuwsgierigheid begon kleine veldslagen te winnen.

'Kijk,' ademde Lucy, haar boek nu volledig verlaten op haar schoot.

Midnight had zijn hoofd opgetild, neusgaten wijd open terwijl hij hun geur op de warme bries oppikte. Een ademloze tel dacht Zoe dat hij terug zou deinzen, maar in plaats daarvan zette hij nog een afgemeten stap naar voren en liet zijn hoofd weer zakken om te grazen, nu op slechts een paar meter van de heklijn waar zij zaten.

Een golfje van triomf schoot door Zoe's borst, al hield ze haar gezicht zorgvuldig neutraal. Dit grazen in zo'n nabijheid was nieuw, een duidelijk teken dat Midnight mensen begon te hercategoriseren van 'directe dreiging' naar 'mogelijke niet-dreiging'. Ze verlangde ernaar haar opwinding met Lucy te delen, maar durfde het broze moment niet te breken met een plotselinge beweging of geluid.

Terwijl Midnight door bleef grazen, af en toe zijn hoofd optilde om hen te beoordelen en dan weer terugkeerde naar het gras, vormde zich een wilde, misschien roekeloze gedachte in Zoe's hoofd. Ze had gepland binnenkort zijn paddock te betreden, maar had het zich voorgesteld terwijl hij op afstand was, zodat hij ruimte had om zich terug te trekken. Nu hij uit zichzelf zo dichtbij kwam, lag er een kans om iets betekenisvollers te proberen.

Het was riskant. Zijn eerste aanval had nog genezende sporen achtergelaten op haar arm. Maar iets in zijn lichaamstaal vandaag, de zachtheid rond zijn ogen, de verminderde spanning in zijn hals, vertelde haar professionele instincten dat dit moment ertoe deed.

'Lucy,' zei ze, haar stem nauwelijks boven een fluistering, 'ik ga iets proberen. Ik heb nodig dat je stokstijf blijft zitten, wat er ook gebeurt. Lukt dat?'

Het kind knikte plechtig, haar ogen groot maar niet bang.

Met glaciaal tempo vouwde Zoe haar benen uit, en trok even een pijnlijk gezicht toen het bloed terugstroomde in haar dove voeten. Midnights hoofd schoot omhoog, maar hij ging er niet vandoor. Hij keek toe, oren spits naar voren, terwijl ze behoedzaam overeind kwam, elke beweging met opzet en precisie uitzendend.

'Alleen ik,' zei ze zacht. 'Niets om je zorgen over te maken.'

Ze bleef volledig stil naast het hek staan, minutenlang, zodat hij kon wennen aan haar hoogte. Toen hij uiteindelijk zijn hoofd weer liet zakken om te grazen, nam ze dat als toestemming om door te gaan.

Met dezelfde zorgvuldige bedachtzaamheid liep ze naar het hek, waarbij ze elke keer dat Midnight verstrakte stopte en wachtte tot hij een teken van ontspanning gaf voor ze weer bewoog. Uiteindelijk boog ze behoedzaam en gleed tussen de spijlen door, alle bewegingen traag houdend, haar hart bonzend tegen haar ribben ondanks haar uiterlijke kalmte.

Nu stond ze in de paddock, voor het eerst Midnights ruimte delend zonder de barrière van het hekwerk tussen hen in. De pony week enkele passen achteruit toen ze de heklijn overstak, zijn lichaam gespannen als een veer, maar belangrijker: hij sloeg niet op de vlucht.

'Het is goed zo,' murmelde Zoe, terwijl ze zich langzaam liet zakken om met gekruiste benen in het gras in de paddock te gaan zitten. 'Precies zoals net. Geen druk, geen verwachtingen.'

Ze positioneerde zich op ongeveer dezelfde afstand van hem als buiten het hek, hem ruimte gevend terwijl ze duidelijk maakte dat ze hem niet opjoeg. Elk instinct, aangescherpt door jaren werken met getraumatiseerde paarden, zei haar stil te blijven en hem de volgende stap te laten zetten.

Minuten rekte zich tot uren terwijl ze elkaar gadesloegen. Midnight stond bevroren, alleen het af en toe slaan van zijn staart of trillen van een oor verraadde zijn innerlijke onrust. Zoe hield haar ademhaling langzaam en gelijkmatig, haar houding ontspannen ondanks de adrenaline die door haar systeem gierde.

Toen, bijna onmerkbaar, begon de spanning uit het lichaam van de pony weg te vloeien. Zijn hoofd zakte iets, zijn ademhaling werd zichtbaar trager. Toen hij uiteindelijk voorzichtig zijn hoofd liet zakken om te grazen, voelde Zoe tranen prikken in haar ooghoeken.

Dit was het, de doorbraak waar ze naartoe had gewerkt. Niet dramatisch of opzichtig, maar een stil moment van acceptatie. Midnight stond te grazen terwijl zij in zijn paddock zat, haar aanwezigheid erkennend zonder zich zo bedreigd te voelen dat hij moest vluchten of vechten. Voor een paard met zijn verleden vertegenwoordigde dit een monumentale verschuiving in vertrouwen.

Voorzichtig om het moment niet te verstoren, wierp Zoe een blik achterom naar Lucy. Het kind zat exact zo stil als ze haar hadden achtergelaten, maar haar gezicht stond getransformeerd van verrukking, haar ogen glansden van begrip. Ze stak haar duim op naar Zoe, duidelijk beseffend hoe belangrijk was wat ze meemaakten.

Zoe richtte haar aandacht weer op Midnight, die enkele meters verder stond te grazen, zijn handelingen met elke minuut natuurlijker. Ze zou vandaag niet verder duwen; deze stille overwinning was genoeg. De simpele daad van een getraumatiseerde pony die een mens in zijn ruimte accepteerde zonder terug te vallen in paniek of agressie, betekende een enorme hoeveelheid vooruitgang gecomprimeerd in één enkel moment.

Terwijl ze in vredige stilte zat, ruimte delend met dit gewonde wezen dat eindelijk begon te helen, voelde Zoe een gevoel van juistheid over zich neerdalen. Daarom had ze Engeland achtergelaten, daarom was ze halverwege de wereld gereisd. Niet voor geld of erkenning, maar voor dit soort momenten; stille triomfen die de meeste mensen nooit zouden zien of begrijpen, maar die de koers van een leven voorgoed veranderden.

Een half uur nadat ze Midnights paddock had verlaten, en nadat ze had ontdekt dat Lucy op enig moment weggegleden was terwijl Zoe bij de pony zat, liep Zoe richting de grote stal, haar stemming opgetild door de doorbraak. Het geluid van meisjesachtig gelach leidde haar naar een van de wasplaatsen, waar Lucy, Jemima en Charlotte gebogen stonden over een schimmel met appeltjes. Alle drie waren ze gewapend met borstels en werkten vrolijk in het gelid terwijl ze het geduldige dier poetsten. Lucy's gezicht straalde van geluk, zo anders dan het voorzichtige, teruggetrokken meisje dat als eerste bij Ridgewater was aangekomen.

'Zorg dat je met de roskam echt tot op de huid komt,' instrueerde Jemima, terwijl ze kleine cirkelbewegingen voordeed op de schouder van de pony. 'Stormy vindt het heerlijk, zie je hoe hij erin leunt?'

De grijze pony, een van Pips trainingsprojecten, leek inderdaad te genieten van de aandacht, zijn ogen halfgeloken van tevredenheid terwijl de meisjes werkten.

'Hoi, juf Zoe!' riep Charlotte, die haar als eerste opmerkte. 'We maken Stormy netjes voor wanneer juf Pip thuiskomt, zodat hij er goed uitziet.'

'Dat zie ik,' antwoordde Zoe met een glimlach. 'Hij ziet er nu al heel knap uit.'

Lucy keek op, haar borstel halverwege een haal stilhoudend. 'Heeft Midnight de wortelstukjes opgegeten die ik heb neergelegd?'

'Ik heb niet gekeken, maar ik weet zeker dat hij ze neemt nu wij weg zijn,' verzekerde Zoe haar. 'Hij heeft vandaag prachtige vooruitgang geboekt.'

Jemima was naar Stormy's hals verhuisd en werkte behendig met haar vingers om een stuk manen te scheiden.

'Vlechten is makkelijk als je het eenmaal in de vingers hebt,' zei ze tegen Lucy, haar stem zelfverzekerd met de autoriteit van iemand die belangrijke kennis overdraagt. 'Je moet het haar eerst natmaken, anders wordt het glad en blijft het niet zitten.'

Lucy keek vol aandacht toe terwijl Jemima de strengen in elkaar begon te weven. Charlotte boog ook dichterbij, even gefascineerd door de demonstratie.

'Nu jij,' bood Jemima aan, terwijl ze opzij stapte zodat Lucy bij een ongevlochten stukje kon.

Zoe liep weg, liet hen hun gang gaan, en was net op weg naar buiten uit de stal toen er een compact figuurtje met een met stof bedekte Akubra-hoed binnenwandelde.

'Pip!' riep Zoe, oprechte blijdschap haar stem verwarmend.

Pip Rodriguez-McKenzie duwde haar hoed naar achteren, waardoor haar gezicht zichtbaar werd, gespleten door een brede grijns. Ondanks bijna drie weken reizen zag ze er fris en energiek uit, haar petiete gestalte trilde bijna van haar gebruikelijke tomeloze energie.

'Daar is ze dan, de wonderdoener!' riep Pip, die de afstand tussen hen sloot en Zoe in een warme omhelzing trok. Hoewel klein van stuk, knuffelde Pip met haar hele lichaam, zo'n omarming die je je meteen thuis deed voelen. 'Je hebt de tent dus niet in de fik gezet,' plaagde ze terwijl ze weer achteruit stapte, haar ogen rimpelend van humor.

'Niet dat ik het niet geprobeerd heb,' grapte Zoe terug, verrast door hoe blij ze was om Pip te zien. De verantwoordelijkheid voor zowel Pips lesrooster als Midnights revalidatie had zwaarder op haar gedrukt dan ze had beseft. 'Hoe was Tasmanië?'

'Prachtig! Jake's tante heeft een huisje pal aan de kust. We hebben vogelbekdieren gezien, gewandeld, te veel gegeten...' Ze viel stil, tevreden glimlachend. 'Maar vertel me alles wat hier gebeurd is. Sarah heeft me de hoofdlijnen gegeven, maar over Midnight wil ik alles van jou horen.'

Zoe knikte naar de deur. 'Laten we lopen en praten. De meisjes redden zich prima met Stormy.'

Terwijl ze door de stallen slenterden, praatte Zoe Pip bij over de afgelopen drie weken, van de moeilijke aankomst in de veekrat tot de doorbraak van die dag. Pip luisterde aandachtig en stelde af en toe verhelderende vragen over Midnights gedragspatronen en reacties op verschillende aanpakken.

'Meiden, kijk wie er terug is,' kondigde Zoe aan toen ze tijdens hun rondje weer langs de wasplaats liepen.

'Tante Pip!' riep Jemima, die haar vlechtwerk liet vallen om op haar af te rennen. 'Heb je iets voor mij meegebracht uit Tasmanië?'

'Jemima McKenzie!' lachte Pip, terwijl ze Jemima warm omhelsde en naar Charlotte's rode haar reikte om het te ruwelen toen die ook naderde. 'Is dat een manier om me thuis te verwelkomen? Maar ja, er zit misschien iets kleins in mijn tas voor je.'

Ze richtte haar aandacht op Lucy, die achteraan was gebleven, ineens verlegen in het bijzijn van iemand nieuws. 'En wie is dit? Een nieuwe aanwinst voor onze paardenclub?'

'Dit is Lucy Wareham,' stelde Zoe voor. 'Ze heeft les gehad terwijl je weg was, en ze helpt mij met Midnight door hem gezelschap te houden terwijl ik werk.'

Pips wenkbrauwen rezen waarderend. 'Dat is nogal een verantwoordelijkheid. Aangenaam, Lucy. Elke vriend van Midnight is een vriend van mij.'

Lucy glom bij de erkenning, haar verlegenheid smolt weg. 'Hij at vandaag hooi vlak naast het hek,' vertelde ze. 'En juf Zoe zat in zijn paddock!'

'O ja?' Pip keek onder de indruk. 'Dat moet ik beslist met eigen ogen zien.'

De meisjes gingen terug naar hun poetswerk, terwijl Zoe en Pip hun rondleiding vervolgden en richting Midnights paddock liepen. Terwijl ze liepen, kon Zoe niet anders dan opmerken hoe Pips aanwezigheid iedereen die ze passeerden leek op te peppen. Pip had dat effect op mensen; haar natuurlijke enthousiasme en warmte waren aanstekelijk.

'Zeg het me eerlijk,' zei Pip toen ze Midnights paddock naderden, haar toon serieuzer wordend. 'Hoe moeilijk is het geweest?'

Zoe woog haar antwoord zorgvuldig af. 'Een uitdaging, maar niet ondoenlijk. Hij is diep getraumatiseerd, maar onder al die angst zit een nieuwsgierige, intelligente pony. Ik heb een paar kleine doorbraken gehad.'

Ze bereikten de heklijn en bleven staan. Midnight stond in het midden van de paddock te grazen en hief alert zijn hoofd toen hij hen zag. Hij verstrakte zichtbaar bij het zien van een nieuw iemand, maar stoof niet naar de hoek zoals hij eerder zou hebben gedaan.

Pip floot zachtjes, duidelijk onder de indruk van wat ze zag. 'Had niet verwacht dat hij er nu al zo settled uitzag,' zei ze. 'Niet na wat Graham me over hem verteld heeft. Hij had me ervan overtuigd dat we met een echte demonpony te maken zouden krijgen.'

'Hij is lastig geweest,' gaf Zoe toe, terwijl ze toekeek hoe Midnight voorzichtig weer begon te grazen, al bleef zijn aandacht op hen gericht. 'Maar zijn agressie komt voort uit angst, en ik denk dat hij daar het ergste van begint te overwinnen.'

'Je hebt opmerkelijk werk geleverd in een paar weken,' zei Pip, oprecht bewonderend. 'Ik had mijn twijfels toen Sarah me over zijn aankomst bijpraatte, om eerlijk te zijn.'

De lof verwarmde Zoe onverwacht. Komend van Pip, wiens kunde met moeilijke paarden bijna legendarisch was, betekende het veel. 'Ik zou zijn zorg nu aan jou moeten overdragen nu je terug bent,' bood ze aan, hoewel een deel van haar ertegen opzag om de band die ze met Midnight had opgebouwd los te laten.

Pip schudde beslist haar hoofd. 'Hij kent jou nu,' zei ze, terwijl ze toekeek hoe Midnight een paar stappen in hun richting deed, nieuwsgierig ondanks zijn behoedzaamheid. 'Ik zie dat je iets hebt opgebouwd dat fragiel maar echt is. Daar ga ik echt niet tussen zitten.'

'Weet je het zeker?' vroeg Zoe. 'Het is tenslotte jouw rescue-geval.'

'Het is Ridgewaters rescue-geval,' verbeterde Pip. 'En jij bent de juiste persoon voor hem, zo klaar als een klontje. Ik help graag met het fysieke werk als je nog een paar handen nodig hebt en een kleine ruiter om hem uiteindelijk opnieuw onder het zadel te starten, maar het vertrouwen opbouwen?' Ze gebaarde naar Midnight, die nog dichterbij was gekomen. 'Dat is helemaal jouw verdienste, Zoe.'

Zoe voelde een golf van trots bij Pips vertrouwen in haar kunnen, al probeerde ze dat niet te duidelijk te laten blijken. 'Dank je,' zei ze eenvoudig. 'Ik waardeer dat je me dat toevertrouwt.'

'Je hebt het verdiend,' antwoordde Pip, haar blik nadenkend terwijl ze de zwarte pony bestudeerde.

'Zijn voeten zijn in verschrikkelijke staat,' zei Zoe vervolgens, wijzend op Midnights overgroeide hoeven, die zichtbaar verlengd waren en bij de tenen al licht begonnen te krullen. 'Hij is hoognodig toe aan een bekapbeurt, maar er is geen sprake van dat hij nu al hantering duldt. Niet voor iets dat zo ingrijpend is.'

Pip knikte begrijpend. 'We kunnen het echter niet veel langer uitstellen. Die lange tenen gaan al gauw zijn balans en gewrichten beïnvloeden, als dat al niet zo is.'

'Ik weet het.' Zoe zuchtte, gefrustreerd. 'Ik probeer te bedenken hoe we dit kunnen aanpakken zonder al onze vooruitgang teniet te doen.'

'Sedatie,' zei Pip eenvoudig. 'Niet ideaal, maar soms noodzakelijk. We kunnen Marcus een milde dosis laten toedienen, net genoeg om de scherpe randjes eraf te halen terwijl jij werkt.'

Zoe had met tegenzin aan dezelfde oplossing gedacht. Elke interactie met Midnight moest vertrouwen opbouwen, niet uithollen, en gedwongen sedatie voelde als een stap terug. Maar de fysieke realiteit van zijn hoeven viel niet te negeren; goede hoefverzorging was essentieel voor zijn algehele revalidatie. En als er een dierenarts was die ze kon vertrouwen om haar leiding te volgen met Midnight, was het haar eigen broer.

'Je hebt gelijk,' gaf ze toe. 'Laten we Marcus bellen. Misschien kunnen we met onze recente vooruitgang Midnight vrijwillig naar het hek lokken voor de injectie. Of eventueel een verdovingspijltje?' Ze haalde haar telefoon tevoorschijn en sms'te Marcus, die al snel terugstuurde dat hij net zijn laatste klus van de dag afrondde en over een halfuur thuis zou zijn en graag wilde helpen.

Ze besteedden de tussentijd aan het klaarmaken van alles wat ze nodig zouden hebben: hoevenkrabbers, tangen, raspen, en een comfortabele mat waarop Midnight veilig kon staan zodra hij gesedeerd was, aangezien hem uit de paddock halen en in de behandelbox zetten geen optie zou zijn. Zoe liep de procedure mentaal door en plande hoe ze efficiënt kon werken binnen het beperkte venster dat de sedatie zou bieden.

'Hoe is het met de zorgenkindpatiënt?' vroeg Marcus, terwijl hij de paddock naderde, dierenartstas in de hand.

'Gaat beter,' antwoordde Zoe bescheiden. 'Ik zie vooruitgang. Vandaag liet hij me voor het eerst de paddock in.'

'Dat is aanzienlijk meer dan "wat" vooruitgang, gezien zijn voorgeschiedenis,' wierp Marcus tegen, terwijl hij een sedatiepijltje voorbereidde.

Zoe beet op haar onderlip terwijl Marcus het pijltje in het luchtdrukpistool laadde. 'Heb al een tijd zo'n ding niet gebruikt,' merkte hij op, terwijl hij richtte op Midnights hals.

'Ik zou hem nooit lang genoeg stil kunnen houden voor een spuit,' zei Zoe spijtig. 'Dit beter op afstand doen. Dan koppelt hij het minder aan ons... het voelt meer als een bijensteek.'

Marcus vuurde, en Midnight deinsde terug, draaide zijn hoofd en probeerde naar het in zijn hals zittende pijltje te happen, maar Marcus had het vlekkeloos geplaatst.

'Dat is 'm,' zei Marcus zacht. 'Geef het een paar minuten om volledig in te werken.' Het kalmeringsmiddel begon vrijwel meteen te werken, de bewegingen van de pony werden geleidelijk minder gecoördineerd.

Ze keken toe hoe Midnights oogleden zwaar werden, zijn hoofd iets zakte naarmate de sedatie verdiepte. Toen hij voldoende slaperig was, stapte Zoe voorzichtig de paddock in en benaderde hem, onafgebroken pratend in een zachte, geruststellende toon.

'Sorry van dat stiekeme pijltje,' vertelde ze hem terwijl ze haar handen licht over zijn hals liet glijden. 'Maar we moeten voor die voeten van je zorgen.'

Met Pips hulp zetten ze Midnight op de klaargelegde mat neer, waarbij Marcus en Pip hem in balans hielden terwijl Zoe aan zijn hoeven begon te werken. Ze tilde om beurten elke voet op en maakte schoon, knipte en vijlde snel. Ondanks haar tempo werkte ze grondig, en ze vormde de overgroeide hoeven zorgvuldig om om de juiste balans en stand te herstellen. Ze had twee jaar studied gehad om barefoot te bekappen, om te begrijpen hoe hoefproblemen het hele skelet- en spierstelsel van een paard konden beïnvloeden, en hoewel ze niet zo snel was als een meesterhoefsmid, wist ze dat ze degelijk werk leverde.

Toen ze de laatste hoef neerzette, begon Marcus Midnights tanden te controleren, waarbij hij voorzichtig de mond van de pony opende om zijn gebit te bekijken.

'Dat is interessant,' mompelde hij, turend naar Midnights tanden. 'Op basis van zijn tandkenmerken is hij pas een jaar of vijf.'

Zoe keek verrast op. 'Vijf? Ik dacht dat hij minstens zeven of acht was, gezien zijn voorgeschiedenis.'

'Jonge paarden kunnen helaas in korte tijd veel trauma oplopen,' zei Marcus, zijn stem met een zweem van de woede die ze allemaal voelden richting Midnights vorige eigenaren. 'Maar dit is eigenlijk goed nieuws voor zijn revalidatiekansen. Jonge paarden zijn veel flexibeler, beter in staat die angstreacties te herbedraden.'

Een golf van hoop bloeide op in Zoe's borst bij deze onverwachte onthulling. Jeugd betekende veerkracht, aanpassingsvermogen, een aanzienlijk grotere kans op volledig herstel. Wat leek op een moeilijke maar zinvolle revalidatie, voelde nu als een oprecht veelbelovende tweede kans voor de getraumatiseerde pony.

'Dat verklaart zijn nieuwsgierigheid,' zei ze nadenkend. 'Ondanks alles wat hij heeft meegemaakt, zit die jeugdige onderzoekingsdrang er nog onder.'

De sedatie begon uit te werken. Midnights ogen waren nu alerter, zijn hoofd kwam omhoog terwijl zijn bewustzijn terugkeerde. Maar in plaats van de paniek die ze had kunnen verwachten, bleef hij verrassend kalm, knipperde slaperig terwijl hij zich heroriënteerde.

Zoe zag een kans in deze overgangstoestand en besloot iets te proberen waar ze al aan had gedacht. De technieken van de Masterson Method werkten vaak wonderen bij het loslaten van spanning bij paarden, en Midnight droeg zeker genoeg fysieke spanning met zich mee om behandeling te rechtvaardigen, als ze hem zover kon krijgen het toe te laten.

Met langzame, beheerste bewegingen positioneerde ze zich bij zijn hoofd en begon met de lichtst mogelijke aanraking, haar vingertoppen raakten hem amper terwijl ze van zijn atlas langs de blaasmeridiaan naar beneden streek. De methode steunde op subtiel lichaamswerk dat het zenuwstelsel van het paard respecteerde, toestemming vragend in plaats van gehoorzaamheid eisend.

Tot haar vreugde accepteerde Midnight de zachte aanraking zonder te schrikken. Zijn oogleden zakten een fractie, nu niet door sedatie maar door ontspanning, terwijl haar vingers langs zijn spiergroepen werkten en spanning loslieten die waarschijnlijk al maanden vastzat. Toen ze de lichtst denkbare druk uitoefende op sleutelpunten langs zijn hals, reageerde hij door zijn hoofd lager te laten zakken, een klassiek teken dat een paard zowel fysieke als mentale stress loslaat.

'Moet je dát zien,' fluisterde Pip vanaf haar plek, waar ze stond te kijken. 'Hij vindt het nog lekker ook.'

Toen Zoe uiteindelijk een stap terugdeed, na de grootste spanningspunten te hebben behandeld die ze veilig kon bereiken, bleef Midnight een moment rustig staan voordat hij wegliep met merkbaar meer ontspannen passen. De strakke, bange beweging die hem sinds zijn aankomst had gekenmerkt, had tijdelijk plaatsgemaakt voor iets natuurlijkers, vloeienders: de stap van een paard dat zich fijn voelt in zijn eigen lijf.

Zoe keek hem na, een stille voldoening verwarmde haar borst. De sedatie was nodig geweest voor zijn fysieke verzorging, maar dit vredige naspel, dit moment van oprechte ontspanning, betekende iets dat veel waardevoller was voor zijn herstel op de lange termijn.

Toen ze zich omdraaide om Marcus en Pip uit de paddock te volgen, trok beweging op de veranda van het Big House haar aandacht. Danny stond verdiept in gesprek met Ryan en Sarah, hun hoofden gebogen over wat kaarten en documenten leken, uitgespreid over de tafel. Zelfs vanaf deze afstand kon ze de intensiteit in Danny's uitdrukking zien terwijl hij naar iets op de papieren wees, zijn focus volledig bij wat ongetwijfeld het onderzoek naar de omleidingsweg was.

Sarah knikte op wat Danny zei, terwijl Ryan's gebaren suggereerden dat hij iets ingewikkelds over de documenten uitlegde. Hun gezamenlijke vastberadenheid om Ridgewater te beschermen roerde iets in Zoe's borst, een groeiende verbondenheid met deze plek en de mensen die ervoor vochten.

Alsof hij haar blik voelde, keek Danny ineens op, zijn ogen vonden de hare over de afstand. Heel even kruisten hun blikken elkaar, en Zoe voelde een onverwachte fladdering onder haar ribben voor ze snel wegkeek, zichzelf eraan herinnerend zich op haar eigen verantwoordelijkheden te concentreren in plaats van op de afleidende journalist met de vriendelijke groene ogen en beschermende aard.

Hoofdstuk Zeven

DANNY KEEK MET EEN frons naar de papieren die zijn keukentafel bedekten terwijl hij aan zijn eerste koffie van de dag nipte; de bittere smaak paste bij zijn humeur terwijl hij alweer een inconsistentie in het omleidingsplanproces markeerde. Geel voor procedurele afwijkingen, oranje voor verdachte timing, blauw voor namen die te vaak opdoken bij cruciale beslissingen. Met elk document dat hij bekeek, werd het patroon duidelijker, en het verhaal dat zich in zijn hoofd vormde, leek in de verste verte niet op het transparante planningsproces dat gevolgd had moeten worden.

'Raadslid Conley weer,' mompelde hij, terwijl hij de naam met blauw omcirkelde. Al voor de vierde keer in zes maanden had Conley met minimale discussie een motie doorgedrukt die de oostelijke route bevoordeelde.

Danny bladerde terug in zijn aantekeningen en legde de link tussen data waarop Coastal Holdings aangrenzende percelen had gekocht en raadsvergaderingen waar cruciale besluiten op mysterieuze wijze ontbraken in de notulen.

Het conceptartikel groeide, alinea voor alinea. Drie weken onderzoek hadden meer dan genoeg opgeleverd om serieuze vragen te stellen bij het selectieproces voor de omleidingsroute. Wat begonnen was als een gunst aan de McKenzies, was uitgegroeid tot precies het soort verhaal waarop hij in Brisbane zijn reputatie had gebouwd; machtige belangen die publieke processen naar hun hand zetten voor privégewin, terwijl gewone burgers de prijs betaalden.

De ochtendstilte sloot zich als een vertrouwde deken om hem heen. Die vroege uren voordat Lucy wakker werd waren zijn meest productieve geworden; ze stelden hem in staat zich volledig te concentreren zonder de voortdurende trek van ouderlijke alertheid. Hij typte snel, de woorden stroomden terwijl hij droge procedurele afwijkingen vertaalde naar een verhaal dat gewone lezers konden volgen.

Hij schreef: 'De oostelijke omleidingsroute, die door historische landbouwgrond zou snijden en gevestigde bedrijven zou ontwrichten, werd consequent gepresenteerd als de enige haalbare optie, ondanks substantiële tegenstand uit de gemeenschap en een geschikte alternatieve westelijke route,' en: 'Documenten die deze verslaggever heeft verkregen, laten een patroon zien van procedurele snelkoppelingen en selectieve consultatie dat serieuze vragen oproept over de vraag of de juiste planningsprotocollen zijn gevolgd.'

Danny pauzeerde en wreef in zijn ogen voordat hij herlas wat hij had geschreven. De feiten moesten op zichzelf kunnen staan, maar hij wist uit ervaring dat cijfers en data alleen lezers niet zouden raken. Hij had het menselijke element nodig, de verhalen die abstracte beleidsbeslissingen vertaalden naar zichtbare gevolgen voor echte levens.

Hij haalde zijn interviewaantekeningen erbij en scrolde naar Helens relaas over de zuivelboerderij van haar familie. Drie generaties hadden dat land bewerkt, het uit niets opgebouwd tot een productief bedrijf dat niet alleen hun gezin, maar ook meerdere werknemers onderhield. De oostelijke route zou het onbruikbaar maken, het perceel in tweeën splijtend met een drukke weg waar de koeien niet overheen konden om bij de melkstal te komen.

'Mijn grootvader heeft me in die stal leren melken toen ik zes was,' had Helen hem verteld, haar stem vast maar haar handen licht trillend. 'Mijn zonen en dochters hebben het daar ook geleerd. Wat moet ik hun nu zeggen? Dat vooruitgang betekent dat we onze geschiedenis uitwissen?'

Danny verwerkte haar woorden in het artikel en zette de klinische taal van het compensatieaanbod van de gemeente af tegen de onschatbare waarde van generatiekennis en de verbondenheid met een plek.

De situatie van Ridgewater was zowel eenvoudiger als complexer. Op papier zou het een eenvoudige onteigening moeten zijn; de overheid zou het land dat nodig was voor de wegcorridor verplicht aankopen. Maar Danny had met eigen ogen gezien wat Ridgewater voor de gemeenschap betekende. De rijlessen die kinderen zelfvertrouwen gaven, de banen die het verschafte, het gevoel van continuïteit in een wereld die constant veranderde. Hoe bereken je daarvoor een eerlijke compensatie? En waarom stond de overheid erop het hele terrein terug te nemen? Het aanbod zou er moeten zijn, ja, zodat de familie elders een gelijkwaardig bedrijf kon kopen, maar wat zou er gebeuren met de rest van het land dat niet voor de weg zelf werd gebruikt... en wie zou daar profijt van hebben? Want net als Ryan Wardell was hij er vrij zeker van dat het niet de McKenzies zouden zijn.

Zijn vingers bleven boven het toetsenbord hangen terwijl hij nadacht over hoe hij dit deel van het verhaal moest inkaderen. Ridgewater was niet zomaar een locatie; het was hem persoonlijk gaan raken door Lucy's verandering. De journalist in hem waarschuwde om die persoonlijke band zijn verslaggeving niet te laten kleuren, maar de vader in hem kon niet negeren hoe het ruitercentrum zijn dochter had geholpen haar evenwicht terug te vinden na het trauma van de ineenstorting van hun gezin en hun verhuizing naar het platteland.

Het zachte ploffen van blote voeten op de keukentegels onderbrak zijn gedachten. Lucy verscheen in de deuropening, haar haar een wilde warboel van de slaap, haar ogen nog zwaar.

'Morgen, pap,' gaapte ze, terwijl ze naar het kastje schuifelde. 'Je bent al eeuwen op.'

Danny wierp een blik op de klok – 6.45 uur. 'Slechts een paar uur. Ik werk aan het artikel over de omleidingsroute.'

Lucy knikte afwezig en greep naar de doos cornflakes. Danny keek toe hoe ze haar ontbijtroutine doorliep met de efficiënte bewegingen van een kind dat gewend was geraakt aan zelfredzaamheid. Ze schonk ontbijtgranen in, voegde melk toe en zette haar kom neer op het kleine plekje dat ze aan de rand van de tafel had vrijgemaakt, ogenschijnlijk onverstoorbaar door de georganiseerde chaos van zijn onderzoeksstukken.

'Kunnen we na het ontbijt naar Ridgewater?' vroeg ze tussen twee happen door. 'Jemima appte gisteravond. Zij en Charlotte willen dat ik de hele dag kom. Jemima's mam zei dat het goed is en dat ik bij hen in het Grote Huis boterhammen kan eten tussen de middag.'

'De hele dag?' Danny trok een wenkbrauw op. 'Dat is lang.'

Lucy haalde haar schouders op, ontwapenend volwassen. 'Het is nu vakantie. Jemima gaat me leren hoe je wedstrijdvlechten echt goed doet, en Charlotte heeft een nieuw boek over paarden dat ze me wil laten zien.'

De gretigheid in haar stem was onmogelijk te weerstaan. Twee maanden geleden was Lucy nog het nieuwe meisje zonder vrienden, stil en teruggetrokken. Nu had ze uitnodigingen, binnenpretjes, gedeelde interesses – al die normale kinderervaringen waarvan hij vreesde dat ze slachtoffer zouden worden van hun moeizame nieuwe start.

'Ik denk dat dat wel goed is,' zei hij, terwijl hij probeerde nonchalant te klinken in plaats van belachelijk dankbaar tegenover de McKenzies en hun ruitercentrum. 'Ik moet Sarah toch nog wat vervolgvragen stellen voor dit artikel.'

Lucy's gezicht lichtte op. 'Dank je, pap! Ik ga me meteen aankleden.'

'Eerst je ontbijt opeten,' zei Danny, toen ze al van tafel wilde schuiven terwijl haar cornflakes nog halfvol waren. 'Je hebt energie nodig voor een dag met de paarden.'

Hij dacht even dat ze met haar ogen zou rollen, maar ze knikte bedachtzaam en pakte haar lepel weer op. 'Je hebt gelijk. Miss Zoe zegt dat het belangrijk is om eerst voor jezelf te zorgen, anders kun je anderen niet helpen, of het nou paarden of mensen zijn.'

'Dat klinkt heel verstandig.' En het klonk precies als Zoe ook. Danny glimlachte, sloeg zijn concept op en begon de belangrijkste documenten te verzamelen die hij mee wilde nemen, terwijl Lucy haar ontbijt op at, haar kom in de vaatwasser zette en weer naar boven holde. Het verhaal kreeg steeds meer vorm, het patroon van dubieuze beslissingen werd helderder met elk stukje bewijs dat hij verzamelde.

Het ging niet alleen om wegen en routes, besefte hij. Het ging om wat er gebeurt als beslissingen die gemeenschappen raken, genomen worden door mensen die niet met de gevolgen hoeven te leven. Het ging om macht en het verantwoord gebruik daarvan, om het verschil tussen vooruitgang die mensen meeneemt en vooruitgang die simpelweg over hen heen walst.

Terwijl hij zijn papieren sorteerde, hoorde hij Lucy boven bewegen, waarschijnlijk met de toewijding die alleen een negenjarige om zeven uur 's ochtends kan opbrengen in haar rijspullen aan het schieten. Haar enthousiasme werkte aanstekelijk en verwarmde hem tegen de kilte van wat zijn onderzoek aan het blootleggen was.

Wat er ook met de omleidingsroute zou gebeuren, in ieder geval had hij zijn dochter dit gegeven: een plek waar ze thuishoorde, vrienden die haar waardeerden, vaardigheden die haar zelfvertrouwen opbouwden. Voor nu moest dat genoeg zijn.

Danny reed de paar minuten naar Ridgewater terwijl hij luisterde naar Lucy's levendige gekwebbel op de achterbank. De kerstvakantie lag voor hen als een onbeschilderd doek, en zijn dochter had duidelijk al besloten hoe ze het wilde inkleuren: in Ridgewater-tinten, omringd door paarden en haar nieuwe vriendinnen. Haar opwinding werkte aanstekelijk, zelfs terwijl er een kleine knoop van bezorgdheid in zijn maag ontstond over hoe snel ze opgroeide en naar ervaringen greep buiten zijn beschermende cirkel.

'En Jemima zegt dat ze de pony's met Kerstmis versieren met slingers en belletjes en zo,' ging Lucy door, nauwelijks ademhalend. 'Ze zei dat ik met Foxie mag helpen als ik wil, en we gaan oefenen voor de kerstshow waar ze in de finale allemaal verkleed gaan als rendieren. Wist je dat paarden gewei kunnen dragen? Niet echte, natuurlijk.'

Danny glimlachte naar haar weerspiegeling in de achteruitkijkspiegel. 'Natuurlijk. Al vermoed ik dat de paarden er niet laaiend enthousiast over zijn.'

'Jemima zegt dat ze het niet erg vinden zolang het gewei niet te zwaar is. En we geven ze extra wortels als bedankje.' Lucy drukte haar gezicht tegen het raam toen ze de bekende grindoprit naar Ridgewater opdraaiden. 'Miss Emma zegt dat Foxie heel geduldig is met verkleedpartijen. Niet zoals Butterscotch, die de versieringen probeert op te eten.'

De achteloze manier waarop Lucy nu over het personeel en de paarden sprak, met de vanzelfsprekende vertrouwdheid van iemand die erbij hoort, verwarmde iets in Danny's borst. Nog maar een paar weken geleden was ze aarzelend en onzeker geweest, zijn hand krampachtig vasthoudend terwijl ze deze onbekende wereld betraden. Nu sprak ze erover met het vertrouwen van iemand die precies weet waar ze past.

De auto stond nog maar net stil of Lucy klikte haar gordel los en tuimelde naar buiten, waar ze Jemima en Charlotte bij de piste zag staan, waar Emma sprongen aan het zetten was, veel kleiner dan die waar hij haar Phoenix een paar dagen eerder over had zien gaan; deze moesten voor de lessen zijn. Danny keek toe hoe Lucy het erf overstak, alle ledematen in de groei en stuiterende krullen, terwijl de gezichten van haar vriendinnen oplichtten toen ze haar zagen aankomen. Het trio viel meteen in een geanimeerd gesprek, wijzend naar de sprongen die Emma neerzette, totdat Emma hen wenkte om te komen helpen.

Hij stapte langzamer uit en stopte zijn notitieboekje in zijn achterzak. De vertrouwde sfeer van Ridgewater begroette hem: hoefgetrappel op beton terwijl Kate haar grote schimmel na de dressuurtraining terug naar de stal leidde, de zoete geur van groen gras, het schaterende geluid van een lachende kookaburra in de buurt. Hij leunde tegen het hek, tevreden om de interactie van de meisjes op afstand gade te slaan.

Emma zwaaide naar hem voordat ze zich weer tot de kinderen wendde, en demonstreerde met haar handen iets over de sprongen. Alle drie de meisjes knikten ernstig en namen de aanwijzingen op met identieke uitdrukkingen van concentratie. Daarna wees Emma naar een wei waar verschillende pony's graasden; kennelijk gaf ze instructies.

Lucy kwam als eerste in beweging, met Jemima en Charlotte in haar kielzog. Danny keek toe hoe zijn dochter – zijn voorzichtige, ooit aarzelende dochter – zelfverzekerd het hek opende, de wei in stapte en een ruige bruine pony benaderde. Het dier hief zijn hoofd, de oren naar voren in herkenning, en sjokte zonder aarzeling op haar af.

'Wanneer heb jij dat geleerd?' mompelde Danny in zichzelf, terwijl hij toekeek hoe Lucy een halster om het hoofd van de pony gespte. De bewegingen zagen er natuurlijk uit, alsof ze haar hele leven al met paarden omging in plaats van pas enkele weken. Ze pakte het halstertouw en leidde de pony naar het hek, waar haar vriendinnen haar opwachtten met nog twee pony's; al kletsend en lachend liepen de drie richting de stal.

Er schoot iets in zijn keel; trots gemengd met een vreemde weemoed. Elke nieuwe vaardigheid die Lucy onder de knie kreeg, was tegelijk een overwinning en een kleine stap weg van het kleine meisje dat hem voor alles nodig had. Hij wilde dat ze groeide, dat ze zelfverzekerd en vaardig werd, maar elke mijlpaal herinnerde hem eraan hoe vluchtig de kindertijd is, hoe snel ze haar eigen persoon werd.

Beweging bij de hengstenweides trok zijn aandacht. Zoe zat net binnen het hek van Midnights wei, een boek open op haar schoot. De zwarte pony, niet langer het bange, agressieve dier dat Danny als eerste had gezien, graasde vredig op slechts een paar meter afstand. Hij oogde kalm, zijn houding ontspannen terwijl hij het gras systematisch kort hield, af en toe met een oor naar Zoe wiekend, maar zonder het spoor van paniek dat zijn eerste dagen op Ridgewater had gekenmerkt.

Danny keek gefascineerd naar het stille tafereel. Hij was sceptisch geweest over Zoe's revalidatieaanpak, overtuigd dat de pony te gevaarlijk was om te redden. En toch was hier zichtbaar bewijs van vooruitgang: het getraumatiseerde dier kon nu vredig bestaan in de nabijheid van een mens. Zoe zat ontspannen, leunend op één arm, haar wilde krullen in een losse vlecht getemd; af en toe sloeg ze een bladzijde om, verder bleef ze zorgvuldig stil.

Zijn aandacht verschoof terug naar de stal toen Lucy verscheen met haar inmiddels gepoetste pony, diens vacht glanzend in de ochtendzon. Ze bond hem vast aan een hek en liep naar de zadelkamer, keerde terug met zadel en hoofdstel en deed die de pony om met volledig vertrouwen. De transformatie van het aarzelende kind van haar eerste les naar deze zelfverzekerde jonge amazone was opmerkelijk. Emma kwam Lucy's werk controleren, en zelfs vanaf deze afstand kon Danny Lucy's trotse glimlach zien toen Emma knikte en haar bemoedigend op de schouder tikte met een woord van lof.

Een gil van lachsalvo's steeg op toen Charlotte iets zei dat de andere twee meisjes in een giechelbui deed uitbarsten. Danny glimlachte. Zulke momenten van ongecompliceerde vreugde waren zeldzaam geweest na de scheiding en de voogdijstrijd. Lucy zo ongeremd te zien lachen, haar lichaam ontspannen, haar gezicht open en gelukkig, voelde als een cadeau waarvan hij niet eens had geweten dat hij het mocht vragen.

Zijn rustige observatie werd onderbroken toen Lucy naar Midnights wei wees, iets tegen haar vriendinnen zei en daarna terug rende naar waar Danny stond. Haar gezicht straalde van opwinding toen ze hem bereikte.

'Pap! Kijk naar Midnight!' riep ze, wijzend naar de verre wei. 'Hij laat Miss Zoe nu gewoon bij hem in het veld zitten! En hij staat te eten en alles, niet bang!'

Danny knikte. 'Dat zie ik. Ze heeft goed vooruitgang met hem geboekt.'

'Miss Zoe zegt dat hij mensen weer begint te vertrouwen. Ze zei gisteren dat ze misschien binnenkort gaat proberen hem aan te raken.' Haar ogen glinsterden van opwinding. 'Pap, ik heb gevraagd of ik met hem mocht helpen, en ze zei misschien, als jij het goedvindt.'

De knoop van bezorgdheid in Danny's maag trok strakker aan. 'Helpen met Midnight? Lucy, die pony heeft iemand in het ziekenhuis doen belanden. Hij heeft Miss Zoe zo hard gebeten dat ze verbonden moest worden.'

'Ik weet het, maar dat was weken geleden. Het gaat nu veel beter met hem.' Lucy's gezicht werd serieus, de uitdrukking die ze opzette als ze hem ergens van wilde overtuigen. 'Ik zou heel voorzichtig zijn, pap. Echt. Miss Zoe zegt dat ik een zachte hand heb met paarden. Ze zei dat ik al kan helpen door gewoon stilletjes te gaan zitten lezen in de buurt van hem, zoals we eerder deden. Ik zou hem niet proberen aan te raken of zo, totdat zij zegt dat het kan.'

Danny keek naar Midnights wei, waar de zwarte pony vredig bleef grazen. Er viel niet te ontkennen dat het dier rustiger oogde, maar de herinnering aan Zoe's bebloede arm en de felheid van die eerste aanval stond nog scherp op zijn netvlies. De gedachte dat Lucy ook maar in de buurt van dat onvoorspelbare dier zou zijn, joeg een koude golf van angst door hem heen.

'Alsjeblieft, pap?' drong Lucy aan, duidelijk zijn aarzeling lezend. 'Het is belangrijk. Hij moet ook leren dat kinderen niet eng zijn, want hij is te klein om het paard van een volwassene te zijn.'

Danny voelde zich verscheurd tussen zijn wens om Lucy's compassie te ondersteunen en zijn instinctieve behoefte om haar tegen mogelijk gevaar te beschermen. De hoopvolle gloed in haar ogen maakte weigeren moeilijk, maar het risico, hoe verminderd ook, leek nog steeds te groot. Hij keek opnieuw naar Zoe en vroeg zich af hoe zij zo kalm ruimte kon delen met een dier dat haar ooit had aangevallen.

'Laat me eerst met Miss Zoe praten,' zei hij uiteindelijk, tijd winnend om zijn bezwaren te formuleren. 'Ik wil precies begrijpen wat ze voorstelt voordat ik beslis.'

Lucy's gezicht klaarde op. 'Dank je, pap! Ik ga Jemima en Charlotte vertellen dat ik misschien met Midnight mag helpen!' Ze snelde terug naar de andere meisjes en liet Danny achter met een mengeling van trots en bezorgdheid.

Hij kwam overeind van het hek, rechte zijn schouders en liep richting Midnights wei. Dit gesprek met Zoe was nodig, maar hij wist nu al dat het antwoord zijn dochter zou teleurstellen. Sommige risico's, hoe goed beheersbaar ook, waren simpelweg te groot om te nemen met de persoon van wie hij het meest hield ter wereld.

Zoe keek op van haar boek toen Danny naderde, en las onmiddellijk iets in zijn uitdrukking waardoor ze haar bladzijde markeerde en soepel overeind kwam. Ze mompelde iets tegen Midnight voordat ze door het hek naar buiten glipte om Danny buiten de wei te ontmoeten. Van dichtbij hadden haar goudbruine ogen een vragende blik, een pluk ontembaar haar ontsnapte aan haar vlecht en krulde tegen haar wang. Danny dwong zichzelf zich te concentreren op waar het om ging, in plaats van op de afleidende neiging om die eigenwijze krul achter haar oor te strijken.

'Lucy zei net dat je met haar hebt besproken dat ze met Midnight mag helpen,' zei hij zonder omhaal, zijn schouders strak van spanning.

Zoe knikte, haar uitdrukking open maar zorgvuldig. 'We hebben het er gisteren over gehad. Ze vraagt het eigenlijk al weken.' Ze wierp een blik over haar schouder naar de pony, die onverstoorbaar verder graasde. 'Ik heb haar gezegd dat het volledig van jouw toestemming afhangt.'

'Ik voel me er niet prettig bij,' stelde Danny vlak, terwijl hij zijn armen kruiste. 'Ik begrijp dat hij vooruitgang laat zien, maar het risico lijkt me nog steeds onnodig.'

Zoe bestudeerde hem even, haar hoofd licht schuin, alsof ze onder zijn woorden door probeerde te lezen. 'Ik begrijp jouw bezorgdheid,' zei ze uiteindelijk. 'Maar Lucy heeft opmerkelijk goed inzicht getoond bij paarden. Ze respecteert grenzen beter dan veel volwassenen die ik heb lesgegeven.'

'Dit gaat niet om Lucy's inzicht. Het gaat om een onvoorspelbaar dier met een geschiedenis van geweld.' Danny gebaarde naar de zwarte pony. 'Hij heeft iemand in het ziekenhuis doen belanden. Hij heeft je zo hard gebeten dat je medische zorg nodig had.'

'Beide uitspraken zijn waar,' erkende Zoe kalm. 'En ik zou dit niet voorstellen als ik dacht dat Midnight nog steeds hetzelfde gevaar opleverde als toen hij hier kwam.' Ze schoof haar mouw op en liet de bijna genezen sporen zien waar Midnights tanden haar huid hadden doorboord. 'Maar hij boekt echte vooruitgang. De sessies met Lucy zouden volledig onder toezicht zijn, Danny. Ze zou helemaal niet direct met hem omgaan zonder mijn aanwezigheid, en ze zal hem niet aanraken totdat ík vind dat hij eraan toe is. Eerlijk gezegd wil ik haar er vooral bij om mee te praten terwijl ik met hem werk, zodat hij kinderstemmen gaat koppelen aan rustige, positieve ervaringen.'

Danny's kaak spande. 'Totdat iets hem opschrikt en hij in de aanval gaat.'

'Daarom hebben we veiligheidsprotocollen.' Er sloop een vleugje frustratie in Zoe's stem. 'Lucy heeft tot nu toe elke instructie perfect opgevolgd als ze in de buurt van Midnight was.'

'jouw protocollen houden een vastbesloten paard niet tegen.' Danny schudde zijn hoofd. 'Ik heb gezien wat er gebeurt als veiligheidsmaatregelen falen. Als mensen gemakzuchtig worden over risico's.'

Zoe's uitdrukking verschoof subtiel; professionele geduld maakte plaats voor iets directers. 'Er is een verschil tussen redelijke voorzichtigheid en verlammende angst. Leren risico's in te schatten en te beheersen hoort bij opgroeien.'

'Dit gaat niet over mijn opvoedfilosofie,' zei Danny, scherper dan hij bedoelde. 'Het gaat over een concreet gevaar waaraan ik mijn dochter niet onnodig wil blootstellen.'

'Alles wat de moeite waard is, houdt een element van risico in,' wierp Zoe tegen, haar toon ook vuriger. 'Rijlessen. Vriendschappen sluiten. Opgroeien. We kunnen risico niet volledig uitbannen; we kunnen alleen leren het te navigeren.'

'We kunnen onnodige risico's vermijden,' hield Danny vol. 'Midnight is niet Lucy's verantwoordelijkheid. Er zijn genoeg andere paarden waar ze mee kan werken, zonder zijn geschiedenis.'

Zoe zuchtte en ging gefrustreerd met een hand door haar haar, waardoor nog meer krullen uit haar vlecht glipten. 'Lucy heeft een gave voor paarden die zeldzaam is; zelfs Jemima, die hier is opgegroeid, heeft niet die ondefinieerbare kwaliteit die Lucy van nature bezit. Ze is zacht, geduldig, niet-bedreigend. Eigenschappen die ongelooflijk waardevol zijn in dit werk.' Ze keek hem recht aan. 'Ze wil hem helpen, Danny. Door deze ervaringen ontwikkelt ze empathie en compassie. Dat zijn eigenschappen die het waard zijn om te koesteren, ook al gaan ze gepaard met zorgvuldig beheerde risico's.'

'Tegen welke prijs?' Danny's stem zakte, de woorden beladen met betekenis die verder reikte dan deze context. 'Waar trekken we de grens tussen waardevolle ervaring en onnodig gevaar?'

'je kunt haar niet voor altijd in bubbeltjesplastic wikkelen,' zei Zoe zacht, terwijl ze kort zijn arm aanraakte. 'Kinderen hebben ruimte nodig om hun grenzen te testen, om hun kunnen te ontdekken. Lucy vindt iets waar ze echt goed in is, iets dat haar raakt.'

Die simpele aanraking en de stille waarheid in haar woorden maakten iets in Danny's borst los. 'Dat is wat mijn ex-vrouw zei voordat ze ons verliet voor een man met een strafblad,' zei hij abrupt; de bekentenis glipte eruit voordat hij haar kon tegenhouden. 'Ze koos hem boven Lucy's veiligheid. Ze zei dat ik overbezorgd was, dat ik "Lucy wat meer moest laten leven". En toen vocht ik om het volledige gezag omdat haar nieuwe vriend veroordelingen had voor aanranding van een minderjarige, en hij Lucy al had bedreigd. Recht in haar gezicht. Ginny deed absoluut niets om het te stoppen.'

Zoe's uitdrukking veranderde, schok maakte plaats voor begrip en vervolgens diepe empathie. 'Het spijt me. Dat wist ik niet.'

'Hoe had je dat kunnen weten?' Hij wendde zijn blik af, verbaasd over zijn eigen openheid. 'Ik praat er niet over. Maar het is wel waarom veiligheid voor mij niet onderhandelbaar is. Ik heb van dichtbij gezien wat er gebeurt wanneer de mensen die Lucy zouden moeten beschermen, ervoor kiezen dat niet te doen.'

De spanning tussen hen verschoof; de confrontatie loste op in iets complexers. Zoe's stem was zacht. 'Dat moet angstaanjagend voor jullie allebei zijn geweest.'

'Dat was het.' Danny slikte, en vond onverwacht verlichting in het er eindelijk over spreken. 'De voogdijstrijd was lelijk. Lucy zat er middenin en hoorde dingen die geen enkel kind zou moeten horen. Toen we hier eindelijk tot rust kwamen, heb ik mezelf beloofd dat ze zich nooit meer onveilig zou voelen.'

'En nu zijn jullie aan het opbouwen,' zei Zoe zacht. 'Jullie vinden je draai op een nieuwe plek, met z'n tweeën.'

Danny knikte, getroffen door hoe snel ze het begreep. 'Alles wat ik doe, draait om haar stabiliteit en veiligheid. Zorgen dat ze weet dat ze altijd op mij kan rekenen.'

'Dat weet ze, Danny.' Zoe's ogen waren warm van zekerheid. 'Iedereen die vijf minuten bij jullie is, ziet het. Ze vertrouwt je volledig.'

'Dan moet ik dat vertrouwen waard zijn. Dat betekent dat ik haar niet blootstel aan onnodige gevaren, ook niet met de beste bedoelingen.' Hij zuchtte en ging met een hand door zijn haar. 'Ik wil haar interesses steunen. Echt. Maar dit voelt als te veel, te vroeg.'

Zoe knikte langzaam. 'Ik begrijp dat. En ik respecteer jouw beslissing, ook al kijk ik er anders tegenaan.' Ze aarzelde even en voegde toen toe: 'Voor wat het waard is: ik zou nooit iets voorstellen waarvan ik dacht dat het ook maar enig risico op schade voor Lucy met zich meebracht. Haar veiligheid is voor mij ook belangrijk.'

De eenvoudige oprechtheid in haar stem overviel hem. Ze stonden nu dicht bij elkaar, de ochtendzon wierp gefilterde schaduwen door de eucalyptus op Zoe's opgewende gezicht. Danny merkte zichzelf op details betrappen die hij had geprobeerd te negeren; de lijn van haar mond als ze sprak, de goudspikkels in haar ogen die het licht vingen, de manier waarop ze met haar hele lichaam luisterde, volledig aanwezig.

'Dat weet ik,' zei hij, zijn stem zakkend naar de plotselinge intimiteit van het moment. 'Ik denk dat het daarom zo ingewikkeld is.'

Er verschoof iets in haar blik, een flits van bewustzijn die paste bij de spanning in zijn borst. Ze stonden nu nog maar een handbreed uit elkaar; het gesprek had hen zonder het te beseffen dichter bij elkaar gebracht. Danny merkte dat hij een fractie vooroverboog, aangetrokken door een aantrekkingskracht waar hij al weken tegen vocht. Zoe's lippen gingen zachtjes uiteen, haar ogen zochten de zijne met een onuitgesproken vraag.

Toen sloeg de realiteit als een koude golf terug. Wat was hij aan het doen? Deze vrouw werkte met zijn dochter. Elke complicatie tussen hen zou ook Lucy raken. Hij richtte zich abrupt op en deed een stap terug, en had meteen spijt van de flits van teleurstelling die over Zoe's gezicht gleed voordat ze die kon verbergen.

'Ik moet weer aan het werk,' zei Zoe snel, waarbij ze haar boek onder haar arm schoof met handen die niet helemaal vast waren. 'De meisjes zouden helpen bij een les voor ruiters met een beperking. Emma kan hulp gebruiken.'

Voordat Danny iets kon zeggen, liep ze weg, haar pas doelgericht, al was die net iets gehaaster. Hij keek haar na, terwijl verwarring en frustratie in zijn borst kolkten. Hoe was een gesprek over Lucy's veiligheid zo persoonlijk geworden? En waarom had hij, ondanks zijn zekerheid over de situatie met Midnight, het gevoel dat hij op de een of andere manier een belangrijke proef niet had doorstaan?

Midnight snoof zachtjes vanuit zijn wei en trok Danny's aandacht. De pony keek hem aan met intelligente ogen, niet langer het doodsbange dier dat in de veewagen was gearriveerd. Vooruitgang was mogelijk, erkende Danny. Mensen – en dieren – konden herstellen van hun trauma's, weer leren vertrouwen. Maar dat herstel kon je niet forceren, en het kon niet ten koste gaan van veiligheid.

Hij draaide zich om en liep terug naar waar Lucy zou wachten, wetend dat hij haar moest teleurstellen. Sommige lessen, bedacht hij wrang, zijn moeilijker te geven dan andere.

Hoofdstuk Acht

Feestelijke versieringen sierden de staldeuren op Ridgewater; een krans van afrasteringsdraad, doorvlochten met slingers en rode linten, bracht kerstsfeer in de normaal zo utilitaire ruimte. Nog twee weken tot Kerstmis, en het hele centrum gonste van de voorbereidingen voor de jaarlijkse show, het hoogtepunt van Ridgewaters kalender. Uit de overdekte piste klonk het geluid van kerstliederen uit draagbare speakers, terwijl Kate een gevorderde dressuurleerling door een kür op muziek loodste.

Zoe bleef bij de ingang van de stal staan en glimlachte om het tafereel. Lucy, Jemima en Charlotte stonden met hun drieën bij een groep pony's; poetsborstels gleden in ritmische streken over glanzende vachten. De verandering in Lucy in de afgelopen weken bleef haar verbazen; waar ooit een terughoudend, oplettend kind had gestaan, stond nu een zelfverzekerd meisje, wier lach vrijelijk vermengde met die van haar vriendinnen.

'Mijn vader heeft een nieuw showshirt voor me gekocht,' zei Charlotte terwijl ze een kam door Beau's zwarte manen haalde. 'Hij vond een groene met glinsterende steentjes die precies past bij Beau's frontriem voor de show.'

'Mama zegt dat ik mijn nieuwe witte jodhpurs aan mag,' antwoordde Jemima, terwijl ze voorzichtig Butterscotchs gouden staart uitborstelde. 'En we gaan kleine belletjes aan Phoenix' borstriem hangen voor de slotparade. We hebben ze al even geprobeerd en hij vond het helemaal niet erg!'

Lucy keek op van het uitkrabben van Foxies hoeven, haar gezichtje vol opwinding. 'Denken jullie dat Foxie bang zal zijn voor de versieringen? Ik heb nog nooit aan een show meegedaan.'

'Foxie doet al mee aan de kerstshow sinds ik piepklein was,' verzekerde Jemima haar. 'Ze vindt het geweldig. De pony's krijgen daarna allemaal extra snoepjes.'

Zoe liep verder, blij om te zien hoe naadloos Lucy inmiddels in het leven op Ridgewater was opgenomen. De kerstshow was een perfecte gelegenheid voor haar eerste wedstrijdervaring; feestelijk in plaats van intimiderend, gericht op plezier in plaats van technische perfectie. Lucy's rijden was opmerkelijk vooruitgegaan; ze lichtte nu in draf met natuurlijk ritme en begon de subtiele taal van beendruk en gewichtshulpen te begrijpen. Pip was van plan haar binnenkort op een iets gevorderdere pony te laten rijden en haar te leren galopperen en kleine sprongetjes te nemen — een idee dat Danny de stuipen op het lijf joeg — maar nadat hij Lucy verboden had met Midnight te helpen, besefte hij dat hij haar in haar natuurlijke vooruitgang met rijden ook niet kon tegenhouden.

Buiten wierp de ochtendzon lange schaduwen over het erf terwijl Zoe naar Midnights paddock liep. De zwarte pony boekte gestaag vooruitgang; elke dag leverde kleine maar betekenisvolle overwinningen op. Gisteren nog had hij Zoe bijna vijf minuten over zijn hals laten aaien; zijn aanvankelijke spanning was langzaam weggesmolten onder haar zachte aanraking terwijl ze Masterson-technieken gebruikte om hem te helpen loslaten.

Vandaag droeg ze een zachte halstertouw over haar schouder, vastbesloten om hun leidwerk voort te zetten. Midnights hoeven zagen er veel beter uit en hij bewoog zich vrijer sinds hun ingreep, maar ze wilde hem niet nog eens hoeven sederen. Ze moest elk hoef veilig kunnen opnemen voordat zijn volgende bekapping over een paar weken gepland stond.

'Goedemorgen, knapperd,' riep ze terwijl ze het hek naderde.

Midnights hoofd ging omhoog van het grazen, oren naar voren gericht in herkenning. Hij snoof een keer en liep toen met beheerste passen naar haar toe; niet gehaast, maar ook niet aarzelend. Deze vrijwillige benadering vervulde Zoe elke keer weer met stille trots.

Ze gleed door het hek en sloot het zorgvuldig achter zich. Midnight bleef een paar meter bij haar vandaan staan en keek met intelligente ogen toe terwijl ze zich in hun gebruikelijke routine nestelde, beginnend met een zachte babbel en beheerste bewegingen. Toen ze uiteindelijk naar het halster reikte dat aan de hekpaal hing, liet hij zijn hoofd een fractie zakken; niet helemaal een aanbod, maar ook geen verzet. Zoe wachtte roerloos tot Midnight een zucht uitstootte en zijn hoofd nog iets verder naar haar toe draaide, haar verzoek accepterend.

'Zo is het,' murmelde ze, terwijl ze het halster over zijn neus schoof en een stukje wortel gaf als beloning. 'Vandaag een perfecte gentleman.'

Het geluid van een auto trok even haar aandacht naar de oprit, waar Danny's wagen stopte. Lucy had gezegd dat hij haar vandaag eerder dan normaal kwam ophalen om kerstcadeaus te gaan kopen in Brisbane. Hun eerdere spanning was in de afgelopen weken geleidelijk weggesmolten tot een behoedzaam begrip, al voelde Zoe nog steeds een vleugje bewustzijn elke keer als hij verscheen.

Ze richtte zich weer op Midnight en klikte het halstertouw zachtjes aan zijn halster. 'Zullen we een klein ommetje maken? Gewoon zoals altijd, door de paddock.'

De pony volgde haar met maar minimale spanning; eerdere explosieve reacties op druk aan het halster waren vervangen door bedachtzame meegaandheid. Ze liepen een rondje door de paddock; Zoe prees hem zachtjes onderweg en deelde af en toe een stukje wortel uit. Zijn vooruitgang was opmerkelijk, maar ze bleef zich pijnlijk bewust van hoe broos zijn hernieuwde vertrouwen nog was, hoe gemakkelijk een plotselinge schrik zijn verdedigingsreacties kon triggeren.

Ze vroeg hem net om van haar weg te wijken in een wending, toen ze zag dat Lucy naar de paddock toe kwam gehaast, haar gezicht stralend van opwinding, met Danny enkele passen achter haar. Zoe las de spanning in zijn tred, de lichte frons tussen zijn wenkbrauwen die verscheen zodra Lucy in Midnights buurt kwam, zelfs met het hek ertussen.

'Miss Zoe!' riep Lucy, licht buiten adem toen ze het hek bereikte. 'Midnight ziet er geweldig uit! Hij loopt zo netjes met je.'

'Hij doet het vandaag fantastisch,' beaamde Zoe, terwijl ze de pony naar het hek leidde maar op veilige afstand halt hield. 'We oefenen onze wendingen en halts.'

Lucy's ogen glansden van onverbloemde bewondering terwijl ze toekeek hoe Midnight op Zoe's zachte begeleiding reageerde. 'Hij is zo mooi. En hij is nu veel beter, toch? Hij is niet meer bang voor mensen.'

'Hij heeft ongelooflijke vooruitgang geboekt,' bevestigde Zoe, terwijl ze zorgvuldig de lichaamstaal van de pony las nu ze dicht bij het hek stonden. Zijn oren draaiden tussen haar en Lucy, maar zijn houding bleef relatief ontspannen. 'Maar hij leert nog steeds vertrouwen.'

Lucy klemde haar handen om de hekregel, haar uitdrukking gretig. 'Miss Zoe, ik dacht... nu Midnight aan de hand kan lopen, zou ik hem misschien kunnen uitbrengen in de aan-de-handrubriek op de kerstshow? Jemima zei dat beginners mee mogen doen aan de aan-de-handrubriek, ook als ze niet rijden.'

Zoe voelde dat Midnight naast haar iets verstrakte, reagerend op de verandering in haar eigen lichaamstaal. Voordat ze een antwoord kon formuleren, deed Danny een stap naar voren en greep het hek vast, zijn knokkels wit.

'Absoluut niet,' zei hij, scherper van stem dan Zoe hem in weken had gehoord. 'Lucy, we hebben het hierover gehad. Midnight is geen veilige pony voor jou om te hanteren.'

'Maar pap...'

'Nee.' Zijn houding verstijfde, angst duidelijk in de strakke lijnen rond zijn mond. 'Hij heeft vooruitgang geboekt, maar hij is nog steeds gevaarlijk.'

Zoe merkte dat Midnights spanning toenam, zijn reactie op Danny's verheven stem direct. 'Laten we allemaal even ademhalen,' zei ze zacht, en ze gaf Danny met haar ogen te kennen dat zijn reactie de pony beïnvloedde. Met opzettelijke kalmte leidde ze Midnight een paar passen bij het hek vandaan, gaf hem ruimte, liet hem toen los en verliet de paddock, waarna ze zich volledig op Lucy richtte terwijl ze het hek sloot.

Ze hurkte een beetje om Lucy aan te kijken en sprak vriendelijk maar beslist. 'Lucy, jouw enthousiasme is geweldig, en ik ben zo trots op hoe je met Midnight hebt geholpen, door hem aan je gezelschap te laten wennen van buiten het hek. Je hebt echt geholpen, veel meer dan je denkt. Maar je vader heeft gelijk. Midnight is nog niet klaar voor een showomgeving.'

Lucy's gezicht betrok; haar eerdere opwinding viel in duigen. 'Maar hij is nu zoveel beter. Hij laat je hem leiden en alles.'

'Hij is beter,' stemde Zoe toe, 'maar de kerstshow zou hem doodsbenauwd maken. Denk er eens over na: er is luide muziek, menigten vreemden, overal andere paarden, versieringen die wapperen in de wind. Het zou wreed zijn om hem in die situatie te zetten terwijl hij nog leert één of twee mensen te vertrouwen op een rustige, vertrouwde plek.'

Ze zag het begrip langzaam in Lucy's uitdrukking doorbreken, al lag teleurstelling nog als een waas over haar ogen.

'Het zou niet eerlijk tegenover hem zijn?' vroeg Lucy zacht.

'Nog niet,' bevestigde Zoe. 'En het zou ook niet eerlijk tegenover jou zijn. Midnight is nog steeds onvoorspelbaar als hij schrikt, en ik zou mezelf nooit vergeven als jij gewond raakte omdat we hem te snel hebben gepusht.'

Lucy's schouders zakten. 'Ik dacht gewoon... ik wilde iedereen laten zien hoe bijzonder hij is. Dat hij geen enge pony is.'

'Dat weet ik lieverd. En dat is een prachtige intentie. Maar soms is het vriendelijkste wat we kunnen doen, erkennen dat iemand er nog niet aan toe is, zelfs als we dat nog zo graag willen. Dat geldt voor mensen net zo goed als voor dieren, maar dieren kunnen geen woorden gebruiken om het ons te vertellen. We moeten hun andere signalen lezen. En ik denk dat jij ook wel weet, hè, dat Midnight nog steeds signalen geeft dat hij bang is?'

Lucy knikte, haar teleurstelling zichtbaar in elke lijn van haar kleine lichaam. Danny legde een hand op haar schouder; zijn eerdere spanning verzachtte tot iets zachters toen hij de droefheid van zijn dochter zag.

'Het spijt me, Luce,' zei hij zacht. 'Ik zie dat je er erg naar uitkeek.'

Zoe had Lucy's veerkracht vaak genoeg gezien om te weten dat het kind deze teleurstelling te boven zou komen, maar de gezakte kleine schouders trokken nog steeds aan haar hart. Ze zag de empathie over Danny's gezicht flitsen terwijl hij Lucy's schouder kneep. Zijn eerdere scherpte was weggesmolten bij het zien van zijn dochters teleurstelling, vervangen door de zachte bezorgdheid die altijd verscheen zodra Lucy van streek was. Zoe beet op haar onderlip en dacht snel na over alternatieven die Lucy's dromen voor de kerstshow konden redden zonder aan veiligheid in te boeten.

'Weet je, Lucy,' zei ze peinzend, 'er zijn eigenlijk meerdere rubrieken waaraan je mee zou kunnen doen tijdens de kerstshow. Je hebt enorme vooruitgang geboekt met rijden en je hebt echt een band met Foxie. Ik denk dat jullie twee het heel goed zouden doen in de beginnersrubriek stap-draf.'

Lucy keek op; een sprankje interesse brak door haar teleurstelling heen. 'Echt? Vindt je dat ik goed genoeg ben?'

'Meer dan goed genoeg,' verzekerde Zoe haar. 'Je beheerst het lichtrijden prachtig en Foxie reageert nu heel fijn op je hulpen. Die rubriek past precies bij jouw huidige niveau.'

Danny's houding ontspande iets; zijn hand lag nog beschermend op Lucy's schouder. 'Dat klinkt geschikter,' zei hij, al hoorde Zoe de blijvende voorzichtigheid in zijn stem.

'Foxie is heel ervaren in de showring,' vervolgde Zoe, waarmee ze Danny's onuitgesproken zorg adresseerde. 'Ze weet wat haar te doen staat en zorgt goed voor haar ruiters. De beginnersrubriek is heel gecontroleerd; je rijdt in een groep, met een instructeur die de oefeningen voorroept.'

Lucy knikte langzaam en dacht erover na. 'Maar hoe zit het met zelf een pony voorbrengen? Jemima zei dat de aan-de-handrubriek echt leuk is.'

Zoe glimlachte; ze zag een opening. 'Nou, ik weet zeker dat we dat kunnen regelen. Hoewel Midnight nog niet klaar is voor een show, hebben we meerdere lieve pony's die perfect zijn voor een rubriek aan de hand.' Ze wierp een blik richting een paddock waar een prachtige palomino in de schaduw van een grote boom stond te doezelen. 'Sterker nog, ik denk dat Honey absoluut perfect voor jou zou kunnen zijn.'

'Miss Pips showpony?' Lucy's ogen werden groot. 'Maar ze is zo deftig! En heel waardevol!'

'Ze is ook ongelooflijk zachtaardig en ervaren,' antwoordde Zoe. 'Ze heeft ontelbare prijzen gewonnen in aan-de-handrubrieken, zelfs op hele grote shows zoals de Ekka, dus ze weet precies wat ze moet doen. Jij hoeft alleen het voorbrengpatroon te leren.'

'Is dat moeilijk?' vroeg Lucy, zichtbaar meer geïnteresseerd.

'Helemaal niet,' verzekerde Zoe haar. 'Het gaat er vooral om dat je de pony correct aan de hand stap en draf laat zien, haar mooi presenteert aan de jury, en haar netjes neerzet voor de keuring. Je helpt al weken met het poetsen, je weet al hoe je een pony prachtig kunt laten uitzien. Ik heb je ook zien oefenen met vlechten, en je vlechtjes worden echt heel net.'

Danny's uitdrukking was verschoven van regelrechte tegenstand naar bedachtzame overweging. 'Dat klinkt inderdaad behapbaarder,' gaf hij toe. 'En Honey is heel kalm, voor zover ik heb gezien.'

'De liefste merrie op het terrein,' klonk Pips stem terwijl ze uit de richting van de stal kwam, haar kleine gestalte in keurige jodhpurs en een feestelijk rood shirt. 'Hebben jullie het over mijn gouden meisje?'

'Perfecte timing,' riep Zoe, terwijl ze naar Pip zwaaide. 'We hadden het net over de kerstshow. Lucy hoopte mee te doen aan de aan-de-handrubriek en ik stelde voor dat Honey de ideale partner zou zijn.'

Pip leunde tegen het hek; haar heldere ogen gingen van Lucy naar Danny. 'Dat is een briljant idee. Honey heeft kampioenschappen aan de hand bij de vleet. Ze showt zichzelf zowat.'

Lucy's gezicht klaarde verder op. 'Echt? Zou je me haar echt laten voorbrengen?'

'Absoluut,' knikte Pip. 'Ze is niet te groot voor jou en ze is een volleerd professional in de ring. Eerlijk, ze laat iedereen er goed uitzien, mij incluis! Maar ik ben veel te druk tijdens de show.'

Pip loog dat ze barstte; ze vond niets leuker dan Honey's schoonheid laten zien. Maar Pip wist ook dat Zoe dit niet zou voorstellen als het er niet toe deed. Een snelle blik en een halve grijns naar Zoe verrieden dat Pip precies doorhad wat er speelde, en ze had er geen moeite mee om mee te spelen.

Zoe zag Lucy's opwinding groeien terwijl ze dit alternatief liet bezinken. De teleurstelling was niet helemaal verdwenen, maar maakte snel plaats voor een nieuwe mogelijkheid.

'En er is nog iets waar je bij kunt helpen,' voegde Zoe eraan toe. 'Ik geef een Masterson Method-demonstratie als onderdeel van het educatieve segment van de show. Ik kan een assistent gebruiken die uitlegt wat ik doe terwijl ik aan één van de paarden werk.'

'Wat is de Masterson Method?' vroeg Lucy, haar nieuwsgierigheid geprikkeld.

'Het is een speciale vorm van lichaamswerk die paarden helpt spanning los te laten en vrijer te bewegen,' legde Zoe uit. 'Weet je nog hoe je me met Midnight hebt zien werken? Hoe ik met heel lichte aanrakingen werk om hem te helpen ontspannen? Dat is onderdeel van de methode. Tijdens de demonstratie werk ik aan een paard terwijl ik elke techniek uitleg, en mijn assistent helpt om dingen voor het publiek aan te wijzen.'

Lucy overwoog deze nieuwe informatie, haar voorhoofd in een frons van concentratie. 'Dus ik zou met Foxie in de beginnersrubriek kunnen rijden, Honey aan de hand kunnen voorbrengen, én jouw assistent zijn bij de speciale demonstratie?'

'Precies,' bevestigde Zoe. 'Je doet dan mee aan drie verschillende onderdelen van de show — meer dan de meeste beginners. En elk onderdeel laat andere vaardigheden zien die je de afgelopen tijd hebt ontwikkeld.'

Pip knikte enthousiast. 'Je wordt nog een behoorlijk bezige paardensporter! Ik kan je vandaag al helpen oefenen met Honey, als je wilt. De aan-de-handrubriek heeft een specifiek patroon, maar met een beetje oefenen is het zo geleerd.'

'Wat komt daar precies bij kijken?' vroeg Danny, zijn beschermingsinstincten inmiddels getemperd door oprechte belangstelling.

Zoe glimlachte, dankbaar voor zijn betrokkenheid in plaats van regelrechte weigering. 'Voor de aan-de-handrubriek leidt Lucy Honey de ring in, en laat haar dan in een specifiek patroon stappen en draven, meestal een driehoek tussen pionnen. Daarna zet ze Honey netjes neer voor de jury, zodat alle vier de benen correct staan om haar exterieur te tonen. Tot slot draaft ze met Honey van de jury weg en weer terug om haar beweging en Lucy's voorbrengvaardigheid te laten zien. Het geheel duurt per deelnemer zo'n drie à vier minuten.'

'En Honey kan dit allemaal al?' vroeg Danny ter verduidelijking.

'Dat kan ze met haar ogen dicht,' verzekerde Pip hem lachend. 'Ze heeft meer linten dan we muur hebben.'

Lucy keek op naar haar vader, een vraag in haar ogen. 'Mag het, pap? Alsjeblieft?'

Zoe keek naar Danny's gezicht terwijl hij de opties afwoog. Zijn beschermingsdrang was zó sterk, maar ze zag hem bewust proberen veiligheid te balanceren met Lucy's duidelijke verlangen om mee te doen.

'Ik vind dit een redelijk compromis,' zei hij uiteindelijk. 'Als je belooft om precies de instructies van Miss Pip en Miss Zoe op te volgen.'

Lucy's gezicht brak open in een stralende glimlach. 'Ik beloof het! Ik ben supervoorzichtig en doe alles precies goed.' Ze draaide zich gretig naar Pip. 'Kunnen we nu meteen gaan oefenen? Alsjeblieft?'

'Er is geen tijd zoals het heden,' stemde Pip grijnzend toe. 'Laten we haar uit de paddock halen en dan laat ik je de basis zien.'

'Dank je wel!' riep Lucy, terwijl ze Danny een snelle knuffel gaf en zich vervolgens tot Zoe wendde. 'En dank je dat je aan al die manieren dacht waarop ik toch mee kan doen, ook al is Midnight er nog niet klaar voor.'

'Graag gedaan,' antwoordde Zoe. 'Je vader en ik komen meteen achter jullie aan.'

Lucy knikte en sprong achter Pip aan, haar teleurstelling volledig vergeten door de opwinding van nieuwe mogelijkheden. Zoe keek haar na en werd opnieuw getroffen door hoe snel kinderen zich kunnen herpakken na tegenslag als je ze werkbare alternatieven geeft.

Ze draaide zich om om naar Midnight te kijken, die tevreden stond te grazen in de schaduw waar ze hem had achtergelaten. Toen ze zich weer omdraaide, zag ze Danny nog steeds bij het hek staan, haar aankijkend met een uitdrukking die ze niet helemaal kon plaatsen.

'Dank je,' zei hij zacht. 'Dat je een manier vond om dit voor haar te laten werken zonder mijn zorgen weg te wuiven.'

De dankbaarheid in zijn stem bezorgde haar een klein rillingetje van genoegen dat niets met de koele decemberbries te maken had.

'Dat is wat we hier doen,' antwoordde Zoe. 'De balans vinden tussen uitdaging en veiligheid.' Ze was zich pijnlijk bewust van Danny die zo dicht bij haar stond dat ze een vage zweem van zijn aftershave kon opvangen. De zon ving in zijn haar en lichtte koperkleurige plukken op die ze eerder niet had opgemerkt.

Danny schudde zijn hoofd en haalde een hand door zijn haar in dat inmiddels zo bekende gebaar dat altijd verscheen als hij iets moeilijks verwerkte. 'Nee, het is meer dan dat. Jij had me daar zo neer kunnen zetten als de boeman, de overbeschermende vader die de dromen van zijn dochter verplettert. In plaats daarvan vond jij een manier om haar veilig te houden én haar passie aan te wakkeren.'

De oprechte waardering in zijn stem verwarmde Zoe meer dan goed voor haar was. 'Lucy's veiligheid is ook mijn prioriteit, Danny. Ik zou nooit iets voorstellen dat haar in gevaar brengt.'

'Dat weet ik,' zei hij, zijn blik onwankelbaar. 'Ik had vanaf het begin op je oordeel moeten vertrouwen. Je hebt me nooit enige reden gegeven om je expertise of je zorg voor Lucy's veiligheid in twijfel te trekken.'

Zoe leunde tegen het hek en nam de subtiele verschuiving in zijn houding waar, nu de laatste restjes defensiviteit wegsmolten. 'Je bent haar vader. Beschermend zijn hoort bij de functiebeschrijving.'

'Er is beschermend zijn en er is...' Hij stokte, op zoek naar het juiste woord. 'Ik wil niet de soort ouder zijn die angst elke beslissing laat bepalen, maar ik moet haar veiligheid vooropzetten. Niet zoals...' Zijn uitdrukking betrok. 'In tegenstelling tot haar moeder.'

De bitterheid in zijn stem overviel Zoe. Danny sprak zelden rechtstreeks over Lucy's moeder, en Lucy had er nog geen woord over gezegd.

'Lucy is zó veerkrachtig,' zei Zoe voorzichtig. 'Wat er ook is gebeurd, ze bloeit duidelijk nu.'

Danny was even stil en keek toe hoe Midnight in de verte graasde. 'Weet je hoe lang het geleden is dat Ginny Lucy gezien heeft? Bijna een jaar. Niet eens een telefoontje of een kaartje met haar verjaardag.' Zijn stem werd vlak, beheerst op een manier die op diepe pijn onder de oppervlakte wees. 'Nadat ik de voogdijzaak had gewonnen, kreeg ze omgangsrecht, om het weekend, zolang haar vriend wegbleef. Ze kwam twee keer, en daarna begon ze af te zeggen. Altijd op het laatste moment, altijd met een excuus.'

Zoe voelde een steek van boosheid namens Lucy. 'Dat moet verwoestend zijn geweest voor Lucy.'

'De eerste paar keer kleedde Lucy zich helemaal op, zo gretig om haar moeder te zien...' Danny slikte moeizaam. 'Ze wachtte uren bij het raam. Uiteindelijk kon ik haar niet meer vertellen wanneer de bezoeken gepland waren. Ik kon niet aanzien hoe haar hart telkens weer brak.'

Zoe's borst trok samen bij dat beeld. 'Ik kan me niet voorstellen hoe moeilijk dat voor jullie allebei moet zijn geweest.'

'Het ergste?' ging Danny verder, zijn blik nog steeds op de verte gericht. 'Lucy gaf zichzelf de schuld. Dacht dat, als ze beter was, liefdevoller of zo, haar moeder haar wel wilde zien.' Zijn handen klemden zich om de hekregel; zijn knokkels werden wit. 'Nadat ik de volledige voogdij kreeg, vroeg Ginny niet eens om omgang; de rechter moest erop aandringen. Ze heeft overduidelijk gemaakt dat haar vriend belangrijker is dan haar eigen dochter.'

De rauwe pijn in zijn stem deed Zoe wensen dat ze zijn hand kon pakken, maar iets hield haar tegen. Het gevoel dat hij dit ononderbroken moest kunnen uitspreken.

'Lucy praat niet meer over haar,' zei hij nog zachter. 'In het begin dacht ik dat dat een goed teken was, dat ze aan het helen was. Nu vraag ik me af of ze gewoon heeft geleerd die pijn voor zichzelf te houden.'

'Kinderen zijn opmerkelijk flexibel,' zei Zoe zacht. 'Maar dat betekent niet dat ze de wonden niet meedragen. Ik zie het in de manier waarop Lucy bevestiging zoekt, hoe zorgvuldig ze regels volgt, hoe ze opbloeit als ze positieve aandacht krijgt. Ze doet zó haar best om liefde waard te zijn.'

Danny's ogen vonden eindelijk de hare; iets kwetsbaars brak door zijn gebruikelijke zelfbeheersing heen. 'Dat is wat me doodsbang maakt. Dat ze dit verlaten-zijn haar hele leven meedraagt, dit geloof dat ze niet genoeg was voor haar eigen moeder om te blijven.'

'Dat zal ze niet, want ze heeft jou,' weersprak Zoe hem. 'Een vader die bergen zou verzetten om haar te beschermen, die haar naar rijlessen rijdt en elke minuut toekijkt om zeker te zijn dat ze veilig is, die haar geluk boven alles stelt.' Ze merkte dat ze dichter naar hem toe stapte, aangetrokken door de pijn in zijn ogen. 'Kinderen zijn veerkrachtig, Danny, zeker als ze één ouder hebben die hen onvoorwaardelijk liefheeft.'

Hij schudde licht zijn hoofd. 'Ik hoop dat dat genoeg is.'

'Dat is het,' drong Zoe aan. 'Ik zie het elke dag aan haar; haar groeiende zelfvertrouwen, haar bereidheid om nieuwe dingen te proberen, haar vertrouwen dat jij er altijd zult zijn. Dat zijn niet de dingen die een kind doet dat zich niet geliefd voelt.'

Danny's uitdrukking verzachtte. 'Dank je dat je dat zegt.' Hij viel even stil, alsof hij zijn gedachten ordende. 'En bedankt dat je begrijpt waarom ik zo beschermend ben. Na alles wat Ginny haar heeft aangedaan... ik kan de gedachte niet verdragen dat Lucy weer pijn gedaan wordt, lichamelijk of emotioneel.'

'Ik begrijp dat beter dan je misschien denkt,' zei Zoe. 'Mijn werk met getraumatiseerde paarden heeft me veel geleerd over helen. Vooruitgang is niet lineair; er zijn terugvallen en doorbraken, soms op dezelfde dag. Maar met geduld en consistentie kunnen zelfs de diepste wonden genezen.'

Hun blikken haakten zich in elkaar, lang genoeg dat er iets onuitgesprokens tussen hen doorflitste. Zoe voelde haar hart sneller slaan toen Danny een fractie dichterbij boog.

'Ik kan me niet eens voorstellen dat je die keuze zou maken,' zei ze, de woorden komend uit een diepe, eerlijke plek in haar. 'Ik zou voor Lucy en voor jou kiezen boven zo ongeveer alles.'

Op het moment dat de woorden haar mond verlieten, voelde ze een blos van kwetsbaarheid. Ze had niet zo doorzichtig willen zijn, niet hem zó expliciet in haar uitspraak willen betrekken. Maar toen ze de impact van haar woorden over zijn gezicht zag gaan — verrassing, gevolgd door iets warmers, intensers — kon ze er geen spijt van hebben.

Danny deed nog een halve stap dichterbij, nu zó dichtbij dat ze de warmte van hem kon voelen uitgaan. Zijn blik gleed even naar haar lippen en kwam toen terug naar haar ogen, met een vraag erin die haar adem deed haperen.

'Zoe,' zei hij zacht; haar naam klonk anders in de intimiteit van het moment.

Ze hield zich perfect stil, bang dat elke beweging deze fragiele verbinding zou verbreken. Zijn hand kwam langzaam, aarzelend omhoog en een ademloze seconde dacht ze dat hij haar gezicht zou aanraken. Haar lippen openden zich een fractie; verwachting trok strak in haar borst.

'Pap! Pap!' Lucy's stem schalde over het erf, helder van opwinding. 'Je moet Honey komen ontmoeten! Ze is de mooiste pony van Ridgewater en ze kan buigen en alles!'

Het moment spat uiteen als dun glas. Danny deed snel een stap terug; zijn hand zakte langs zijn zij terwijl ze zich allebei naar de naderende Lucy omdraaiden. Pip liep erachter, met de glanzende palominomerrie aan de hand, wier vacht in het zonlicht blonk als gepolijst goud.

'Ze is prachtig, Luce,' riep Danny terug, zijn stem slechts een tikje onvast. 'Ik kom eraan.'

Hij draaide zich weer naar Zoe om, met een verontschuldiging in zijn ogen, vermengd met iets dat verdacht veel op frustratie leek. 'Ik moet maar even gaan kennismaken met die perfecte pony,' zei hij, met een wrange glimlach die aan zijn lippen trok.

'Dat moet je absoluut,' stemde Zoe in, haar toon volgend terwijl ze haar bonzende hart probeerde te kalmeren. 'Honey is echt een blikvanger. Bijna net zo indrukwekkend als je dochters timing.'

Dat ontlokte hem een oprechte lach; de spanning brak terwijl ze samen even de humor van de onderbreking deelden. 'Onberispelijk, toch?'

'Bijna bovennatuurlijk,' zei Zoe, glimlachend ondanks haar aanhoudende teleurstelling. 'Ga maar. Lucy wacht.'

Hij knikte en hield haar blik nog één beladen moment vast voordat hij zich omdraaide om zich bij zijn dochter te voegen. Zoe keek hem na en liet een kleine zucht ontsnappen, waarna ze zich weer omdraaide om nog eens naar Midnight te kijken.

'Zal de timing ooit goed zijn?' vroeg ze aan de pony, die slechts met een oor in haar richting tikte en verder graasde, totaal onbewogen door menselijke complicaties.

Wat er ook tussen haar en Danny aan het ontstaan was, zou moeten wachten op een ander moment, hopelijk vrij van goedbedoelde onderbrekingen van opgewonden kinderen en onwetende pony's. Voor nu had ze een kerstshow om voor te bereiden, een getraumatiseerde pony om te revalideren en een groeiende verzameling bijna-momenten om in haar stillere uren opnieuw af te spelen.

Hoofdstuk Negen

'RUG RECHT, SCHOUDERS NAAR achteren,' instrueerde Jemima, terwijl ze naast Honey ging staan en de juiste houding voordeed. De palomino-merrie glansde in de ochtendzon als vloeibaar goud, kleine belletjes aan haar rode showhalster tinkelden zacht bij elke beweging van haar elegante hoofd. Lucy keek ademloos toe, elk detail in zich opnemend terwijl ze zich voorbereidde om zelf het halstertouw vast te pakken. Zoe leunde tegen het hek van de rijbaan, een glimlach die aan haar lippen trok terwijl ze de geïmproviseerde les gadesloeg.

'De jury let net zo goed op hoe jij Honey hanteert als op hoe zij eruitziet,' ging Jemima verder, met de autoriteit van een kind dat in de showring was opgegroeid. 'Je houdt het halstertouw altijd met beide handen vast, zo.' Ze deed de juiste greep voor, haar kleine handen zeker op het touw.

'En je houdt Honey tussen jou en de jury, zodat ze haar goed kunnen zien.'

'Ik ben de jury,' bood Charlotte aan. Ze zette een ernstig gezicht op en marcheerde naar het midden van de buitenbak. Ze plantte haar handen op haar heupen en kneep haar ogen samen in wat Zoe herkende als een verbluffend juiste imitatie van een van de strengere lokale juryleden.

Jemima gaf het halstertouw aan Lucy, die het met eerbiedige voorzichtigheid aannam. 'Loop haar nu in een driehoekspatroon,' instrueerde Jemima. 'Houd het touw slap maar niet slepend. Je wilt niet aan haar hoofd trekken, maar ze moet wel voelen dat jullie verbonden zijn.'

Lucy knikte, het voorhoofd gefronst van concentratie terwijl ze begon te lopen. Haar eerste passen waren aarzelend, maar Honey paste zich perfect aan haar tempo aan, met de oren aandachtig naar voren.

'Dat is het,' riep Zoe bemoedigend. 'Mooie rechte lijn, Lucy. Houd je blik omhoog.'

Lucy corrigeerde zichzelf, tilde haar blik van de grond en keek vooruit. Haar houding werd vanzelf rechter, en Honey reageerde meteen; haar eigen hals boog eleganter, alsof ze Lucy's groeiende zelfvertrouwen wilde weerspiegelen.

'Nu omdraaien en recht op de jury af lopen,' coachte Jemima. 'En vergeet niet te glimlachen naar juffrouw Charlotte!'

Lucy maakte de wending, wat ruim maar vloeiend, en liep met een nerveuze glimlach op Charlotte af. Charlotte hield haar strenge jury-persona bewonderenswaardig vol, al trilden haar lippen van de moeite om niet terug te grijnzen.

'Nu halthouden en Honey opstellen,' riep Jemima.

Lucy hield halt, en Honey ging vanzelf vierkant staan, vertrouwd met de routine. De verrassing van het meisje over hoe gemakkelijk de merrie zich neerzette, was duidelijk te zien aan haar wijde ogen.

'Ze weet wat ze moet doen,' zei Zoe lachend, terwijl ze naar hen toe liep.

'Ze is zo slim,' fluisterde Lucy bewonderend.

'Nu het drafgedeelte,' kondigde Jemima aan. 'Dit is het belangrijkste stuk, want de jury wil Honey in beweging zien. Je moet naast haar rennen, maar niet te hard, anders springt ze aan in galop.'

De meisjes oefenden het patroon de volgende twintig minuten keer op keer, en Lucy werd zichtbaar zekerder bij elke ronde. Bij de laatste poging bewoog ze met Honey alsof ze al jaren partners waren in plaats van uren; haar passen zelfverzekerd, haar hulpen duidelijk. Toen Honey naast haar in een zwevende draf viel, paste Lucy haar tempo perfect aan, haar gezicht stralend van voldoening.

'Geweldig!' riep Charlotte uit, haar rol helemaal loslatend. 'Je leek precies op een professionele voorbrenger!'

Lucy glom terwijl ze Honey's glanzende hals aaide. 'Zij maakt het makkelijk. Het is alsof ze me helpt.'

'De beste showpartners doen dat altijd,' antwoordde Zoe. 'Zullen we nu verder met onze Masterson Method-oefening? De binnenbaan is vrij.'

Lucy knikte gretig en gaf Honey voorzichtig terug aan Jemima. 'Dank je dat je me dit leerde,' zei ze beleefd. 'Mogen we morgen weer oefenen?'

'Zeker weten,' stemde Jemima in. 'Jij gaat die rubriek gegarandeerd winnen.'

In de koelere binnenbak wachtte een jonge schimmelpony, losjes vastgebonden aan een ring in de muur. Hij verschoof nerveus toen ze dichterbij kwamen, zijn ogen wijd, zijn oren onrustig heen en weer spelend.

'Dit is Whisper,' legde Zoe uit. Ze maakte de pony los en bracht hem weg van de muur, de vrije ruimte in, zodat hij zich minder ingesnoerd zou voelen. 'Hij is een van

Pips nieuwste projecten, pas twee weken hier. Hij is heel gevoelig en heeft veel spanning vastzitten in zijn atlas en hals. Ik dacht dat hij perfect voor jou zou zijn om op te oefenen, omdat je duidelijke resultaten zult zien.'

Lucy benaderde de pony voorzichtig en stopte zodra hij verstrakte. 'Hij is bezorgd,' stelde ze zacht vast.

'Ja,' beaamde Zoe, tevreden met Lucy's opmerkingsgave. 'Maar niet in paniek. Hij is gewoon onzeker. Laat hem je handen zien voordat je hem aanraakt.'

Lucy hield haar kleine handen naar voren, handpalmen omhoog, en liet de pony eraan snuffelen. Toen hij zijn hals nieuwsgierig naar haar uitstak, bleef ze volmaakt stil, zodat hij zelf het contact kon maken.

'Goed,' murmelde Zoe. 'Leg nu heel voorzichtig je vingertoppen op zijn atlas, net achter zijn oren, aan één kant van de manenkam. We gaan niet drukken of masseren, alleen licht aanraken en wachten op zijn reactie.'

Lucy deed wat haar gevraagd werd; haar aanraking was vederlicht toen ze haar vingers op de atlas van de pony legde. Whisper verstrakte even en zuchtte toen zacht.

'Dat is het,' moedigde Zoe aan. 'De kern van de Masterson Method is dat je naar plekken met beperking zoekt, de lichtst mogelijke aanraking gebruikt en wacht tot het paard de spanning zelf loslaat. We dwingen nooit iets.'

Het volgende halfuur leidde Zoe Lucy door de basistechnieken en liet haar zien hoe ze de subtiele signalen van ontspanning kon herkennen: het knipperen van een oog, het laten zakken van het hoofd, de zachte uitademing die aangaf dat spanning weggleed. Lucy's aanvankelijke aarzeling maakte plaats voor zelfvertrouwen toen ze de positieve reacties van de pony zag.

'Kijk eens,' zei Zoe zacht, terwijl Whispers oogleden zwaar werden en zijn hoofd in ontspanning zakte. 'Je hebt hem geholpen spanning los te laten die hij waarschijnlijk al weken vasthield.'

Lucy's gezicht gloeide van stille trots. 'Zijn oog lijkt nu zachter. En hij houdt zijn hoofd niet meer zo hoog.'

'Helemaal juist,' bevestigde Zoe. 'Bij de demonstratie werk ik op het paard terwijl jij aan het publiek uitlegt wat ik doe en welke reacties ze moeten zoeken. Denk je dat je dat kunt?'

'Ik denk het wel,' knikte Lucy ernstig. 'Het gaat erom dat ze zich beter voelen, niet alleen dat ze doen wat wij willen.'

Zoe voelde een golf van voldoening bij het begrip van het kind. 'Dat is precies goed. Soms is het belangrijkste wat we voor paarden kunnen doen luisteren naar wat ze ons vertellen, in plaats van alleen maar commando's geven.'

Binnen een uur beheerste Lucy de basisuitleg en kon ze de belangrijkste ontspanningssignalen herkennen. Whisper stond in een plas van ontspanning; zijn eerder bezorgde uitdrukking was vervangen door vredige tevredenheid.

'Je hebt een gave,' zei Zoe eerlijk toen ze de pony terugbrachten naar zijn paddock, waar hij prompt ging liggen en in slaap viel. 'Niet iedereen kan zo geduldig en opmerkzaam zijn, zeker niet op jouw leeftijd.'

Tijdens de lunchpauze was het voor Zoe geen verrassing om Lucy op het gras buiten Midnights paddock te vinden, op respectvolle afstand van het hek. Haar broodje lag op een servetje naast haar, en op haar schoot hield ze een beduimeld boek over paardenverzorging open, waaruit ze hardop voorlas in een heldere, zachte stem.

'Het paard communiceert voornamelijk via lichaamstaal,' las Lucy, waarna ze pauzeerde om een hap van haar broodje te nemen. 'Hun oren, ogen, staart en houding vertellen hoe ze zich voelen.'

Midnight graasde een eindje verderop, maar Zoe merkte dat zijn oren steeds naar Lucy's stem draaiden. Hoewel hij zijn voorzichtige afstand hield, was zijn houding ontspannen, en onderbrak hij af en toe het grazen alsof hij luisterde.

Zoe kwam rustig dichterbij, om het vredige tafereel niet te verstoren. Lucy keek met een glimlach omhoog, maar bleef lezen; haar stem hield dezelfde kalmerende cadans. Het was precies de juiste aanpak voor Midnight: consequent, ongevaarlijk, zonder iets te verwachten.

'Hij luistert naar je,' zei Zoe zacht, toen Lucy pauzeerde om een bladzijde om te slaan.

Lucy knikte. 'Ik denk dat hij het verhaal leuk vindt.' Ze sloot het boek en markeerde de plek met een stukje papier. 'Ik weet dat hij niet mee kan doen aan de show,' zei ze, tot Zoe's verrassing, heel rechtstreeks. 'Maar dat is oké. Hij is er nog niet klaar voor.'

'Nee, dat is hij niet,' stemde Zoe in, terwijl ze naast haar in het gras ging zitten. 'Hoe voelt dat nu voor jou?'

Lucy dacht serieus na over de vraag. 'Eerst was ik teleurgesteld,' gaf ze toe. 'Maar toen dacht ik aan hoe eng het voor hem zou zijn, met al die mensen en geluiden.' Ze keek naar de pony, die zijn hoofd had opgetild om naar hen te kijken. 'Hij heeft tijd nodig om mensen weer te vertrouwen.'

Zoe voelde een warme golf bij de volwassenheid van het kind. 'Dat is heel wijs van je, Lucy.'

'Papa zegt dat sommige dingen niet te haasten zijn,' ging Lucy verder, terwijl ze haar broodje oppakte om de laatste happen te nemen. 'Zoals vertrouwen en vriendschap. En helen.'

'Je vader heeft daar helemaal gelijk in,' zei Zoe, terwijl ze Lucy zachtjes in haar schouder kneep. De wijsheid in die woorden raakte iets diep vanbinnen, vooral omdat ze wist dat ze kwamen van een man die zelf diepe wonden had te helen.

Toen ze verderging naar haar volgende taak en Lucy achterliet in haar stille samenzijn met Midnight, dacht Zoe eraan hoezeer het kind in zelfvertrouwen en begrip was gegroeid sinds haar eerste komst naar Ridgewater. Net als Midnight was Lucy op haar eigen manier aan het helen; ze vond haar plek in de wereld terug nadat trauma haar fundament had doen wankelen.

Zoe aarzelde voordat ze op Danny's voordeur klopte; ineens werd ze zich pijnlijk bewust van haar door de wind verwarde haar en de roodachtige stofvlekken op haar jeans. Ze had zich na het werk omgekleed, maar het beste wat ze had bereikt was een schoon shirt en iets minder stoffige laarzen. Dit moest een werketentje zijn, gericht op de stukken over de omleidingsweg, herinnerde ze zichzelf streng. Geen date. Dat onderscheid had belangrijk geleken toen ze erop had gestaan nadat Lucy de uitnodiging had uitgebreid om bij hen te komen eten, al kon ze, nu ze op zijn stoep stond, niet helemaal meer bedenken waarom.

Voordat ze kon kloppen, vloog de deur open en daar stond Lucy in een met bloem bestoven schort, haar gezicht stralend van opwinding.

'Juffrouw Zoe! Je bent er!' riep Lucy uit, terwijl ze Zoe's hand pakte en haar naar binnen trok. 'Papa en ik hebben pizza's helemaal zelf gemaakt. Nou ja, papa heeft het deeg gemaakt, maar ik deed alle toppings. Er is er eentje met ananas, want papa zei dat je dat misschien lekker vindt, maar ik vind ananas op pizza raar.'

Zoe lachte en liet zich meevoeren in de warmte van het huis. 'Ik hou inderdaad van ananas op pizza. Je vader heeft het goed geraden.'

Lucy keek even teleurgesteld dat ze geen overwinning kon claimen in wat duidelijk een doorlopende discussie was, maar herpakte zich snel. 'De pizza's zijn bijna klaar. Ze zitten in de oven en ruiken heerlijk. Kom kijken!'

Het huis was bescheiden van formaat maar comfortabel, met de licht verweerde charme van de oudere Queenslanders in de buurt. Familiefoto's sierden de gang, vooral van Lucy op verschillende leeftijden en een ouder echtpaar dat Danny's ouders moest zijn, al viel Zoe op dat er geen trouwfoto's hingen of beelden van Lucy's moeder. Een stapel boeken op het bijzettafeltje, een vergeten jas over een stoel, kinderlaarzen uitgeschopt bij de deur; alles sprak van een thuis waar geleefd werd, niet alleen onderhouden.

De keuken was warm en geurig van de geur van bakkende pizza. Danny stond aan het aanrecht een tomaat te snijden voor de salade, zijn casual grijze T-shirt en cargoshorts een verandering ten opzichte van zijn gebruikelijk nettere kleding. Hij keek op toen ze binnenkwamen, en zijn glimlach veroorzaakte een onverwacht gefladder in Zoe's borst.

'Je hebt ons gevonden,' zei hij. 'Ik was bang dat mijn routebeschrijving misschien verwarrend was.'

'Het blauwe houten huis met die grote jacarandaboom,' antwoordde Zoe. 'Niet te missen.' Ze hield een map omhoog. 'Ik heb de nieuwste milieueffectrapportages van Sarah meegenomen. Ze dacht dat die nuttig konden zijn voor jouw artikel.'

'Top,' knikte Danny. 'We kunnen ze na het eten doornemen.' Zijn ogen bleven een fractie langer dan nodig de hare vasthouden; de gedeelde wetenschap van Lucy's koppelplannen lag in zijn kleine glimlach.

'Ik heb de tafel extra mooi gedekt,' kondigde Lucy aan, terwijl ze trots naar de eethoek gebaarde, waar drie plaatsen zorgvuldig waren gedekt.

'Het ziet er prachtig uit,' zei Zoe bewonderend. 'Kan ik ergens mee helpen?'

'Nee hoor! Je bent onze gast.' Lucy's nadruk op het woord maakte haar bedoeling glashelder. 'Je kunt hier zitten, naast papa.' Ze klopte op de stoel naast Danny's plek aan het hoofd van de tafel.

Danny ving Zoe's blik op over Lucy's hoofd heen, zijn uitdrukking een mengeling van amusement en lichte verlegenheid. 'Subtiel, hè?' mompelde hij, terwijl Lucy terug naar de keuken schoot om de pizza's te checken.

'Zo subtiel als een op hol geslagen kudde paarden,' stemde Zoe in, terwijl ze haar map op een bijzettafel legde. 'Ik hoop dat dit niet te ongemakkelijk is. Toen ze me uitnodigde voor pizza, heb ik geprobeerd duidelijk te maken dat dit om het werk aan de omleidingsweg ging.'

'Lucy heeft haar eigen agenda,' zei Danny met een zachte lach. 'Maar maak je geen zorgen. Ze bedoelt het goed, en de pizza's zijn écht lekker.'

De timer zoemde en Lucy struikelde bijna over haar eigen voeten in haar haast naar de oven. Danny onderschepte haar soepel, ovenwanten al aan. 'Ik haal ze eruit, Luce. Jij kunt juffrouw Zoe laten zien waar de drankjes staan.'

Het diner was ongedwongen en gezellig; de zelfgemaakte pizza's waren heerlijk op hun met de hand uitgerolde bodems. Lucy voerde het gesprek, vertelde gretig over haar vorderingen met Honey en haar opwinding over de kerstshow. Zoe merkte dat ze zich ontspande in de gemakkelijke familiedynamiek en genoot van Lucy's levendige verhalen en Danny's zachte plagerijtjes richting zijn dochter.

'Papa zegt dat ik een nieuw shirt mag voor de in-hand rubriek,' kondigde Lucy aan, terwijl ze naar nog een slice greep. 'Eentje die past bij Honey's showhalster.'

'Dat ziet er heel professioneel uit,' stemde Zoe toe. 'Juryleden vallen op dat soort details.'

'Dat zei ik toch tegen papa!' knikte Lucy heftig. 'En misschien ook nieuwe jodhpurs? De mijne worden een beetje kort.'

Danny trok een wenkbrauw op naar zijn dochter. 'Beetje opportunistisch, vind je niet?'

Lucy grijnsde, onaangedaan. 'Juffrouw Zoe zegt dat presentatie telt in de showring.'

'Ik heb het idee dat ik hier vakkundig gemanipuleerd word,' zei Danny met gespeelde plechtigheid tegen Zoe. 'Is dit wat me te wachten staat in de puberjaren?'

'Oh, dit is nog maar het begin,' lachte Zoe. 'Wacht maar tot ze een eigen pony wil.'

Lucy's ogen werden groot van hoop, en Danny schudde snel zijn hoofd. 'Eén stap tegelijk, Luce. Eerst de kerstshow.'

Na het eten bleef Lucy vastberaden hangen; ze bood aan Zoe haar verzameling paardenboeken te laten zien en de nieuwe vlechttechnieken die ze had geoefend op haar knuffelpaard. Pas toen de klok half negen aanwees, greep Danny eindelijk in.

'Bedtijd, Lucy.'

'Maar pap,' protesteerde Lucy, 'juf Zoe heeft mijn opstel nog niet gezien, over hoe ik heb leren rijden op Foxie, waar ik op school een A voor kreeg!'

'Juf Zoe is hier om me te helpen met het artikel over de rondweg,' zei Danny beslist. 'En jij hebt je slaap nodig als je morgen weer de hele dag op Ridgewater bent.'

Lucy liet haar schouders verslagen hangen, al meende Zoe onder de teleurstelling een vleugje voldoening te bespeuren. 'Oké,' gaf ze toe, waarna haar gezicht opklaarde. 'Maar juf Zoe kan toch weer komen eten na de kerstshow? Om het te vieren?'

'We zullen zien,' antwoordde Danny met de universele ouderlijke uitvlucht. 'En nu: tandenpoetsen en pyjama's aan. Ik kom over tien minuten boven om welterusten te zeggen.'

Lucy omhelsde haar vader en, na een korte aarzeling, gaf ze Zoe ook een snelle knuffel. 'Welterusten, juf Zoe. Ik ben echt blij dat je pizza kwam eten.'

'Ik ook,' antwoordde Zoe oprecht. 'Dank je dat ik mocht komen.'

Toen Lucy met tegenzin naar boven was gegaan, schraapte Danny licht zijn keel. 'Sorry voor het weinig subtiele koppelwerk. Ze plant deze overval al de hele week.'

'Het is eigenlijk lief,' zei Zoe, terwijl ze hem hielp de tafel af te ruimen. 'Ze is duidelijk dol op je.'

'Dat gevoel is wederzijds,' antwoordde Danny, zijn uitdrukking zachter wordend. 'Goed, zullen we aan het werk? De eettafel heeft het beste licht.'

Ze spreidden de documentatie over de rondweg uit over de tafel en zaten dicht naast elkaar terwijl Danny de patronen uitlegde die hij had ontdekt. Zoe was zich pijnlijk bewust van zijn nabijheid, van de warmte van zijn arm die af en toe de hare streelde wanneer hij naar andere papieren reikte. Het schemerlampje wierp een warme gloed over de tafel en creëerde een intieme sfeer, ondanks het professionele karakter van hun taak.

Terwijl ze werkten, verschoof hun gesprek geleidelijk van notulen van de gemeenteraad en eigendomsregisters naar persoonlijker terrein.

'Waarom heb je voor equine bodywork gekozen?' vroeg Danny in een natuurlijke pauze. 'Het lijkt me zo'n gespecialiseerd vakgebied.'

Zoe friemelde aan de hoek van een document en woog haar antwoord af. 'Ik ben mijn broer Marcus gevolgd naar de veeartsenijopleiding,' zei ze uiteindelijk. 'Maar er miste iets. Ik wilde rechtstreeks met paarden werken, vooral met paarden die gedragsmatig vastliepen. Ik ben na mijn eerste jaar gestopt en ben op zoek gegaan naar andere antwoorden.' Ze aarzelde even en vervolgde toen: 'Er was één paard in het bijzonder dat alles voor me veranderde.'

Danny draaide zich naar haar toe; zijn aandacht verschoof volledig van de papieren tussen hen in. 'Wat is er gebeurd?'

'Hij heette Cobalt,' zei Zoe zacht, de herinnering jaren later nog steeds pijnlijk. 'Een prachtige volbloed met chronische pijnproblemen die zich uitten in agressief gedrag. Iedereen had hem opgegeven, maar ik was er zó zeker van dat ik hem kon helpen.' Haar stem haperde licht. 'Ik was jong en overtuigd dat ik alles kon repareren, als ik maar genoeg tijd had. Ik miste subtiele signalen dat zijn pijn neurologisch was, niet skeletaal of musculair. Tegen de tijd dat ik het doorhad, was het te laat.' Ze slikte. 'Hij verwondde een verzorger ernstig, en ze hebben hem laten inslapen.'

Danny's uitdrukking was er een van volledig begrip. 'Je gaf jezelf de schuld.'

'Soms nog steeds,' gaf Zoe toe. 'Daarom heb ik me op álles gestort wat met revalidatie te maken heeft. The Masterson Method, acupressuur, biomechanica... Ik wilde nooit meer iets cruciaals missen.'

Danny knikte langzaam. 'Ik begrijp dat soort spijt,' zei hij. Zijn hand schoof over de hare, waar die op de tafel rustte. 'Na mijn mislukte huwelijk, na alles wat Ginny Lucy heeft aangedaan... ik blijf me afvragen wat ik heb gemist, welke tekenen ik eerder had moeten zien.'

'Dat kon je niet weten,' zei Zoe zacht.

'Misschien niet. Maar ik ben doodsbang om nog een fout te maken waarvoor zij de prijs betaalt,' bekende Danny. 'Elke beslissing voelt nu zo beladen. Wat als ik weer verkeerd kies? Wat als ik haar niet kan beschermen?'

De kwetsbaarheid in zijn bekentenis raakte Zoe diep. 'Je doet het geweldig met haar. Dat ziet iedereen.'

'Sommige dagen heb ik geen idee wat ik aan het doen ben,' gaf hij toe. 'Ik improviseer maar wat, hopend dat ik haar niet al te zeer verpest.'

'Is dat niet precies wat ouderschap is?' vroeg Zoe met een zachte glimlach. 'Voor zover ik heb gezien, betekent het feit dat je je er zo druk om maakt waarschijnlijk dat je het goed doet.'

Zijn duim tekende een teder patroon over de rug van haar hand, en die simpele aanraking stuurde warmte langs haar arm omhoog. 'Dank je dat je dat zegt,' zei hij zacht. 'Het betekent veel, zeker als jij het zegt.'

Hun blikken kruisten elkaar over de tafel, de documenten over de rondweg vergeten tussen hen in. In het warme lamplicht, met Lucy veilig slapend boven en de stilte van het huis om hen heen, verschoof er iets tussen hen; professionele grenzen maakten plaats voor iets persoonlijkers, iets betekenisvollers.

Danny's hand bleef op de hare rusten; hun vingers verstrengelden zich geleidelijk, een stil erkennen van de band die ze al bijna vanaf hun allereerste ontmoeting voelden. Toen hij uiteindelijk zijn blik hief om de hare te ontmoeten, was de vraag in zijn ogen onmiskenbaar. Zoe hield haar adem in toen hij met zijn vrije hand omhoog reikte, een tel aarzelde en vervolgens een eigenwijze krul uit haar gezicht streek; zijn vingertoppen bleven tegen haar wang rusten.

'Dat wil ik al weken doen,' gaf hij zacht toe. 'Je haar ontsnapt altijd, hoe je het ook probeert te temmen.'

Zoe glimlachte en leunde licht in zijn aanraking. 'Het heeft een eigen willetje.'

Zijn hand omvatte haar wang, en ze voelde de lichte trilling in zijn vingers, het bewijs dat dit moment hém net zo diep raakte als haar. Ze hadden weken om elkaar heen gedraaid, met professionele grenzen en persoonlijke aarzeling die een behoedzame afstand creëerden die geen van beiden tot nu toe had durven overschrijden.

Tot nu.

'Zoe,' fluisterde hij, haar naam tegelijk een vraag en een antwoord.

Ze knikte bijna onmerkbaar, en Danny boog voorover en overbrugde de afstand tussen hen. Zijn lippen vonden de hare in een kus die begon als een vraag, voorzichtig, zoekend naar toestemming. Zoe reageerde meteen; haar hand gleed omhoog en rustte tegen zijn borst, waar ze de gelijkmatige dreun van zijn hart onder haar handpalm voelde. De kus verdiepte zich, veranderde van aarzelende verkenning in iets dringenders; jaren van eenzaamheid en behoedzame afstand losten op in de warmte tussen hen.

Toen ze uiteindelijk uit elkaar kwamen, was Zoe buiten adem en bonsde haar hart. Danny's ogen waren donker van verlangen, maar hij haastte niets; zijn hand bleef zacht tegen haar gezicht.

'Ik denk hier al heel lang aan,' bekende hij hees.

'Ik ook,' gaf Zoe toe. 'Veel langer dan ik waarschijnlijk zou moeten bekennen.'

Toen glimlachte hij, een oprechte glimlach die fijne rimpeltjes bij zijn ogen deed ontstaan en hem jonger deed lijken, onbezwaard. Zijn duim streek langs de boog van haar onderlip en joeg een rilling langs haar ruggengraat.

'Blijf,' zei hij eenvoudig.

Het woord hing tussen hen in, zwaar van betekenis. Zoe keek naar de trap, zich bewust van Lucy die boven lag te slapen.

Danny volgde haar blik en begreep het meteen. 'Ze slaapt als een roos,' verzekerde hij haar. 'En ik zet een wekker. Je kunt weg zijn voor ze wakker wordt.'

Die praktische overwegingen spraken boekdelen over zijn leven als alleenstaande vader, altijd laverend tussen zijn eigen behoeften en het welzijn van zijn dochter. Zoe merkte dat ze knikte; haar beslissing genomen, niet in de hitte van het moment, maar in de stille zekerheid dat deze band het waard was om te verkennen.

Danny stond op en stak zijn hand uit. Zij nam die aan en liet zich door hem door het schemerige huis leiden, langs Lucy's kamer, waar een nachtlampje door de op een kier staande deur sterrenpatronen wierp, naar zijn slaapkamer aan het einde van de gang. Hij sloot de deur zachtjes achter hen; het subtiele klikje van het nachtslot sloot hen op in hun eigen, besloten wereld.

Zijn slaapkamer was eenvoudig ingericht maar comfortabel; het grote bed was strak opgemaakt met een effen marineblauwe dekbedhoes. Op het nachtkastje lag een stapel boeken; op de ladekast stond als enige decoratie een ingelijste foto van Lucy op Foxie. Het was een praktische ruimte, mannelijk zonder kil te zijn.

Danny draaide zich naar haar toe; het maanlicht dat door de gordijnen viel, lichtte zijn gelaatstrekken op. Er was een moment van gedeelde kwetsbaarheid, een besef wat deze stap voor hen beiden betekende. Toen kuste hij haar opnieuw, dit keer dieper; zijn armen sloten zich om haar middel en trokken haar dichter tegen zich aan.

Zoe smolt in zijn omhelzing; haar handen gleden onder zijn shirt om de warme huid eronder te verkennen. Ze voelde de subtiele rand van een litteken langs zijn ribben, de stevige spieren van zijn rug; elke ontdekking een nieuwe intimiteit. Toen ze uit elkaar gingen om adem te halen, hield Danny haar blik vast terwijl hij langzaam de zoom van haar bloes optilde, een stille vraag. Ze hief haar armen als antwoord, zodat hij hem over haar hoofd kon uittrekken.

'Je bent prachtig,' fluisterde hij, terwijl zijn blik haar in zich opnam.

Zoe voelde niets van de onzekerheid die haar in eerdere relaties weleens plaagde. Er was iets aan de manier waarop Danny naar haar keek, met waardering in plaats van beoordeling, dat haar zich oprecht mooi deed voelen.

Ze kleedden elkaar langzaam uit; met elk kledingstuk dat verdween groeide het vertrouwen tussen hen. Toen ze uiteindelijk zonder barrières tegenover elkaar stonden, voelde Zoe een diep gevoel van juistheid, alsof ze sinds de dag dat ze elkaar ontmoetten naar dit moment toe hadden bewogen.

Danny trok haar naar het bed; zijn handen waren teder maar zeker terwijl ze zich tussen de kussens nestelden. Zijn aanraking was eerbiedig terwijl hij haar lichaam verkende, ontdekkend waar haar adem stokte, wat haar van genot tegen hem deed opbollen. Zoe beantwoordde zijn verkenningen met de hare; ze leerde het landschap van zijn lichaam kennen, de plekken die hem onder haar vingertoppen deden huiveren.

Hun samenzijn was zowel dringend als teder, de climax van weken van groeiende aantrekkingskracht en onuitgesproken verlangen. Zoe voelde zich voor hem openen op manieren die verder gingen dan het lichamelijke; ze vertrouwde hem haar kwetsbaarheid toe zoals ze maar weinigen had toevertrouwd. Toen ze uiteindelijk samen bewogen als één, overstegen ze louter genot; het werd iets diepers, iets betekenisvollers.

In de stille nasleep lagen ze verstrengeld tegen elkaar aan, haar hoofd op zijn borst, zijn vingers die loom patronen over haar ruggengraat trokken. Het was stil in de kamer, op hun langzaam kalmer wordende ademhaling na en het zachte ruisen van de bries in de jacaranda buiten.

'Waar denk je aan?' vroeg Danny zacht, zijn stem een rustige grom onder haar oor.

Zoe glimlachte tegen zijn huid. 'Dat dit goed voelt. Gecompliceerd, maar goed.'

Zijn armen sloten zich iets steviger om haar heen. 'Gecompliceerd hoe?'

Ze steunde op één elleboog om hem aan te kijken; het maanlicht zette zijn trekken in zilver. 'Je bent niet zomaar iemand, Danny. Je bent iemand aan wiens dochter ik lesgeef, wiens vertrouwen ik professioneel én persoonlijk waardeer.' Met zachte vingers volgde ze de lijn van zijn kaak. 'Als dit misgaat, zijn wij niet de enigen die pijn lijden.'

'Ik weet het,' zei hij ernstig. 'Ik heb daar ook over nagedacht. Waarschijnlijk erover nagedacht tot ik er scheel van zag, als ik eerlijk ben.' Zijn hand ving de hare en bracht haar vingers naar zijn lippen. 'Maar wat als het goed gaat, Zoe? Wat als dit het begin is van iets moois?'

De hoop in zijn stem weerspiegelde het gevoel dat in haar borst ontrolde. 'Dat wil ik graag uitvinden,' gaf ze toe.

Ze praatten urenlang in gedempte stemmen, deelden hun hoop en sluimerende angsten, en ontdekten nieuwe raakvlakken tussen hen. Danny vertelde over zijn jeugd in Melbourne, zijn vroege carrière-ambities, zijn worsteling om voor Lucy een nieuw leven op te bouwen na de scheiding. De zegen bij toeval van het overlijden van zijn grootmoeder, omdat ze hem haar huis in Ridgemont naliet, een uitweg precies toen hij die nodig had.

In ruil daarvoor vertelde Zoe over opgroeien in Engeland, haar academische frustraties, het artikel dat ze mee had geschreven en waarmee ze invloedrijke figuren binnen de Britse renindustrie tegen zich in het harnas had gejaagd. Het telefoontje van haar broer dat haar naar Australië had gebracht, precies toen ze een nieuwe start nodig had.

Pas toen Zoe toevallig op de wekkerradio naast het bed keek, besefte ze hoe laat het was geworden. Bijna twee uur 's ochtends; de wereld buiten was stil en stilstaand. Danny volgde haar blik en sloeg zijn armen steviger om haar heen.

'Blijf,' murmelde hij tegen haar haar. 'Blijf tot de ochtend.'

Zoe voelde de verleiding scherp, het verlangen om in zijn armen wakker te worden. Maar haar nuchterheid won het; met die nuchterheid kwam het beeld van Lucy's gezicht als ze Zoe bij het ontbijt zou aantreffen. Niet dat het kind van streek zou zijn—integendeel. Maar het zou veel zijn om te verwerken, een belangrijke verschuiving in hun verhouding die behoedzamer begeleiding verdiende.

'Ik moet gaan,' zei ze met tegenzin, waarna ze een kus op zijn borst drukte en overeind kwam. 'Ik wil Lucy niet in verwarring brengen door hier 's ochtends te zijn. Nog niet, niet voordat we tijd hebben gehad om uit te zoeken wat dit voor ons betekent.'

Danny knikte langzaam; ondanks de teleurstelling lag er begrip in zijn ogen. 'Je hebt gelijk. Ik dacht niet na over hoe dat voor haar zou zijn.' Hij ging naast haar zitten en streek haar verwarde krullen uit haar gezicht. 'Maar dit is niet alleen vanavond, toch? Dit is iets dat we verder gaan onderzoeken?'

De kwetsbaarheid in zijn vraag raakte haar diep. 'Zeker,' verzekerde ze hem. 'Dit is belangrijk voor me, Danny. Jij bent belangrijk voor me.'

Opluchting spoelde over zijn gelaat, gevolgd door een glimlach die haar hart een sprongetje deed maken. 'Mooi. Want jij bent ook belangrijk voor mij. Heel erg.'

Zoe kleedde zich stilletjes aan in het donker; Danny hielp haar haar verspreide kleding terug te vinden, met gedempte lachjes toen een sokje onvindbaar bleek. Toen ze eindelijk klaar was, liep hij met haar mee naar de voordeur en trok haar nog één keer dicht tegen zich aan voor een laatste kus, diep en veelbelovend. 'Zie ik je morgen?' vroeg hij. 'Op Ridgewater?'

'Ik ben er,' bevestigde ze, en ze gunde zichzelf nog één moment in zijn armen voordat ze met tegenzin een stap naar achteren deed. 'Welterusten, Danny.'

'Welterusten, Zoe.'

Ze stapte de warme nacht in; het Zuiderkruis stond schitterend aan de uitgestrekte donkere hemel. Terwijl ze naar haar auto liep, voelde Zoe zich lichter, alsof iets wat lang in de wacht had gestaan eindelijk op zijn plek was gevallen. Wat voor complicaties morgen ook zou brengen, vanavond was een begin geweest, een stap richting iets dat opmerkelijk veel op hoop leek.

Hoofdstuk Tien

Tien dagen voor Kerstmis trok Ridgewater zijn dagelijkse werkkloffie uit en hees het zich in zijn mooiste outfit voor de grootste dag van het jaar. De hekken stonden vanaf zonsopgang open; een stoet auto's en paardentrailers kraakte over de lange grindoprit naar de overloopweide. Als bij toverslag waren de hekken versierd met slingers in alle denkbare kleuren, rozetten van voorgaande jaren bungelden aan elke hekpaal, en zelfs de oude windmolen droeg een guirlande van goudkleurig slier en een plastic ster die met ducttape op zijn neus was geplakt. De McKenzies hadden elke beschikbare volwassene en elk enthousiast kind opgetrommeld om het landgoed te transformeren, en om 7.00 uur was Ridgewater een ruiterfantasieland.

Danny stond bij de ingang van de piste en wees toeschouwers naar hun plaatsen, terwijl hij probeerde niet over te komen als een man die zich buiten zijn natuurlijke habitat bevond. Hij was niet de enige vader die was ingeschakeld; minstens een dozijn anderen liep rond, sommigen met klemborden en officieel ogende armbanden, anderen die dapper probeerden de geroepen instructies van hun dochters op te volgen terwijl ze de trailers naar hun plek dirigeerden en klapstoelen voor de toeschouwers neerzetten. De lucht trilde van de geuren van paard, gras en hete koffie, doorbroken door de vrolijke chaos van kinderen die van ring naar ring schoten.

In de relatieve stilte en koelte van de schaduwrijke stal stond Lucy met haar vriendinnen, zo geconcentreerd dat ze het groeiende publiek niet leek op te merken. Honey, de palomino showpony, stond geduldig; haar sneeuwwitte manen waren al in tientallen keurige secties verdeeld, elk vastgezet met een klein elastiekje. Charlotte hield de plastic plantenspuit vast terwijl Jemima, in een shirt met de Kerstman op een eenhoorn, de vlechtwerkzaamheden superviseerde.

'Blijf stilstaan, Honey,' fluisterde Lucy, terwijl ze de volgende pluk manen op zijn plek coaxte.

'Strakker,' adviseerde Jemima, die vooroverboog om over Lucy's schouder mee te kijken. 'Showpony's moeten lijken alsof er een hele rij spinnen overheen is gelopen.'

Charlotte sprayde wat al te enthousiast en druppeltjes water spatten op Lucy's wang.

'Sorry!' giechelde ze, terwijl ze met een hoekje van haar mouw Lucy's gezicht depte.

'Geeft niet,' zei Lucy, al zag Danny dat haar handen trilden. Ze wierp hem een blik toe, alsof ze wilde checken of hij er nog was, en boog zich toen weer over haar werk. Danny stak zijn duim op, hij vertrouwde zijn stem niet, en probeerde bemoedigend te kijken in plaats van opdringerig.

Het bleef hem verbazen hoe snel zijn dochter zich deze wereld eigen had gemaakt. Maar vandaag kroop de oude zenuwachtigheid weer omhoog, en Danny herkende de signalen maar al te goed.

Toen alle manenvlechten klaar waren, haalde Look een rood lint uit haar tas en knoopte een net strikje boven aan Honey's staart.

'Nu is ze perfect,' zei Charlotte, terwijl ze een stap achteruit deed om hun werk te bewonderen.

Jemima knikte. 'Je hebt het echt goed gedaan, Lucy. Ze ziet er geweldig uit. Net zo mooi als toen Pip de kampioensguirlande pakte op de Ekka!'

Danny zag de trots in Lucy's ogen opflakkeren, klein maar fel. Hij nam zich voor Jemima's moeder te bedanken voor zo'n uitstekend rolmodel.

Er klonk een fluitsignaal vanuit de hoofdring en het geroezemoes van de menigte verschoof terwijl ouders en kinderen naar het showterrein begonnen te stromen. Lucy haalde nog één keer de borstel langs Honey's glanzende hals, pakte toen het leidhalster van de merrie op. Danny kwam haar halverwege de ring tegemoet en hurkte zodat ze oog in oog waren.

'Klaar?' vroeg hij.

Lucy aarzelde, knikte toen, haar stem klein. 'Als ik het verpest, neem je me dan alsnog op een ijsje?'

'Zelfs als je plat op je gezicht valt en je eigen naam vergeet,' beloofde Danny. 'Het is veel te heet om een ijsje over te slaan.'

Ze grijnsde, en de spanning smolt uit haar gezicht.

'Kom op, pap. Het is tijd.'

Danny liep naast haar mee, hopend dat ze niet zou merken dat zijn eigen handen net zo trilden van de zenuwen. De ringmeester riep nummers om, en Lucy sloot achteraan in een lange rij oudere meisjes en professioneel ogende begeleiders, van wie de meesten haar minstens een hoofd overtroffen. Danny telde en blies zijn wangen op;

vijftien deelnemers! Een groot veld om het tegen op te nemen bij Lucy's allereerste rubriek.

Honey prees zich intussen onder alle aandacht, stond vierkant, de oren naar voren en de blauwe ogen alert op alles wat om haar heen gebeurde. Pip had niet overdreven toen ze zei dat Honey meer blauwe linten had dan muurplek om ze op te hangen, ondanks een blijkbaar beladen verleden, en Danny zag waarom. Voor zijn ogen was de palomino duidelijk de opvallendste schoonheid in het veld. Pip had ook terloops vermeld dat de merrie drachtig was, al nog vijf of zes maanden van het veulenen af, en ze oogde enkel gezond gevuld.

De jury, een zilverharige vrouw in een chic mantelpak en met een hoed ter grootte van een satellietschotel, liep met klembord in de hand de rij af, stilstaand bij elke combinatie om houding, presentatie en de reactie van de pony op het voorbrengen te inspecteren. Bij Lucy aangekomen glimlachte ze, zei iets te zacht om voor Danny te verstaan, en keek toe terwijl Lucy Honey in een elegante draf voorbracht, haar op de markering liet halthouden en met haar hand over de schouder van de pony gleed om een licht scheef hoefje recht te zetten.

Na een knikje en nog een zacht woord liep de jury verder, en Lucy ademde uit, haar ogen schoten naar de railing waar Danny stond. Hij stak nogmaals zijn duim op, meer voor zichzelf dan voor haar, en probeerde niet te huilen.

Het jureren duurde een hele poos, omdat elke deelnemer zijn draf moest tonen en door de jury werd bekeken. Lucy wachtte geduldig, rug recht, Honey naast haar zonder een spier te verroeren. Toen de laatste deelnemer was geweest, stelden de combinaties zich in een lijn op, in afwachting van de resultaten. Danny drong naar voren en worstelde voor een beter zicht terwijl de jury de plaatsingen begon op te roepen.

'Vierde plaats, inschrijving eenentwintig, Maddy Withers en Sunlight Affair.'

Het applaus was beleefd, het meisje maakte een verlegen buiging toen de jury haar een groen lint overhandigde.

'Derde, nummer achttien, Chloe Mason en Spark of Glory.'

Een paar trotse grootouders juichten vanaf het hek.

'Tweede, nummer vijftien, Georgia Hales en Silver Lining.'

Danny zag Lucy's gezicht betrekken. Met tien andere deelnemers in de rubriek, allemaal ouder en ervarener dan zij, was ze ervan overtuigd dat ze buiten de prijzen was gevallen.

'En de eerste plaats, inschrijving nummer zes, Lucy Wareham en Ridgewater Honeybee!'

Het kabaal dat opstak bij Charlotte en Jemima overstemde bijna het applaus van de rest van het publiek. Lucy sloeg geschokt een hand voor haar mond, en zelfs Honey leek met nieuwe energie te trippelen toen ze naar voren stapten om het blauwe lint in ontvangst te nemen. De jury boog zich om het om Honey's hals te strikken, zei iets waardoor Lucy bloosde, en schudde haar vervolgens de hand alsof ze een hoge gast was.

Danny merkte amper dat Ben Crossley hem op de rug klopte en feliciteerde. Hij was te druk met het gezicht van zijn dochter, met hoe ze het gejuich, het klappen en de felicitaties van de andere deelnemers in zich opnam. Voor het eerst in wat als een eeuwigheid voelde, zag hij in haar ogen pure, ongeremde vreugde.

Toen ze Honey de ring uit leidde, kruisten Lucy's ogen de zijne en ze vormde met haar lippen de woorden: 'Heb je het gezien?'

Danny knikte, zijn stem vastgeklemd ergens onder de brok die in zijn keel leek te zijn blijven steken.

Jemima en Charlotte hadden haar in een seconde te pakken, ze omhelsden haar en Honey en praatten zo snel dat zelfs Danny het niet kon volgen. Jemima hief een vinger op. 'Nu moet je de ereronde doen, met het lint! Dat is traditie.'

Danny trok zich terug naar het hek en liet de meisjes de rituelen van gedoe en gejubel overnemen. Hij keek toe hoe Lucy met Honey rond de ring stapte, schouders naar achteren en kin omhoog, het blauwe lint wapperend in de hete bries. Het publiek juichte, maar het was de stille trots op Lucy's gezicht die hem deed knipperen in de felle zon.

De in-handrubrieken waren voor de lunch klaar, en tegen die tijd waren de weilanden rond de ringen gevuld met families die op klapstoelen en kleedjes aan het picknicken waren. Het programma liet net genoeg tijd voor een haastig broodje voor de beginnersklasse te paard, en Danny betrapte zichzelf erop dat hij felicitaties van vreemden in ontvangst nam terwijl hij Lucy hielp haar showjasje te verruilen voor een luchtiger top.

'Straks komt de grote,' zei Lucy. 'De stap-drafklasse op Foxie. Denk je dat ik het kan?'

Danny deed alsof hij het overwoog. 'Nou, je hebt tot nu toe vandaag pas één blauw lint gewonnen. Niet slecht voor een groentje.'

Ze grijnsde. 'Ik vind Foxie leuk. Ze schrikt nergens van, zelfs niet van kinderen in elfenkostuum!'

Ze liepen naar de inrijpiste, waar Pip stond te wachten, armen over elkaar, zonnebril glinsterend in de zon. Ze begroette Lucy met een high five en liet toen een kritische blik over Foxie's tuig gaan.

'Alles ziet er goed uit,' zei Pip. 'Hoe is je houding vandaag, Lucy?'

Lucy schoot overeind alsof ze een prik had gekregen.

'Uitstekend. En onthoud: als je zenuwachtig wordt, gewoon ademhalen en tegen Foxie praten. Ze hoort graag dat ze mooi is.'

'Begrijpt ze Engels?' vroeg Lucy giechelend.

'Ze is tweetalig,' zei Pip met een knipoog.

Danny leunde tegen het hek terwijl Pip Lucy in het zadel tilde, haar beugels bijstelde en haar nog een laatste, zacht peptalkje gaf. Foxie stond geduldig en sloeg af en toe met haar staart naar vliegen. Danny keek naar de andere kinderen die opstelden, negen in totaal, naar schatting tussen de zes en twaalf jaar.

'Is dit de eerste keer dat je de beginnersklasse kijkt?' vroeg een stem naast hem. Danny draaide zich om en zag een andere vader, koffie in de hand en een bezorgde uitdrukking op zijn gezicht.

'Voor Lucy wel de eerste keer,' antwoordde Danny.

'Ze nemen wedstrijden hier serieus,' zei de man, met een knikje naar de jurytoren. 'Mijn oudste dochter rijdt al drie jaar en ze staat nog steeds te trillen voor elk onderdeel.'

'Lucy ook,' zei Danny. 'Maar ze is er dol op.'

'Ze allemaal. Ik denk dat het de enige sport is waar onder de modder zitten als een prestatie geldt.'

Ze lachten allebei, en Danny voelde de laatste spanning bij zichzelf wegsmelten.

De rubriek werd naar de hoofdring geroepen en Lucy voegde zich bij de rest. De pony's stapten achter elkaar, volgens de aanwijzingen van de ringmeester, en Foxie stapte vlot weg onder Lucy's rustige leiding.

Danny keek met een kritische blik, en pikte elke kleine correctie op die Zoe en Pip de afgelopen weken in Lucy hadden gedrild: de zachte druk met de benen, de subtiele gewichtshulp, hoe ze elke paar passen haar houding checkte. Hij vroeg zich af of hij ooit zo gefocust was geweest op haar leeftijd, of dat hij ooit de aantrekkingskracht van deze vreemde, oeroude sport echt zou begrijpen.

Na een paar rondes in stap vroeg de jury om een overgang naar lichtrijden in draf. Sommige pony's jogden met tegenzin, andere schoten vooruit, maar Foxie dribbelde vlot aan en Lucy vond haar ritme, met slechts een kort wiebeltje voor ze in de op-neerbeweging tot rust kwam.

Ze reden het patroon zoals opgedragen: stap, draf, van hand veranderen, halthouden, achterwaarts. Danny hield bij elke overgang zijn adem in en ontspande pas als Foxie telkens perfect reageerde. Er was een moment waarop een andere ruiter te vroeg de ring overstak en bijna op Lucy inreed, maar zij paste haar lijn aan zonder een tel te missen, en wist zelfs een beleefde glimlach voor het andere meisje op te brengen.

Na twee volledige patronen werd om de eindopstelling gevraagd. Danny schoof dichterbij en probeerde de uitdrukking van de jury te lezen. De vrouw bleef onbewogen, maar Danny zag haar een aantekening bij Lucy's nummer maken. Toen de uitslag werd omgeroepen, zette hij zich schrap.

'Op de derde plaats, inschrijving nummer drieëntwintig, Lucy Wareham en Ridgewater Foxie!'

Danny's eerste impuls was teleurstelling namens haar; slechts derde, na al die moeite? Maar toen zag hij Lucy's gezicht, stralend van trots, en besefte hij dat ze nooit had verwacht überhaupt te plaatsen. Ze sloeg haar armen om Foxie's hals, nam haar gele lint aan van de jury en, nog belangrijker, draaide zich om de twee meisjes die boven haar geëindigd waren met een handdruk en een glimlach te feliciteren.

Na de prijsuitreiking, terwijl de kinderen de ring uit draafden, renden Jemima en Charlotte om Lucy op te vangen. Met z'n drieën leidden ze Foxie naar de schaduw van de stal, terwijl Jemima en Charlotte allebei vertelden hoe briljant Lucy had gereden.

Danny bleef op een afstandje hangen, tevreden om even te kijken voordat hij zich bij hen voegde. Hij begreep nog steeds niet helemaal hoe ze hier terecht waren gekomen; hoe een verhuizing naar het platteland van Queensland, een toevallige ontmoeting met de McKenzies en een paar rijlessen zijn voorzichtige, gekwetste kind hadden veranderd in de ster van de show. Maar toen Lucy naar hem keek, haar gezicht rood van de opwinding en de linten wapperend in haar hand, besloot hij dat sommige vragen geen antwoord hoefden.

Ze kwam aanrennen, paardenstaart zwaaiend, en Danny ving haar op in een berenknuffel.

'Je hebt het gedaan,' zei hij.

'Ik weet het,' antwoordde ze, licht buiten adem. 'Maar weet je? Ik denk dat ik die gele mooier vind dan de blauwe. Die was moeilijker, want Honey deed in die andere rubriek eigenlijk alles voor me.'

'Dat is mijn meisje,' fluisterde Danny, terwijl hij haar stevig vasthield. 'Ik ben zó trots op je, Luce. Acht weken geleden had je nog nooit op een paard gezeten, en kijk eens naar je nu!'

Het was bijna tijd voor de open demonstratie, het gedeelte van de Show waarvan zelfs de meest verwende ouders toegaven dat het de moeite waard was. Danny loodste Lucy en haar vriendinnen naar de binnenpiste, waar Kate haar paard aan het loswerken was voor het optreden.

'Dat is Ridgewater Mystery,' zei Jemima, wijzend naar de grote schimmel met appeltjes die langs het publiek zweefde, haar staart ingevlochten met zilveren lint. 'Of gewoon Misty, zoals wij haar noemen.'

Lucy staarde met open mond. 'Is zij niet degene op al die posters?'

'Yep,' zei Jemima. 'Ze wint nu Grand Prix-klassen, maar mam zegt dat ze nog maar net begint. Tante Kate gaat met haar naar de Olympische Spelen, net zoals oma en opa allebei deden.'

De kijktribune zat stampvol, elke stoel bezet en kinderen die op de schouders van hun ouders zaten voor beter zicht. Tegen de tijd dat de openingstonen van 'All I Want for Christmas Is You' uit de speakers klonken, viel er een stilte over de menigte.

Danny was geen kenner van dressuur, maar zelfs hij zag dat dit een uitzonderlijk niveau van rijkunst was. Kate leidde de merrie door de oefeningen met absolute souplesse, bewoog in het zadel nauwelijks meer dan met uiterst subtiele hulpen, terwijl de omroeper de kür via de geluidsinstallatie voor het publiek toelichtte. De passage – verheven, zwevende drafpassen die onmogelijk leken voor welk aards dier dan ook – ontlokte bewonderende klanken aan de toeschouwers. Toen ze overgingen naar piaffe, leek Misty ter plekke te dansen, hoeven die in perfecte maat op de muziek stampten. Lucy's mond zakte open toen Kate Misty een serie vliegende wissels liet springen, de benen van de merrie die heen en weer flitsten in een ingewikkeld, balletachtig patroon.

'Hoe doet ze dat?' fluisterde Lucy.

'Het is magie,' zei Jemima. 'En jaren oefening.'

Danny kon niet anders dan zich laten meeslepen; het publiek was gebiologeerd, paard en ruiter zo perfect op elkaar afgestemd dat ze leken te delen in één gedachte. Aan het einde van de kür, toen Kate en Misty tot de grote finale van de muziek een laatste perfecte halthouding uitvoerden, barstte de hele tribune los. Zelfs de strenge jurylid van eerder klapte.

Kate maakte een bescheiden buiging en reed Misty uit de ring terwijl de omroeper het publiek uitnodigde naar de aangrenzende springarena te gaan. Het was maar een paar stappen verder, dus iedereen verkaste snel, en toen kwam Emma binnen op Phoenix, de hoge zwarte ruin die er elke centimeter uitzag als een geboren showman. Er ging een hoorbare murmel door de menigte toen mensen het paard herkenden: Phoenix stond bekend om spectaculair springen en, zo had Danny gehoord, af en toe even spectaculaire driftbuien.

Het parcours stond al opgebouwd, de balken glanzend van de verse verf en de oxers ronduit intimiderend. Emma liet Phoenix in een verzamelde galop cirkelen en stuurde hem toen naar de eerste hindernis.

'Hij ziet eruit alsof hij elk moment uit elkaar knalt,' fluisterde Lucy, een beetje ontzaglijk, terwijl Phoenix de eerste sprong naderde, spieren die onder zijn glanzende vacht samenbalden. De afzet was explosief; het paard nam de 1,50 meter hoge steilsprong met ruimte over. Het publiek juichte, en Phoenix gaf voor de show nog een klein bokje, maar Emma bewoog nauwelijks in het zadel. Zij was het perfecte tegenwicht voor zijn drama, ze ving de energie op en leidde die met koele precisie om.

Sprong na sprong lieten ze het eenvoudig lijken, zelfs toen de wendingen krapper werden en de combinaties technischer. Bij de laatste hindernis – een enorme rode muur zo hoog dat Danny er vrij zeker van was dat Phoenix er niet overheen kon kijken – zweefde Phoenix, landde met de oren gespitst en Emma glimlachend van oor tot oor. Het applaus was donderend en Emma's zwaai naar het publiek was pure vreugde.

Terwijl het paar in een ererondje de ring rondging, klonk de stem van de omroeper door de luidsprekers.

'En dáárom is Ridgewater de thuisbasis van enkele van de beste ruiters, en beste paarden, van de staat. Laat nog eens horen voor de zussen McKenzie, en voor iedereen die zo hard werkt om dagen als deze mogelijk te maken.'

Danny keek naar Lucy, die nog steeds met grote ogen staarde, terwijl Emma Phoenix even de ruimte gaf en de voormalige winnende renpaard zijn snelheid liet zien in een grondverslindende galop.

'Denk je dat ik op een dag ook zo kan rijden?' vroeg ze, haar stem amper hoorbaar.

Danny aarzelde geen moment. 'Absoluut. Maar alleen als je belooft het paard niet te laten dansen op Mariah Carey.'

Ze giechelde, werd toen serieus, met haar blik vast op de arena. 'Ik wil later ook eens springen. Misschien volgend jaar?'

Danny keek naar haar, de sterren in haar ogen terwijl ze naar de hindernissen tuurde, en voelde een golf van iets dat heel erg op hoop leek. Als zij weer zo groot durfde te dromen, en hij zelfs eraan kon denken genoeg los te laten om haar die dromen te laten najagen, dan waren ze misschien allebei echt aan het helen.

'Misschien volgend jaar, als juf Pip en juf Zoe vinden dat je er klaar voor bent,' zei hij.

De demonstratie van de Masterson Method stond als volgende gepland, en tegen de tijd dat Danny en Lucy terugkeerden in de binnenbaan had zich een kleine maar geïnteresseerde menigte bij de omheining verzameld. Velen waren ouders met jongere kinderen, gezinnen die nog niet ingewijd waren in de mysteries van paardenlichaamswerk en het evenement zagen als een excuus om even in de schaduw uit te rusten.

De ster van de sessie was Whisper, een kleine schimmelpony met een bezorgde blik en de neiging om van hoef naar hoef te verplaatsen alsof hij op een lap hete zand stond. Zoe leidde hem de arena in en heette het publiek welkom met een brede, zelfverzekerde glimlach.

'Dank jullie wel dat jullie er zijn,' begon ze, haar stem gemakkelijk dragend in de echoënde ruimte. 'Vandaag laten we zien hoe zacht lichaamswerk zelfs het meest gevoelige paard kan helpen om zich comfortabeler en meer ontspannen te voelen, met een methode die draait om luisteren en reageren in plaats van forceren.'

Lucy liep naar voren om naast Zoe te gaan staan, eerst een beetje stijf maar duidelijk in haar sas met haar officiële rol als assistent. Danny nam plaats op een van de houten bankjes langs de omheining en weerstond de drang om alles te filmen ten gunste van aandachtig kijken.

Zoe begon met Whisper voor te stellen en legde uit hoe sommige paarden en pony's, vooral die nieuw in het werk zijn, spanning in hun lichaam opbouwen die van alles kan veroorzaken, van slechte prestaties tot ronduit gedragsproblemen. Ze demonstreerde een lichte aanraking langs de manenkam en de atlas van de pony en nodigde de menigte uit om op elke oorflikkering of het wijder worden van een oog te letten.

'Als we de Masterson Method gebruiken,' zei Zoe, 'zoeken we niet naar onmiddellijke resultaten of dramatische veranderingen. We letten juist op wat het paard ons vertelt, en belonen zelfs de kleinste tekenen van ontspanning.'

Ze moedigde Lucy aan om naar voren te stappen en het te proberen, en leidde haar hand naar de plek net achter Whispers oor. De pony verstijfde eerst, maar met Zoe's aanwijzingen verzachtte Lucy haar aanraking, maakte langzame cirkeltjes en wachtte.

Danny hield zijn adem in toen Whispers oogleden begonnen te zakken, de vecht-of-vluchtreactie plaatsmakend voor een groeiende kalmte. De lippen van de pony trilden, en ontspanden toen. Hij liet een lange, snuivende zucht ontsnappen en gaapte daarna enorm, totaal onverwacht. Verschillende kinderen in het publiek hapten naar adem, en een moeder fluisterde: 'Kijk eens. Hij valt gewoon in slaap.'

Zoe pikte het moment op en gebruikte het om te onderwijzen. 'Als je het paard ziet knipperen, likken, gapen of zijn hoofd laten zakken, zijn dat tekenen dat hij spanning loslaat. Let op hoe Lucy niet duwt of trekt. Ze wacht tot Whisper het sein geeft.'

'Hij knippert nu. Dat betekent dat hij ontspant, toch?' vroeg Lucy.

'Precies,' zei Zoe. 'Laten we nu zijn schouder proberen en kijken wat hij ons nog meer vertelt.'

Het publiek keek toe terwijl Lucy haar handen langs de hals van de pony liet gaan, de aanwijzingen volgend met het rustige geduld dat Zoe haar in weken van lessen had bijgebracht. Whisper, die de demo begonnen was met grote ogen en hoog hoofd, stond nu met zijn neus bijna aan de grond, zware oogleden, rustend op een achterhoef.

Ouders bogen naar voren en wisselden verbaasde blikken. Zelfs de meer doorgewinterde paardeneigenaren leken stilletjes onder de indruk van de gedaanteverwisseling. Danny voelde een onverwachte benauwdheid op zijn borst terwijl hij het tafereel bekeek; Lucy, sereen en gefocust, Zoe naast haar, de bezorgde pony die wegsmolt tot een plasje vertrouwen.

De demonstratie eindigde met een korte Q&A. Kinderen en volwassenen wilden allemaal weten of de methode bij alle paarden werkte, of je het thuis kon gebruiken en of het echt zo makkelijk was als Lucy en Zoe het net hadden laten lijken.

'Het vergt oefening,' zei Zoe eerlijk. 'Maar iedereen kan dit leren, als je bereid bent meer te luisteren dan te praten. Paarden kan het niets schelen hoeveel je weet, totdat ze weten hoeveel je om hen geeft.'

Dat leverde een lach op bij de ouders, en zelfs een klein applausje.

'En mensen, de briljante Zoe Webb neemt boekingen aan om haar magie op jouw paarden los te laten,' zei de omroeper over de PA. 'Er worden ook aanmeldingen van belangstellenden verzameld voor kleinschalige groepslessen om te beginnen met de Masterson Method. Kijk op Zoe's pagina op de Ridgewater-website voor meer informatie!'

Toen de menigte uiteen begon te gaan, leidden Zoe en Lucy Whisper de arena uit, de pony lopend met de losse, zwevende pas van een paard dat zich niet meer herinnert waar het zich ook alweer zorgen om moest maken. Danny wachtte bij de uitgang, gevangen tussen trots en iets als ontzag.

'Je was geweldig,' zei hij toen Lucy zich bij hem voegde, wangen rood van plezier.

'Het was vooral Whisper,' zei Lucy bescheiden. 'Hij had gewoon iemand nodig die luisterde.'

'Dat is precies waarom jij hier zo goed in bent,' zei Danny tegen haar. 'Je laat het eenvoudig lijken.'

Ze straalde, aarzelde toen even en wierp een blik op Zoe, die nog bleef hangen om een paar laatste vragen te beantwoorden. 'Juf Zoe zegt dat ik er een natuurlijk gevoel voor heb. Ze zegt dat niet iedereen luistert zoals ik.'

Danny sloeg zijn arm om haar schouders en liet het gewicht van het moment bezinken. Hij vroeg zich even af of hij ooit echt had begrepen hoe moedig Lucy kon zijn, of dat hij zo veel tijd had besteed aan haar beschermen tegen pijn dat hij de diepte van haar compassie had gemist.

'Weet je,' zei hij zacht, 'toen ik je hier voor het eerst bracht, was ik bang dat je je zou bezeren. Maar jij bent degene die mij leert vertrouwen.'

Lucy keek naar hem op, met gefronste wenkbrauwen. 'Je hoeft niet bang te zijn, pap. Ik ben voorzichtig. En ik heb Foxie, en Jemima, en juf Zoe, en juf Pip, en...' ze pauzeerde, en glimlachte toen verlegen. 'Ik heb jou.'

Danny kneep haar dichter tegen zich aan. 'Je hebt mij altijd, Luce.'

Het waren niet alleen de paarden die leerden ontspannen, besefte hij. Soms deden mensen dat ook.

De zon begon naar de horizon te zakken toen het laatste onderdeel van de Show het middelpunt werd. De binnenarena was weer omgetoverd: snoeren veelkleurige feeërieke lichtjes volgden de afrastering, en de hoofdingang pronkte met een krans van slingerfolie die bijna zo groot was als Jemima. De PA pompte kerstmuziek door de hal, afwisselend popklassiekers en een curieuze remix van 'Jingle Bells', uitgevoerd door een brassband en een kinderkoor.

Lucy en haar vriendinnen trokken hun paradekostuums aan in een wervel van pailletjes en vilten gewei-ooren. Charlotte stond erop ieders wangen met glitter te schminken en deed slingerscrunchies in hun haar. Hun pony's ontkwamen niet aan de feestelijke behandeling; Foxie, Sparky en Beau droegen tinselguirlandes om hun hals en elk had een set nepgewei stevig aan het hoofdstel bevestigd. Danny keek toe terwijl de meisjes zich voorbereidden, maakte foto's voor de sociale media van de McKenzies en weerstond de neiging Lucy's gewei recht te zetten.

Emma stelde de volgorde van de parade op en gaf laatste instructies met een stem die over het geroezemoes heen droeg.

'Denk eraan: rustig tempo rond de ring. Zwaai naar het publiek. Niet racen, tenzij je de rest van de vakantie op poepdienst wilt. Duidelijk?'

'Ja, juf Emma!' zongen de meisjes in koor, al grijnsde Jemima naar haar moeder alsof ze haar geluk wel eens zou kunnen beproeven.

De parade begon met de jongste ruiters eerst, een stoet piepkleine ruitertjes op Shetlanders en kleine Welsh-pony's, elk duo uitgedost in kostuums die varieerden van klassieke elf tot een volledig Kerststaltafereel. Daarachter brachten de meer gevorderde ruiters de grotere paarden in stap binnen, met vastgeprikte glimlach en het hoofd omhoog. Het applaus van het publiek was oorverdovend; ouders zwaaiden en maakten foto's, vrienden riepen namen en jenden plagerig iedereen die vergat te zwaaien.

Danny zag Lucy toen ze de ring inreed, geflankeerd door Jemima op Sparky en Charlotte op Beau. Het trio voerde een verrassend goed geoefende formatie uit en zwaaide synchroon terwijl ze de hoeken rondden. Foxie leek te genieten van de aandacht en droeg Lucy met stille waardigheid, het hoofd laag en de oren naar voren.

Terwijl de parade de arena rondging, ving Danny een glimp op van de McKenzie-vrouwen – Sarah, Kate, Emma en Pip – die in het midden stonden, met de handen ineen en gezichten die glansden van trots. Toen de laatste groep ruiters binnenkwam, stapte Sarah naar voren, microfoon in de hand.

'Dank aan iedereen die deze dag mogelijk heeft gemaakt – onze leerlingen, ouders, coaches, en vooral onze viervoetige vrienden. Ridgewater is meer dan alleen een rijcentrum; het is een familie. En we zijn zó dankbaar dat jullie daar allemaal deel van uitmaken.'

Applaus rolde door het gebouw. Toen zag Sarah Zoe aan de rand dralen, schijnbaar haar clipboard controlerend, en ze wenkte haar erbij met een gebaar dat geen tegenspraak duldde.

'En dank aan Zoe, die nog maar een paar maanden bij Ridgewater is, maar zich al onmisbaar heeft bewezen en een favoriet is bij onze jonge ruiters. Laat je horen voor juf Zoe, allemaal!'

Zoe werd knalrood toen ze de ring overstak, maar de ovatie die ze kreeg was oprecht en luid. Danny zag dat Lucy het hardst klapte, met glanzende ogen.

Toen de laatste ronde ten einde liep, stegen de ruiters af en werden de pony's weggeleid, waardoor een zee van kinderen en ouders in de arena achterbleef voor een laatste ronde felicitaties. Jemima en Charlotte vonden Lucy als eersten en trokken haar in een groepsknuffel. Danny bleef aan de rand hangen, liet de meisjes hun moment hebben, en trok toen Lucy's aandacht met een zwaai.

'Klaar om te gaan, kampioen?' riep hij.

'Heel even, pap,' zei ze, voordat ze wegrende om Foxie nog één laatste wortel te geven.

Danny voelde iemand naast hem komen staan en draaide zich om; het was Zoe, haar haar nog wilder dan anders na de lange dag, maar haar ogen zacht en moe.

'Ze was vandaag geweldig,' zei Zoe, knikkend naar Lucy.

'Jij ook,' antwoordde Danny, zijn stem een tikje schor.

Zoe glimlachte naar hem. 'Weet je, toen je haar die eerste keer hier bracht, dacht ik dat ze misschien drie lessen zou volhouden voordat ze haar belangstelling verloor. De meeste stadskinderen doen dat.'

'Ze zit vol verrassingen,' zei Danny.

'Zeker,' stemde Zoe toe. 'Maar jij ook.'

Hij keek haar aan, verbaasd.

'Niet elke ouder laat zijn kind in zo'n andere wereld springen,' merkte ze op. 'Of vertrouwt vreemden met iets dat zó kostbaar is.'

Danny zweeg een moment en keek toe hoe Lucy met haar vriendinnen lachte. 'Ik had niet veel keus. Ze had iets nodig dat ik haar zelf niet kon geven.'

'Jij gaf haar de ruimte om het te vinden,' zei Zoe. 'Soms is dat het allermoeilijkst.'

Ze stonden in een gemakkelijk stilzwijgen, terwijl de laatste gezinnen wegdrentelden, kinderen die linten én herinneringen vastklemden. De lichten van de arena sprongen aan toen de schemering viel en zetten alles in een gouden gloed.

Lucy kwam terug, een tikje buiten adem, haar linten in haar hand geklemd en haar gewei scheef.

'Heb je ons gezien, pap?' vroeg ze.

'Jij was de ster van de show,' antwoordde hij, en ze straalde, voordat ze naar Zoe liep en om een knuffel vroeg, en haar bedankte. Danny was er vrij zeker van dat Zoe haar eigen tranen wegknipperde terwijl ze Lucy stevig omhelsde en haar vertelde dat haar optredens niets minder dan spectaculair waren geweest.

Terwijl ze naar de auto liepen, keek Lucy nog eens om naar de arena, waar het personeel van Ridgewater nog steeds aan het opruimen was, hun gelach dat de warme avond in echode.

'Dit was de beste dag óóit,' zei ze.

Danny knikte instemmend. 'Het was het écht, écht.'

Lucy huppelde vooruit, haar nieuwe linten die achter haar aan zweefden als de staart van een komeet. Danny keek haar na en voelde hoe het gewicht van oude angsten van hem afgleed, vervangen door de rustige zekerheid van ergens bij horen.

Hij keek op naar het Ridgewater-bord, versierd met kerstlichtjes en helder stralend in de schemering, en dacht dat ze misschien, heel misschien, nu allemaal eindelijk thuis waren.

Hoofdstuk Elf

ZOE NIPTE VAN HAAR thee en keek hoe de stoom loom boven de mok kringelde, terwijl de ochtendzon door de keukenramen van het Grote Huis stroomde. Overal lagen nog sporen van de kerstshow van gisteren: slingers over de rugleuning van de stoelen, een kerstmanmuts die scheef op de fruitschaal prijkte, en die onmiskenbare sfeer van voldoening die na een geslaagd evenement blijft hangen. De McKenzies zaten rond de enorme boerderijkeukentafel, stemmen door elkaar heen in levendige herinneringen aan gedenkwaardige momenten en op het nippertje verholpen rampjes. Pip vermaakte iedereen met het verhaal van een losgeraakt gewei tijdens de slotparade, haar handen maaiden wild door de lucht terwijl ze de baan beschreef die het had afgelegd.

'Het vloog zó over het hoofd van arme meneer Henderson heen,' lachte Pip. 'Zijn toupetje ging er bijna vandoor!'

Sarah snoof in haar koffie. 'Ik vroeg me al af waarom hij er zo onthutst uitzag. Ik dacht dat het gewoon Kate's muzikale freestyle was die hem zo opwond.'

Kate rolde met haar ogen maar kon haar glimlach niet onderdrukken. Ze baskte sinds de uitvoering van gisteren in stille trots; de herinnering aan de reactie van het publiek zat duidelijk nog vers. 'Misty was de ster, niet ik. Al moeten we voor de volgende wedstrijd aan haar pirouette werken; we draaiden net een tikje te grote rondjes.'

'Altijd de perfectionist,' plaagde Emma, terwijl ze over tafel reikte voor nog een snee toast. 'Het publiek kreeg zijn ogen niet van jullie af.'

De keuken was zalig chaotisch: borden met half opgegeten ontbijt over de hele tafel, potten jam met lepels die er in rare hoeken uitstaken, en Marcus bij het fornuis die nog een stapel pannenkoeken stond om te keren. Ryan zat naast Emma, zijn arm nonchalant over de rugleuning van haar stoel geslagen, en oogde helemaal op zijn plek. De zakelijke strakheid die hem bij zijn eerste komst naar Ridgewater had gedefinieerd, was vervaagd tot iets veel ontspanneners, iets oprechter.

'Lucy deed het geweldig met Honey,' voegde Zoe toe, glimlachend bij de herinnering aan het gezichtje van het meisje toen ze haar blauwe lint kreeg. 'Danny kreeg amper een woord uit, zó trots was hij.'

'Ze is een leuk kind, en ze reed Foxie ook prachtig. En haar demo met jou was echt geweldig. Dat kind heeft een gave,' beaamde Pip. 'En over cadeautjes gesproken: heeft iemand gezien hoeveel inschrijfformulieren we hebben opgehaald? Minstens dertig potentiële nieuwe klanten. De kerstshow trekt ze altijd wel, maar dit was uitzonderlijk. En jij hebt stapels belangstelling voor de Masterson Method-clinics voor beginners, Zoe.'

Sarah knikte en greep naar de stapel post die Emma uit de brievenbus had gehaald toen zij en Ryan binnenkwamen. 'We moeten een teamvergadering plannen om ze door te nemen. Als de helft zich al aanmeldt, moeten we het lesrooster voor januari aanpassen.'

Ze begon de enveloppen te sorteren, rekeningen apart van persoonlijke post, toen haar hand bleef rusten op een officieel ogende envelop met het wapen van de regering van Queensland. Het geklets ging om haar heen door, maar Zoe zag de lichte frons die tussen Sarah's wenkbrauwen verscheen, terwijl ze haar vinger onder de flap schoof.

Sarah vouwde de brief open en las snel. De keuken werd stiller toen het bloed uit haar gezicht weg trok.

'Sarah?' vroeg Marcus, met de spatel bevroren halverwege. 'Wat is er?'

Sarah keek op, haar ogen groot van schrik. 'Het is een onteigeningsbericht.' Haar stem klonk vreemd, bijna losgekoppeld. 'Voor Ridgewater.'

Het werd muisstil in de keuken; alleen het sissen van pannenkoekenbeslag dat aanbrandde in de vergeten pan was te horen. Marcus draaide resoluut de knop dicht en liep naar Sarah toe, om over haar schouder mee te lezen.

'Hoeveel?' vroeg Kate, haar stem gespannen.

Sarah's hand trilde licht toen ze naar de tweede pagina bladerde. 'Drie komma twee miljoen.'

'Belachelijk,' barstte Marcus uit, terwijl hij de papieren uit Sarah's hand griste. 'Dit land is alleen al voor de hectares minstens zeven miljoen waard, nog los van de gebouwen en de waarde van het bedrijf!'

Emma's ogen vulden zich met tranen. 'Dit kunnen ze niet maken.'

Ryan trok haar dichter tegen zich aan, zijn kaak gespannen. 'Een klassieke openingszet. Veel te laag inzetten in de hoop dat je wanhopig genoeg bent om toe te happen.'

Kate schoof haar stoel naar achteren en begon te ijsberen, haar vingers door haar blonde haar kamdend. 'Ze kunnen ons huis toch niet zomaar afpakken,' zei ze, waarbij haar stem op het laatste woord brak. 'Er moet iets zijn dat we kunnen doen.'

Pip, die ongewoon stil was geweest, sloeg haar armen over elkaar. 'We vechten terug, natuurlijk. Juridische stappen. Publiek protest. Mediacampagne. Als ze dit land willen, moeten ze ons er met grof geweld vanaf slepen.'

Zoe keek toe hoe Sarah een notitieblok naar zich toe trok en een pen pakte, haar hand al snel in rappe berekeningen over het papier schietend. 'Zelfs als we vechten en de marktconforme waarde krijgen,' zei ze, haar stem licht trillend, 'moeten we iets vergelijkbaars zien te vinden. De grondprijzen zijn door het dak gegaan. We hebben minstens negen miljoen nodig om de hele operatie te verhuizen naar een plek met gelijkwaardige faciliteiten en bereikbaarheid. Wat ze bieden is gewoon... het is een belediging. Onmogelijk.'

'Wat als we alleen de operatie verplaatsen en de faciliteiten opbouwen zodra we er zitten?' stelde Ryan voor, zijn zakelijke brein hoorbaar opties doorrekenend. 'Beginnen met de essentie, en daarna uitbouwen.'

'En wat gebeurt er in de tussentijd met al onze klanten?' snauwde Kate, terwijl ze zich naar hem toe draaide. 'Sorry, we zijn een jaar dicht terwijl we rijbanen en stallen bouwen? De inkomstenstroom valt van de ene op de andere dag stil.'

Zoe voelde de knoop in haar maag aantrekken. Ze kende de dreiging van de rondweg natuurlijk; allemaal deden ze dat, maar het had ver weg geleken, iets waar je met publieke druk en met verstand tegenin kon gaan. De officiële aankondiging maakte het ineens angstaanjagend echt.

'Wat is de tijdslijn?' vroeg Marcus, terwijl hij naar de derde pagina van het document bladerde. Zijn gezicht betrok toen hij las. 'Zes maanden. Ze geven ons zes maanden om "het terrein te verlaten". En ze betalen pas als we daadwerkelijk weg zijn, dat is gewoon krankzinnig. Hoe kopen we ergens anders een plek om naartoe te verhuizen tot ze uitbetalen?'

'Zes maanden?' fluisterde Emma, lijkbleek. 'En de paarden dan? En onze klanten? En...' Haar stem stierf weg en Ryan klemde zijn arm steviger om haar schouders.

'Ze kunnen toch niet verwachten dat we een compleet hippisch centrum in zes maanden verhuizen,' zei Sarah. 'Dat is op geen enkele manier redelijk.'

'Sinds wanneer is de overheid redelijk?' kaatste Pip terug. 'Ze hebben dit tracé gekozen en wij staan ze hinderlijk in de weg.'

Zoe zag de slinger aan de rug van Kate's verlaten stoel bewegen door de bries die door het open raam naar binnen viel. De vrolijke versieringen leken nu bijna spottend, felle kleurvlekken tegen de bleekheid van zorgen op ieders gezicht.

'Kunnen we in beroep?' vroeg Emma, terwijl ze Ryan aankeek. 'Jij hebt toch connecties?'

Ryan knikte langzaam. 'Ik ken mensen die misschien kunnen helpen, maar onteigeningen door de overheid zijn berucht lastig aan te vechten. Zeker als het om infrastructuur gaat.'

'Er is de westelijke route,' merkte Marcus op. 'Die is een reëel alternatief.'

'En tóch zitten we hiermee,' zei Kate bitter, wijzend op de kennisgeving in Marcus' hand. 'Kennelijk zijn ze niet geïnteresseerd in alternatieven.'

Sarah zuchtte en wreef over haar slapen. 'We moeten mam en pap bellen. En we hebben meteen juridisch advies nodig. Pip, wil jij Joe Ashford bellen? Scan de brief en stuur hem door.'

Pip knikte, al naar haar telefoon grissend. 'Komt in orde.'

'Intussen,' ging Sarah verder, zichtbaar zichzelf herpakkend, 'gaan we door. De paarden moeten gevoerd worden, klanten komen voor lessen, en we hebben een bedrijf te runnen. We gaan dit aanvechten, maar we moeten wel slim zijn.'

Zoe voelde een golf van bewondering voor Sarah's veerkracht, al zonk haar eigen hart. Haar blik gleed naar het raam, waar de uitgestrekte weides van Ridgewater tot aan de horizon reikten. Deze plek was haar thuis geworden op een manier zoals Engeland dat nooit echt was geweest. De gedachte dat het platgewalst zou worden voor een rondweg, maakte haar fysiek misselijk.

'We moeten het personeel inlichten,' zei Kate zacht. 'Voordat ze het via-via horen.'

Sarah knikte en keek toen rechtstreeks naar Zoe. 'Jij hoort ook bij de familie, Zoe. Wat er ook gebeurt, we zorgen dat jij goed terechtkomt.'

De vriendelijkheid in haar stem deed Zoe's keel dichtslibben. Ze knikte, niet in staat haar stem te vertrouwen. Buiten scheen de ochtendzon onverminderd op de rijbanen waar gisteren nog kinderen lachten en pony's in met slingers versierde tuigjes dansten. Het contrast tussen de vreugde van gisteren en de wanhoop van vandaag kon niet schriller zijn.

Terwijl de familie in beweging kwam—Pip aan de telefoon, Sarah die documenten verzamelde en Kate die hun ouders appte—zat Zoe stil, haar thee vergeten. Ze dacht aan Danny en Lucy, aan het leven dat ze hier aan het opbouwen waren, aan haar eigen voorzichtige plannen voor de toekomst. Als Ridgewater zou verdwijnen, wat moest er dan van hen allemaal worden?

Danny staarde naar het vel papier op het bureau voor zich, voor de derde keer de geprinte e-mail lezend, alsof de woorden zich konden herschikken tot een minder ingewikkeld voorstel. 'Senior Investigative Reporter, Melbourne Herald.' Alleen al de functietitel belichaamde alles waar hij jaren naartoe had gewerkt: aanzien, zekerheid, erkenning. Het aangeboden salaris deed zijn wenkbrauwen omhoogschieten; bijna veertig procent meer dan zijn huidige freelance-inkomsten, plus secundaire arbeidsvoorwaarden en een verhuiskostenvergoeding. Zijn hoofdredacteur had gezegd dat hij moest langskomen om 'een kans' te bespreken, maar dit had Danny niet verwacht! Een mogelijkheid om terug te keren naar een vaste baan bij een van de meest gerespecteerde kranten van het land, in een stad waar zijn ouders hun kleindochter regelmatig zouden kunnen zien.

Hij ademde diep in en uit. Melbourne. Weer verhuizen. Weer een nieuwe school voor Lucy. Weer afscheid.

'Nou?' vroeg zijn hoofdredacteur zonder omhaal. 'Wat vind je ervan?'

'Ik laat het even bezinken,' antwoordde Danny, terwijl hij probeerde zijn stem neutraal te houden. 'Het is... onverwacht.'

Greg grinnikte. 'Je mag je gevleid voelen. Callum Fraser vroeg zelf wie ik voor de functie zou aanraden. Jouw onderzoek naar de rondweg heeft zijn aandacht getrokken.'

'Het is niet eens gepubliceerd.'

'Goed werk spreekt zich rond. Dat doet het altijd.' Greg pauzeerde. 'Het is een stap omhoog, Danny. Je zou gek zijn om het te laten lopen. Ik heb je persoonlijk aanbevolen toen ik hoorde dat de baan vrijkwam.'

Danny keek uit het raam en zag een groepje junior verslaggevers het gebouw uitkomen, lachend op weg naar een nabijgelegen café. Hij herinnerde zich hoe het was om zó jong te zijn, hongerig naar het volgende verhaal, de volgende carrièremove.

'Ik waardeer het, Greg. Maar Lucy is net weer geland. Ze heeft vrienden gemaakt, haar plek gevonden op Ridgewater...'

'Kinderen passen zich aan,' kapte Greg hem af. 'Bovendien, Melbourne heeft toch zat chique paardenplekken in de buitenwijken? En je zou dichter bij je ouders zitten. Zeuren ze niet al tijden dat je die kant op moet?'

'Dat doen ze,' gaf Danny toe. Zijn moeders stem echode in zijn hoofd, uit hun laatste telefoontje: 'We missen haar hele kindertijd, Danny. Videobellen is niet hetzelfde als knuffelen.'

'Kijk,' ging Greg verder, zijn toon zachter, 'ik duw je er niet uit. Je doet het hier uitstekend. Maar vaste banen met dit profiel komen niet vaak langs, zeker niet nu kranten het moeilijk hebben. Denk aan de zekerheid. Denk aan Lucy's toekomst.'

De last van verantwoordelijkheid drukte op Danny's schouders. Lucy's toekomst. Altijd Lucy's toekomst.

'Wanneer willen ze een antwoord?'

'Eind januari. Dan heb je de feestdagen om erover na te denken.' Greg pauzeerde. 'Voor wat het waard is: ik denk dat je het bij de Herald geweldig zou doen. Maar als je het niet wil, duw ik je echt niet weg. Je hebt hier werk zolang jij dat wilt.'

Na het verlaten van het kantoor liep Danny naar zijn auto en bleef daar enkele minuten in stilte zitten, terwijl hij door de voorruit naar de flonkerende stad keek. Uiteindelijk startte hij de motor en reed weg van de stoep, richting Ridgewater. De vertrouwde route gaf hem te veel tijd om na te denken, om alternatieve toekomsten te verbeelden die zich voor hem vertakten als wegen op een kaart.

Melbourne betekende stabiliteit. Een vast salaris. Zijn ouders dichtbij om met Lucy te helpen. De professionele erkenning waar hij ooit wanhopig naar had verlangd.

Maar Ridgemont betekende Lucy's vrienden. Haar school. De paarden. Zoe.

Er trok iets pijnlijk door zijn borst bij de gedachte aan haar. Wat zij hadden was nog pril, maar het voelde betekenisvol op een manier die hij nog niet kon duiden. De mogelijkheid dat het zou eindigen voordat het echt begon, liet een onverwachte leegte achter.

Toen hij bij Ridgewater het terrein opreed, voelde er meteen iets anders. De gebruikelijke bedrijvigheid ging door, met ruiters in de rijbaan en paarden in de weides, maar er hing een spanning in de lucht die hij niet goed kon plaatsen. Hij zag Kate in een intens gesprek met een klant, haar normaal zo beheerste gezicht strak van gemaakte vriendelijkheid.

Hij vond Zoe bij de stallen, leunend tegen een paal met haar telefoon in de hand, haar voorhoofd gefronst in concentratie. Ze droeg haar gebruikelijke praktische kleding, maar haar kenmerkende makkelijke glimlach ontbrak.

'Slecht nieuws?' vroeg hij, terwijl hij naderde.

Ze keek op, schrok even, en schonk hem toen een glimlach die haar ogen niet helemaal bereikte. 'Eigenlijk wacht ik op nieuws. Mijn aanvraag voor een permanente verblijfsvergunning. De advocaat zou vandaag mailen met een update.'

Danny leunde tegen de paal naast haar, dicht genoeg om de warmte van haar arm te voelen. 'Ik had niet door dat je daar zo mee zat.'

'Dat deed ik in eerste instantie ook niet.' Ze borg haar telefoon zuchtend op. 'Maar ik zit hier op een werkvakantievisum, waar nog maar zes maanden op zitten, en zonder formele kwalificaties... laat ik zeggen dat het puntensysteem niet in mijn voordeel kantelt.'

Danny had hier niet bij stilgestaan; de onzekerheid van haar positie hier. In zijn hoofd hoorde Zoe net zo bij Ridgewater als de oude eucalyptus voor het Grote Huis.

'Zeker telt je ervaring toch mee, en het feit dat je al een bedrijf hebt opgezet? De testimonials van klanten zouden hen alleen al moeten overtuigen dat je een aanwinst voor het land bent. En je broer woont hier, hij is familie, en hij is nu burger, toch?'

Zoe haalde haar schouders op, haar blik afdwalend naar de paarden die vredig in de verte graasden. 'Ja, dat is hij, en hij is mijn enige familie. Maar Immigratie kan dat weinig schelen. Ze willen diploma's, certificaten, tastbaar bewijs van waarde.' Ze draaide zich naar hem toe, haar gezicht zichtbaar met moeite verhelderd. 'Maar genoeg over mijn bureaucratische sores. Hoe was je afspraak in Brisbane?'

Het baanaanbod lag op het puntje van zijn tong, ineens zwaar van implicaties. 'Het was... interessant,' begon hij voorzichtig. 'Greg had nieuws. De Melbourne Herald zoekt een senior onderzoeksjournalist. Hij heeft mijn naam doorgegeven.'

Hij hield haar gezicht goed in de gaten terwijl hij sprak. De flits van ontsteltenis was kort maar onmiskenbaar, voordat ze haar gelaat in iets steunends had weten te schikken.

'Melbourne?' herhaalde ze, zorgvuldig neutraal. 'Dat is... dat is prachtig, Danny. Een grote kans.'

'Het zou een vaste aanstelling zijn,' ging hij verder, met een vreemde drang de voordelen op te sommen alsof hij zichzelf moest overtuigen. 'Beter betaald, meer zekerheid. Lucy zou dichter bij mijn ouders zijn.'

'Dat zou ze geweldig vinden,' zei Zoe, iets te snel. 'En Melbourne schijnt prachtig te zijn. Veel cultuur. Goede scholen, vast en zeker.'

Hun blikken kruisten elkaar, en heel even hing alles wat onuitgesproken was tastbaar tussen hen in. Danny wilde naar haar hand reiken, haar zeggen dat hij nog niets had besloten, dat de gedachte haar te verlaten zoveel glans van die kans afhaalde. Maar de woorden voelden aanmatigend; hun relatie was te pril voor zulke verklaringen.

'Pap! Pap!' Lucy's stem schalde over het erf terwijl ze van de richting van de binnenbaan kwam aanrennen, haar gezicht rood van opwinding. 'Juf Pip liet me vandaag op Sparky rijden zodat ik galopperen kon proberen! Echte galop, niet gewoon heel hard draven!' Ze kwam met een schuivende stop voor hen tot stilstand, haar ogen stralend van trots. 'Ik was eerst bang, maar toen wist Sparky precies wat hij moest doen en het voelde alsof ik vloog, pap, alsof ik écht vloog!'

Danny hurkte zodat hij op ooghoogte was, zijn zorgen even vergeten bij haar blijdschap. 'Geweldig, Luce. Was ik er maar bij geweest om het te zien.'

'Juf Pip heeft het met haar telefoon opgenomen! Ze zei dat ze het naar je zou sturen.' Lucy draaide zich naar Zoe, bijna stuiterend. 'Juf Zoe, heb je het gehoord? Ik heb gegaloppeerd!'

'Ik heb het gehoord,' antwoordde Zoe, nu met een oprechte glimlach. 'Dat is een enorme mijlpaal, Lucy. Je mag heel trots zijn.'

'Ik ga het aan Jemima en Charlotte vertellen,' verklaarde Lucy. 'Die zullen onder de indruk zijn. Jemima zei dat ik waarschijnlijk pas na Kerst zou galopperen!' Ze schoot alweer weg, richting een groepje kinderen bij de poetsplaats.

Danny kwam overeind en keek haar na. Lucy bewoog zich inmiddels met volledig zelfvertrouwen over Ridgewater, ze hoorde hier thuis, op een manier die zijn borst deed trekken. Ze had haar plek gevonden, haar mensen. De gedachte om haar wéér los te rukken, voelde wreed, bijna ondenkbaar.

Hij draaide zich weer naar Zoe, die Lucy met dezelfde weemoedige blik nakeek.

'Ze bloeit hier open,' zei Zoe zacht.

'Dat doet ze,' beaamde Danny. 'Ik heb haar in... nou ja, in heel lange tijd niet zo gelukkig gezien.'

De onuitgesproken vraag hing tussen hen: hoe kon hij haar dit afnemen? Maar terwijl hij rondkeek op Ridgewater, drong een andere vraag zich op. Als de rondweg erdoor kwam, als Ridgewater verloren ging, welke reden hadden ze dan nog om te blijven?

Zoe leek zijn gedachten te lezen. 'Heb je al iets meer gehoord over de beslissing over de rondweg? Want de McKenzies hebben vandaag een onteigeningsbrief gekregen. Een schandalig laag bod. Ze gaan vechten natuurlijk, maar...' Ze liet de zin hangen.

'Nog niet,' antwoordde Danny, terwijl het gewicht van al die onderling verweven onzekerheden op zijn schouders zakte. 'Mijn artikel is bijna klaar. Misschien maakt het verschil.'

Geen van beiden zei hardop wat ze vreesden: dat het al te laat kon zijn.

De avond daalde over Ridgewater neer als een zachte deken, sterren die één voor één verschenen in het dieper wordende blauw erboven. Danny zat op een baal hooi buiten de hoofdschuur, de zorgen van de dag zwaar op zijn schouders, zó zwaar dat zelfs de vredige schemering ze niet glad kon strijken. Kerstlichtjes die langs de dakranden van de stallen hingen, floepten automatisch aan, hun vrolijke veelkleurige gloed op gespannen voet met de zwaarte in zijn borst. Vanaf dit stille hoekje kon hij het Grote Huis zien, verlicht aan de overkant van de weide, schaduwen die achter de ramen bewogen terwijl de McKenzies hun kerstvoorbereidingen voortzetten ondanks het verwoestende nieuws van die ochtend.

Hij hoorde zachte voetstappen naderen en keek op. Zoe kwam behoedzaam het erf over, met twee dampende mokken in haar handen, haar gezicht half in het schemerdonker.

'Dacht dat je dit wel kon gebruiken,' zei ze, terwijl ze hem een mok aanreikte die heerlijk rook naar koffie en iets sterkers. 'Sarah's speciale brouwsel. Met een royale scheut Bundaberg-rum.'

'Gezegend zij ze,' mompelde Danny, dankbaar de mok aannemend. Zoe ging naast hem op de baal zitten, dichtbij maar zonder hem te raken.

Een tijdlang zaten ze in gemoedelijke stilte, nippend van hun drank en kijkend hoe de laatste restjes zonsondergang aan de horizon oplosten. De chaos van de dag was eindelijk verstomd, de paarden stonden in hun stallen of nachtweides, en zelfs de gebruikelijke avondlijke drukte was gedempt tot een fluistering.

'Is Lucy nog bij Jemima in het huis?' vroeg Zoe uiteindelijk.

Danny knikte. 'Sarah heeft haar uitgenodigd voor een kerstfilm. Ze zei dat de meiden wat normaliteit konden gebruiken nu iedereen de hele dag zo gespannen is.' Hij wierp Zoe een zijdelingse blik toe. 'Ze weet nog niets van de brief.'

'Geen van de kinderen weet het, zelfs Jemima niet, want gelukkig was ze buiten toen Sarah vanmorgen de brief opende. Ze zullen het snel moeten horen,' zei Zoe zacht. 'Lucy is dol op deze plek. Ze verdient het om voorbereid te worden als...'

Ze maakte de zin niet af. Dat hoefde ook niet.

Danny nam nog een slok, liet de alcohol hem van binnen warmen. 'Ik blijf maar denken aan dat baanaanbod,' gaf hij toe. 'Vanmorgen leek het een ingewikkelde keuze. Nu voelt het als een wrede kosmische grap.'

'Hoezo?'

'Melbourne zou betekenen dat ik Lucy weer uit haar vertrouwde omgeving trek, weg van alles wat ze hier liefheeft.' Hij gebaarde met zijn vrije hand om zich heen. 'Maar als deze plek verdwijnt...'

Zoe's gezicht werd half verlicht door de kerstlichtjes; schaduwen legden het accent op de zachte lijn van haar jukbeen, het lichte rimpeltje tussen haar wenkbrauwen. 'Het is een goede kans, toch? Die baan?'

'Professioneel? Ja. Het is precies waar ik naartoe heb gewerkt. Zekerheid, erkenning, beter betaald.' De woorden klonken zelfs in zijn eigen oren hol. 'En mijn ouders zouden Lucy regelmatig zien.'

'Dat is belangrijk,' zei Zoe, zorgvuldig neutraal. 'Familie is belangrijk.'

Danny draaide zich naar haar toe, ineens met de behoefte haar in de ogen te kijken. 'Maar Lucy heeft hier eindelijk stabiliteit gevonden. Vrienden. Zelfvertrouwen. Dat nu van haar afpakken...'

'Kinderen passen zich aan,' zei Zoe, al klonk er een zweem van droefheid in haar stem. 'Vooral als ze geliefd zijn. En in Melbourne vind je vast een andere manege.'

'Het zou Ridgewater niet zijn,' zei Danny eenvoudig.

Zoe's adem stokte hoorbaar, en ze keek naar haar mok. 'Nee, dat zou het niet.'

Een paard hinnikte zacht in de schuur, een pijnlijk gewoon geluid tegen de achtergrond van hun onzekere toekomst. Danny voelde hoe onuitgesproken woorden als lood op zijn borst drukten.

'Heeft de advocaat nog gebeld over je visum?' vroeg hij, toen de stilte te lang werd, met een onderwerpsswitch.

Zoe schudde haar hoofd. 'Nog niet. Zonder formele kwalificaties...' Ze zuchtte en zette haar mok naast zich op het hooi. 'Ik rekende op de sponsoring van Ridgewater om mijn aanvraag te versterken. Als het terrein wordt onteigend, verdampt die steun.'

'Zeker telt jouw expertise toch ook,' drong Danny aan. 'Je bent briljant in wat je doet.'

'Expertise zonder papiertjes brengt je bij Immigratie niet ver,' antwoordde Zoe, met een nieuwe scherpte in haar stem. 'Ik had die studie diergeneeskunde moeten afmaken, of op z'n minst erkende certificaten moeten halen. In plaats daarvan volgde ik mijn hart naar gespecialiseerd werk dat me trouwe klanten oplevert, maar op overheidsformulieren niets betekent, omdat geen van die jaren training via geaccrediteerde organisaties liep.'

Die frustratie had hij nog niet eerder bij haar gehoord. Ze was meestal zo optimistisch.

'Er moeten andere opties zijn,' hield hij aan.

'Ik kan ze nauwelijks vinden.' Ze haalde haar schouders op, de beweging strak van spanning, en draaide zich helemaal naar hem toe. 'Weet je hoeveel paarden ik heb geholpen? Hoeveel eigenaren mij hier vertrouwen? Opnieuw beginnen betekent alles weer opnieuw bewijzen, terug in het VK, waar mijn naam in bepaalde kringen al besmeurd is.'

Danny knikte, begripvol maar machteloos. 'Het spijt me, Zoe. Het is niet eerlijk.'

'Nee, dat is het niet,' zei ze, haar stem iets zachter. 'Net zomin als dit allemaal eerlijk is; niet voor de McKenzies, niet voor de gemeenschap, niet voor de kinderen die van deze plek houden.'

De lichtjes van het Grote Huis glinsterden over de weide. Door een raam zag Danny hoe een kerstboom werd opgezet, Sarah en Kate die lichtsnoeren ontwarren, terwijl Pip op veilige afstand de regie leek te voeren en Ben

Crossley met zijn lengte en lange armen een ster bovenop zette.

'Wat als jij naar Melbourne kwam?' flapte hij er ineens uit, vóór hij het goed en wel bedacht had. 'Als ik de baan neem. Als jij ergens moet zijn terwijl je je visum regelt.'

Zoe staarde hem aan, zichtbaar verrast, haar ogen wijd. 'Danny, we zijn nog maar net begonnen... wat dit ook is tussen ons. Dat is een enorme sprong.'

'Ik weet het,' krabbelde hij terug, zich dom voelend. 'Het was maar een gedachte.'

'Een gedachte zonder praktische basis,' zei ze, haar toon weer harder. 'Ik kan niet zomaar naar Melbourne verhuizen op de bonnefooi en hopen op het beste.'

'Het was geen bevlieging,' wierp Danny tegen, geprikkeld door haar afwijzing. 'Ik probeerde een oplossing te vinden.'

'Een oplossing die toevallig precies past bij jouw mogelijke nieuwe leven?' De woorden klonken scherper dan hij ooit bij haar had gehoord.

Danny voelde zijn eigen frustratie oplaaien. 'Dat is niet eerlijk. Ik weet niet eens zeker of ik die baan wil.'

'Maar jij hébt tenminste de luxe van keuze, toch?' Zoe stond abrupt op en klopte het hooi van haar jeans. 'Jij vindt wel weer werk, Danny. Ik moet misschien het land uit.'

De botheid van haar woorden bleef tussen hen hangen. Danny keek naar haar op, overrompeld door de plotselinge boosheid in haar stem.

'Zoe, ik ben hier niet de vijand,' zei hij zacht.

Ze sloot even haar ogen en herpakte zich zichtbaar. 'Nee, dat ben je niet. Sorry.' Ze pakte de lege mokken, haar blik ontwijkend. 'Ik ben gewoon moe en bezorgd en zeg dingen die ik niet zou moeten zeggen.'

Danny stond op en reikte naar haar hand, maar ze deed een kleine stap achteruit.

'Laten we dit nu niet doen,' zei ze. 'We zijn allebei kapot en overstuur. Dit is niet het moment om beslissingen te nemen.'

'Wanneer dan wel?' vroeg Danny, met frustratie in zijn stem ondanks zijn moeite die te beheersen. 'Over een week? Een maand? Als Ridgewater weg is, of jouw visum is verlopen?'

'Ik weet het niet,' gaf ze toe, en de oprechte verwarring in haar stem liet zijn boosheid wegebben. 'Ik weet alleen dat ik nu niet helder kan denken.'

Ze bleven tegenover elkaar staan in de kleurrijke gloed van de kerstlichtjes, fysiek dicht bij elkaar maar gescheiden door onzekerheden die geen van beiden kon oplossen. Uiteindelijk zuchtte Zoe.

'Ik moet gaan helpen met de boom,' zei ze, met een knik naar het Grote Huis. 'Sarah vroeg om alle hens aan dek voor het versieren.'

'Natuurlijk,' zei Danny, zich ineens kinderachtig voelend dat hij vanavond een oplossing had verwacht. 'Ik moet Lucy toch naar huis brengen voor het avondeten.'

Zoe aarzelde, alsof ze nog iets wilde zeggen, maar knikte toen alleen. 'Welterusten, Danny.'

'Welterusten, Zoe.'

Hij keek haar na terwijl ze wegliep, haar silhouet steeds kleiner tegen de lichtjes van het huis. In de verte, door de ramen, gingen de kerstvoorbereidingen door; lichtjes werden opgehangen, de boom kreeg vorm, normaliteit met pure wilskracht in stand gehouden. Maar de feeststemming voelde nu hol, een vrolijke façade over de onzekerheid die als een schaduw over ieders leven hing.

Danny zuchtte en draaide zich om om zijn dochter te roepen, schouders zwaar van de keuzes die hij nog niet kon maken en de oplossingen die hij niet kon bieden. Kerst hoort een tijd van hoop te zijn, maar vanavond voelde hoop zo broos en vluchtig als de gekleurde lichtjes langs de dakrand: prachtig, maar uiteindelijk overgeleverd aan krachten buiten hun macht.

Hoofdstuk Twaalf

De volgende ochtend zat Zoe aan de keukentafel in het Grote Huis, de officiële brief van het Department of Home Affairs voor zich uitgespreid als een doodvonnis. Het regeringswapen bovenaan de pagina leek haar te bespotten terwijl het zonlicht door de ramen stroomde en de woorden verlichtte die ze al vijf keer had gelezen maar nog steeds niet kon geloven. Haar aanvraag voor visumverlenging: afgewezen. Haar route naar permanent verblijf: afgesloten. Het vervullende leven dat ze in Ridgewater had opgebouwd: ineens balancerend op het scherp van de snede.

Haar vingers trilden terwijl ze de koude, formele bewoordingen volgde die haar toekomst hadden verbrijzeld.

'...het spijt ons je te moeten informeren dat jouw aanvraag voor permanent verblijf onder het Skilled Independent visa (subclass 189) niet succesvol is geweest. Bij de beoordeling is vastgesteld dat jouw kwalificaties niet voldoen aan de vereisten voor puntengeteste geschoolde migratie...'

Het bloed trok uit haar gezicht terwijl ze staarde naar de alinea waarin haar opties werden uiteengezet, of liever gezegd, het gebrek daaraan. Zes maanden. Dat was alles wat er nog op haar visum stond voordat ze Australië zou moeten verlaten. Zes maanden om afscheid te nemen van haar cliënten, van de paarden die haar vertrouwden. Van haar broer, de enige familie die ze nog had. Van Ridgewater, en de McKenzies die haar in hun huis en in hun hart hadden opgenomen. Van Danny en Lucy.

Haar ademhaling werd oppervlakkig, de kamer voelde plots te warm ondanks de airconditioning die zachtjes zoemde op de achtergrond. Ze sloeg de tweede pagina om, hopend tegen beter weten in dat ze het verkeerd had begrepen, dat er een of andere alternatieve route werd geboden. Maar de woorden bleven halsstarrig onveranderd.

'Zonder formele tertiaire kwalificaties in jouw vakgebied voldoet je niet aan de minimale eisen voor skilled migration. Hoewel we jouw ervaring erkennen, vereist het beleid van het Department erkende certificering...'

Er ontsnapte een klein, verstikt geluid uit haar keel. Al haar jaren van praktijkervaring, alle persoonlijke scholing bij de meesters die ze had opgezocht om haar hun methoden te leren, alle paarden die ze had geholpen, de aanbevelingen van dankbare eigenaren, niets woog op tegen het rigide afvinklijstje van de overheid. Ze had die diergeneeskundestudie moeten afmaken, had formele certificering moeten najagen in plaats van informele leerlingplaatsen. De keuzes die ooit zo juist leken, bleken nu catastrofale misrekeningen.

De achterdeur ging open met een vertrouwd gekraak, gevolgd door het geluid van laarzen die werden uitgeschopt. Marcus, die vandaag vrij had van zijn werk als dierenarts. Zoe veegde snel haar ogen af, al wist ze dat het vergeefs was. Haar grote broer had haar altijd al kunnen lezen, zelfs als ze haar gevoelens probeerde te verbergen.

'Morgen,' zei Marcus vrolijk toen hij de keuken binnenkwam. 'Ik dacht dat je nu al bij Midnight zou zijn. Sarah zei...' Zijn stem stierf weg toen hij haar gezicht zag. 'Zoe? Wat is er gebeurd?'

Ze kreeg geen woorden over haar lippen; haar keel trok eromheen dicht. In plaats daarvan schoof ze de brief zwijgend over de tafel. Marcus kwam voorzichtig dichterbij, alsof het papier kon bijten, zijn frons vol zorg. Hij pakte de brief op en liet zijn blik snel over de eerste alinea's glijden.

Zoe zag zijn uitdrukking verschuiven van verwarring naar schok naar woede. Zijn kaak spande zich, een spier trok in zijn wang, een veelbetekenend teken van zijn ingehouden woede dat ze nog kende van kinderruzies.

'Dit is belachelijk,' zei hij uiteindelijk. 'Jouw expertise is precies wat Australië nodig heeft. Je hebt hier in slechts een paar maanden een succesvolle praktijk opgebouwd. Je hebt cliënten die van je afhankelijk zijn, trainers die in de rij staan om jouw vaardigheden te leren.'

'Blijkbaar doet dat er niet toe zonder de juiste papiertjes,' antwoordde Zoe, haar stem vreemd en ver weg in haar eigen oren. 'Al die jaren trainen bij Jim Masterson en Gillian Higgins, het telt niet omdat het geen universitaire programma's waren.'

Marcus trok een stoel naar achteren en ging naast haar zitten, zijn hand op de hare op de tafel. Het gebaar, zo eenvoudig en vertrouwd, dreigde haar beheersing volledig te breken.

'Hier moet een mouw aan te passen zijn,' zei hij, zijn stem kreeg de vastberaden toon die hij gebruikte bij een moeilijke medische casus. 'Beroepsmogelijkheden, alternatieve visumcategorieën, iets.'

'Ik heb alles uitgeplozen,' zei Zoe, terwijl ze naar haar laptop gebaarde, open op een webpagina met Australische visumopties. 'Zonder formele kwalificaties kom ik niet in aanmerking voor skilled migration. En met de onzekere toekomst van Ridgewater...'

De onteigeningskennisgeving. De dreiging van de omleidingsweg. Alles rafelde tegelijk uit elkaar, draden die ze zorgvuldig had geweven tot een nieuw leven gleden nu uit haar handen.

Marcus zweeg even en bestudeerde de brief opnieuw. 'We hebben degelijk advies nodig,' zei hij uiteindelijk. 'Niet alleen internetonderzoek. Ik ken een immigratieadvocaat in Brisbane, die een gecompliceerde zaak heeft gedaan voor een collega van me in de universiteitskliniek.' Hij wierp een blik op zijn horloge. 'Ik kan je er vandaag heenrijden. Misschien kan hij ons zien als ik een gunst inroep.'

Zoe knikte langzaam, grijpend naar dit kleine reddingslijntje. 'Denk je echt dat het helpt?'

'Baadt het niet, dan schaadt het niet,' antwoordde Marcus, terwijl hij zijn telefoon al tevoorschijn haalde. 'Op z'n minst weten we dan precies waar we aan toe zijn en welke opties er eventueel zijn.'

Terwijl Marcus naar buiten liep om beter bereik te hebben, dwong Zoe zichzelf diep adem te halen, de paniek die haar dreigde te overspoelen opzij te duwen. Bij een crisis viel ze altijd terug op methodisch handelen, op doen wat ze kon controleren en accepteren wat ze niet kon sturen. Zo pakte ze moeilijke paarden aan, en zo zou ze dit aanpakken.

Ze ging naar haar kamer en haalde haar map met documenten. Daarin zaten kopieën van haar beperkte formele certificaten, aanbevelingsbrieven van vooraanstaande trainers met wie ze had gewerkt, financiële overzichten van het werk dat ze had gedaan sinds haar aankomst in Australië, en testimonials van cliënten. Ze voegde haar paspoort en geboorteakte toe, recente bankafschriften en een print van haar cliëntenlijst, met aantekeningen over de groei van de afgelopen zes maanden, en bracht de map terug naar de keuken.

Haar laptop pingde met een e-mailmelding, een verzoek voor een sessie met het paard van een nieuwe cliënt. De wrange ironie ontging haar niet; haar bedrijf bloeide juist nu ze dreigde alles te verliezen.

Marcus kwam terug, zijn uitdrukking iets opgewekter. 'Hij kan ons om twaalf uur zien. We kunnen het best meteen gaan.'

Zoe knikte en sloot haar laptop. 'Ik moet me even omkleden,' zei ze, zich ineens bewust van haar versleten jeans en oude T-shirt, bespat met diverse onnoembare oude vlekken. 'Geef me tien minuten.'

In haar kamer haalde ze de outfit tevoorschijn die ze bewaarde voor professionele presentaties: een kraakhelder wit overhemd en een getailleerde broek. Professioneel. Bekwaam. Een verblijfsvergunning waard. Ze kleedde zich mechanisch om, haar gedachten raasden langs mogelijkheden en scenario's.

Toen ze haar overhemd dichtknoopte, stuntelden haar vingers, ze miste een knoopsgat waardoor alles scheef kwam te zitten. Ze staarde een lange tel naar de fout voor ze alle knopen losmaakte en opnieuw begon, zich vastklampend aan de eenvoudige handeling alsof die orde kon brengen in haar instortende wereld.

Haar telefoon zoemde met een appje van Danny met de vraag of ze vrij was voor het avondeten. Ze legde hem weg; ze kon niet bedenken hoe ze moest reageren. Wat moest ze hem vertellen? Dat ze misschien zou moeten vertrekken net nu hun relatie verdiepten? Dat al hun zorgvuldige gesprekken over rustig aan doen ineens luxeproblemen leken?

Ze temde haar weerbarstige haar en draaide het in een strakke knot, bracht minimale make-up aan om de bleekheid van haar gezicht te verbergen, en deed een klein zilveren kettinkje om met een paardenbedeltje dat ze had gekregen van haar eerste dankbare cliënt. Harnas voor de strijd die kwam.

Toen ze tevoorschijn kwam, stond Marcus bij de deur te wachten, utesleutels in de hand. Zijn uitdrukking verzachtte toen hij haar zag, en hij kneep zacht in haar schouder.

'We komen hier wel uit, Zo,' zei hij; de kindernaam rolde vanzelf over zijn lippen. 'Jij gaat nergens heen als ik er iets over te zeggen heb.'

Zoe knikte, haar keel te dichtgeknepen voor woorden. Toen ze de felle Queenslandse zon instapten, wierp ze nog een lange blik achterom naar Ridgewater, naar de weiden en stallen die meer thuis voor haar waren geworden dan welke plek ooit was geweest.

Zes maanden. De klok tikte.

De weg reikte voor hen uit, een zwarte lint dat trilde in de Queenslandse hitte. Marcus reed met de geconcentreerde aandacht die zijn aanpak van alles in het leven kenmerkte, één hand stabiel aan het stuur terwijl de andere aan de airco-instellingen prutste. Naast hem staarde Zoe naar het landschap dat voorbijtrok, de vertrouwde zilverschorsige eucalyptus en glooiende heuvels die thuis waren gaan voelen, nu ineens kostbaarder, fragieler dan een paar uur geleden.

'Pip neemt de les over die je vanmiddag gepland had,' zei Marcus, en doorbrak de stilte die sinds hun vertrek uit Ridgewater tussen hen in hing. 'Ze zei dat ik je moest zeggen dat je je geen zorgen hoeft te maken om Midnight. Ze doet alleen wat grondwerk met hem in de paddock, niets wat zijn vooruitgang terugzet.'

Zoe knikte, dankbaar voor de attentheid maar niet in staat de energie op te brengen voor een gepaste reactie. Steeds weer dwaalden haar gedachten terug naar de afwijzingsbrief, naar de kille, bureaucratische taal die haar jaren van toewijding reduceerde tot een onvoldoende puntenscore.

'Weet je,' ging Marcus verder, duidelijk ongemakkelijk met haar stilzwijgen, 'toen ik voor het eerst naar Australië kwam, werd ik bijna uitgezet door een papiertjesblunder. De universiteit had de verkeerde code op mijn sponsorpapieren gezet.' Hij liet een lachje horen, al zat er weinig echte vrolijkheid in. 'Drie weken lang dacht ik dat ik mijn spullen moest pakken. Bleek dat één capabele advocaat genoeg was om het te regelen.'

'Dit is geen papiertjesblunder,' antwoordde Zoe vlak. 'Dit is een fundamenteel probleem. Ik heb de kwalificaties niet die ze eisen, punt uit.'

'Er zijn altijd achterdeurtjes,' hield Marcus vol. 'Alternatieve routes. Die vinden we.'

Zoe draaide zich van het raam af om het profiel van haar broer te bestuderen. Zijn kaak stond in die vastberaden stand die ze uit hun jeugd kende, wanneer hij had besloten dat iets zou gebeuren, obstakels of niet. Ze hield van hem om zijn optimisme, al maakte een leven aan ervaring haar sceptisch.

'Ik hoop dat je gelijk hebt,' zei ze uiteindelijk.

De rest van de rit probeerde Marcus krampachtig een normaal gesprek op gang te houden; hij vertelde over zijn laatste gevallen in de kliniek, haalde een grappig verhaal aan over een cliënt die een moddervlek op zijn paard voor een melanoom had aangezien. Zoe antwoordde wanneer het nodig was, maar haar gedachten bleven verstrikt in de wankele situatie, steeds opnieuw berekenend hoe weinig tijd haar nog restte.

De skyline van Brisbane doemde op aan de horizon, moderne glazen torens tegen de blauwe lucht. Ze laveerden door steeds drukker wordende straten tot ze bij een strak kantoorgebouw in het zakendistrict kwamen. Het advocatenkantoor van Bryce Weston zat op de veertiende verdieping, met een ontvangsthal in ingetogen professionele stijl, comfortabele leren stoelen en wanden met ingelijste succesverhalen, met achter glas duidelijk zichtbare stempels 'APPROVED' op visumaanvragen.

'Dr. Webb,' begroette een receptionist Marcus toen ze zich bij haar balie meldden. 'Mr. Weston verwacht je. Gaat je alstublieft meteen door.'

Het kantoor van de advocaat bood een panoramisch uitzicht over de stad, boekenkasten vol juridische naslagwerken en een groot bureau van gepolijst hout. Bryce Weston zelf stond op om hen te begroeten, een vijftiger met zilver door zijn haar en alerte ogen achter stijlvolle brilglazen.

'Marcus, goed je te zien,' zei hij, terwijl hij stevig de hand schudde en zich toen naar Zoe wendde. 'En jij moet Zoe zijn. Ga alsjeblieft zitten.'

Zoe ging zitten, haar documentatiemap te strak in haar handen geklemd. Ze legde hem op het bureau en sloeg hem open, zodat de zorgvuldig geordende papieren zichtbaar werden.

'Ik heb alles meegenomen,' begon ze, haar stem stabieler dan ze had verwacht. 'Mijn cliëntendossiers, testimonials, bewijs van de groei van mijn bedrijf...'

Bryce knikte en bladerde erdoorheen. 'Heel grondig,' merkte hij op. 'Vertel me nu over jouw situatie. Marcus noemde een afwijzing van jouw verblijfsaanvraag?'

De volgende vijftien minuten legde Zoe haar achtergrond uit, haar gespecialiseerde training, de afwijzing van haar aanvraag voor permanent verblijf. Bryce luisterde aandachtig en maakte af en toe aantekeningen op een blocnote.

'Het probleem,' zei hij toen ze klaar was, 'is niet jouw expertise of jouw waarde voor de gemeenschap. Die zijn evident.' Hij tikte met zijn pen op de bladzijde met aantekeningen. 'Het probleem is de starre structuur van het Australische puntensysteem voor migratie. Zonder formele kwalificaties kunt je simpelweg niet genoeg punten verzamelen, ongeacht jouw praktische vaardigheden.'

'Maar jaren gespecialiseerde training tellen toch ergens voor?' wierp Zoe op. 'Ik heb met paarden op olympisch niveau gewerkt, dieren gerevalideerd waar meerdere dierenartsen het bij hadden opgegeven.'

Bryce glimlachte meelevend. 'Ik begrijp jouw frustratie. Helaas is het Department heel rigide als het om papieren kwalificaties gaat. jouw praktische vaardigheden, hoe indrukwekkend ook, tellen niet mee in hun beoordelingsmatrix. Ze zoeken naar diploma's, certificaten, formele opleidingen die netjes in hun hokjes passen.'

Zoe voelde de laatste hoop uit haar wegtrekken. 'Dus er valt niets te doen?'

'Dat heb ik niet gezegd,' antwoordde Bryce, terwijl hij iets naar voren boog. 'Er zijn altijd alternatieve routes. Bijvoorbeeld: hebt je sinds jouw aankomst in Australië een romantische relatie gekregen?'

De vraag overviel haar. 'Neem me niet kwalijk?'

'Bent je in een relatie met een Australische staatsburger of iemand met permanent verblijf?' verduidelijkte Bryce.

'Wat heeft dat ermee te maken?' vroeg Zoe, al kroop er een blos haar hals in.

'Een partnervisum zou het kwalificatieprobleem volledig omzeilen,' legde Bryce uit. 'Dat is gebaseerd op jouw relatie, niet op jouw vaardigheden of opleiding. Als je in een duurzame relatie bent met een Australische staatsburger of iemand met permanent verblijf, opent dat een heel andere route.'

Marcus wierp haar een schuine blik toe.

'Ik, eh...' aarzelde Zoe, ineens ongemakkelijk. 'Er is iemand, maar het is erg nieuw. We hebben pas kort iets.'

Bryce knikte en maakte nog een aantekening. 'Hoe lang precies?'

'Een paar weken, officieel,' gaf Zoe toe. 'Hoewel we elkaar al enkele maanden kennen.'

'Ik begrijp het,' zei Bryce, zonder iets te verraden met zijn uitdrukking. 'Voor een partnervisum moet je aantonen dat je een oprechte en duurzame relatie hebt. Dat betekent doorgaans gedeelde financiële verantwoordelijkheid, samenwonen, bewijs van jouw leven samen, verklaringen van vrienden en familie die de echtheid van jouw relatie kunnen bevestigen.'

Zoe voelde een knoop in haar maag. De relatie met Danny was nog zo nieuw, zo voorzichtig. Ze hadden het niet eens over exclusiviteit gehad, laat staan samenwonen of financiën samenvoegen.

'Het is niet...' begon ze, en kapte af, niet zeker hoe ze de complexiteit van haar gevoelens moest verwoorden. 'We zijn nog niet zo ver.'

'Natuurlijk,' zei Bryce soepel. 'Ik schets alleen alle mogelijke opties. Een andere mogelijkheid is sponsoring door een werkgever, al zou je dan op hun loonlijst moeten komen in plaats van cliënten rechtstreeks te factureren, en met de onzekerheid rond Ridgewater door de resumption notice kan dat lastig zijn. Of wellicht kan dat via de dierenartsenpraktijk, Marcus? Mogelijk het overwegen waard.'

Hij ging door met het uiteenzetten van diverse visumroutes, maar Zoe kon zich nauwelijks concentreren. De optie van het partnervisum bleef in haar hoofd hangen, ongemakkelijk maar onvermijdelijk. Zou Danny zoiets überhaupt willen overwegen? Zou zij het willen, wetend dat hun fragiele nieuwe relatie dan onder de loep van immigratieambtenaren kwam te liggen? En wat zou het overhaasten voor Lucy betekenen?

Toen ze Bryce' kantoor verlieten, had Zoe een map met informatie over verschillende visumopties, een helderder beeld van haar precaire positie, en een borrelend gevoel van onbehagen over de mogelijkheid van een partnervisum.

De terugrit naar Ridgewater begon in stilte, beide broer en zus verzonken in hun eigen gedachten. Pas voorbij de stadsgrenzen sprak Marcus.

'Dus,' zei hij, met een vleugje gemaakte luchtigheid, 'bij Danny Wareham intrekken. Dat zou de boel mooi oplossen, toch?'

Zoe draaide haar hoofd scherp naar hem toe en kneep haar ogen samen. 'Kappen, Marcus. Dat is geen optie.'

'Ik zei alleen maar...'

'Doe het dan niet,' viel ze hem in de rede, scherper dan ze bedoelde. 'Danny en Lucy hebben al genoeg meegemaakt zonder dat ik hen gebruik voor een visum.'

Marcus fronste en wierp haar een korte blik toe, weg van de weg. 'Zo bedoelde ik het niet, Zo. Iedereen kan zien dat er iets echts tussen jullie is.'

'Dat doet er niet toe,' zei Zoe, terwijl ze haar armen strak over elkaar sloeg. 'We staan nog maar aan het begin van wat dit ook is. Ik ga hem niet onder druk zetten om onze relatie te versnellen vanwege mijn immigratieproblemen. Dat zou hem niet eerlijk behandelen, en ik wil niet eens nadenken over wat het met Lucy zou doen.'

Ze wendde haar blik af naar het raam; haar weerspiegeling toonde de gespannen kaak, de frons tussen haar wenkbrauwen. Het landschap werd wazig terwijl tranen prikten, maar ze knipperde ze koppig weg.

Velden en boerderijen gleden voorbij, de Australische uitgestrektheid tegelijk prachtig en nu op de een of andere manier bedreigend in haar mogelijke onbereikbaarheid. Zoe dacht aan Midnight, aan het langzame vertrouwen dat ze hadden opgebouwd, aan Lucy's gezicht dat oplichtte wanneer ze een nieuwe vaardigheid beheerste, aan Danny's stille kracht. Ze dacht aan Ridgewater, aan het leven dat ze zorgvuldig had opgebouwd, aan het thuis dat ze had gevonden toen ze het het hardst nodig had.

Zes maanden leken ineens niets.

Danny zag haar silhouet afsteken tegen de spectaculaire zonsondergang terwijl hij de lange grindoprit van Ridgewater op reed. Zoe zat boven op de bovenste regel van het hek rond Midnights paddock, volkomen stil. Iets aan haar houding, de ingezakte schouders en de knik van haar hoofd, ademde berusting; zo anders dan haar gebruikelijke stille zelfvertrouwen dat er meteen alarmbellen bij hem afgingen. Hij parkeerde zijn auto en liep naar haar toe, grind kraakte onder zijn laarzen in de avondstilte.

Midnight graasde vredig in de verte en hief af en toe zijn hoofd om naar Zoe te kijken voordat hij weer aan zijn avondeten ging. De opmerkelijke vooruitgang van de zwarte pony in de afgelopen weken weerspiegelde Zoe's geduldige, methodische aanpak, haar aangeboren begrip van getraumatiseerde dieren. Danny bleef even staan en nam het tafereel in zich op, getroffen door hoe natuurlijk ze in dit landschap hoorde, hoe naadloos ze verweven was geraakt met het weefsel van Ridgewater.

Ze draaide zich niet om toen hij dichterbij kwam, hoewel ze hem gehoord moest hebben. Haar blik bleef gericht op de horizon, waar de laatste oranje strepen van de zonsondergang de lucht nog even kleurden voor ze verdwenen.

'Last van de hitte, Britse meid?' zei hij, in een poging zijn toon licht te houden. Het was een meedogenloos hete dag geweest, en het koelde nauwelijks af nu de zon achter de verre heuvels zakte. Zijn shirt plakte klam op zijn rug.

Ze keek over haar schouder, schonk hem een glimlach die haar ogen niet bereikte, en wendde zich weer tot het uitzicht. 'Valt nu wel mee,' was alles wat ze zei.

Danny kwam naast haar staan en merkte hoe zorgvuldig ze zichzelf in toom hield, alsof één verkeerde beweging haar beheersing aan diggelen zou slaan. Hij bestudeerde haar profiel, de spanning in haar kaak, de lichte roodheid rond haar ogen die op recente tranen wees. 'Vertel me wat er is,' zei hij zacht.

'Niks,' antwoordde ze automatisch, toen zuchtte ze. 'Gewoon een lange dag.'

'Nog eens proberen,' stelde Danny voor. 'Ik ben journalist, weet je nog? Ik interview mensen voor mijn werk. Ik herken ontwijkgedrag als ik het hoor.'

Een flauwe, echte glimlach flitste kort over haar gezicht en doofde weer. 'Ik wil jou niet belasten met mijn problemen.'

'Zo werkt dit niet,' zei Danny, leunend tegen de hekpaal. 'Wat er ook aan de hand is, je hoeft het niet alleen te dragen.'

Zoe bleef zo lang stil dat hij dacht dat ze niet zou antwoorden. Toen haalde ze, met een beweging die een enorme inspanning leek te kosten, een gevouwen brief uit haar achterzak. Ze reikte hem aan zonder hem aan te kijken.

'Department of Home Affairs,' las hij hardop, terwijl hij het papier openvouwde. Zijn maag trok samen toen hij de openingsalinea las en het met een misselijkmakende helderheid inzakte. 'Je verblijfsaanvraag is afgewezen?'

Zoe knikte en bleef naar de donker wordende paddock staren. 'Blijkbaar telt jaren praktijkervaring niet zonder de juiste certificaten. Ik heb nog zes maanden op mijn working holiday-visum, en dan...' Ze maakte een klein gebaar met haar hand, alsof ze iets wegduwde.

Danny las de brief aandachtig, woede borrelde bij de kille, bureaucratische taal die Zoe's uitzonderlijke vaardigheden wegwuifde. 'Dit kan niet het laatste woord zijn. Er moeten beroepsprocedures zijn, andere visumcategorieën.'

'Marcus heeft me vandaag naar een immigratieadvocaat in Brisbane gebracht,' zei ze. 'De opties zijn beperkt. Zonder formele kwalificaties kom ik niet in aanmerking voor skilled migration.'

De implicaties zakten zwaar op Danny's schouders neer.

'En je broer dan? Is er echt geen familievisumoptie?'

Ze schudde haar hoofd. 'Niet voor volwassen broers en zussen. Het ligt ingewikkeld. Familie hier levert me wel wat punten op, maar nog steeds niet genoeg voor het visum voor permanent verblijf.'

Danny vouwde de brief zorgvuldig op, zijn gedachten raasden door mogelijkheden, door wat dit betekende, niet alleen voor Zoe maar ook voor hem en Lucy. Het baanbod in Melbourne kwam bovendrijven, ineens in een totaal ander licht.

Aanvankelijk leek het aanbod een ingewikkelde afweging: carrièrekansen tegenover Lucy's herwonnen stabiliteit. Melbourne stond voor zekerheid, vooruitgang, dichtbij zijn ouders, maar het betekende Ridgewater achterlaten. Zoe achterlaten, precies nu de omstandigheden haar misschien ook zouden dwingen te vertrekken.

De realisatie trof hem met onverwachte helderheid: hij wílde Ridgewater niet verlaten. Gaandeweg was deze plek meer geworden dan Lucy's manege of het onderwerp van een onderzoeksartikel. Het was thuis geworden, met zijn eigenzinnige bewoners, zijn gemeenschapsgevoel, zijn helende kracht voor hem en zijn dochter.

'De advocaat noemde nog een andere optie,' zei Zoe plots, zo zacht dat hij dichterbij moest leunen om haar te horen. 'Een partnervisum.'

Danny's hart sloeg over; hij begreep de onuitgesproken implicatie. 'Gebaseerd op een relatie met een Australische staatsburger of iemand met permanent verblijf,' vulde hij, vanuit zijn journalistieke kennis, aan.

Ze knikte, nog steeds zonder hem aan te kijken. 'Dat zou het kwalificatieprobleem volledig omzeilen.' Haar stem verhardde licht. 'Ik heb Marcus gezegd dat het geen optie is. Onze relatie is te nieuw. Ik ga jou en Lucy niet gebruiken als handige oplossing voor mijn immigratieproblemen.'

De felle waardigheid in haar stem, de weigering om hem als middel tot een doel te zien, roerde iets diep in Danny's borst. Hij dacht aan Lucy's transformatie sinds ze op Ridgewater waren, haar groeiende zelfvertrouwen, haar oprechte geluk. Hij dacht aan de manier waarop Zoe daarin onmisbaar was geworden, niet alleen door rij-instructie maar ook als voorbeeld van zachte kracht waar Lucy zo'n behoefte aan had.

Hij dacht aan zijn eigen heling, aan de nachtelijke gesprekken over bypassdocumentatie die waren uitgegroeid tot iets veel betekenisvollers, aan hoe Zoe's aanwezigheid hem geaard deed voelen op een manier die hij sinds vóór het klappen van zijn huwelijk niet meer kende.

De baan in Melbourne leek ineens een afleidingsmanoeuvre, een glimmend object dat zijn aandacht wegtrok van wat echt telde. Zekerheid was belangrijk, ja, maar niet ten koste van het thuis dat ze hier aan het bouwen waren. Erkenning telde, maar niet ten koste van de relaties die begonnen waren wonden te helen waarvan hij had gedacht dat ze blijvend waren.

'Mag ik?' vroeg hij, wijzend naar de plek naast haar op de hekbalk.

Zoe knikte. Danny hees zich omhoog en ging naast haar zitten, zodat hun schouders elkaar licht raakten. Ze zaten een tijdje in stilte en keken naar de eerste sterren die verschenen in het dieper wordende blauw boven hen.

'Wat zei de advocaat over partnervisums?' vroeg hij uiteindelijk. 'Wat komt daar allemaal bij kijken?'

Zoe draaide zich naar hem toe, verrassing en behoedzaamheid mengden zich in haar blik. 'Danny, nee. Ik vertel je dit niet zodat jij je verplicht voelt om…'

'Ik vraag alleen om informatie,' zei hij zacht. 'Journalist, weet je nog? Ik wil alle opties begrijpen.'

Ze bestudeerde hem even en keek toen weg. 'We zouden moeten aantonen dat we een oprechte en duurzame relatie hebben. Gedeelde financiën, woonafspraken, verklaringen van vrienden die ons als koppel kennen. Het is… intensief. En wordt nauwgezet doorgelicht door immigratiemedewerkers.'

Danny knikte en liet het bezinken. Geen simpele oplossing dus, maar ook niet onmogelijk.

'Ik ga de baan in Melbourne afslaan,' zei hij na nog een moment stilte.

Zoe's hoofd schoot naar hem toe. 'Wat? Waarom? Het is een perfecte kans voor je.'

'Op papier misschien wel,' gaf hij toe. 'Maar Lucy bloeit hier op. Ze heeft voor het eerst sinds de scheiding echte vrienden. Ze heeft iets gevonden waar ze van houdt, waar ze echt goed in is. En als Ridgewater als bedrijf ergens anders naartoe moet, dan gaan we mee.' Hij pauzeerde en verzamelde zijn moed. 'En ik heb hier ook iets gevonden dat voor mij belangrijk is.'

Hun blikken ontmoetten elkaar in het wegebbende licht; zonder woorden ging er begrip tussen hen door. De band die tussen hen was gegroeid, voorzichtig en bedachtzaam, voelde ineens zowel fragieler als wezenlijker.

'We vinden wel een manier,' zei Danny zacht, terwijl hij naar haar hand reikte op de hekbalk. 'Jij gaat nergens heen.'

Zoe's vingers sloten zich steviger om de zijne, haar uitdrukking een complexe mix van hoop en voorzichtigheid. 'Dat kun je niet beloven. De visumeisen, de controle…'

'Let maar op,' antwoordde Danny, met een vleugje van zijn oude vastberadenheid in zijn stem. 'Ik breng al jaren overheidsbeslissingen in kaart, zoek achterdeurtjes, doorgrond systemen. Als er een manier is om dit te laten werken, vinden we die. Ik heb Ridgewater nog niet opgegeven, en jou geef ik ook niet op.'

Het laatste licht week uit de lucht, sterren kwamen in volle glans tevoorschijn boven hen. Midnight slenterde dichter naar het hek en hinnikte zachtjes, omdat hij hun aanwezigheid opmerkte. Zoe stak haar vrije hand uit om zijn fluwelen neus te aaien, en de pony leunde gelukzalig in haar hand, woordeloos vragend om kriebels.

'We hebben zes maanden,' zei Danny, terwijl hij naar vrouw en paard keek, naar het vertrouwen dat met geduld was opgebouwd. 'In zes maanden kan er veel gebeuren.'

Zoe draaide zich naar hem toe, een voorzichtige glimlach bereikte eindelijk haar ogen. 'Ja,' stemde ze zacht toe. 'Dat kan het.'

Hoofdstuk Dertien

DE ZON BRANDDE OP Danny's schouders terwijl hij tegen het hek van Midnights paddock leunde en toekeek hoe Zoe met de zwarte pony werkte. Sinds zij hem de vorige avond in vertrouwen had genomen, bleef hij de problemen waar ze voor stonden afwegen, schipperend tussen het zoeken naar praktische oplossingen en het denken aan onuitgesproken mogelijkheden. Hij was net zijn onderzoek naar sponsoralternatieven aan het uitleggen terwijl Zoe Midnights glanzende vacht borstelde, toen er uit de binnenbaan een scherpe kreet en de onmiskenbare dreun van een val weerklonken. Zijn hoofd schoot naar het geluid, zijn hart kromp ineen toen hij Lucy's stem herkende.

'Lucy,' fluisterde hij, al in beweging voordat er een bewuste gedachte kon ontstaan.

Zoe zat vlak achter hem toen ze naar de baan renden, het grind knarsend onder hun voeten. Danny's gedachten sloegen op hol met scenario's, elk erger dan het vorige. Dat geluid was hard geweest, niet het lichte struikelen van een kind dat over haar eigen voeten valt.

Ze bereikten het hek van de binnenbaan net toen een koor van kinderstemmen bezorgd opklonk. Door de open deuropening zag Danny Lucy languit in het zand liggen, aan de overkant van een klein kruisjessprongetje, roerloos gedurende een hartstilstaande seconde voordat ze zich overeind duwde tot zit. De pony Sparky stond vlakbij, met loshangende teugels, en duwde zacht met zijn neus tegen Lucy's schouder, ogenschijnlijk bezorgd. Danny's benen werden week van opluchting toen Lucy bewoog, maar de ongerustheid nam het meteen weer over toen hij de tranen over haar wangen zag stromen.

Zijn hele lijf spande zich om de baan in te rennen, zijn dochter in zijn armen te sluiten en elk stukje van haar op verwondingen te controleren, toen Zoe's hand zijn onderarm in een vaste greep ving.

'Wacht,' zei ze zacht.

Danny keek haar ongelovig aan. 'Wachten? Mijn dochter is net van een paard gevallen!'

'Ik weet het,' antwoordde Zoe, meelevend maar beslist. 'Maar Pip is er al. Laat haar eerst haar werk doen en de situatie beoordelen.'

Jemima verscheen naast hen bij het hek, haar gezicht gespannen van zorg. 'Ze had de pas verkeerd naar de sprong toe,' legde ze gehaast uit. 'Sparky moest een grote sprong maken om eroverheen te komen, en Lucy was niet klaar. Ze verloor haar balans bij de landing.'

Danny hoorde haar amper; al zijn aandacht ging uit naar Lucy's kleine gestalte midden in de baan. Zijn handen klemden het hek zo hard vast dat zijn knokkels wit werden. Elk beschermingsinstinct schreeuwde dat hij naar haar toe moest, dat hij moest zorgen dat ze in orde was, dat hij haar tegen verdere pijn moest beschermen.

'Ze moet leren vallen,' zei Zoe zacht naast hem. 'Dat hoort bij het rijden.'

'Ze kan niks leren als ze ernstig gewond is,' wierp Danny tegen, zijn stem gespannen.

Pip hurkte al naast Lucy neer, haar stem kalm en geruststellend terwijl ze sprak. Rondom in de baan bleven de andere kinderen rustig op hun pony's zitten, met respectvolle afstand tot de gevallen ruiter. Hun gezichten toonden een mix van bezorgdheid en een tikkeltje schuldbewuste opluchting dat zij het deze keer niet waren.

Danny keek toe, zijn hart bonzend tegen zijn ribben. Hij had dit eerder meegemaakt; in ziekenhuiswachtkamers na Ginny's 'ongelukken', in schoolkantoren na speelplaatsincidenten, in die angstige limbo van niet weten hoe erg je kind gewond is. Elke keer voelde het hetzelfde: absolute hulpeloosheid, vermengd met wanhopige liefde.

'Kijk naar Sparky,' murmde Zoe.

Danny dwong zijn aandacht naar de pony en zag hoe het dier beschermend dicht bij Lucy bleef staan, de oren gespits in evidente bezorgdheid. Sparky was niet geschrokken of probeerde niet weg te komen; hij leek juist te controleren hoe het met zijn ruitertje was, zijn neus die haar zachtjes aanstootte alsof hij zijn excuses aanbood.

'Dat is een brave pony,' ging Zoe verder. 'Hij weet dat ze gevallen is en hij blijft bij haar. Als er echt gevaar was, zou Pip niet zo rustig zijn.'

Danny's kaak bleef gespannen, maar de eerste draadjes van redelijkheid drongen zijn paniek binnen. Pip bewoog inderdaad met het zelfvertrouwen van iemand die een routinezaak afhandelt, niet met de urgentie van een echte noodsituatie.

'Dit gebeurt, hè?' vroeg hij schor. 'Kinderen vallen.'

Zoe knikte. 'Constant. Ik ben vaker van een paard gevallen dan ik kan tellen. En het stopt nooit. Vorige week ben ik er nog afgeschoven bij één van Emma's ex-renpaarden toen het beest voor een verdraaide vlinder schrok, van alle dingen.'

'Hoe moet me dat geruststellen?' vroeg Danny, al trok er ondanks zijn zorgen een schuin glimlachje aan zijn mondhoek.

Lucy zat inmiddels wat rechterop en wreef met haar handrug over haar gezicht. Hij zag haar knikken om iets wat Pip zei; haar schouders trilden nog licht, maar haar houding werd sterker.

'Omdat ik er nog steeds ben, al met een paar blauwe plekken,' antwoordde Zoe nuchter. 'We vallen allemaal. En we staan allemaal weer op.'

In tegenstelling tot zijn eigen paniek straalde Pip een kalme deskundigheid uit; haar stem droeg door de baan in een toon die noch betuttelend, noch overdreven bezorgd was. Met geoefende handen ging ze langs Lucy's armen en benen, checkte op blessures en vroeg Lucy haar voeten te draaien, dan haar handen, en vervolgens voorzichtig overeind te komen.

'Ze controleert op verrekkingen of breuken,' legde Zoe naast hem zacht uit. 'Pip heeft gevorderde EHBO-training, specifiek voor valpartijen bij het rijden, net als wij allemaal.'

Danny knikte, zijn keel te dichtgeknepen voor woorden. De eerste schrik die hem in zijn greep had gehouden, ebde langzaam weg en maakte plaats voor een meer hanteerbare bezorgdheid.

'Niks gebroken, alleen wat beurs,' kondigde Pip aan, luid genoeg voor iedereen. Ze veegde met kordate genegenheid zand van Lucy's cap. 'Daarom dragen we dit soort dingen altijd, toch, ruiters?'

Een koor van 'Ja, juf Pip!' steeg op van de toekijkende kinderen, een vertrouwd refrein dat duidelijk bij hun vaste veiligheidsreminders hoorde.

Lucy wreef met de rug van haar hand over haar ogen, waardoor strepen rood zand over haar blozende wangen bleven staan. Haar onderlip trilde nog, maar de tranen waren opgedroogd. Danny zag hoe ze haar best deed zich te herpakken, te voldoen aan wat in deze kleine ruitersgemeenschap duidelijk verwacht werd.

'Klaar om weer op te stappen?' vroeg Pip aan Lucy, kalm verwachtingsvol. Alsof het enige mogelijke antwoord was: 'Ja, natuurlijk.'

Danny spande zich weer, zijn vingers grepen zich vast in de houten reling. Ze zouden toch niet verwachten dat ze doorging na zo'n val? Lucy reed nog maar een paar weken; dit was haar eerste echte smak. Hij opende zijn mond om bezwaar te maken, maar Zoe's zachte druk op zijn arm deed hem zwijgen.

'Geef haar de kans,' fluisterde ze. 'Dit is het belangrijke deel.'

'Dat meen je niet. Ze is net gevallen!'

'En precies daarom moet ze nu weer in het zadel,' hield Zoe vol. 'Als ze het nu niet doet, krijgt angst de tijd zich te nestelen. Vertrouw Pip hierop.'

Aan de overkant hield Pip de teugels naar Lucy uit met een bemoedigend knikje. Danny keek naar het gezicht van zijn dochter en zag de aarzeling, de korte flits van angst toen ze naar de pony keek die haar net gelanceerd had.

'Ze is dapperder dan je denkt,' zei Zoe.

'Ik wéét hoe dapper ze is,' antwoordde Danny zacht. 'Ik haat het alleen om te zien dat ze pijn heeft.'

'Dat is omdat je een goede vader bent,' zei Zoe. 'Maar soms betekent een goede vader zijn dat je haar uitdagingen laat aangaan, ook als het moeilijk is om te zien.'

Danny knikte langzaam, zijn ogen geen moment van Lucy wijkend terwijl ze diep ademhaalde en naar Sparky's teugels reikte. In dat moment zag hij niet alleen zijn kleine meisje, maar ook flarden van de sterke jonge vrouw die ze aan het worden was; iemand die kan vallen en de moed vindt om weer te proberen.

Lucy klopte het zand van haar rijbroek, waarbij wolkjes fijn zand naar de grond dwarrelden. Haar uitdrukking was een complexe mix van schaamte, aanhoudende angst en vastberadenheid.

'Ik weet niet of ik het kan,' zei Lucy, zo zacht dat Danny moest spitsen om het te horen.

'Je kunt het absoluut,' antwoordde Pip feitelijk maar vriendelijk. 'Sparky werd gewoon iets te enthousiast bij de sprong omdat je er te hard inkwam, je haaste zich omdat je enthousiast was. We doen het nu rustiger aan.'

Lucy wierp de sprong een twijfelende blik toe, een simpel kruisje dat niet hoger kon zijn dan zo'n dertig centimeter. Voor Danny leek het onvoorstelbaar klein om zo'n dramatische val te veroorzaken, maar hij herinnerde zich Jemima's uitleg over de verkeerde pas en Sparky's grote sprong.

'Wat als ik weer val?' vroeg Lucy, en de kwetsbaarheid in haar stem raakte Danny recht in het hart.

'Dan stapt je weer op,' zei Pip eenvoudig. 'Maar ik denk niet dat dat gebeurt. Je weet wat er misging, en je weet nu dat je voorzichtiger moet aanrijden. Op de een of andere manier zou je daar waarschijnlijk toch wel gevallen zijn. Als Sparky niet zo'n dappere pony was die je probeert te helpen, had hij stilgezeten en was je over zijn hoofd gegaan en op de balken geland, wat—dat verzeker ik jullie allemaal—veel meer pijn doet dan landen in het zand.' Ze wreef theatraal over haar achterwerk en een paar van de andere kinderen lachten.

Pip glimlachte en ging verder. 'Maar Sparky is dapper en hij deed zijn best je te helpen. Dat zal hij altijd doen, en daarom gebruiken we hem om beginners de galop en het springen te leren. Als springen makkelijk was, kon iedereen het. Zelfs op de Olympische Spelen vallen ruiters er weleens af, onthouden? Maar zoals met alles wat ik jullie leer: oefening baart kunst, en als het geen kunst baart, maakt het je in elk geval heel, heel goed. Dus. Laten we nog wat oefenen, ja?'

Danny keek toe hoe Lucy diep ademhaalde en haar smalle schouders rechtte. Ze hief haar kin en knikte dapper.

'Zo is het,' moedigde Pip aan, terwijl ze kind en pony naar het opstapblok leidde. 'Denk aan je houding. Hakjes laag, blik vooruit, zachte handen.'

Met Pip die Sparky bij het hoofdstel vasthield, klom Lucy op het opstapblok, zette haar voet in de stijgbeugel en zwaaide terug in het zadel. Eenmaal gezeten pauzeerde ze even, corrigeerde haar houding en haalde een paar keer diep adem om zichzelf te kalmeren. Danny kon bijna voelen hoe ze de restjes angst wegduwde en vervangen werd door focus.

'Braaf zo,' zei Pip, een stap terugdoend. 'Nu neemt je hem op in galop, één cirkel, en dan rijden we de sprong netjes aan.'

Danny hield zijn adem in toen Lucy Sparky voorwaarts stuurde. De pony bewoog gewillig, zijn oren gespannen naar voren alsof hij precies begreep hoe belangrijk het was om nu voorbeeldig te zijn. Ze reden één ronde door de baan; Lucy's houding ontspande geleidelijk toen er niets onverwachts gebeurde, en ze zette Sparky aan tot een rustige galop.

'Ze oogt goed,' murmde Zoe. 'Zie je hoe ze dieper in het zadel zit? Dat is haar zelfvertrouwen dat terugkomt.'

Pip posteerde zich bij de sprong en gebaarde Lucy te komen nadat ze haar cirkel had voltooid. 'Mooi rustig,' riep Pip. 'En vergeet niet te ademen!'

Lucy knikte, haar gezicht vastbesloten terwijl ze Sparky naar de sprong wendde.

Danny's handen balden zich onwillekeurig toen ze het kruisje naderden. Naast hem voelde hij ook Zoe een fractie verstijven, al bleef haar uitdrukking vol vertrouwen.

'Nu!' riep Pip precies op het juiste moment.

Sparky sprong keurig over het kleine sprongetje en Lucy bewoog perfect met hem mee. Haar houding bleef zeker bij de landing en ze reden ontspannen door in galop. De opluchting op haar gezicht sloeg razendsnel om in een stralende, trotse glimlach.

Een spontane juich ging op bij de toekijkende kinderen en volwassenen. Jemima floot op haar vingers.

'Ze heeft het gedaan,' ademde Danny, terwijl een krachtige golf van trots door hem heen spoelde. 'Ze hééft het gewoon gedaan.'

'Natuurlijk deed ze dat,' antwoordde Zoe, al verried haar eigen opgeluchte glimlach haar zelfverzekerde woorden. 'Ze is taaier dan je denkt.'

'En Sparky kan vier keer zo hoog springen,' voegde Jemima eraan toe. 'Lucy is veilig bij hem, meneer Wareham. Beloofd!'

De rest van de les verliep zonder incidenten; Lucy's zelfvertrouwen groeide zichtbaar bij elke geslaagde sprong. Tegen de tijd dat Pip de sessie afsloot, zat Lucy fier in het zadel; haar tranen van eerder vergeten in de triomf van het overwinnen van haar angst.

Toen de kinderen afstegen en hun pony's naar de uitgang begonnen te leiden, liep Danny Lucy tegemoet. Ze was rood van inspanning en voldoening, haar haar aan haar voorhoofd geplakt toen ze haar cap afzette.

'Gaat het, Luce?' vroeg hij, zich iets voorover buigend om haar gezicht te bekijken. 'Dat was een flinke smak.'

Tot zijn verbazing rolde Lucy met haar ogen, zo typisch puberaal dat Danny bijna moest lachen ondanks zijn aanhoudende bezorgdheid.

'Het was maar een val, pap. Het overkomt iedereen. Niet zo miepen!' Ze klopte Sparky's hals liefdevol. 'Juf Pip zei dat ik eigenlijk echt een goede houding had bij de sprong toen het goed ging.'

Jemima knikte gewichtig. 'Ik ben minstens honderd keer gevallen, en DÁÁRom draagt iedereen bij Ridgewater een cap.' Ze tikte ter nadruk tegen Lucy's cap. 'Mam zegt: als je nog nooit bent gevallen, heb je jezelf niet uitgedaagd.'

Danny knipperde, even sprakeloos over deze nonchalante houding ten opzichte van wat voor hem nog geen half uur geleden als een kwestie van leven of dood had gevoeld.

'Het is waar,' voegde Pip eraan toe, terwijl ze naderde met een warme glimlach. 'Zelfs de beste ruiters vallen. Het belangrijkste is dat Lucy weer opstapte en haar fout corrigeerde.' Ze gaf Lucy een goedkeurend knikje. 'Goede herstelrit vandaag. Volgende les werken we verder aan jouw verlichte zit.'

Lucy straalde om het compliment, en draaide zich toen om om met Sparky naar de stallen te lopen, al kletsend met Jemima over de volgende les alsof de val tot een ver verleden behoorde.

Danny richtte zich op en keek zijn dochter na met een merkwaardige mix van trots, opluchting en blijvende ongerustheid.

'Je deed het goed,' zei Zoe zacht naast hem. 'Niet naar binnen stormen, haar laten doorgaan.'

'Ik wílde het,' gaf Danny toe. 'Elk instinct schreeuwde dat ik erheen moest.'

'Maar je deed het niet. Dat is wat telt. Het is één van de moeilijkste lessen van het ouderschap, niet?' zei Pip meelevend. 'Weten wanneer je moet ingrijpen en wanneer je een stap terug moet doen.'

'Ik ben die nog steeds aan het leren,' zei hij wrang. 'Blijkbaar heb ik nog veel te leren over het vader zijn van een paardenmeisje.'

'Je doet het prima,' verzekerde Zoe hem, haar glimlach warm en instemmend. 'En zij ook.'

Terwijl ze de kinderen terug naar de stal volgden, voelde Danny de laatste spanning van hem afglijden. Lucy was veilig, trots op zichzelf en keek nu al uit naar haar volgende uitdaging. Misschien zat daar voor hen allemaal een les in.

Even later zat Danny met Lucy op een verweerd houten bankje buiten de stal. Om hen heen vormden de ritmische geluiden van Ridgewater een vredige achtergrond: het klokken van hoeven van paarden die uit de paddocks werden gehaald, emmers die gevuld werden, het af en toe zachte hinniken waarmee paarden hun mensen begroetten. Lucy's benen bungelden losjes, ze raakten nét de grond niet; haar cap lag naast haar op het bankje terwijl ze dorstig uit haar drinkfles slokte. Ze oogde opmerkelijk kalm voor iemand die nog geen uur geleden een smak had gemaakt; het enige bewijs van haar val was het rode bakzand dat haar gezicht en kleren kleurde.

Danny keek toe hoe Charlotte en Jemima hun paarden voorbij leidden, op weg naar hun gevorderde springles. Lucy zwaaide naar hen, haar glimlach ontspannen en natuurlijk. Van het bange meisje dat in het zand had gezeten met tranen over haar wangen was geen spoor meer. De veerkracht van kinderen bleef hem verbazen: hun vermogen om terug te veren, hun angst onder ogen te zien en vervolgens weer verder te gaan.

Zijn eigen angst, echter, ebde trager weg. Maar er was iets anders in de plaats gekomen: het besef dat hij Lucy niet tegen elke buts en bult kon beschermen die het leven zou uitdelen. En misschien, bedacht hij, moest hij dat ook niet willen.

'Je was echt dapper vandaag,' zei hij, waarmee hij hun comfortabele stilte doorbrak.

Lucy keek op, een zweem van verbazing over haar gezicht. 'Het was niet zo'n big deal, pap. Juf Pip zegt dat iedereen weleens valt.'

'Dat weet ik. Maar het was jouw eerste val en je stapte meteen weer op. Dat vergt moed.'

Ze dacht na, haar hoofdje schuin. 'Ik was bang,' gaf ze toe. 'Maar ik kon merken dat Sparky sorry was. En ik wist dat als ik niet meteen weer zou opstappen, het de volgende keer moeilijker zou zijn.'

Danny knikte, getroffen door de simpele wijsheid in haar woorden. 'Dat geldt voor veel dingen in het leven, niet alleen voor rijden.'

De warme bries speelde met Lucy's haar en droeg de geur van hooi en paarden mee, een geur die de afgelopen maanden zo vertrouwd was geworden. In de verte graasde Midnight vredig in zijn paddock, af en toe zijn hoofd heffend om de omgeving te bekijken, om dan weer aan de serieuze bezigheid van eten te beginnen.

'Luce,' begon Danny, zijn woorden zorgvuldig kiezend. 'Ik denk de laatste tijd veel na over wat er nu voor ons komt.'

Ze verstijfde naast hem, meteen alert. 'Wat bedoel je?'

'Nou, we moeten een paar beslissingen nemen. Over waar we wonen, over mijn werk.' Hij draaide zich iets naar haar toe. 'Ik heb een baan aangeboden gekregen bij een krant in Melbourne. Een goede baan, met meer geld. En we zouden dicht bij oma en opa zijn.'

Lucy's gezicht betrok en haar schouders zakten zichtbaar. 'Maar hoe zit het dan met Ridgewater? Met mijn rijlessen? En met...' Ze stokte en keek naar de round pen waar Zoe een Masterson Method-behandeling gaf aan een van Emma's pas aangekomen volbloeden.

'Daar wilde ik het juist met je over hebben,' ging Danny verder. 'Voor ik iets beslis, wil ik weten wat jij vindt. Wat jij wilt.'

Lucy keek hem aan, ogen wijd van verbazing. 'Vraag je het aan mij?'

'Natuurlijk. Dit raakt ons allebei.' Hij glimlachte zacht. 'Je wordt groot, Luce; je bent oud genoeg om zelf na te denken. En wat jij wilt, is belangrijk voor mij. Het zou niet eerlijk zijn grote beslissingen te nemen zonder jou te raadplegen.'

Ze was even stil en leek haar antwoord zorgvuldig af te wegen. Toen rechte ze haar rug en keek hem recht aan, met absolute zekerheid in haar blik.

'Ik wil hier blijven wonen en ik wil blijven rijden,' zei ze beslist. 'Ik houd van hier, pap. Ik heb vrienden. Ik leer zoveel. En...' Ze pauzeerde en keek naar Midnights paddock. 'Ik denk dat ik Midnight help. Hij vertrouwt me nu. Hij laat me hem zelfs borstelen, en juf Zoe zegt dat het heel belangrijk is voor zijn herstel dat er een kind bij hem is dat hij vertrouwt.'

Danny volgde haar blik naar de zwarte pony en herinnerde zich hoe doodsbang het dier was geweest toen ze hem voor het eerst zagen. De verandering was opmerkelijk geweest, bijna net zo opmerkelijk als Lucy's eigen groei.

'De baan in Melbourne zou betere scholen betekenen,' zei Danny, niet om haar te overtuigen, maar omdat hij wilde dat ze het hele plaatje zag. 'En oma en opa zouden dolblij zijn om je vaker te zien.'

'We kunnen hen bezoeken, of zij ons,' wierp Lucy tegen. 'En de school hier is prima. Charlotte en Jemima zitten daar en die zijn hartstikke slim. Charlotte gaat advocaat worden, net als haar vader.' Ze aarzelde even en voegde toen zacht toe: 'Ik wil niet wéér opnieuw beginnen, pap. Ik vind mijn leven hier leuk. Veel leuker dan in Brisbane.'

De simpele eerlijkheid van haar woorden trof Danny diep. Na alle beroering van de afgelopen jaren—haar moeders vertrek, de voogdijstrijd, de verhuizing uit Brisbane—had Lucy hier eindelijk geluk en stabiliteit gevonden. Ze had wortel geschoten in deze gemeenschap, vriendschappen opgebouwd, een passie ontdekt. Wie was hij om haar opnieuw los te trekken, zelfs voor een zogenaamd betere kans?

'Dan is dat wat we doen,' zei hij eenvoudig. 'We blijven.'

Lucy's gezicht lichtte op. 'Echt? Meen je dat?'

'Ik meen het.' Hij glimlachte om haar overduidelijke blijdschap. 'Eerlijk gezegd wil ik zelf ook niet weg. Ik hou ook van ons leven hier.'

Lucy bekeek hem even, haar uitdrukking werd peinzend. 'Is het vanwege juf Zoe?' vroeg ze, haar scherpzinnigheid overrompelde hem.

Danny voelde de warmte naar zijn gezicht stijgen. 'Gedeeltelijk,' gaf hij toe, geen zin om zich eromheen te draaien nu Lucy toch al haar conclusies had getrokken. 'Maar vooral omdat dit nu als thuis voelt. Voor ons allebei.'

'Maar juf Zoe is ook belangrijk, toch?' drong Lucy aan, met een vleugje ondeugd in haar glimlach.

'Ja,' zei Danny, verbaasd over zijn eigen openhartigheid. 'Dat is ze. En eigenlijk is er iets wat je moet weten. Juf Zoe moet misschien Australië verlaten vanwege visaproblemen en terug naar Engeland.'

Lucy's glimlach verdween. 'Weggaan? Maar ze kán niet weg! Ze hoort hier!'

'Mee eens,' zei Danny. 'En ik hoop... nou ja, ik hoop dat ze misschien deel van onze familie wordt. Als jij dat ook goed zou vinden.'

De omslag op Lucy's gezicht van ontzetting naar verrukking was ogenblikkelijk. 'Gaat je met haar trouwen?' vroeg ze, licht stuiterend op het bankje. 'Want dat zou geweldig zijn! Dan kan ze bij ons wonen, en mij elke dag over paarden leren, en haar geweldige bananenbrood als ontbijt maken!'

Danny lachte, opgelucht en geroerd door haar enthousiasme. 'Ho, ho! Ik heb haar nog niks gevraagd. We zijn nog aan het uitzoeken hoe en wat, en het is ingewikkeld door haar visum. Maar... zou jij echt blij zijn als Zoe een grotere rol in ons leven kreeg?'

'Ja!' riep Lucy zonder aarzeling. 'Zij maakt je aan het lachen, pap. Je lachte niet zo vaak voordat we hier kwamen.'

Die observatie—zo simpel en toch zo raak—liet Danny even sprakeloos achter. Was hij zo doorzichtig geweest? Of was zijn dochter gewoon scherper dan hij haar had toegedicht?

'Nou,' zei hij uiteindelijk, 'we zullen wel zien wat er gebeurt. Maar voor nu zijn we het er allebei over eens dat dit is waar we thuishoren.'

Hoofdstuk Veertien

Danny wreef zijn vermoeide ogen uit en leunde achterover in zijn stoel, omringd door de chaos van papieren die hem al weken in hun greep hielden. Notulen van de gemeenteraad, eigendomsakten en stukken uit het kadaster vormden wankele torens op elk beschikbaar oppervlak. De oude grenen keukentafel van zijn grootmoeder kreunde onder het gewicht van lokale overheidsarchieven. Buiten sloeg de decemberzon genadeloos tegen de ruiten, het late middaglicht wierp lange schaduwen door de kamer terwijl Danny terugging naar het document dat zijn aandacht had getrokken.

'Dat kan niet kloppen,' mompelde hij.

Hij had deze dossiers al zeker een dozijn keer doorgenomen, maar op de een of andere manier was dit specifieke document hem tot nu toe ontgaan. Een kadastrale inschrijving van achttien maanden geleden, waarin de aankoop van vijfhonderd acre stond vermeld precies op de plek waar de voorgestelde oostelijke rondweg weer op de hoofdweg zou aansluiten; grond die ongelooflijk waardevol commercieel terrein zou worden als de oostelijke route doorging. De koper was niet Coastal Holdings, het bedrijf dat meerdere keren in zijn onderzoek was opgedoken, maar Wilkins Family Holdings.

Danny's hartslag versnelde terwijl zijn instincten tot leven kwamen en hem vertelden dat dit belangrijk was. Wilkins. Hij greep naar zijn laptop, zijn vingers vlogen over het toetsenbord terwijl hij zocht naar bedrijfsregistraties. Het handelsregister van de ASIC bevestigde zijn vermoeden: Wilkins Family Holdings werd beheerd door ene James Wilkins, echtgenoot van een parlementslid van de deelstaat, Trisha Wilkins. En... een andere zoekactie leerde hem dat Trisha Wilkins' meisjesnaam Conley was. Ze was de zus van councillor Conley, een van de eigenaars van Coastal Holdings. En ze zat in de commissie die rechtstreeks Main Roads aanstuurde.

'Ha, te pakken,' fluisterde Danny. Hij pakte zijn telefoon, aarzelde, en opende toen eerst de camera-app voordat hij belde. Hij fotografeerde zorgvuldig elk relevant document, zorgde dat alle details scherp zichtbaar waren, en maakte back-ups op meerdere opslaglocaties. Pas toen gunde hij zichzelf een kort moment van triomf, terwijl hij stilletjes zijn vuist in de lucht balde.

Dit was het – het keiharde bewijs waar hij naar had gezocht. Een glashelder belangenconflict dat verklaarde waarom de oostelijke route zo agressief werd doorgedrukt, terwijl de westelijke optie logistiek meer voor de hand lag. Als MP Wilkins haar invloed had gebruikt om het grondbezit van haar familie te bevoordelen...

De implicaties waren enorm. Dit ging niet langer alleen over het redden van Ridgewater; dit ging over het ontmaskeren van corruptie op het hoogste niveau van het lokale bestuur.

Danny's telefoon ging over, en rukte hem uit zijn gedachten. Gregs naam lichtte op het scherm op.

'Ik stond net op het punt je te bellen,' zei Danny ter begroeting.

'Zeg me dat je iets hebt,' antwoordde zijn redacteur. 'Ik wil dit artikel liever eerder dan later publiceren.'

'Ik heb meer dan iets,' zei Danny, waarbij hij de voldoening niet uit zijn stem kon houden. 'Ik heb een directe link gevonden tussen het deelstaatparlementslid Trisha Wilkins en grond die door het dak zou gaan in waarde als de oostelijke rondweg wordt goedgekeurd.'

Hij zette zijn bevindingen uiteen, terwijl de camera al met zijn laptop verbonden was en hij de foto's overdroeg.

'Haar broer is councillor Conley, die de kar trekt voor de oostelijke route ondanks enorme tegenstand uit de gemeenschap,' ging Danny door. 'En het bedrijf van haar man bezit vijfhonderd acre die van landelijk naar commercieel zouden worden herbestemd als de oostelijke route doorgaat.'

'Dat zou miljoenen waard zijn,' zei Greg, zijn stem aangescherpt door interesse. 'Weet je dit zeker? Zijn de stukken duidelijk?'

'Kristalhelder,' bevestigde Danny. 'Ik stuur je nu het bewijs – kadastrale documenten, bedrijfsregistraties, alles. Ze kochten de grond achttien maanden geleden, precies toen de eerste plannen voor de rondweg werden ontwikkeld en voordat er iets openbaar was gemaakt. Die timing kan geen toeval zijn.'

'En als de westelijke route wordt gekozen?'

'Dan blijft de grond landelijk, een fractie waard van wat het zou zijn met commerciële bestemming.' Danny drukte op Verzenden bij de e-mail met zijn bewijs. 'Je zou het nu moeten hebben.'

Er klonk stilte aan de lijn terwijl Greg de documenten doornam. Danny wachtte, zijn vingers trommelden op het bureau, pijnlijk bewust van het verstrijken van de tijd. Hij moest naar Ridgewater, het de McKenzies persoonlijk vertellen.

'Dit is materiaal voor de voorpagina,' zei Greg uiteindelijk. 'Juridische zaken moet het nog toetsen, maar als alles klopt, brengen we het morgen. Knap werk, Danny.'

'Hoelang heeft Juridische zaken nodig?' vroeg Danny, terwijl hij zijn sleutels en portemonnee al bij elkaar zocht.

'Ik zet ze achter de vodden. Geef me een uur. Als je niets anders hoort, zitten we goed.'

Danny beëindigde het gesprek en liep snel door het huis om ramen te sluiten. Hij bleef even bij de deur staan, het gewicht van zijn ontdekking op zijn schouders zakkend. Dit artikel kon alles veranderen voor Ridgewater en de McKenzies. Maar het kon hem ook machtige vijanden bezorgen. Trisha Wilkins stond bekend als een taaie tante; zij zou deze ontmaskering niet lijdzaam ondergaan.

De hitte sloeg hem als een fysieke kracht tegemoet toen hij naar buiten stapte. Queensland in december was meedogenloos, de luchtvochtigheid maakte de lucht zo dik dat je erdoorheen leek te kunnen zwemmen. Zijn overhemd plakte al aan zijn rug voordat hij bij zijn auto was, die in de middagzon had staan bakken. Het stuur brandde in zijn handpalmen toen hij de motor startte en de airco op maximaal zette.

Toen hij wegreed, pingde zijn telefoon met een bericht van Greg: 'Juridische zaken zegt dat we groen licht hebben. Voorpagina, online live om middernacht. Wees voorbereid op de nasleep.'

Danny voelde een complexe mix van emoties terwijl hij richting Ridgewater reed – triomf omdat hij het cruciale bewijs had gevonden, spanning over de mogelijke tegenreactie, en hoop dat dit genoeg zou zijn om het landgoed te redden dat hem en Lucy zo dierbaar was geworden.

De airco van de auto vocht een verloren strijd tegen de decembervochtigheid. Zelfs met de roosters die koude lucht bliezen, gutste het zweet langs Danny's rug terwijl hij over de vertrouwde wegen reed. Het landschap trilde in de hitte, eucalyptusbomen lieten hun bladeren hangen in overgave aan de meedogenloze zon.

Onderweg dwaalden zijn gedachten af naar Zoe; hij stelde zich haar gezicht voor wanneer hij het nieuws zou delen. Zou deze ontwikkeling ook haar visumsituatie helpen? Alleen al die mogelijkheid deed zijn hart sneller slaan dan de hitte kon verklaren.

Toen hij de lange oprijlaan van Ridgewater opdraaide, het grind knisperend onder de banden, oefende Danny hoe hij zijn bevindingen zou brengen. De familie moest voorbereid zijn op wat er zou gebeuren zodra het artikel online kwam. Er zouden vragen komen, ontkenningen, misschien zelfs dreigementen. MP Wilkins zou niet zonder verzet opgeven.

Het Grote Huis kwam in zicht, solide en gastvrij tegen het harde landschap. Er stonden meerdere auto's voor geparkeerd, wat erop wees dat de hele familie thuis was. Danny zette de auto ernaast en schakelde de motor uit, en nam even de tijd om zich te herpakken.

Hij had het bewijs. Het artikel ging verschijnen. Dit kon de doorbraak zijn die ze nodig hadden. Maar terwijl hij uitstapte in de trillende hitte en het zweet van zijn voorhoofd veegde, herinnerde Danny zichzelf eraan niet te veel te beloven. De strijd was nog niet voorbij – hij ging slechts een nieuwe fase in.

De pistes lagen er stil bij, al hoorde hij ergens in de schuur kinderen lachen. Lucy met Jemima en Charlotte, vermoedde hij; hij wierp een snelle blik in de zadelkamer en vond hen druk bezig met het poetsen van tuig. Teresa, een van de Braziliaanse backpackers, hield toezicht en groette hem met een knikje.

'Hoi, pap!' Lucy keek op toen ze hem zag, en haar gezicht betrok onmiddellijk. 'Is het tijd om naar huis te gaan?'

'Nog niet. Ik moet even langs bij juffrouw Sarah en de andere McKenzies. De volwassen McKenzies, bedoel ik.' Hij gaf Jemima een glimlach.

'Ze zijn allemaal boven in het Grote Huis,' zei Jemima. 'Het is nu te heet om te rijden.'

'Goed. Geen haast om weg te gaan, schatje,' zei hij tegen Lucy, die met een brede grijns weer zadelzeep in Foxies singel werkte.

Het Grote Huis verwelkomde Danny met een golf zalige koelte; de airco draaide overuren. Sarah McKenzie ving hem bij de deur op; haar gebruikelijke beheerste uitdrukking maakte plaats voor nieuwsgierigheid om zijn onverwachte komst.

'Danny? Is alles in orde?' vroeg ze, terwijl ze opzij stapte om hem binnen te laten.

'Beter dan in orde,' antwoordde hij, terwijl hij zijn opwinding probeerde te beteugelen. 'Ik moet met iedereen spreken. Zijn jullie allemaal hier?'

Sarah knikte en bestudeerde zijn gezicht met belangstelling. 'De meesten van ons. Kate is beneden bij The Shack met Ben, Emma en Ryan zijn in de keuken, en Marcus is net thuis. Pip staat onder de douche... Jake is nog aan het werk, trouwens.' Ze pauzeerde. 'Je ziet eruit alsof je uit elkaar gaat knallen, Danny. Wat is er gebeurd?'

'Ik heb iets belangrijks gevonden over de rondweg,' zei hij eenvoudig. 'Iets dat alles zou kunnen veranderen.'

Begrip lichtte op in Sarah's ogen. 'Ik bel Kate en Ben naar boven en verzamel de anderen.'

Binnen tien minuten had de volwassen McKenzie-clan zich verzameld in de woonkamer. Danny stond bij de ongebruikte open haard, zich pijnlijk bewust van alle blikken op hem gericht.

Kate zat op de armleuning van een leren fauteuil, haar houding recht en alert, haar partner Ben in de stoel met zijn lange benen voor zich uitgestrekt. Emma en Ryan zaten dicht tegen elkaar op de bank, hun vingers verstrengeld, terwijl Sarah de oorfauteuil het dichtst bij Danny innam. Marcus leunde met gekruiste armen in de deuropening, zijn uitdrukking nieuwsgierig. Pip, met nat haar in een handdoek gewikkeld, zat op de vensterbank. En Zoe zat kleermakerszit op een vloerkussen, haar ogen geen moment van Danny's gezicht wijkend.

'Dank jullie wel dat jullie zo snel konden komen,' begon Danny. 'Ik spit al weken door kadastrale documenten en gemeenteraadsnotulen om iets concreets te vinden dat verklaart waarom de oostelijke rondweg zo agressief wordt doorgedrukt.'

Hij hield even in en keek de kring rond. 'Vandaag heb ik het gevonden. De man van MP Trisha Wilkins bezit een perceel van vijfhonderd acre dat van landelijk naar commercieel zou worden herbestemd als de oostelijke route wordt goedgekeurd. Gekocht voor een symbolisch bedrag als een vervallen boerderij, zou het miljoenen waard worden.'

Het effect was onmiddellijk. Emma hapte hoorbaar naar adem, terwijl Kate's ogen zich tot berekende spleetjes vernauwden.

'Hoe zeker ben je?' vroeg Sarah, vooroverleunend.

'Honderd procent,' antwoordde Danny. 'De grond is achttien maanden geleden gekocht door Wilkins Family Holdings, precies toen de eerste plannen voor de rondweg werden uitgewerkt. Ik heb de kadastrale stukken, bedrijfsregistraties, alles. En councillor Conley, die op de gemeenteraad de kar trekt voor de oostelijke route en een van de directeuren is van Coastal Holdings, het andere bedrijf dat flink profiteert van de herbestemming van grond... is de broer van Trisha Wilkins.' Hij glimlachte strak. 'De laatste nagel aan de doodskist is dat MP Wilkins in de commissie zit die Main Roads aanstuurt.'

Even was het verbijsterend stil terwijl iedereen de informatie liet bezinken. Toen floot Ben tussen zijn tanden en doorbrak de stilte. 'Wauw. Dat is nogal wat corruptie die je hebt blootgelegd, Wareham. Knap gedaan.'

'Dit is crimineel,' zei Emma, haar stem strak van woede. 'Ze proberen ons thuis, onze broodwinning, kapot te maken voor winst?'

'Het is niet technisch illegaal dat families van parlementsleden onroerend goed bezitten,' merkte Sarah op, altijd de pragmatist. 'Maar het belangenconflict van het doordrukken van een route die haar familie direct financieel bevoordeelt zonder dit te melden of de juiste procedures te volgen...' Ze schudde haar hoofd. 'Dat is een heel ander verhaal.'

'The Courier-Mail brengt het verhaal,' zei Danny. 'Voorpagina, morgenochtend. Het gaat om middernacht online.'

Een beladen stilte viel in de kamer terwijl de implicaties indaalden. Toen sprak Kate, zacht maar vastberaden.

'Dit verandert het speelveld compleet. Main Roads kan onmogelijk een route goedkeuren waar zo'n graad van corruptie aan kleeft.'

'Onderschat niet hoe politici elkaar kunnen afdekken,' waarschuwde Ryan, waarbij zijn zakelijke ervaring doorschemerde. 'Maar het zet ze zeker onder publieke druk om te heroverwegen.'

Danny knikte en waardeerde Ryan's realisme. 'Het artikel zal MP Wilkins dwingen te reageren, maar zij heeft machtige vrienden. Er komt tegenwind, mogelijk juridische dreiging. Ze zullen proberen het verhaal te ondermijnen, misschien zelfs mij persoonlijk te discrediteren.'

'Laat ze het maar proberen,' zei Zoe fel, een trotse glimlach verlichtte haar gezicht terwijl ze naar Danny keek. 'Je hebt briljant werk geleverd.'

Danny voelde een warme gloed bij haar lof, maar hield zijn focus bij de zaak. 'Het belangrijkste is dat dit ons een hefboom geeft. De westelijke route ziet er ineens een stuk aantrekkelijker uit als de oostelijke besmet is door een schandaal.'

Sarah stond op en liep naar het raam, vanwaar ze uitkeek over het landgoed dat haar ouders vanuit het niets hadden opgebouwd tot een van de voornaamste paardensportaccommodaties van de staat. 'Denk je dat het genoeg zal zijn?' vroeg ze, zonder zich om te draaien.

'Dat kan ik niet beloven,' gaf Danny toe. 'Maar het is een ongelooflijk sterk argument. Minimaal zou het een herziening van het besluitvormingsproces moeten afdwingen, en dat levert tijd op.'

'Tijd die we kunnen gebruiken om de steun in de gemeenschap nog verder te mobiliseren,' zei Pip. 'Zodra dit verhaal losbarst, hebben we concreet bewijs van corruptie om naar te verwijzen, niet alleen onze emotionele oproepen over de waarde van Ridgewater.'

Emma knikte heftig. 'We moeten een statement voor sociale media voorbereiden, klaarzetten om te plaatsen zodra het artikel live gaat.'

'En onze advocaat bellen,' voegde Kate toe. 'We hebben juridisch advies nodig over hoe we dit kunnen inzetten in onze formele bezwaren tegen de onteigening.'

Danny keek toe hoe de familie als vanzelf in de planningsmodus schoot, waarbij ieder ideeën aandroeg vanuit zijn of haar eigen kracht. De schok maakte plaats voor vastberadenheid, voor actie. Hij had het eerder gezien – de McKenzies waren bovenal veerkrachtig.

'Danny,' zei Sarah plotseling, terwijl ze zich van het raam afwendde, 'jij en Lucy moeten blijven eten. De meisjes hebben het zó naar hun zin, en we gaan toch barbecueën.

Het minste wat we kunnen doen voor wat je voor ons hebt gedaan.'

'Absoluut,' viel Pip haar bij. 'Jake gaat na zijn dienst nog langs de slager om verse biefstuk te halen. We wilden buiten eten zodra de zon lager staat en het iets afkoelt.'

'Klinkt geweldig,' antwoordde Danny, oprecht geraakt door de uitnodiging. 'Lucy zal dat fantastisch vinden.'

Terwijl de familie uit elkaar ging om met de voorbereidingen door te gaan, voelde Danny dat Zoe naast hem kwam staan.

'Je hebt het echt geflikt,' zei ze zacht, haar ogen glanzend van bewondering. 'Je hebt het stuk gevonden dat Ridgewater misschien kan redden.'

'Ik hoop het,' antwoordde hij, zich bewust van hoe dicht ze bij hem stond, van de vage geur van paarden en zon die altijd aan haar leek te kleven. 'Maar we moeten nog niet te vroeg juichen.'

'Ik weet het,' zei ze. 'Maar vanavond mogen we onszelf op zijn minst een beetje hoop gunnen.'

Buiten bleef de late middag meedogenloos heet, maar binnen in het Grote Huis, omringd door de vastberaden optimisme van de familie McKenzie, voelde Danny iets verschuiven. Het probleem was niet opgelost – verre van – maar voor het eerst sinds de onteigeningsaankondiging was er een oprecht gevoel dat Ridgewater het misschien zou redden.

Toen de avond viel en Jake arriveerde met een koelzak vol biefstuk en sappige, luxe worstjes, keek Danny naar Lucy en Jemima, wier gelach over het erf droeg terwijl ze naar het Grote Huis toe renden en door Sarah meteen naar de badkamer werden gestuurd om hun vieze handen en gezichten te wassen. Hij dacht aan het baanbod in Melbourne, dat in zijn hoofd nu definitief van tafel was, en aan de toekomst die hij hier in Queensland begon te zien. Een toekomst waarin Lucy gelukkig en bloeiend was, omringd door paarden en goede mensen. Een toekomst die, zo hoopte hij steeds vaker, misschien ook Zoe omvatte.

De geur van sissende biefstukken vulde de lucht terwijl de zon aan haar afdaling begon en lange schaduwen over de weides van Ridgewater wierp. Morgen zou zijn eigen uitdagingen brengen, maar vanavond, onder de steeds donker wordende Queenslandse hemel, stonden ze zichzelf dit moment van voorzichtige viering toe.

De zon had zich eindelijk achter de horizon teruggetrokken, maar de hitte bleef hangen als een ongenode gast, zwaar en drukkend in de decemberavond. Zoe streek een losse krul van haar voorhoofd, om hem meteen weer aan haar klamme huid te voelen kleven. Naast haar liep Danny in comfortabele stilte; hun pad sneed door de oostelijke weides van Ridgewater richting het meer. Het avondeten was een merkwaardige mix van viering en voorzichtigheid geweest, de familie schipperde tussen opgewonden plannen en nuchtere realitychecks over de strijd die nog voor hen lag. Nu, weg van de anderen, voelde Zoe een ander soort spanning tussen hen groeien, iets veel persoonlijkers dan het lot van het landgoed.

'Ik kan nog steeds niet geloven dat je die connectie hebt gevonden,' zei ze, de stilte doorbrekend. 'Hoe je alles aan elkaar hebt geknoopt! Het is indrukwekkend.'

Danny wierp haar een blik toe, een bescheiden glimlach speelde om zijn lippen. 'Gewoon mijn werk. Het papier spoor volgen totdat het ergens heen leidde.'

'Kleinmaak het niet,' drong Zoe aan. 'Je bent Ridgewaters kampioen geworden, weet je. De McKenzies waren de weg kwijt voordat jij begon te graven, zelfs met Ryan die op zakelijk niveau aan touwtjes trok.'

Het gras in de wei streek tegen haar benen terwijl ze liepen, nog warm van de hitte van de dag. Krekels zoemden onophoudelijk in de eucalyptusbomen langs de grens van het land, hun koor zwol aan en ebde weg in golven. Zoe's shirt plakte ongemakkelijk op haar rug, maar met Danny naast haar stoorde de benauwdheid haar minder.

'Ik weet niet precies wat er nu gaat gebeuren,' gaf Danny toe, nadenkend. 'Het artikel zal een storm veroorzaken, maar of dat genoeg is om het besluit te veranderen...' Hij liet zijn zin in de vochtige lucht hangen.

'Het verandert in elk geval het gesprek,' antwoordde Zoe. 'Het maakt het lastiger voor hen om bulldozerend door te gaan zonder lastige vragen te beantwoorden.' Ze glimlachte flauwtjes. 'Jullie journalisten hebben er een handje van om machtige mensen te laten zweten.'

Ze bereikten een kleine verhoging, en het meer kwam in zicht, het oppervlak donker en stil in de invallende schemer. Een eenvoudig houten steigertje stak een paar meter het water in, en aan de rotsige oever stond een kleine vuurplek, overblijfsel van de vele zomeravonden waarop de McKenzies hier zwommen en buiten kookten.

'Het is prachtig hier,' zei Danny zacht, alsof hij de stilte van het tafereel niet wilde verstoren.

Zoe knikte en voelde een vertrouwde steek in haar borst bij de gedachte dat dit allemaal nog steeds verloren kon gaan. 'Sarah vertelde me dat haar vader die steiger bouwde toen de meisjes klein waren,' zei ze. 'Ze kwamen bijna elke zomeravond hierheen als de hitte ondragelijk was. De meisjes leerden in dit meer zwemmen voordat ze konden lopen.'

Ze bereikten de oever, hun schoenen kraakten over de kleine steentjes langs de rand. Het wateroppervlak weerspiegelde de eerste opduikende sterren, kleine speldenprikjes licht in het snel donker wordende blauw, en de maan die net over de heuvels opkwam. Ondanks de duisternis bleef de lucht dik en benauwd, als een deken die op hen drukte.

'God, wat is het heet,' zuchtte Zoe, terwijl ze weer haar voorhoofd afveegde. 'Het was vandaag rond lunchtijd achtendertig graden, en ik denk niet dat het veel is gezakt nu de zon onder is.'

Een speelse opwelling overviel haar, en zonder er te lang over na te denken draaide ze zich met een grijns naar Danny. 'Ridgewater heeft misschien geen zwembad, maar...' Ze gebaarde naar het meer. 'Zin om te zwemmen?'

Danny keek verrast, toen geboeid. 'Nu? We hebben geen zwemkleding.'

'Zwemkleding is overschat,' zei Zoe, zichzelf verrassend met haar stoutmoedigheid. 'Bovendien is de familie allemaal terug bij het huis.'

Voor ze zich kon bedenken, trapte Zoe haar schoenen uit en trok haar met zweet doordrenkte T-shirt over haar hoofd. Het kleine briesje over haar huid was een zalige verlichting na de verstikkende hitte. Ze zag hoe Danny's ogen wijder werden, daarna donkerder van waardering, wat een rilling door haar heen joeg die niets met de temperatuur te maken had.

'Nou?' daagde ze hem uit, terwijl ze uit de rest van haar kleren gleed. 'Kom je erin, of blijf je daar staan gapen?'

Dat doorbrak zijn momentane verlamming. 'Zou ik voor geen goud missen,' zei hij, terwijl hij haastig zijn overhemd losknoopte.

Zoe draaide zich om en waadde het water in, een zucht van genot ontsnapte haar toen de koelheid haar benen, daarna haar middel omhulde. Achter zich hoorde ze het spatten van Danny die haar volgde. De bodem van het meer was glad onder haar voeten en liep langzaam af.

Toen het water tot aan haar schouders reikte, draaide ze zich om en vond Danny op een paar passen afstand, zijn haar strak naar achteren en druppels aan zijn wimpers. In het zwakke maanlicht, met het water dat zachtjes om hen heen klotste, zag hij er jonger uit, ontdaan van de verantwoordelijkheden die zijn gezicht meestal tekenden.

'Beter?' vroeg ze, watertrappelend.

'Veel beter,' beaamde hij, terwijl hij dichterbij kwam. 'Hoewel ik begin te denken dat afkoelen maar een deel van je plan was.'

Zoe lachte, het geluid droeg over het stille water. 'Ik ben opportunistisch, niet berekenend.'

'Hoe dan ook,' zei Danny, zijn stem lager, 'ik keur het goed.'

Hij overbrugde de laatste afstand, zijn armen gleden onder water om haar middel. De aanraking van zijn huid tegen de hare joeg ondanks de koelte een elektrische lading door haar heen. Zoe sloeg haar armen om zijn nek, hun gezichten op een paar centimeter van elkaar.

'Dit is schandalig ongepast,' fluisterde ze, de glimlach niet uit haar stem kunnend houden. 'Na sluitingstijd skinnydippen in het meer van de baas.'

'Schokkend gedrag,' stemde Danny in, zijn ogen geen moment van de hare wijkend. 'Wat zouden de buren wel niet denken?'

'De dichtstbijzijnde buren wonen op meer dan een kilometer afstand,' merkte Zoe op, 'en die doen waarschijnlijk hetzelfde om aan deze hitte te ontsnappen.'

Danny's lach trilde door het water tussen hen, en toen waren zijn lippen op de hare, met de smaak van de wijn die ze bij het eten hadden gedeeld en iets dat alleen hij was. Zoe zonk weg in de kus, haar lichaam drukte tegen het zijne terwijl ze samen watertrapten.

Wat speels begon, werd snel iets dringenders, essentieels. Hun lichamen vonden elkaar in de duisternis, handen verkenden, ademhaling versnelde. De koelte van het water stak af tegen de hitte die tussen hen opbouwde, een heerlijke spanning die Zoe deed hijgen tegen Danny's mond en haar benen om zijn middel klemmen.

Later zaten ze op de rotsige oever, gewikkeld in de grote strandlakens die Zoe uit een kist op de veranda van The Shack had gehaald. Zoe leunde tegen Danny's schouder, haar vochtige haar krulde wild in de benauwde nachtelijke lucht.

'Ik heb de baan in Melbourne afgeslagen,' zei Danny plots. 'Ik heb Greg gisteren gebeld om het te laten weten.'

Zoe kwam overeind en draaide zich naar hem toe. 'Heb je? Maar het was zo'n goede kans.'

'Op papier misschien,' zei hij, terwijl hij een eigenwijze krul achter haar oor streek. 'Maar dit is nu thuis, voor mij en Lucy. Ze is hier gelukkiger dan ik haar in jaren heb gezien. Ze heeft vriendinnen, ze heeft de paarden. Ze heeft jou.' Hij pauzeerde en hield haar blik vast. 'En ik ook.'

Zoe voelde tranen prikken, onverwachte emotie borrelde op. 'Danny...'

'Ik weet dat het nog steeds ingewikkeld is,' ging hij verder. 'Jouw visumsituatie, de onzekerheid over Ridgewater. Maar wat er ook gebeurt, ik wil blijven. Ik wil dat wij blijven.'

Het 'wij' hing tussen hen in, zwaar van betekenis. Zoe slikte, vreugde en angst raakten in haar borst verstrengeld.

'Ik zou niets liever willen,' zei ze, met haperende stem. 'Maar mijn visum...'

Danny knikte en nam haar hand. 'Ik heb me daar al in verdiept, trouwens. Partnervisa.'

Zoe's adem stokte. 'Partner...?'

'Mijn scheiding is eind februari definitief,' zei hij, terwijl zijn duim patronen over haar handpalm trok. 'We zouden kunnen trouwen.'

De woorden vielen tussen hen in, immens in hun implicaties. Zoe voelde haar hart tegen haar ribben bonzen.

'Danny, we kunnen niet zomaar trouwen voor een visum,' zei ze, al joeg het idee een vlindering door haar borst die niet louter afkeer was. 'Dat is... het is een enorme stap. We zijn nog maar kort samen.'

'Dat weet ik,' gaf hij toe. 'En ik doe je geen aanzoek, nou ja, niet formeel. Ik leg het alleen op tafel. Het partnervisum zou je immigratieproblemen meteen oplossen. Je zou een duidelijke route naar permanente verblijfsvergunning hebben.'

Zoe keek naar het meer en verzamelde haar gedachten. Het verstandige deel van haar herkende de elegante oplossing. Het emotionele deel trok zich terug bij het idee dat hun relatie zou worden gereduceerd tot een immigratiestrategie.

'Ik zou het niet aankunnen als we overhaast zouden trouwen om praktische redenen en het later zouden betreuren,' zei ze uiteindelijk. 'Wat zou dat met Lucy doen? Met ons?'

Danny's hand kneep de hare steviger. 'Dat zijn niet de enige redenen, Zoe.'

Ze draaide zich weer naar hem toe en zocht zijn gezicht in het sterrenlicht. 'Wat bedoel je?'

'Ik bedoel dat ik van je houd,' zei hij eenvoudig. 'Al sinds de dag dat je mijn dochter op een pony zette en haar op de een of andere manier aan het lachen kreeg. Het visum zou een voordeel zijn, ja. Maar het is niet waarom ik dit overweeg.' Hij pauzeerde en er gleed een halve glimlach over zijn gezicht. 'Al moet ik toegeven dat de timing handig is.'

Zoe lachte ondanks zichzelf en de spanning brak. 'Je bent onmogelijk.'

'Ik ben praktisch,' kaatste hij terug. 'En ik weet nu wat er voor mij toe doet, wat ik wil voor mijn toekomst. Voor Lucy's toekomst.' Zijn uitdrukking werd weer serieus. 'Ik vraag geen antwoord vannacht. Gewoon... denk erover na. We hebben tijd.'

Aan de overkant van het meer klonk een nachtelijke vogel, zijn roep echode over het water. Zoe liet haar hoofd

weer tegen Danny's schouder rusten en stond zichzelf toe
om, heel even, voor zich te zien hoe het zou zijn. Een leven
hier op Ridgewater, met Danny en Lucy. Een eigen gezin.

'Ik zal erover nadenken,' beloofde ze zacht.

Danny drukte een kus op haar kruin en ze zaten in
comfortabele stilte, terwijl ze keken hoe de weerspiegeling
van het vuur over het oppervlak van het meer danste.
De toekomst bleef onzeker; het lot van Ridgewater, haar
visumstatus, de complexiteit van hun levens samenvoegen.
Maar voor vanavond, onder de immense nachtelijke hemel
van Queensland, voelde die onzekerheid minder als een
dreiging en meer als een mogelijkheid, die zich eindeloos
voor hen uitstrekte.

Hoofdstuk Vijftien

Zoe stapte de brede veranda van het Grote Huis op, haar hart sloeg een slag over toen ze Danny's auto stof zag opwerpen op de oprit. Lucy stuiterde zowat op de passagiersstoel; haar opwinding was zelfs van een afstand te zien. De decemberhitte hing zwaar in de lucht, maar Zoe merkte er nauwelijks iets van terwijl ze toekeek hoe ze parkeerde. Danny stapte uit met een stapel kranten in de ene hand, zijn telefoon in de andere, een grijns die zich over zijn gezicht uitspreidde terwijl hij op het scherm keek. Weer een melding, ongetwijfeld; zijn exposé verspreidde zich al twee dagen als een lopend vuurtje op sociale media en in het nieuws.

'Ze zijn er!' riep Zoe over haar schouder, al was die aankondiging nauwelijks nodig. De McKenzies hadden net zo vol verwachting uitgekeken naar Danny's komst als kinderen op kerstochtend.

De hordeur klapte dicht toen de familie achter haar de veranda op stroomde. Sarah bereikte als eerste de balustrade, haar gebruikelijke kalmte plaatsmakend voor nauwelijks bedwongen opwinding. Kate en Pip zaten haar op de hielen, met Emma die Jemima bij de hand meetrok. Zelfs Marcus verscheen, koffiemok in de hand, alsof hij niet net zo gretig was als de rest.

'Lucy!' riep Jemima, die zich losrukte van haar moeder en de treden af stormde. Lucy had de grond nog maar net geraakt of Jemima botste al tegen haar aan in een knuffel die hen allebei bijna omver wierp.

Danny lachte en laveerde langs de meisjes om de treden op te klimmen, de kranten omhooggeheven als een trofee. 'Vers van de pers,' kondigde hij aan. 'In de editie van vandaag staat de officiële aankondiging.'

De familie dromde om hem heen, een kring van schuin gehouden hoofden en graaiende handen terwijl de voorpagina zichtbaar werd. De kop schreeuwde in vette letters: 'PARLEMENTSLID TREEDT AF TE MIDDEN VAN CORRUPTIESCHANDAAL ROND RONDWEG'.

'Laat eens zien,' drong Kate aan, terwijl ze een van de kranten uit de stapel plukte. 'Is ze echt afgetreden?'

Sarah reikte al naar de afstandsbediening. 'Ze zeiden dat er een aankondiging zou zijn in het middagjournaal. Het is bijna tijd.'

De televisie in de overdekte buitenruimte flitste aan en stond al op het lokale nieuwskanaal. De groep schoof zodat iedereen het scherm kon zien, en Danny vond zijn weg naar Zoe's zijde. Zijn vingers streken langs de hare, en er bloeide warmte in haar borst die niets met de Queenslandse zomer te maken had.

'Alles goed?' vroeg hij zacht.

'Meer dan,' antwoordde ze, niet in staat haar glimlach te verbergen.

De stem van de nieuwslezer sneed dwars door hun moment heen: 'Laatste nieuws dit uur: staatsparlementslid Trisha Wilkins kondigt haar onmiddellijke aftreden aan na beschuldigingen van corruptie rond het Ridgemont-rondwegproject...'

De camera schakelde over naar een regeringswoordvoerder achter een katheder, met een passend plechtig gezicht. 'Na een grondige herziening van het planningsproces heeft het Department of Transport and Main Roads vastgesteld dat de westelijke route voor de Ridgemont-rondweg de meest geschikte optie is, waarbij gemeenschapsbelangen, milieukwesties en financiële verantwoordelijkheid in balans worden gebracht...'

De rest van de verklaring verzoop in het gejuich dat rondom Zoe losbarstte. Kate sloeg Pip triomfantelijk op de schouder, waardoor de kleinere vrouw uit balans raakte en lachend tegen Jake aan tuimelde. Emma tilde Jemima met een juich in de lucht. Sarah, normaal zo beheerst, balde haar vuist en liet een allesbehalve Sarah-achtige overwinningskreet horen.

Lucy sloeg haar armen om Danny's middel en drukte haar gezicht tegen hem aan. 'Je hebt het gedaan, pap! Je hebt Ridgewater gered!'

Danny kleurde en haalde bescheiden zijn schouders op. 'Eerlijk, het is allemaal te danken aan hun harde werk,' zei hij, met een knikje naar de McKenzies. 'Sarah's nauwgezetheid met de papieren heeft het mogelijk gemaakt. Ik heb alleen de puntjes met elkaar verbonden.'

'De puntjes verbonden?' piepte Pip, haar stem hoog van opwinding. 'Je hebt die hele corrupte operatie aan gort geblazen! Ze waren nooit teruggekrabbeld zonder jouw artikel.'

Sarah knikte, ineens weer beheerst genoeg om te spreken. 'Pip heeft gelijk. We hadden de papieren, we hadden de steun van de gemeenschap, maar zonder jouw onderzoek waren ze dwars over ons heen gewalst.' Ze reikte uit en kneep in Danny's schouder. 'Ridgewater staat nog dankzij jou, Danny.'

Zoe keek toe hoe de emoties over Danny's gezicht trokken; trots, verlegenheid, opluchting. Hij was het niet gewend om de held te zijn, realiseerde ze zich. Zo lang had hij zich gericht op Lucy beschermen, op hun leven weer opbouwen nadat zijn huwelijk zo ellendig was ingestort, dat hij vergeten was hoeveel verschil hij zelf kon maken.

'Betekent dit dat we voor altijd kunnen blijven?' vroeg Lucy, met stralende ogen naar haar vader opkijkend.

'Ik denk het wel, liefje,' antwoordde Danny, terwijl hij haar haar gladstreek. 'Als jij dat wilt.'

'Dat wil ik nog liever dan wat dan ook,' verklaarde Lucy met de absolute zekerheid die alleen kinderen kunnen opbrengen.

Zoe voelde haar keel dichtknijpen. Voor altijd. Het woord hing in de lucht, vol mogelijkheden. Nu Ridgewater veilig was, leek haar eigen toekomst ineens ook lichter. Het partner visum voelde niet langer als een wanhoopsdaad, maar als een deur die openzwaaide naar iets wat ze echt wilde.

'We hebben champagne nodig,' kondigde Kate aan, al halverwege de deur. 'En limonade voor de meiden. Dit vraagt om een échte viering!'

Terwijl de familie zich verspreidde om drankjes en hapjes te halen, bleef Emma nog even staan om Danny stevig te omhelzen. 'Dank je,' fluisterde ze. 'Je hebt meer gered dan je beseft.'

Zoe ving Danny's blik op over Emma's schouder, en de blik die ze deelden was meer waard dan woorden. Op dat moment wist ze dat ze hetzelfde dachten: deze plek, deze mensen, waren hun thuis geworden. Hun familie.

Ryan dook op van binnen, met een ijsemmer met champagneflessen. 'Ik had ze al koud gelegd,' legde hij uit. 'Noem het zakelijke vooruitziendheid.'

De sfeer op de veranda veranderde in pure feestvreugde. Glazen werden gevuld, toosten uitgebracht en er werd gelachen even vrij als de champagne vloeide. Lucy en Jemima zaten op de treden limonade te drinken, hun hoofden bij elkaar terwijl ze rij-avonturen beraamden die nu zeker in hun toekomst lagen.

Zoe leunde tegen de balustrade en nam alles in zich op. Nog maar maanden geleden was ze in Ridgewater aangekomen, onzeker en alleen, op haar broer na. Nu stond ze omringd door mensen die essentieel voor haar waren geworden, kijkend hoe de man op wie ze verliefd aan het worden was de erkenning kreeg die hij verdiende voor zijn moed en integriteit.

Het gesprek zwol om haar heen aan; er werden al plannen gemaakt voor verbeteringen op het terrein nu de toekomst veilig was. Kate hield vol dat er een tweede overdekte rijbaan moest komen, die Ben opgewekt aanbood te financieren uit het voorschot op zijn nieuwste boek, terwijl Emma betoogde dat uitbreiding van de revalidatiefaciliteiten voorrang moest krijgen, en Sarah en Marcus hadden het over... drainage? Helemaal Sarah, dacht Zoe geamuseerd.

'Een cent voor je gedachten?' vroeg Danny, die naast haar opdook met een vers glas champagne voor haar.

Zoe nam het met een glimlach aan. 'Ik dacht gewoon hoe anders alles er nu uitziet, vergeleken met een paar weken geleden.'

'Dat is zo, hè?' Hij tikte zijn glas zachtjes tegen het hare. 'Op nieuwe beginnen.'

'Op nieuwe beginnen,' echode ze, haar hart vol hoop op wat die beginnen zouden kunnen brengen.

Het feest ging door, terwijl verschillende McKenzies de keuken in en uit verdwenen met schalen die ze hadden voorbereid om samen van te snoepen. Zoe bleef aan de rand van de groep hangen, nippend van haar tweede glas champagne, terwijl ze toekeek hoe Sarah stoelen verschoof rond het grote scherm. De familie-WhatsAppgroep had sinds het nieuwsbericht gebromd van de berichten van Jim en Ingrid, die een echte videogesprek eisten om samen te vieren, ondanks dat ze halverwege het land zaten in hun camper.

'Iedereen bij elkaar komen,' riep Sarah, terwijl ze in haar handen klapte om aandacht. 'Mam en pap willen inbellen vanuit Tasmanië. Ze hebben voor de verandering een caravanpark met fatsoenlijke wifi gevonden.'

De McKenzies rangschikten zich in een losse halve cirkel, gezichten helder van verwachting. Zoe merkte hoe vanzelf Danny en Lucy in de formatie werden opgenomen, Jemima die Lucy naast zich trok, Ben die plek maakte voor Danny dicht bij het midden van de groep. Ze voelde een zachte hand bij haar elleboog en draaide zich om, om Pip te zien die haar naar voren leidde.

'Kom mee,' murmelde Pip. 'Vandaag ga je niet op de achtergrond staan. Jij hoort er ook bij.'

Warmte ontvouwde zich in Zoe's borst bij die simpele woorden, en ze liet zich het kringetje intrekken, op zoek naar een plek waar ze zowel het scherm als Danny's profiel kon zien.

Sarah tikte op haar tablet en het grote scherm flitste tot leven. Na een moment digitale ruis verschenen de gezichten van Jim en Ingrid, een tikje blokkerig maar onmiskenbaar stralend. Ze zaten naast elkaar in wat de compacte zithoek van hun camper leek, met een klein kerstboompje op de achtergrond. Jim hield een glas met iets ambers omhoog – whisky, waarschijnlijk – terwijl Ingrid enthousiast zwaaide.

'Daar zijn ze!' bulderde Jim's stem door de luidsprekers. 'Onze kampioenen van Ridgewater!'

Een koor van begroetingen steeg op vanaf de veranda, iedereen sprak door elkaar tot Sarah haar handen ophief voor stilte.

'Een voor een, anders verstaan ze er geen snars van,' berispte ze, al was haar glimlach onmogelijk breed. 'Mam, pap, het is gelukt. De westelijke route is bevestigd.'

'We volgen het al de hele dag,' antwoordde Ingrid, haar normaal zachte Zweedse accent hoorbaarder in haar opwinding. 'Het nieuws heeft zelfs dit afgelegen hoekje van Tasmanië bereikt. We zijn zo trots op jullie allemaal.'

Jim boog dichter naar de camera, zijn verweerde gezicht vulde meer van het scherm. 'Maar we begrijpen dat er één iemand is die we in het bijzonder moeten bedanken.'

'Hij staat hier!' Ben greep Danny's arm en tilde die op. 'Danny Wareham, absolute legende!'

Jim glimlachte breed. 'Daar is hij! De man van het uur.'

Danny boog zijn hoofd licht, nog steeds ongemakkelijk met alle lof. 'Ik deed gewoon wat gedaan moest worden, meneer.'

'Geen gedoe met "meneer",' hield Jim vol, terwijl hij zijn glas hief. 'Je hebt ons thuis gered, jongen. Jij en Lucy horen nu bij de familie, altijd welkom.' Hij nam een slok van zijn whisky en voegde er met een knipoog aan toe: 'Al naar wat de meiden me vertellen, maak je het jezelf al aardig gemakkelijk.' Hij keek, onmiskenbaar, recht naar Zoe.

Zoe bloosde, en moest glimlachen toen Danny's wangen ook kleurden. De familie McKenzie had een opmerkelijk talent om mensen zich tegelijkertijd welkom en liefdevol geplaagd te laten voelen.

'We kunnen jullie niet genoeg bedanken,' voegde Ingrid toe, haar vaste voorkomen eindelijk aan de randen barstend terwijl ze een traan wegveegde. 'Ridgewater is niet zomaar een terrein of een bedrijf. Het is het werk van ons leven, onze erfenis voor onze kinderen en kleinkinderen.'

Jim sloeg een arm om zijn vrouw heen, zijn eigen ogen verdacht glanzend. 'Wat Inga probeert te zeggen, is dat jullie meer hebben gedaan dan wat grond en gebouwen redden. Jullie hebben het hart van onze familie bewaard.'

'We hadden het niet zonder jullie allemaal gekund,' antwoordde Danny, zijn stem vast ondanks het beladen moment. 'Ridgewater is het waard om voor te vechten vanwege de mensen die het maken tot wat het is.'

Lucy, die ongewoon stil was geweest, sprak ineens. 'Meneer Jim, mevrouw Ingrid, betekent dit dat ik hier mag blijven rijden en leren van juf Pip en juf Zoe?'

Ingrids gezicht verzachtte tot een glimlach. 'Natuurlijk, kleintje. Zolang je maar wilt.'

'Dan voor altijd,' verklaarde Lucy met absolute zekerheid, wat gegiechel opleverde uit de kring.

Jim hief weer zijn glas. 'Op Ridgewaters toekomst, en op de nieuwe leden van onze familie. Moge deze plek blijven groeien en bloeien voor vele generaties.'

Na nog een paar minuten bijpraten en plannen – Jim en Ingrid zouden in maart of april thuis zijn, de camperavonturen voorlopig wel voldoende – eindigde het gesprek met beloften van een échte viering zodra ze terug waren.

Toen Sarah het scherm uitzette, viel de familie uiteen in kleinere gesprekken, de opluchting en vreugde nog steeds tastbaar in de lucht. Zoe betrapte zichzelf erop dat ze naar Danny keek, die daar stond met Lucy tegen zich aan gekruld, felicitaties in ontvangst nemend van Jake en Ben. Zijn gezicht lichtte op met iets wat ze herkende als meer dan trots of voldoening. Het was thuishoren.

'Hij past er behoorlijk goed tussen, vind je niet?' klonk Kate's zachte stem naast haar.

Zoe draaide zich om, geschrokken. 'Sorry?'

Kate glimlachte veelbetekenend. 'Danny. Hij en Lucy. Het zijn nu Ridgewater-mensen.' Ze nam een slok van haar champagne en hield Zoe over de rand heen in de gaten. 'Net als jij.'

'Ik, eh...' Zoe haperde, niet zeker wat ze moest zeggen.

'Ach, maak je geen zorgen,' zei Kate luchtig lachend. 'We zijn er allemaal dolblij mee. Zeker na alles wat er is gebeurd. Jij verdient wat geluk, Zoe. Jullie allebei.'

Voor Zoe een antwoord kon bedenken, was Kate alweer doorgelopen om zich bij een gesprek over de voorbereidingen voor het kerstdiner te voegen. Zoe bleef staan waar ze stond, een zachte warmte die zich in haar borst nestelde terwijl ze toekeek hoe Danny om iets van Ben lachte, zijn ogen rimpelend in de hoeken, Lucy nog steeds dicht tegen hem aan.

Het trof haar toen, met plotselinge helderheid, dat ze misschien voor het eerst in haar volwassen leven, op deze kerstavond, precies was waar ze hoorde te zijn. Niet alleen op Ridgewater, al was het terrein haar dierbaar geworden, maar bij deze mensen. Bij Danny en Lucy. Bij de uitwaaierende, gulle clan McKenzie die zonder aarzelen plek voor haar had gemaakt.

De afgelopen weken waren vol onzekerheid geweest; de dreiging voor Ridgewater, haar visumsituatie, het voorzichtige begin van haar relatie met Danny. Maar terwijl ze hier stond en keek hoe deze geïmproviseerde familie niet alleen hun overwinning vierde maar vooral hun band met elkaar, voelde Zoe iets in zichzelf tot rust komen.

Dit was thuis. Dit waren haar mensen. En hoe dan ook, tegen alle verwachtingen in, hadden ze elkaar gevonden en de toekomst van Ridgewater veiliggesteld, net op tijd voor Kerstmis.

Terwijl het feest de nacht in rolde en de feestelijke vrolijkheid met elk uur luider werd, voelde Zoe behoefte aan een moment van stille reflectie. Ze glipte weg van de drukke veranda en liep naar de afrastering, waar de paarden van Ridgewater vredig graasden in hun nachtweides. De fluwelen duisternis werd onderbroken door strengen feeërieke lichtjes die Sarah erop had gestaan aan de dakrand van de stallen te hangen, waardoor een zachte gloed over het vertrouwde landschap viel. Ze stond er nog niet lang toen er voetstappen over het grind knerpten, en ze draaide zich om om Marcus te zien naderen met twee dampende mokken.

'Dacht dat je hier wel trek in had,' zei hij, terwijl hij haar een van de mokken aanreikte. 'Het is die walgelijke instantwarme chocolademelk die jij onverklaarbaar prefereert boven échte drinkchocolade.'

Zoe nam hem dankbaar aan. 'Mijn verfijnde smaakpapillen waarderen de nostalgische chemische ondertoon.' Ze snoof. 'Hoewel ik denk dat deze een beetje extra heeft... je hebt Sarah er rum in laten doen, hè?'

Marcus grijnsde en leunde naast haar tegen de omheining. 'Weet je nog die kerstavonden thuis? Pap liet ons net lang genoeg opblijven om een mince pie voor Father Christmas neer te zetten, en joeg ons dan naar bed met de dreiging dat de goede man niet zou komen als we nog wakker waren.'

'En jij lag daar dan steeds ingewikkelder theorieën te verzinnen over hoe één man in één nacht aan alle kinderen cadeaus kon bezorgen,' vulde Zoe aan, terwijl ze een slok nam. 'Tijdsdilatatie, kwantumfysica...'

'Ik was een vroegrijp kind,' zei Marcus met gespeelde waardigheid. 'Je kunt me toch niet kwalijk nemen dat ik wetenschappelijk onderzoek toepaste op zo'n onwaarschijnlijk scenario.'

Ze vielen in een comfortabele stilte, kijkend hoe Midnight en de andere paarden als schaduwen door de weide bewogen, af en toe opgelicht door de lichtjes. De warmte van de mok in haar handen voelde als een anker, een tegenwicht voor de wervel aan gevoelens die deze avond had losgemaakt.

'Het is anders dit jaar, hè?' zei Marcus uiteindelijk, zachter. 'Kerst, bedoel ik.'

Zoe knikte. 'Moeilijk te geloven dat ik nog maar zes maanden geleden aankwam. Het voelt als...'

'Thuis?' vulde Marcus aan.

'Ja,' gaf ze toe. 'Meer dan Engeland ooit heeft gedaan, als ik eerlijk ben.'

Marcus bestudeerde haar profiel in het schemerlicht. 'Niet alleen door de paarden en het werk, toch?'

Zoe nam nadrukkelijk een slok van haar chocolademelk en ontweek zijn blik. 'Ik weet niet waar je het over hebt,' antwoordde ze deftig.

'Niet?' Marcus draaide zich helemaal naar haar toe, met een onschuldig gezicht. 'Dus heb ik je niet de afgelopen drie uur naar Danny zien kijken alsof hij de maan en de sterren had opgehangen? Of heb ik me ook verbeeld dat je die ene glimlach had – die je eruit laat zien alsof je een zonnestraal hebt ingeslikt – telkens als Lucy iets pienters zei?'

Zoe stootte met haar schouder tegen de zijne. 'Je fantaseert.'

'En ik verbeeld me zeker ook dat jij laatst met hem naar het meer sloop?' ging Marcus verder, zijn stem dalend tot een plagerig gefluister. 'En dat jullie verdacht vochtig terugkwamen?'

'Marcus!' siste Zoe, doodsbenauwd. 'Dat was, we waren gewoon... het was warm, en...'

Marcus barstte in lachen uit, een spontane, oprechte lach die Zoe al in geen tijden van haar doorgaans gereserveerde broer had gehoord. 'Je gezicht!' bracht hij uit tussen de schaterbuien door. 'Je kijkt precies zoals toen mam je betrapte toen je die egel je slaapkamer in smokkelde.'

Ondanks haar schaamte moest Zoe ook lachen. 'Je bent onmogelijk.'

'En jij bent verliefd,' kaatste Marcus terug, zijn lach wegebbend in een warme glimlach. 'Het staat je goed, Zo.'

Dit keer ontkende ze het niet en keek weer naar de paarden. 'Het is ingewikkeld.'

'Het leven is dat meestal,' antwoordde Marcus met een schouderophalen. 'Maar soms zijn de beste delen verrassend simpel. Jij houdt van hem. Hij houdt duidelijk van jou. Lucy is dol op je.' Hij nam een slok. 'Het visumding is slechts een formaliteit.'

'Een formaliteit die me terug naar Engeland kan sturen,' herinnerde Zoe hem.

Marcus schudde zijn hoofd. 'Niet als ik Danny Wareham een beetje ken. Die man heeft niet een corrupte politica neergehaald en een compleet rijcentrum gered om de vrouw van wie hij houdt te verliezen aan bureaucratische rompslomp.'

Voordat Zoe een antwoord kon formuleren, klonk er een gil van blijdschap vanuit de richting van het huis.

'Klinkt alsof de cadeautjesronde begonnen is,' merkte Marcus op.

'Op kerstavond?' zei Zoe, verbaasd.

'Zo doen ze het hier. Heeft Sarah je dat niet verteld? Blijkbaar is het iets Zweeds dat Ingrid heeft ingevoerd. Jim verkleedt zich normaal als Tomten, dat is de Zweedse versie van de Kerstman – Sarah vroeg mij nog, maar ik zei dat ik geen flauw benul zou hebben wat ik deed.'

'Je wilde gewoon geen gek pak aantrekken,' verweet Zoe.

'Je kent me te goed.' Marcus grijnsde. 'Gaan we?'

Ze liepen terug naar het Grote Huis, waar het feest van de veranda was verplaatst naar de royale woonkamer. De schitterende kerstboom domineerde een hoek, omringd door ingepakte pakjes in verschillende stadia van uitgepakt zijn. Lucy zat met gekruiste benen op de vloer in het midden, omringd door de McKenzies, met inpakpapier dat als kleurige confetti om haar heen lag.

'Juf Zoe!' riep ze, toen ze hen in de deuropening zag. 'Kijk wat juf Pip me heeft gegeven!'

Ze hield een glanzende, gloednieuwe roze cap omhoog en draaide die zodat te zien was waar haar naam in piepkleine diamantjes op de achterkant was geplakt.

'Hij is prachtig,' zei Zoe, terwijl ze de kamer in liep om hem goed te bekijken. 'En gepersonaliseerd! Hoe schitterend!'

'De steentjes er eigenhandig opgeplakt,' zei Pip zelfvoldaan.

'En kijk,' ging Lucy door, nauwelijks pauzerend terwijl ze naar een ander geopend cadeau greep. 'Juf Sarah heeft me deze boeken over paarden gegeven, en juf Kate gaf me deze speciale rijhandschoenen, en juf Emma gaf me deze jodhpurs met speciale kniestukken om beter te kunnen klemmen, en...'

Danny stond achter zijn dochter en keek toe met een mix van amusement en iets diepers, tederders. Zijn ogen ontmoetten die van Zoe over Lucy's hoofd heen, en de connectie tussen hen voelde bijna tastbaar, een draad van begrip en gedeelde vreugde.

'Ze wordt de best uitgeruste beginnende ruiter van Queensland,' zei hij, zijn stem warm van dankbaarheid.

'Er is er nog één,' zei Zoe, ineens herinnerend. 'Van mij. Het kleine blauwe pakje.'

Lucy had het snel gevonden en scheurde de verpakking met enthousiasme open. Ze hapte naar adem toen ze een stevig zilveren armbandje omhoog tilde, met kleine paardenhangertjes die aan de schakels bungelden.

'Hij is prachtig,' fluisterde ze, terwijl ze hem tegen het licht hield. 'Pap, kijk! Deze lijkt op Midnight!'

Danny hurkte naast zijn dochter en hielp haar het armbandje om te doen. 'Hij is perfect, Luce. Wat zeg je tegen juf Zoe?'

Lucy schoot de kamer door en botste tegen Zoe aan in een felle knuffel. 'Dank je, dank je, dank je! Ik doe hem nooit meer af, zelfs niet in bad!'

'Misschien juist wel in bad,' stelde Danny met een lach voor. 'Zilver houdt niet zo van zeep.'

Lucy ging weer zitten, verliefd kijkend naar het armbandje om haar pols. 'Dit is de beste kerst ooit,' verklaarde ze. 'We hebben Ridgewater gered, EN ik heb een glinsterende roze cap EN een zilveren armband!'

De volwassenen wisselden geamuseerde blikken over haar prioriteiten, maar niemand verbeterde haar. Zoe ving opnieuw Danny's blik toen Lucy terugkeerde naar haar cadeaus. Zijn uitdrukking was open, onbewaakt, gevuld met iets waardoor haar hart oversloeg.

Terwijl de avond vorderde, werden cadeaus onder de volwassenen uitgewisseld, al kreeg niets de ongeremde geestdrift die Lucy had getoond. Zoe betrapte zichzelf erop dat ze naar het tafereel keek met een groeiende zekerheid die diep in haar botten neerstreek. Hier hoorde ze thuis, bij Danny en Lucy, als onderdeel van deze uitgestrekte, liefdevolle familie op Ridgewater.

De visumzorgen, de aanhoudende vragen over haar toekomst – het zou allemaal wel goedkomen, wist ze ineens zeker. Wat telde was dit moment, deze mensen, deze plek die thuis was geworden toen ze het het minst verwachtte.

Later, toen kerstavond naar middernacht kroop en Lucy eindelijk tot rust kwam, opgerold naast Jemima op de bank met haar nieuwe armbandje nog steeds glinsterend om haar pols en nieuwe boeken open op hun schoot, stond

Zoe naast Danny op de veranda en keek naar de sterren boven Ridgewater.

'Blij?' vroeg hij zacht.

'Helemaal,' antwoordde ze, leunend tegen hem aan terwijl hij zijn arm om haar schouders sloeg. 'Dit is de beste kerst die ik in jaren heb gehad.'

'Het is misschien wel de beste kerst die ik ooit heb gehad,' zei Danny, met een blik naar binnen op Lucy. 'Het is sowieso haar beste kerst ooit, en jij hebt een groot deel van de magie gemaakt, dus dank je.'

'Ik heb niets gedaan,' kaatste Zoe terug. 'Jij bent de held van Ridgewater deze kerst; baad je maar in die welverdiende glorie!'

'Ik deed letterlijk gewoon mijn werk,' zei hij, maar ze zag de trots in zijn gezicht, en ze wist dat juist dit journalistieke onderzoek veel meer voor hem betekende dan alleen werk.

Ze stonden nog even in comfortabele stilte, tot de verandadeur openging en een gapende Emma naar buiten slenterde. 'Ik breng Jemima naar huis,' zei ze. 'Zij en Lucy zijn allebei half in slaap.'

'Ja, ik moet ook maar gaan,' zei Danny, maar hij maakte geen aanstalten om naar binnen te gaan en zijn dochter te halen. In plaats daarvan keek hij naar Zoe. 'Ga met ons mee naar huis,' nodigde hij zacht uit.

Ze aarzelde. 'Lucy...'

'Die zal het geweldig vinden om kerstonbijt met jou te delen.' Danny grijnsde naar haar. 'En ik ook.'

Ze hoefde er niet lang over na te denken. 'Geef me een paar minuten om mijn tandenborstel te pakken en een schone set kleren in een tas te proppen.'

Hoofdstuk Zestien

Danny bleef staan aan de rand van de paddock, de camera om zijn nek, getroffen door het tafereel voor hem. Lucy en Zoe stonden naast elkaar bij het hek, hun profielen verguld door de ochtendzon terwijl ze toekeken hoe Midnight een paar meter verderop rustig graasde. De ooit doodsbange pony bewoog zich nu met een kalme bedachtzaamheid die enkele weken geleden onvoorstelbaar zou zijn geweest. Danny hief zijn camera, stelde zorgvuldig scherp om het moment vast te leggen, de band tussen meisje en paard, mentor en leerling, die was opgebloeid in de hitte van de Queenslandse zomer.

Midnight leek een totaal ander dier dan het magere, wijdogige schepsel dat in Ridgewater was aangekomen. Zijn zwarte vacht glansde nu van gezondheid en ving het zonlicht met een blauwige gloed. Zijn ribben staken niet langer uit en zijn bewegingen waren dat angstige, schokkerige kwijtgeraakt. Het meest opvallend was de verandering in zijn oog: ooit wit omrond van paniek, nu zacht en oplettend terwijl hij af en toe zijn hoofd hief om zijn menselijke toeschouwers te checken, alvorens weer over te gaan tot de serieuze zaak die gras heet.

Danny veegde met de rug van zijn hand het zweet van zijn voorhoofd. Januari in Queensland was meedogenloos heet, met een vochtigheid waardoor de lucht zo dik aanvoelde dat je hem bijna kon kauwen. Cicaden krijsten in de eucalyptusbomen langs het terrein, hun koor zwol aan en ebde weg in golven die leken te rijmen met de trillende hitte boven de paddocks. Hij pakte de doos bananenbrood en de fles water die hij had neergezet en liep verder naar Zoe en Lucy.

'Hij ziet er schitterend uit,' riep Danny terwijl hij dichterbij kwam.

'Pap!' Lucy draaide zich om, haar gezicht lichtte op van opwinding. 'Zoe zegt dat we vandaag echt aan het grondwerk met Midnight gaan beginnen. In de roundpen!'

'Dat is een grote stap,' antwoordde Danny, terwijl hij zich bij hen aan het hek voegde. Hij gaf de doos aan Zoe. 'Dacht dat jullie wel wat brandstof konden gebruiken voor de grote gelegenheid.'

Zoe opende het deksel, en de zoete geur van bananenbrood steeg op. 'Je hebt mijn bananenbrood meegenomen! Perfecte timing, ik dacht net dat we misschien even ochtendthee moesten doen voor we aan het werk gaan.'

'Het beste bananenbrood van Queensland,' zei Danny met een snelle knipoog. 'Misschien wel van heel Australië. Moest het wel komen delen voor ik het allemaal zelf opat.'

Lucy's aandacht was al terug bij Midnight. 'Zoe zegt dat ik op alles moet letten: hoe hij staat en beweegt. Het is alsof hij met zijn lichaam praat.'

'Precies,' knikte Zoe, terwijl ze Lucy een plak bananenbrood aanreikte. 'Paarden communiceren voortdurend, als we maar leren luisteren. Zie je hoe zijn oren heen en weer flickeren? Hij volgt ons, maar hij is ontspannen genoeg om door te grazen.'

Danny hief zijn camera opnieuw en legde Lucy's geconcentreerde blik vast terwijl ze de pony bestudeerde. 'Wat zie je nog meer, Luce?'

'Zijn staart zwiept niet meer zoals eerst als hij nerveus was,' merkte Lucy op, pratend met haar mond halfvol bananenbrood. 'En zijn hals is niet meer zo stijf en hoog.'

'Goede observaties,' prees Zoe. 'Die lagere hals betekent dat hij zich veilig voelt. Als we de roundpen ingaan, letten we op dezelfde signalen om te weten wanneer hij zich prettig voelt.'

Danny maakte nog een foto en pakte zelf een stuk bananenbrood. Met z'n drieën stonden ze gemoedelijk bij het hek, deelden de traktatie en keken naar Midnight. Deze momenten waren Danny dierbaar geworden: de vanzelfsprekende intimiteit van gedeeld doel en genegenheid.

'Dus wat is grondwerk precies?' vroeg hij, terwijl hij zijn camera richtte op Midnights sierlijke bewegingen.

'Het is alles wat we met een paard doen vóór we erop gaan zitten,' legde Zoe uit, haar stem aannemend die zachte ondertoon van de docent waar hij zo van was gaan houden. 'Het bouwt vertrouwen op, legt communicatie vast en vormt de basis voor het rijden. Voor een paard als Midnight, dat trauma heeft meegemaakt, is het essentieel.'

Lucy knikte serieus. 'We gaan hem leren dat mensen veilig zijn, en dat ik zijn vriendin ben.'

'Het belangrijkste om te onthouden,' ging Zoe verder, terwijl ze Lucy veelbetekenend aankeek, 'is geduld en consistentie. Paarden vinden veiligheid in voorspelbaarheid. Duidelijke signalen, consequente reacties.'

'Net als mensen,' mompelde Danny, en ving Zoe's begripvolle glimlach.

Toen ze het bananenbrood op hadden, keek Zoe op haar horloge. 'Klaar om het te proberen, Lucy? We moeten beginnen voor het te heet wordt.'

Lucy knikte gretig en ze liepen naar het hek. Danny keek toe terwijl Zoe voordeed hoe je Midnight moest benaderen: kalm en doelgericht. De pony hief zijn hoofd, oren naar voren gericht, maar bleef staan terwijl Zoe zijn halster en halstertouw omdeed.

De wandeling naar de roundpen gebeurde met zorgvuldige aandacht voor Midnights comfort. Lucy bleef aan Zoe's zijde, paste zich aan haar rustige energie aan, terwijl Danny op respectvolle afstand volgde, camera paraat. Hij verbaasde zich erover hoe natuurlijk zijn dochter Zoe's zachtaardige, methodische benadering van paarden had overgenomen.

Bij de roundpen klikte Zoe het halstertouw los en stapte achteruit, zodat Midnight vrij kon bewegen binnen de cirkelvormige omheining. Ze leidde Lucy naar het midden en zette haar zorgvuldig neer.

'Nu wachten we,' legde Zoe uit, haar stem reikte tot waar Danny aan de omheining stond. 'Laat hem wennen aan de ruimte en aan onze aanwezigheid.'

Midnight begon nerveus in draf langs de rand te gaan, hoofd hoog, neusgaten wijd. Lucy stond roerloos naast Zoe, haar kleine gezicht in een uitdrukking van geduld die Danny zes maanden geleden niet voor mogelijk had gehouden.

'Hij maakt zich zorgen,' fluisterde Lucy.

'Dat doet hij,' beaamde Zoe. 'Maar let op: hij raakt niet in paniek. Hij checkt, hij denkt na. Dat is goed.'

Danny hief zijn camera en legde het contrast vast tussen de rondgaande pony en de onbeweeglijke figuren in het midden. De zon brandde genadeloos, maar noch Zoe noch Lucy gaf enig teken van ongemak of ongeduld.

Na enkele minuten zakte Midnights draf terug naar stap. Zijn hoofd kwam iets lager, al bleef hij cirkelen.

'Uitstekend,' zei Zoe zacht. 'Nu, Lucy, draai je lichaam een beetje van hem af. Kijk hem niet recht aan, dat kan als druk voelen.'

Lucy volgde de instructie precies op en zette haar lichaam schuin, alsof de paal links van haar ineens buitengewoon interessant was.

'Perfect. Kijk nu uit je ooghoek. Als hij vertraagt of een oor naar je draait, is dat het teken dat hij op jou begint te letten.'

Danny was zo verdiept in het stille drama dat zich voor hem ontvouwde, dat hij bijna opschrok toen er naast hem een stem klonk.

'Zij heeft er aanleg voor,' zei Pip, die geruisloos was komen aanlopen. Ze leunde op de omheining en nam de scène met een deskundig oog op. 'Zoe heeft een echt talent, maar ik denk serieus dat Lucy het ook in zich heeft.'

In de roundpen had Midnight zijn cirkels vertraagd en keek hij af en toe naar Lucy en Zoe. Zoe fluisterde iets tegen Lucy, die knikte, een klein stapje in de richting van de pony zette en toen weer stil bleef staan.

'Ze biedt verbinding aan,' legde Pip zachtjes aan Danny uit. 'Ze nodigt hem uit om te overwegen naar haar toe te komen, in plaats van het te forceren.'

'Duurt het altijd zo lang?' vroeg Danny, die merkte dat er al bijna twintig minuten verstreken waren met schijnbaar weinig vooruitgang.

Pip grinnikte. 'Dat is precies het soort ongeduld dat goede rijkunst om zeep helpt. Dit is juist snel, gezien zijn verleden.'

Binnen in de roundpen was Midnight gestopt met cirkelen. Hij stond tegenover Lucy en Zoe, oren naar voren, alsof hij hen overwoog. Zoe mompelde instructies aan Lucy, die langzaam in haar zak greep en haar hand uitstak, handpalm vlak met iets kleins erop.

'Een dropje,' fluisterde Pip. 'Een beloning voor zijn aandacht.'

Danny hief zijn camera opnieuw, gefascineerd door het samenspel. Hij legde het moment vast waarop Midnight aarzelend één stap naar Lucy zette, toen nog één, aangetrokken door nieuwsgierigheid en het aangeboden snoepje.

De volgende minuten voltrokken zich met verfijnde traagheid, elk ogenblik een delicate onderhandeling van vertrouwen. Lucy bleef opmerkelijk stil terwijl Midnight dichterbij kwam, het snoepje met fluwelige lippen aannam en weer terugweek. Zoe leidde haar door het opnieuw aanbieden van een traktatie en vervolgens het zachtjes uitsteken van haar hand om zijn hals te aanraken zodra hij dichtbij genoeg kwam.

Danny voelde zich bevoorrecht om deze zorgvuldige dans te zien, deze heropbouw van vertrouwen tussen een getraumatiseerd dier en een geduldig kind. Hij hield zijn adem in toen Midnight Lucy uiteindelijk toestond om enkele seconden over zijn hals te strelen voordat hij weer een stap opzij deed.

'Kijk naar zijn uitdrukking,' fluisterde Pip met eerbied in haar stem. 'Dat is een doorbraak.'

Midnight stond een paar passen van Lucy af, zijn hoofd laag, ogen zacht. Hij blies een lange zucht door zijn neusgaten, een geluid waarin jaren aan spanning leken weg te vloeien.

Lucy's gezicht veranderde in stille triomf, haar glimlach zo stralend dat Danny's hart er bijna van stilviel. Hij legde het moment vast met zijn camera, instinctief wetend dat dit er een was om voor altijd te koesteren: zijn dochter die haar kracht vond in zachtheid, geleid door de vrouw die zo belangrijk voor hen beiden was geworden.

Een week later leunde Danny tegen de staldeur en keek toe hoe Lucy voorzichtig Midnights glanzend zwarte manen doorkamde. De pony stond rustig, met één achterbeen op rust, en draaide af en toe zijn hoofd om met zijn neus te nuzzelen tegen Lucy's zak, waar ze een kleine voorraad wortelstukjes bewaarde als beloning. Zoe bewoog zich langs de andere zijde van de pony, haar handen gleden over zijn spieren in wat zij had uitgelegd als een Masterson Method-techniek om spanning los te laten.

'Zie je hoe zijn oog knippert en zijn lip trilt?' demonstreerde Zoe, haar vingers raakten nauwelijks een punt op Midnights schouder. 'Dat is een release-reactie. Zijn lichaam laat oude patronen van spanning los.'

Lucy knikte plechtig en keek met volledige focus toe. 'Zoals wanneer mensen een massage krijgen en hun spieren helemaal slap worden?'

'Precies zo,' glimlachte Zoe. 'Paarden dragen emotionele herinneringen in hun lichaam, net als wij. Dit helpt ze om oud trauma los te laten.'

Deze subtiele interacties fascineerden Danny: de taal van aanraking en reactie die Zoe zo vloeiend las en die ze Lucy leerde begrijpen. Hij verbaasde zich erover hoe zijn dochter was veranderd van een kind dat nauwelijks sprak in iemand die bedachtzame vragen stelde en met scherpe aandacht observeerde.

'Pap, kijk!' riep Lucy uit toen Midnight zijn hoofd liet zakken en zijn neus zachtjes tegen haar borst drukte, een teken van genegenheid van een paard. 'Hij geeft me een knuffel!'

Danny klikte een foto, zijn borst strak van ontroering. 'Dat doet hij zeker, Luce. Je hebt zijn vertrouwen verdiend.'

Zoe ving Danny's blik over Midnights rug, haar glimlach zacht van gedeelde trots. Deze momenten van verbinding waren tussen hen steeds vaker voorgekomen, kleine bruggetjes van begrip die geen woorden nodig hadden.

De week erop waren ze weer in de roundpen; de ochtendlucht warmde al op ondanks het vroege uur. Pip zat op Midnight, de oren van de pony flickerden heen en weer terwijl hij aan het ongekende gewicht wende. Zoe stond bij zijn hoofd en sprak zacht, terwijl Lucy naast Danny bij het hek toekeek.

'Pip is zo klein, ze is perfect voor zijn eerste ritten,' legde Zoe uit. 'Minder gewicht, en ze heeft ongelooflijk stille handen.'

Danny merkte hoe stil Pip zat, nauwelijks bewegend terwijl Midnight behoedzame passen zette. Haar gezicht droeg een uitdrukking van rustige concentratie, haar kleine handen hielden de teugels met een zachte aanraking.

'Stap aan,' mompelde Pip, terwijl ze de lichtste druk met haar benen gaf. Midnight kwam voorwaarts en cirkelde met bedachtzame passen door de roundpen. 'Brave jongen. Dat is prachtig.'

Na enkele rondjes vroeg Pip om halthouden, daarna om een verandering van richting. Midnight reageerde op elk verzoek met groeiend zelfvertrouwen, zijn aanvankelijke spanning zichtbaar wegsmeltend.

'Hij is een slimme,' merkte Pip op terwijl ze hem door een soepele overgang van stap naar draf leidde. 'Hij pikt het snel op.'

Lucy straalde bij de lof voor haar favoriet, haar gezicht glom van trots. 'Wanneer mag ik op hem rijden?'

'Laten we hem eerst een paar weken basiswerk met Pip geven,' antwoordde Zoe. 'We willen dat hij stevig in de basis zit voordat jij opstapt.'

Danny knikte en waardeerde de voorzichtigheid. Ondanks Midnights opmerkelijke vooruitgang stond de herinnering aan die eerste doodsbange pony hem nog helder voor de geest. Geduld had hen tot hier gebracht; geduld zou hen verder helpen.

Een paar dagen later had Lucy haar vaste les op Sparky in de binnenbak. Danny zat op een bankje aan de rand, met manuscriptpagina's naast zich uitgespreid, terwijl Ben Crossley in de buurt op en neer liep en met zijn handen gebaarde terwijl hij sprak.

'Het tempo in hoofdstuk drie is precies goed,' zei Ben, zijn lengte liet zijn schaduw dramatisch over het zand vallen. 'Je laat de spanning perfect oplopen naar de vondst van het bewijs. Ik voelde de onderzoekende vaart erin.'

'Dank je,' antwoordde Danny, oprecht blij met de feedback van de succesvolle misdaadauteur. 'Ik was bang dat het in het middendeel zou gaan slepen.'

'Helemaal niet. De technische details zouden droog kunnen zijn, maar jij hebt ze verlevendigd.' Ben pauzeerde en keek toe hoe Lucy Sparky door een serie groter-wordende en kleiner-wordende spiralen stuurde, haar houding duidelijk verbeterd ten opzichte van eerdere lessen. 'Zij wordt goed.'

'Dat wordt ze,' beaamde Danny, de trots niet uit zijn stem kunnend houden. 'Ongelofelijk dat haar allereerste rit nog maar een paar maanden geleden was.'

Ben gaf hem een veelbetekenende blik. 'En hoe vordert die andere relatie?'

Danny voelde warmte naar zijn gezicht stijgen die niets met de Queenslandse zomer te maken had. 'Dat... gaat ook goed.'

'Dacht ik al,' zei Ben met een grijns. 'Je hebt die blik. Die zegt dat je iets hebt gevonden om aan vast te houden.'

Voordat Danny kon reageren, klonk Pips stem uit de bak. 'Uitstekend werk, Lucy! Veel betere balans door die yield!'

Danny richtte zijn aandacht weer op zijn dochter en keek toe hoe ze diep in het zadel bleef zitten tijdens Sparky's draf, haar handen stil, haar gezicht geconcentreerd.

'Zij heeft er aanleg voor,' merkte Ben op. 'Alsof ze hier altijd al hoorde.'

De dag van Lucy's eerste rit op Midnight brak aan met alle verwachting van een belangrijke mijlpaal. Danny ijsbeerde langs de rand van de bak en keek herhaaldelijk op zijn horloge terwijl Zoe Lucy's cap en bodyprotector controleerde.

'Denk eraan: vandaag alleen een korte stap,' instrueerde Zoe. 'Houd je teugels even lang en als je je ook maar een beetje onzeker voelt, zeg je gewoon "ho" en we stoppen meteen.'

Lucy knikte, haar gezicht ernstig en gefocust. Pip stond bij Midnights hoofd, met een leadrope aan zijn hoofdstel vast als extra voorzorg. De pony stond rustig, ogenschijnlijk ongestoord door alle voorbereidingen om hem heen.

Danny dwong zichzelf te stoppen met ijsberen, beseffend dat zijn nerveuze energie kon overslaan op zowel paard als ruiter. Hij haalde een paar keer diep adem en herinnerde zichzelf aan alle zorgvuldige stappen die tot dit moment hadden geleid: de weken grondwerk, Pips succesvolle trainingsritten, Zoe's deskundige begeleiding.

Toch, toen Pip Lucy een beentje gaf en zijn dochter in het zadel op Midnights rug ging zitten, schoot Danny's hart in zijn keel. Lucy leek zo kwetsbaar, ondanks de veiligheidsuitrusting en het toezicht.

'Ontspan je, pap,' riep Lucy, die zijn gezicht met griezelige nauwkeurigheid las. 'Midnight is mijn vriend. Hij zal voor me zorgen.'

De eenvoudige zekerheid in haar stem stelde hem gerust. Dit was Lucy's moment, niet het zijne om te verstoren met ouderlijke zenuwen. Hij knikte, perste er een glimlach uit en hief zijn camera, ook om de resterende zorg in zijn ogen te verbergen.

Pip haalde de leadrope los maar bleef dichtbij terwijl Lucy haar teugels oppakte. Zoe posteerde zich aan Midnights andere kant, haar hand rustte licht op Lucy's been.

'Vraag hem aan te stappen,' instrueerde Zoe. 'Een vriendelijke, zachte kneep met beide benen.'

Lucy gaf de hulp en Midnight stapte gewillig aan. Danny keek toe, zijn adem ingehouden, terwijl zijn dochter de pony in een rustige stap rond de bak leidde. Haar kleine handen hielden de teugels stabiel, haar houding was ontspannen en toch recht. Midnights oren flickten af en toe naar achteren om naar haar te luisteren terwijl ze hem geruststellend toesprak; zijn passen waren gelijkmatig en kalm.

Het contrast tussen Lucy's stille zelfvertrouwen en Danny's aanhoudende bezorgdheid trof hem onverbiddelijk. Wanneer was zijn dochter zó capabel, zó moedig geworden? Ze had altijd pit gehad, maar deze geduldige vastberadenheid was nieuw—iets dat gesmeed was in haar band met de paarden en met Zoe.

Na twee voorzichtige rondes door de bak en een kort stukje draf stelde Zoe voor om op een positieve noot te eindigen. Lucy bracht Midnight tot een perfecte halt in het midden, wreef met zichtbare genegenheid over zijn hals voordat Pip haar hielp afstijgen.

'Goed gedaan, jullie allebei,' prees Zoe, haar glimlach breed en oprecht trots. 'Een perfecte eerste rit.'

Lucy's gezicht straalde van voldoening terwijl ze Midnights hals omhelsde. 'We hebben het gedaan,' fluisterde ze tegen de pony. 'Precies zoals ik wist dat we zouden doen.'

De laatste fase van de voorbereiding kwam enkele weken later, toen Jemima en Charlotte zich na schooltijd bij Lucy voegden. Danny trof de drie meisjes aan in het gangpad van de stal; Midnight stond geduldig terwijl ze met felle concentratie aan zijn uiterlijk werkten.

Danny leunde tegen de staldeur en keek met stille tevredenheid toe. Het gesprek kabbelde tussen de meisjes met het vanzelfsprekende ritme van vriendschap, afgewisseld met gelach en serieuze besprekingen over strategie in de showring.

'Nu zijn hoeven,' kondigde Charlotte aan, terwijl ze een klein flesje olie tevoorschijn haalde. 'Je wilt dat ze glanzen als je de ring binnenrijdt.'

'Wij gaan winnen op de show,' verklaarde Lucy, terwijl ze een stap achteruit deed om hun werk te bewonderen. 'Toch, Midnight?'

De pony hinnikte zachtjes, alsof hij het met haar eens was, en Danny betrapte zichzelf erop dat hij het ook geloofde. Ze hadden al iets gewonnen dat veel waardevoller was dan welk lint dan ook—iets dat niet te meten of te jureren viel, maar dat voelbaar was in elke interactie tussen zijn dochter en de ooit gebroken pony die had geholpen haar hart te helen.

Hoofdstuk Zeventien

HET TERREIN VAN DE Ridgemont Agricultural Show gonste van activiteit onder de stralende maartlucht. Danny laveerde tussen paardentrailers en geparkeerde auto's door, cameratas over één schouder, het wedstrijdprogramma stevig in zijn hand geklemd. Overal om hen heen leidden deelnemers in formele rijkleding glanzende paarden naar en van de losrijterreinen, terwijl juryleden met, klembords met doelgerichte passen tussen de ringen door liepen. De lucht rook naar stof, paard, suikerspin van de kermisattracties verderop en de onmiskenbare geur van foodtrucks die hun grills opstookten voor de dag die voor hen lag. Danny keek voor de derde keer in evenzovele minuten op zijn horloge, terwijl er ondanks de feestelijke sfeer een knoop van zenuwen in zijn buik samenkroop.

'Ring Drie voor de Arabierkruisingen begint pas om negen,' herinnerde Zoe hem zacht, terwijl ze met een thermosfles aan zijn zij verscheen. 'Koffie? Sarah heeft 'm zo sterk gezet dat je er een lepel rechtop in kunt zetten.'

Danny nam dankbaar aan; de vertrouwde nabijheid van Zoe temperde zijn spanning een beetje. 'Waar is Lucy?'

'Bij Pip en de andere meiden, bij de trailers van Ridgewater. Midnight gedraagt zich als een echte gentleman, maak je geen zorgen.'

Ze baanden zich een weg door de menigte naar de plek waar de McKenzies hun uitvalsbasis voor de dag hadden ingericht. De Ridgewater-trailers waren gemakkelijk te spotten, versierd met het bekende logo en omringd door een verzameling paarden en pony's in uiteenlopende stadia van voorbereiding. Lucy stond naast Midnight, gekleed in haar nieuwe wedstrijdrijbroek en een kraakwit overhemd, terwijl Pip de laatste aanpassingen aan het hoofdstel van de pony deed.

'Ziet er goed uit, Team Midnight,' riep Danny.

Lucy draaide zich om, haar gezicht stralend van opwinding in plaats van de zenuwen die hij had verwacht. 'Pap! Is Midnight niet prachtig?'

De transformatie van de ooit doodsbange rescuepony was inderdaad opmerkelijk. Midnights zwarte vacht glansde in de zon als gepolijst onyx, zijn manen en staart golfden als zwarte zijde, zijn ogen waren kalm en aandachtig. Niets herinnerde nog aan het magere, wildogige dier dat Zoe uit pure doodsangst had aangevallen toen hij bij Ridgewater aankwam.

'Je krijgt stevige concurrentie,' waarschuwde Pip, terwijl ze knikte naar een groep aan de overkant. 'Vooral het meisje van Thornley met die schimmel. Dat is Snowflake, die ze kochten nadat hij vorig jaar op de Sydney Easter Show elke rubriek won waarin hij startte.'

Danny volgde haar blik naar een meisje van een jaar of twaalf dat naast een prachtige witte pony stond. In tegenstelling tot Lucy's verwachtingsvolle spanning droeg dit meisje een uitdrukking van verveelde superioriteit.

'Ze zien er erg... gelikt uit,' merkte Danny op, terwijl hij het dure harnachement en de smetteloze outfit van het meisje bekeek.

'Gekocht succes,' zei Pip zacht. 'Die pony kostte meer dan de auto van de meeste mensen, en hij is getraind om als een robot te presteren. Technisch perfect, maar zonder hart.' Ze grijnsde plotseling. 'En daarom denk ik dat onze Lucy vandaag iedereen wel eens zou kunnen verrassen.'

Zoe streek Lucy's kraag recht en deed toen een stap terug om het geheel te bewonderen. 'Denk aan wat we geoefend hebben,' zei ze. 'Ga rechtop staan, glimlach naar de jury als je binnenkomt, en laat Midnight zichzelf laten zien. Hij weet nu wat hij moet doen.'

'Ik weet het nog,' knikte Lucy plechtig. 'En als hij nerveus wordt, adem ik gewoon langzaam en diep, zodat hij voelt dat ik rustig ben.'

Danny voelde een golf van trots bij de zelfbeheersing van zijn dochter. Zes maanden geleden zou ze zich nog achter zijn benen hebben verstopt bij het idee alleen al om een wedstrijdring in te stappen en beoordeeld te worden. Nu stond ze rechtop, gefocust en klaar.

'Deelnemers voor rubriek 3A, graag naar de verzamelring,' klonk er uit de luidspreker.

'Dat zijn wij,' zei Lucy, terwijl ze de halstertouw van Pip aannam.

Danny zette instinctief een stap naar voren, maar Zoe's hand op zijn arm hield hem tegen. 'Dit moet ze zelf doen,' zei Zoe zacht. 'Wij kijken vanaf het hek.'

Ze vonden een plekje langs het ringhek terwijl Lucy en de andere deelnemers de arena binnenliepen, elk met een pony aan de hand. Danny's hart bonsde toen hij zijn dochter zelfverzekerd naast Midnight zag lopen, haar kleine gestalte recht en beheerst. De jury, een streng ogende vrouw in een tweed jasje, stond in het midden van de ring,, klembord in de hand.

'Laat de pony's langs de buitenkant stappen, alsjeblieft,' instrueerde ze. 'Stel daarna op in het midden, met het gezicht naar mij.'

Lucy zette Midnight in een perfecte stap, waarbij ze precies de afstand hield tot de pony voor haar die Zoe haar had geleerd. Midnights pas was gelijkmatig en ontspannen, zijn elegante hals gebogen, het hoofd precies op de juiste hoogte gedragen om zijn exterieur te laten zien.

'Ze lijkt wel alsof ze dit al haar hele leven doet,' mompelde Danny, terwijl hij zijn camera hief om het moment vast te leggen.

'Aangeboren talent,' beaamde Pip, die zich bij hen aan het hek voegde. 'Allebei.'

Terwijl de deelnemers opstelden, zag Danny hoe het Thornley-meisje haar witte pony zó manoeuvreerde dat die direct naast Lucy kwam te staan; ze wierp Lucy een harde blik toe voor ze haar aandacht weer op de jury richtte. Als Lucy de poging tot intimidatie al opmerkte, gaf ze geen krimp en concentreerde ze zich volledig op het netjes neerzetten van Midnight.

De jury liep langs de rij en bekeek elke pony op zijn beurt, waarbij ze de voorbrengers vroeg hun dieren van haar weg en weer terug te laten stappen of draven om het bewegingsmechanisme goed te kunnen beoordelen. Toen ze bij Lucy kwam, leek ze extra tijd te nemen om Midnight te bestuderen; ze liep om hem heen met een waarderende blik.

'Zet hem vierkant neer, alsjeblieft,' verzocht ze.

Lucy positioneerde Midnights benen zachtjes, en de pony werkte perfect mee; hij stond roerloos terwijl de jury zijn exterieur van alle kanten bekeek. Danny zag haar wenkbrauwen een fractie omhooggaan, gevolgd door een goedkeurend knikje terwijl ze aantekeningen maakte op haar klembord.

'Laat hem van mij weg stappen en in draf terugkomen, alsjeblieft,' instrueerde ze.

Lucy voldeed met opmerkelijke kalmte; ze leidde Midnight in een rechte lijn van de jury weg, draaide en zette hem aan tot een nette draf terug. De beweging van de pony was vloeiend en in balans, het hoofd trots gedragen, de staart met die kenmerkende Arabische dracht iets geheven.

Na de laatste deelnemers te hebben bekeken, keerde de jury terug naar het midden van de ring. 'Ik heb een beslissing genomen,' kondigde ze aan. 'Zouden alle voorbrengers hun pony's nog één keer rond de ring willen laten lopen, dan roep ik de klasseringen om.'

De spanning langs het hek was tastbaar terwijl de jonge voorbrengers hun laatste rondje voltooiden. Danny hield zijn adem in toen de jury de klasseringen begon om te roepen, beginnend bij de zesde plaats. Het Thornley-meisje met haar dure Snowflake werd als tweede binnen geroepen; haar gezicht betrok onweerachtig toen ze zich opstelde met de anderen die naar voren waren gehaald.

'En op de eerste plaats,' verklaarde de jury ten slotte, 'nummer 7, Ridgewater Midnight, voorgebracht door Lucy Wareham. Een uitstekend voorbeeld van correcte presentatie en voorbrengen, met een pony die opmerkelijke kwaliteit en uitstraling toont.'

Danny hoorde zichzelf al juichen van plezier voordat hij zich kon beheersen, en hij voegde zich bij het enthousiaste applaus van de Ridgewater-aanhang. Lucy's gezicht bloeide open van verrassing en vreugde terwijl ze Midnight naar voren leidde om het blauwe lint in ontvangst te nemen. Naast haar trok het gezicht van het Thornley-meisje in een donkere frons; haar pony was vergeten terwijl ze Lucy's triomf aanstaarde.

'Ik wist het,' fluisterde Pip fel. 'Ik wist dat ze in hem zouden zien wat wij zien.'

Na de prijsuitreiking leidde Lucy Midnight de ring uit, bijna zwevend van geluk. 'Pap! Zoe! Hebben jullie het gezien? We hebben gewonnen!'

'We hebben het gezien,' zei Danny, terwijl hij door zijn knieën zakte om haar te omhelzen zodra ze Midnights halstertouw aan Pip had gegeven. 'Je was absoluut fantastisch, Luce.'

'Zo beheerst,' voegde Zoe toe, met ogen die verdacht glansden. 'Als een professionele voorbrenger. Ik ben zo trots op jullie allebei.'

Ze hadden nauwelijks tijd om te vieren voordat het tijd was om zich klaar te maken voor de rijrubriek. Pip hielp Lucy met opzadelen en opstappen, stelde haar beugels bij, terwijl Zoe de laatste aanwijzingen gaf.

'Onthoud, dit is lastiger dan aan de hand. Sommige van deze ruiters showen al jaren. Focus gewoon op Midnight rijden zoals je geoefend hebt. Duidelijke overgangen, gelijkmatig tempo.'

Danny ijsbeerde nerveus terwijl Lucy losreed; hij kreeg de zenuwen niet de baas bij het zien van zijn dochter in haar eerste rijrubriek. Midnight leek rustig onder haar, reageerde gewillig op haar stille hulpen, maar Danny's verbeelding toverde alle mogelijke rampscenario's tevoorschijn, van plots schrikken tot gemiste hulpen.

'Ze redt zich prima,' verzekerde Zoe hem, terwijl ze haar arm in de zijne haakte om zijn ijsberen te stoppen. 'Hou op de grond een geul te lopen.'

Toen de rubriek werd binnen geroepen, merkte Danny dat hij zijn adem inhield terwijl Lucy Midnight de ring in reed, samen met nog zes jonge ruiters. Zijn hart sloeg in zijn keel toen de jury hen opdroeg in beide richtingen te stappen, te draven en te galopperen rond de ring.

Lucy's gezicht was één en al concentratie, haar kleine handen stabiel aan de teugels terwijl ze Midnight door elke overgang leidde. De pony bewoog met elegante gratie, zijn ritme constant, zijn reacties vlot maar ontspannen. Danny

keek met een mengeling van doodsangst en trots toe terwijl
zijn dochter rond de ring galoppeerde, haar zit zeker, haar
zelfvertrouwen zichtbaar in elke beweging.

'Kijk dan,' mompelde Pip naast hem. 'Lucy rijdt alsof
ze in het zadel geboren is, Danny. Eerlijk, haar zit is bijna
zo goed als die van Jemima, en zij is praktisch in het zadel
geboren!'

Daarna liet de jury individuele oefeningen zien, waarbij
elke ruiter om de beurt een eenvoudig patroon van
overgangen en voltes moest demonstreren. Toen Lucy aan
de beurt was, stuurde ze Midnight zorgvuldig door het
patroon, haar kleine gezichtje één en al concentratie; ze
sloot af met een perfecte vierkante halthouding voor de
jury, die een klein, goedkeurend knikje gaf.

Na wat een eeuwigheid leek, riep de jury de ruiters
naar het midden. Danny klemde zijn handen om het hek,
zijn knokkels wit van spanning, terwijl de klasseringen
werden omgeroepen. Toen Lucy en Midnight opnieuw
op de eerste plaats eindigden, barstte de Ridgewater-ploeg
uit in gejuich. Pip floot hard tussen haar vingers door,
Jakes diepe stem bulderde van de felicitaties en Sarah
applaudisseerde met ongekend uitbundige overgave.

Lucy's gezicht terwijl ze haar tweede blauwe lint
aannam, was pure vreugde; haar glimlach was zo breed dat
hij haar gezicht bijna in tweeën trok. Het Thornley-meisje,
dat dit keer derde was geworden, wierp haar nog een giftige
blik toe voordat ze haar witte pony abrupt de ring uit
liet draven, zonder mee te doen aan het ererondje, tot
zichtbare ergernis van de jury.

'Slechte verliezer,' merkte Pip grijnzend op. 'Maar wat
kan het schelen, ons meisje heeft de dag gedomineerd!'

Toen Lucy de ring verliet, werd ze omringd door
welwillenden van Ridgewater; ze nam de felicitaties aan
met een verlegen glimlach die Danny eraan herinnerde
dat ze, ondanks haar herwonnen zelfvertrouwen, nog
steeds zijn kleine meisje was. Jemima en Charlotte schoten

naar haar toe en bekeken haar linten met opgewonden gekwetter, terwijl Emma tientallen foto's maakte met haar telefoon.

'Het lijkt erop dat we iets te vieren hebben,' verklaarde Sarah. 'Ik heb een picknickmand mee, en ik vind dat dit om limonade voor iedereen vraagt.'

Ze verzamelden zich in de schaduw van een grote eucalyptusboom en spreidden kleedjes op de grond voor een spontane overwinningspicknick. Lucy zat in het midden, Midnights linten trots over haar schoot gedrapeerd, terwijl ze elk moment van beide rubrieken in gejaagde details navertelde. De pony zelf graasde tevreden in de buurt, genietend van een welverdiende rust met zijn hoofdstel vervangen door een comfortabel halster.

Danny bevond zich naast Zoe aan de rand van de groep, en keek met een vol hart naar het tafereel. 'Ik kan het amper geloven,' zei hij zacht. 'Eigenlijk niks ervan. Die doodsbange pony die een showkampioen wordt. Mijn teruggetrokken kleine meisje dat uitgroeit tot deze zelfverzekerde jonge ruiter. Het is net een sprookje.'

'Geen sprookje,' corrigeerde Zoe, terwijl haar hand de zijne zocht. 'Gewoon wat er gebeurt als je liefde, geduld en de juiste omgeving geeft aan iemand die beschadigd is. Of ze nu vier benen hebben of twee.'

Danny keek naar hun verstrengelde vingers en vervolgens naar Lucy, omringd door vrienden; Charlotte en Jemima bewonderden oprecht haar linten, ondanks de tientallen die ze samen ongetwijfeld al hadden gewonnen.

'Dank je,' zei hij eenvoudig; de woorden deden geen recht aan de diepte van zijn gevoel.

Zoe kneep in zijn hand. 'Waarvoor?'

'Omdat je haar hebt geholpen zichzelf te vinden. Omdat je mij hebt geholpen de vader te worden die ze nodig heeft.' Hij aarzelde even, en verzamelde moed. 'Omdat je onderdeel bent geworden van ons gezin.'

Zoe's ogen ontmoetten de zijne, warm van begrip en nog iets diepers. 'Ik denk dat wij elkaar hebben gevonden, wij drieën.'

Lucy keek op en zag hen hand in hand staan. Haar glimlach werd nog breder terwijl ze triomfantelijk met haar linten zwaaide. Op dat moment, met Zoe's hand in de zijne, wist Danny dat ze iets veel kostbaarders hadden gewonnen dan welke wedstrijd dan ook. Ze hadden hun weg naar huis gevonden, naar elkaar, naar het gezin dat ze hadden moeten zijn.

Lucy streek over Midnights hals, haar linten nog steeds stevig in haar hand geklemd, terwijl ze wachtten tot Charlotte's rubriek zou beginnen. Zoe keek op haar horloge en vroeg zich af hoelang Danny nog over de ijsjes zou doen, toen boze stemmen door het geroezemoes van het showterrein sneden en met elke seconde dichterbij kwamen.

'Ik zeg je, dat is hem! Dat is Ebony!'

Zoe draaide zich naar het tumult en stapte instinctief dichter naar Lucy en Midnight toe. Een goedgekleed stel baande zich een weg door de kluwen toeschouwers bij het losrijterrein, met een meisje achter hen aan. De vrouw droeg dure rijkleding, hoewel ze duidelijk niet meedeed; haar gehighlighte blonde haar strak in een paardenstaart getrokken. De man naast haar, in gestreken chino's en een poloshirt, had de zelfgenoegzame blik van iemand die niet gewend is iets geweigerd te worden.

Maar het was het meisje dat Zoe's aandacht het scherpst trok. Een jaar of twaalf, dertien misschien, in een designrijbroek, lange Italiaanse leren laarzen en een op maat gemaakt showjasje dat waarschijnlijk meer kostte dan Zoe's maandinkomen; een showjasje dat Zoe zojuist nog had gezien bij de ruiter op de witte pony die Lucy en Midnight twee keer hadden verslagen. Haar gezicht stond in kinderlijk, nukkig vuur.

'Dat is mijn pony!' riep het meisje uit, terwijl ze recht op Midnight wees. Haar stem droeg over het hele terrein, waardoor verschillende deelnemers in de buurt zich omdraaiden. 'Dat is Ebony!'

Naast Zoe verstijfde Lucy; haar hand klemde zich vaster om Midnights leadrope. De pony voelde de spanning meteen; zijn oren gingen even naar achteren en zijn lichaam verstrakte.

'Neem me niet kwalijk?' zei Zoe, haar stem opzettelijk kalm terwijl ze zich beschermend voor Lucy opstelde.

De man stapte naar voren, borst vooruit van verontwaardiging. 'Die pony is van onze dochter. We hebben overal naar hem gezocht!'

Zoe voelde een koude schok van besef door zich heen trekken. Deze mensen – dit overdreven opgedirkte, woedende gezin – moesten de voormalige eigenaren van Midnight zijn. Degene die hem hadden uitgehongerd en geslagen totdat de RSPCA had ingegrepen. Degene die verantwoordelijk waren voor de doodsangst in zijn ogen, angst die maanden van geduldige training had gekost om te overwinnen.

'Deze pony is wettig in beslag genomen door de RSPCA en verblijft in een pleeggezin bij Ridgewater Equestrian,' antwoordde Zoe, terwijl ze moeite deed haar stem gelijkmatig te houden. 'Zijn naam is Midnight.'

'Ebony,' verbeterde de vrouw scherp. 'En de RSPCA had geen recht om hem mee te nemen. Het was één groot misverstand. Onze stalhulp gaf hem niet goed te eten terwijl wij op vakantie waren.'

Lucy drukte zich tegen Zoe aan, haar gezichtje bleek van verwarring en opkomende angst. Midnight schoof nerveus achter hen heen en weer, gevoelig voor de vijandigheid die van de vreemden uitging.

'Misverstand?' herhaalde Zoe, ongeloof kleurde haar toon. 'Midnight was ernstig ondervoed toen hij werd overgedragen. Hij had onbehandelde wonden die pasten bij mishandeling.'

De man wuifde het weg. 'Overdreven verhalen. Onze dochter was net aan het leren hoe ze met hem moest omgaan. Ongelukjes gebeuren tijdens het trainen.'

'Ongelukjes? ' Zoe voelde haar woede oplaaien, maar vocht om haar zelfbeheersing te bewaren. Om hen heen begon een klein publiek samen te drommen, aangetrokken door de confrontatie.

Het meisje stampte plots naar voren en wees Lucy met een beschuldigende vinger aan.

'Dat is MIJN pony!' gilde ze, haar gezicht liep lelijk rood aan. 'Jullie hebben hem gestolen! Hij is VAN MIJ!'

Lucy kromp ineen alsof ze een klap had gekregen, haar ogen sperden zich wijd open van verwarring en pijn. Ze keek naar Zoe op, smekend om uitleg, om geruststelling.

'De RSPCA heeft onze pony illegaal meegenomen,' hield de vrouw vol, haar stem verhogend zodat het publiek haar versie van de feiten zou horen.

Het meisje stampte met haar voet, tranen van woede stroomden nu over haar gezicht. 'Het is niet EERLIJK!' jammerde ze, terwijl ze weer naar Lucy wees. 'Hoe kan het dat niemand mag winnen met MIJN pony? Ik wil hem NU terug!'

Lucy's gezicht vertrok bij die gemene woorden, tranen welden in haar ogen. Ze drukte zich tegen Midnights flank aan, alsof zij bescherming bij de pony zocht in plaats van hem te bieden. Midnight reageerde door zijn hoofd omlaag te brengen tot haar hoogte, maar zijn lichaam bleef gespannen, zijn ogen waakzaam terwijl hij de schreeuwende mensen in de gaten hield.

Genoeg, dacht Zoe. Dit stopt nu.

Ze ging volledig tussen Lucy en de familie in staan en richtte zich op tot haar volle lengte. De beschermingsdrang die in haar was opgelaaid, verhardde tot koele vastberadenheid.

'Deze pony is wettig in beslag genomen door de RSPCA na gedocumenteerde mishandeling,' verklaarde ze, haar stem klonk helder tot bij de omstanders. 'Hij gaat niet met je mee.'

De ogen van de vrouw knepen zich samen. 'Heb je enig idee wie wij zijn?'

'Mensen die een dier slecht hebben behandeld,' antwoordde Zoe zonder aarzelen. 'En die nu een kind intimideren op wat een feestelijke dag zou moeten zijn.'

'Je kunt niet zo tegen ons praten,' bulderde de man, zijn gezicht liep rood aan. 'We hebben 20.000 dollar voor die pony betaald!'

'En hem vervolgens bijna kapotgemaakt door verwaarlozing en mishandeling,' kaatste Zoe terug, haar accent werd hoorbaarder naarmate haar woede toenam. 'Geld geeft je niet het recht dieren pijn te doen.'

Om hen heen gonsde het van gefluister onder de toeschouwers. Zoe ving flarden van gesprekken op: 'Dat zijn de Thornleys... Van die zaak gehoord... Arm beest...'

Het meisje schoot plots vooruit en reikte naar Midnights halstertouw. 'Geef hem terug!'

Zoe blokkeerde haar beweging, stapte stevig tussenbeide terwijl Midnight met een schok zijn hoofd omhoog gooide van schrik, bijna het touw uit Lucy's hand trekkend.

'Waag het niet hem aan te raken,' waarschuwde Zoe, haar geduld verdampte. 'Lucy, blijf achter mij.'

Mrs Thornley greep de arm van haar dochter en trok haar terug, maar haar ogen bleven met ijzige woede op Zoe gericht. 'Dit is nog niet voorbij,' siste ze. 'Die pony is van Cassandra, en dat zullen we bewijzen.'

Zoe hield stand, zich pijnlijk bewust van Lucy die achter haar stond te trillen en van Midnights toenemende onrust.

Pip verscheen aan de rand van de menigte, overzag met één snelle blik de situatie. 'Wat is hier aan de hand?' vroeg

Pip, terwijl ze zich een weg naar voren baande om naast Zoe te gaan staan.

De man richtte zich op Pip, duidelijk zijn aanpak herkalibrerend voor een nieuw publiek, en liet zijn blik op het logo Pip's Perfect Ponies op haar poloshirt vallen. 'Deze mensen hebben de pony van onze dochter. Er is een misverstand dat we aan het oplossen zijn.'

Pips wenkbrauwen gingen een fractie omhoog. 'Heus? Want voor zover ik begrijp, is deze pony door de RSPCA in beslag genomen wegens ernstige verwaarlozing en mishandeling.'

De confrontatie had inmiddels zoveel aandacht getrokken dat er een flinke menigte om hen heen stond. Zoe voelde Lucy dichter tegen haar aandrukken, het meisje's schouders schokkend van stille tranen.

De vader keek om zich heen naar het publiek dat toekeek en leek het als een kans te zien; hij streek zijn dure overhemd glad en nam een toon aan die volgens Zoe vast gezaghebbend moest klinken.

'We gaan juridische stappen ondernemen,' kondigde hij aan, luid genoeg voor iedereen in de buurt. 'Die pony is onrechtmatig van ons terrein gehaald en wij hebben papieren die het eigendom bewijzen. Ik laat jou aanklagen voor diefstal.'

Zoe voelde even twijfel opflakkeren; hadden ze daadwerkelijk papierwerk dat de boel kon compliceren? Maar de RSPCA had Midnight al zes weken in bezit gehad voordat hij überhaupt naar Ridgewater kwam, en de Thornleys hadden sindsdien kennelijk geen enkele poging gedaan om hem terug te krijgen. Pas nu hij gerevalideerd was en in de ring prijzen won, wilden ze hem terug, dacht ze cynisch.

'Je kunt het proberen,' antwoordde ze beheerst. 'Want wij hebben alle documenten van de RSPCA, inclusief gedetailleerde medische rapporten over Midnights toestand toen hij in beslag werd genomen. Ik raad je aan jouw advocaat te raadplegen voordat je met dreigementen komt.'

De moeder stapte weer naar voren, haar stem zakte naar een dreigende ondertoon. 'Wij hebben connecties die jij je niet eens kunt voorstellen. Mijn neef werkt rechtstreeks met de Minister van Landbouw. Eén telefoontje en die pony staat morgen weer in de stal van onze dochter.'

'Connecties? ' herhaalde Zoe, niet in staat de minachting uit haar stem te houden. 'Zoals die van States-parlementslid Wilkins, voordat ze tot aftreden werd gedwongen wegens corruptie? Ridgewater is niet bang voor dat soort connecties.'

De ogen van de vrouw werden even wijder, en Zoe wist dat haar sneer doel trof. Het omkoopschandaal rond de omleiding had wekenlang de voorpagina's in Queensland beheerst.

Het meisje – Cassandra, had haar moeder haar genoemd – had geen belangstelling voor juridische dreigementen of politieke connecties. Haar driftbui escaleerde toen ze besefte dat ze niet meteen haar zin kreeg.

'Het is niet EERLIJK!' gilde ze opnieuw, haar stem klom naar een toonhoogte waardoor meerdere paarden in de buurt nerveus met hun hoofd schudden. 'Die niemand verdient MIJN pony niet! Ze kan niet eens goed rijden!'

Lucy kromp ineen bij elk gemeen woord, haar kleine hand trok het halstertouw van Midnight wit weg. De pony begon te trillen, zijn oren schoten heen en weer terwijl de spanning om hen heen opliep.

Er knapte iets in Zoe. De weken van zorgvuldig trainen met Midnight, Lucy's geduldige toewijding, de vreugde op het gezicht van het kind toen ze haar linten kreeg; alles botste frontaal op de verwende woede van deze mensen die zoveel leed hadden veroorzaakt en nu hun slachtoffer wilden terugnemen.

'Jullie kunnen je dreigementen stoppen waar de zon niet schijnt,' zei Zoe luid, haar stem trilde van woede. 'Deze pony blijft bij iemand die echt om hem geeft. Iemand die maanden heeft besteed aan het genezen van de schade die jullie hebben aangericht. Iemand die hem met respect en zachtheid behandelt, niet als een bezit dat je afranselt als leren even lastig is.'

Er ging een golf van gesmoorde reacties door de menigte. Het gezicht van de man betrok van woede, maar voor hij kon reageren, stapte Pip naar voren en posteerde zich pal voor hem.

'Ik denk dat het tijd is dat je doorloopt,' zei ze, haar kleine gestalte verborg de staalhardheid in haar stem. 'Tenzij je wilt dat ik de showcommissie vraag de beveiligingsbeelden van dit terrein te bekijken? Ik weet zeker dat ze graag zien wie hier jonge deelnemers lastigvalt.'

De vrouw aarzelde, haar ogen schoten naar de CCTV-camera's op de hoek van het paviljoen vlakbij. Zoe had ze niet eens opgemerkt, maar prees in stilte Pips alerte optreden.

'Dit is nog niet voorbij,' zei de vader, terwijl hij een vinger naar Zoe priemde. 'We nemen contact op via onze advocaat.'

Zoe wendde zich van hen af en richtte al haar aandacht op Lucy en Midnight. 'We gaan,' zei ze zacht. 'Nu meteen.'

Lucy knikte, tranen stroomden stil over haar wangen.

'Lucy, ik wil dat je Midnight rechtstreeks naar de paardentrailer leidt,' instrueerde Zoe, haar stem kalm houdend ondanks de woede die nog steeds door haar heen joeg. 'Loop normaal, niet rennen. Midnight heeft jou nodig om kalm te blijven, goed?'

Lucy haalde bevend adem en knikte opnieuw, zichtbaar haar moed bij elkaar rapend. 'Kom, Midnight,' fluisterde ze, terwijl ze de pony van de confrontatie weg leidde.

'Ga met hen mee,' zei Pip tegen Zoe. 'Ik haal jullie spullen en breng ze naar de trailer. En maak je geen zorgen om Charlotte en Jemima, we zorgen dat zij oké zijn. Emma zit nu in de springklasse in de hoofdring, maar ik vind Sarah en we blijven bij elkaar. Ik bel Kate om haar vrachtwagen te brengen en de andere paarden op te halen, dus maak je geen zorgen over het terugbrengen van de trailer. Breng Midnight gewoon veilig terug naar Ridgewater.'

'Dank je,' mompelde Zoe, dankbaar voor het vermogen van de familie McKenzie om in een crisissituatie te schakelen.

Ze bleef tussen Lucy en de boze familie in terwijl ze zich een weg door het showterrein baanden, hyperalert voor elke beweging achter hen. Lucy liep, gezien de omstandigheden, opmerkelijk beheerst en sprak zachtjes tegen Midnight terwijl ze tussen trailers en geparkeerde auto's door laveerden. De oren van de pony bleven naar haar stem gericht, al verrieden zijn lichaamssignalen dat hij nog gespannen was.

Ze bereikten de paardentrailer net toen Midnight nerveus begon te schuifelen, gevoelig voor Lucy's aanhoudende onrust. Zoe liep snel om de klep te openen en hielp Lucy hem naar binnen te begeleiden. De pony stokte kort bij de ingang, ongewoon terughoudend.

'Het is goed, jongen,' suste Zoe, terwijl ze met haar hand over zijn gespannen hals streek. 'Je bent veilig. We gaan nu naar huis.'

Met zachte aanmoediging liep Midnight uiteindelijk op. Zoe borg de stang achter hem en sloot de klep, en draaide zich toen om. Lucy stond naast de trailer, haar gezicht nat van de tranen, haar linten nog steeds in één bevende hand geklemd.

'Ze kunnen hem toch niet meenemen?' vroeg Lucy, haar stem klein en bang. 'Ze kunnen Midnight toch niet terug naar hen laten gaan?'

Zoe hurkte zodat ze op Lucy's hoogte was en legde haar handen op de schouders van het meisje. 'Nee, lieverd. Ze kunnen hem niet meenemen.'

'Maar ze zeiden dat ze connecties hebben. En ze zijn rijk.'

'Rijk zijn zet je niet boven de wet,' zei Zoe beslist. 'En met connecties kom je maar tot op zekere hoogte. De RSPCA heeft alle documentatie over hoe ze Midnight slecht behandeld hebben. Wij hebben de dierenartsrapporten van mijn broer van toen hij net bij ons kwam, waarop zijn toestand staat. De Thornleys kunnen dreigen wat ze willen, maar ze kunnen de RSPCA niet dwingen hem terug te geven.' Ze was behoorlijk opgelucht dat haar verzoek om het adoptiegeld te betalen en Midnight te houden nog niet was goedgekeurd. De advocaten van de RSPCA waren een flinke stok om mee terug te slaan.

Lucy's onderlip trilde. 'Ze noemde me een niemand.'

Zoe voelde opnieuw de woede opvlammen om het gemene kind en de ouders die zulke misplaatste eigendunk hadden gevoed. 'Jij bent geen niemand, Lucy Wareham. Jij bent een briljant, lief en geduldig meisje dat het vertrouwen van die pony heeft gewonnen toen niemand anders dat kon. Jij hebt die linten gewonnen omdat jij en Midnight een echt team zijn, niet omdat je ouders je dure tuig of Italiaanse designlaarzen hebben gekocht of omdat ze een bedrag ter waarde van een nieuwe auto hebben neergeteld voor een pony die door iemand anders is getraind om te winnen.'

Pip kwam haastig aanlopen met hun showtas. 'Alles ingepakt,' meldde ze, terwijl ze hem aan Zoe overhandigde. 'En ik zag Danny deze kant op komen met ijsjes. Hopelijk ben je klaar om uit te leggen.'

Alsof hij op haar woorden was afgekomen, verscheen Danny om de hoek van een nabijgelegen trailer, een kartonnen houder met ijsjes in zijn handen, Jemima huppelde naast hem. Zijn glimlach verdween meteen toen hij Lucy's met tranen besmeurde gezicht zag.

'Wat is er gebeurd?' vroeg hij, terwijl hij de houder met ijsjes vlug aan Jemima gaf.

'Midnights vroegere eigenaars doken op,' legde Zoe snel uit. 'Ze veroorzaakten een rel, dreigden met juridische stappen en maakten Lucy overstuur. We moeten weg.'

Danny's uitdrukking verschoof van verwarring naar beschermende woede terwijl hij haar woorden tot zich liet doordringen. Hij hurkte voor Lucy neer en veegde zacht haar tranen weg. 'Gaat het, lieverd?'

Lucy wierp zich in zijn armen en begroef haar gezicht tegen zijn schouder. 'Ze willen Midnight afpakken,' snikte ze. 'Ze noemden hem Ebony en zeiden dat hij van hen is.'

Danny's blik zocht die van Zoe over Lucy's hoofd heen; er lag een stille vraag in zijn ogen.

'Ze kunnen hem niet meenemen,' verzekerde Zoe hen allebei. 'De RSPCA zou dat nooit toestaan. Maar ze uitten dreigementen en Lucy was overstuur, dus leek het me beter om te vertrekken.'

Danny knikte, zijn kaak gespannen van vastberadenheid. 'Je hebt de juiste beslissing genomen.' Hij draaide zich om naar Jemima, die met grote, bezorgde ogen toekeek. 'Jem, wil jij deze ijsjes naar je tante Sarah brengen en zeggen dat we moesten gaan? Lucy is een beetje geschrokken.'

'Natuurlijk,' zei Jemima, op slag serieus. 'Maak je geen zorgen, Lucy. Niemand pakt Midnight af. Charlotte's vader is advocaat, weet je nog? Die helpt wel.'

Met Jemima op pad en Pip die terugging om Charlotte's rubriek in de gaten te houden, klom Zoe in de cabine van de pick-up en startte de motor, terwijl Danny Lucy op de achterbank zette. Midnight hinnikte onrustig vanuit de trailer achter hen, maar trapte gelukkig niet toen Zoe langzaam begon weg te rijden.

Terwijl ze wegreden van het showterrein, wierp Zoe een blik in de zijspiegel, half verwachtend de boze familie achter hen aan te zien komen. Maar er was alleen het stof van de parkeerplaats, de kleurige vlaggen die de showringen markeerden en in de verte kleiner werden.

'Midnight wist het, hè? Daarom was hij bang voor hen,' klonk Lucy's kleine stem vanaf de achterbank.

Zoe overwoog de vraag zorgvuldig. 'Paarden hebben een heel goed geheugen, zeker voor mensen die ze pijn hebben gedaan. Ja, ik denk dat hij hen herkende.'

'Maar hij was niet bang bij mij,' zei Lucy, met een zweem van verwondering in haar stem ondanks haar aanhoudende onrust. 'Zelfs toen dat allemaal gebeurde, bleef hij bij mij.'

'Omdat hij jou vertrouwt,' antwoordde Zoe eenvoudig. 'Dat vertrouwen heb je verdiend door geduldig en lief te zijn. Dat is meer waard dan welk lint dan ook.'

Lucy knikte opnieuw en in de achteruitkijkspiegel zag Zoe hoe ze naar de linten in haar handen keek, een heel klein glimlachje op haar gezicht, terwijl ze wegreden van de schaduw die hun triomf even had verduisterd, op weg naar de veiligheid van Ridgewater en naar huis.

Hoofdstuk Achttien

DE BRIEF ARRIVEERDE OP Ridgewater drie dagen na de show, in een kraakwitte envelop met een reliëfdruk van een advocatenkantoor die geld en invloed van de daken schreeuwde. Sarah ving Danny bij de auto op en gaf hem de brief met een sombere uitdrukking, terwijl Lucy wegrende om Jemima te zoeken.

'De Thornleys?' vroeg hij.

'En hun dure advocaat.' Ze haalde haar schouders op. 'Ik heb al een scan naar Joe Ashford gestuurd, die zei dat we het aan de RSPCA moesten overlaten, maar...'

'Ik heb er belang bij. Dank je.' Hij hield de envelop omhoog. 'Weet Zoe het al?'

Sarah schudde haar hoofd. 'Hij is nog maar een halfuur geleden binnengekomen.' Ze keek een beetje schuldig. 'Als je het niet erg vindt...'

'Ik vertel het haar.' Danny vond Zoe in de therapie-schuur, waar ze met zachte handen langs de flank van een vosmerrie streek.

Ze keek op toen hij binnenkwam, en haar glimlach vervaagde toen ze zijn uitdrukking zag. 'Wat is er gebeurd?'

Danny gaf haar zwijgend de brief. Ze veegde haar handen af aan een handdoek en nam hem aan, haar wenkbrauwen trokken samen terwijl ze las.

'Ze verliezen er geen tijd op,' zei ze uiteindelijk. 'Ik was al bang dat ze zoiets zouden proberen.'

'Ze beweren dat ze het eigendom nooit hebben afgestaan,' zei Danny. 'Dat de RSPCA geen recht had om hem mee te nemen, en dat ze 'alle juridische middelen' zullen inzetten om hem terug te krijgen.' Hij leunde met gekruiste armen tegen de schuurmuur. 'Wat vind jij ervan?'

Zoe vouwde de letter weer dicht en gaf hem terug. 'Ze willen hem terug nu hij linten wint. Klassiek patroon bij dit soort mensen. Hij was te heet voor Cassandra, dus probeerde ze zijn geest te breken, maar nu iemand anders het werk heeft gedaan en hij zich in de showring heeft bewezen, is hij ineens weer waardevol voor ze.'

De vos duwde met haar neus tegen Zoe's schouder, op zoek naar aandacht. Ze aaide afwezig de hals van het paard, haar gedachten nog bij het probleem.

'Wat zijn onze opties?' vroeg Danny.

'De RSPCA heeft alle documentatie van zijn toestand toen hij in beslag werd genomen,' antwoordde Zoe. 'Maar de Thornleys hebben geld en, blijkbaar, connecties. Ze kunnen het lastig maken.'

Danny kwam overeind; er begon zich een plan in zijn hoofd te vormen. 'Ik denk dat ik moet praten met degene die de leiding heeft over de zaak bij de RSPCA.'

'Dat is Graham, die hem hierheen heeft gebracht. Ik heb hem een paar keer gesproken en hem bijgepraat over Midnights vooruitgang. Hij noemt me een wonderdokter.' Ze haalde haar telefoon uit haar zak, zocht het contact op en deelde het met Danny, die naar buiten stapte om te bellen.

Graham nam bij de derde toon op, zijn stem rauw maar vriendelijk. Danny stelde zich voor en legde de situatie bondig uit; de journalist in hem ordende de feiten instinctief tot een helder verhaal.

'Die verdomde Thornleys,' zuchtte Graham toen Danny klaar was. 'Ik ben niet verbaasd dat ze dit proberen. Ze maakten al stampij toen we de pony in beslag namen, maar daarna werd het stil. Ik dacht dat ze het hadden opgegeven – dat ze ophielden hem terug te eisen in ruil voor niet vervolgd worden.'

'Ze zagen hem winnen op de Ridgemont-show,' legde Danny uit. 'Met mijn dochter. Nu willen ze hem terug.'

'Natuurlijk willen ze dat,' Grahams afkeer klonk zelfs door de telefoon heen. 'Kijk, ik heb alle documentatie en foto's van toen we hem meenamen. Verschrikkelijke dingen. Zweepsporen, spoorwonden, en het arme beest was vel over been. Leefde ook nog in viezigheid.'

'Ik wil graag kopieën,' zei Danny. 'Voor een artikel dat ik overweeg te schrijven.'

Er viel een korte stilte. 'Een artikel, hè? Nou, daar zouden ze wel van schrikken. Kun je morgenochtend langs mijn kantoor in Dakabin komen? Dan heb ik alles voor je klaarliggen.'

'Ik ben er om negen uur,' bevestigde Danny. 'En Graham... dank je.'

Hij beëindigde het gesprek en staarde even naar de telefoon, peinzend. Toen hij opkeek, stond Zoe in de deuropening van de schuur naar hem te kijken, armen over elkaar, een vraag in haar ogen.

'Ik ga bij de Thornleys langs,' zei hij. 'Nadat ik bewijs bij Graham heb opgehaald.'

'Danny...' In Zoe's stem klonk een waarschuwende ondertoon. 'Dat zijn nare types. En ze hebben middelen.'

'Ik ook,' antwoordde Danny met een scherp glimlachje, terwijl zijn vastberadenheid versteende. 'Ik heb corrupte politici en doorgewinterde criminelen aangepakt. Ik kan de Thornleys wel aan.'

De volgende ochtend, nadat hij Lucy geruststellend op school had afgezet dat alles goed zou komen, haalde Danny de documentatie bij Graham op. De manillamap puilde uit van de foto's die zijn maag deden omkeren toen hij erdoor bladerde. Graham had ook een verklaring toegevoegd van de dierenarts die Midnight bij binnenkomst had onderzocht, waarin de omvang van de verwaarlozing en mishandeling werd beschreven.

Danny stopte de map in zijn aktetas en reed de stad in. Nu hij toch hier was, kon hij net zo goed even langs de redactie om met zijn hoofdredacteur te praten. Vermelden dat hij mogelijk aan een nieuwe corruptiezaak werkte – dit keer over dierenmishandelingszaken die in de doofpot belanden zolang de daders de juiste mensen kennen. Zelfs als de middag liep zoals hij hoopte, zat hier waarschijnlijk toch een verhaal in.

Vroeg in de middag reed Danny door een welvarende buitenwijk aan de rand van Brisbane, zijn GPS volgend naar de woning van de Thornleys. Het huis was precies zoals hij had verwacht: groot, protserig, met aangeharkte tuinen en een cirkelvormige oprit, een paar hectare weiland achter het huis waar hij de witte pony, Snowflake, zag grazen. Hij parkeerde zijn auto naast een Porsche en liep naar de voordeur, aktetas in de hand, de manillamap veilig binnenin.

Hij drukte op de bel en wachtte, zijn houding corrigerend om professionele zelfverzekerdheid uit te stralen. Toen de deur openging, stond Mr. Thornley zelf daar, lang en breedgeschouderd in dure vrijetijdskleding.

'Kan ik je helpen?' vroeg hij, terwijl hij Danny van top tot teen opnam, met een lichte krul van zijn lip die aangaf dat hij Danny's chino's en effen overhemd veel te alledaags vond voor de prestigieuze omgeving waarin hij zich bevond.

'Meneer Thornley? Danny Wareham, ik ben journalist bij de Courier-Mail.' Danny stak zijn hand uit en zette zijn meest professionele glimlach op. 'Ik heb eerder gebeld om te vragen of je met me wilde praten over de situatie met een pony, wat een interessant artikel zou kunnen opleveren.'

Thornleys uitdrukking verschoof meteen; achterdocht maakte plaats voor zelfgenoegzame tevredenheid. Hij schudde Danny's hand enthousiast.

'Natuurlijk, natuurlijk. Kom binnen. Ik hoopte al dat iemand uit de media interesse zou tonen in dit onrecht.' Hij deed een stap opzij en leidde Danny een hal met marmeren vloer binnen. 'Mijn vrouw zit in de lounge. Cassandra komt zo uit school en ik weet zeker dat ze graag met je praat over haar geliefde Ebony. We zijn allemaal kapot van verdriet.'

Danny volgde hem door het huis en nam de dure meubels en opzichtig kunstwerk in zich op, die van rijkdom zonder smaak getuigden. Mrs. Thornley stond op van een witte leren bank toen ze binnenkwamen; haar elegante jurk suggereerde dat ze net terugkwam van een dure lunch ergens. Of misschien kleedde ze zich altijd zo; Danny wist het niet en het kon hem weinig schelen.

'Lieverd, dit is de verslaggever van de Courier-Mail,' kondigde Thornley aan. 'Hij is hier vanwege Ebony.'

Haar perfect opgemaakte gezicht lichtte op met berekende verrukking. 'Oh, prachtig! Het werd tijd dat iemand onze kant van dit vreselijke verhaal hoorde.'

Danny ging op de aangeboden fauteuil zitten en zette zijn aktetas naast zich neer. 'Ik begrijp dat je gelooft dat jouw pony onterecht bij je is weggehaald,' zei hij, uitnodigend, met neutrale stem terwijl hij zich mentaal voorbereidde op wat zou komen.

'Absoluut,' knikte Thornley heftig. 'Een complete overreactie van de RSPCA. We waren een paar weken weg, en onze stalknecht volgde duidelijk de instructies niet. Toen we terugkwamen en Ebony er slecht aan toe vonden, waren we geschokt. Maar voordat we er iets aan konden doen, viel de RSPCA binnen en nam hem mee.'

'Zo zonde,' voegde Mrs. Thornley toe, haar stem druipend van geoefende oprechtheid. 'Cassandra was er kapot van. Die pony betekent alles voor haar.'

Danny knikte en hield zijn professionele houding vast terwijl hij zijn aktetas opende. 'Ik wil graag jouw reactie op een paar bewijzen die ik heb verkregen.'

Hij haalde de manillamap tevoorschijn en nam verschillende grote foto's eruit, die hij zorgvuldig op de glazen salontafel tussen hen neerlegde. De beelden waren rauw en verontrustend: Midnight, of Ebony zoals zij hem noemden, stond in een smerige stal, met scherpe ribben die door zijn doffe vacht staken, zijn hoofd laag. Close-ups toonden zweepsporen over zijn flanken en onbehandelde wonden waar sporen de huid hadden opengehaald.

De Thornleys staarden naar de foto's, even met stomheid geslagen.

'Zoals je ziet,' ging Danny kalm verder, 'documenteren deze foto's de toestand van de pony op het moment van inbeslagname. Het verslag van de dierenarts geeft aan dat deze verwondingen passen bij langdurige mishandeling, niet bij een paar weken verwaarlozing door een stalknecht.'

Thornley herstelde zich snel; zijn gezicht liep rood aan. 'Trainingsongelukjes,' wuifde hij weg. 'Cassandra was nog aan het leren hem te rijden. En zoals ik zei, die stalknecht zorgde duidelijk niet goed voor hem terwijl wij weg waren.'

'Interessant,' antwoordde Danny, terwijl hij meer documenten uit zijn aktetas haalde. 'Want volgens jouw creditcardafschriften, die onderdeel waren van het onderzoek van de RSPCA, was je helemaal niet weg in de betreffende periode. Je deed regelmatig aankopen hier in Brisbane. Restaurants, taxi's, winkels...

en Cassandra heeft geen enkele dag school gemist, aldus de aanwezigheidsadministratie.'

De perfect gemanicuurde hand van Mrs. Thornley schoot naar haar keel. 'Je hebt geen recht op die gegevens!'

'De RSPCA heeft die legaal verkregen als onderdeel van het onderzoek, aangezien je beweerde weg te zijn en jouw stalknecht de schuld gaf,' legde Danny uit, met onverstoorbare stem. 'Net zoals ze legaal een pony in beslag namen die uitgehongerd en mishandeld werd.' Hij pauzeerde en ving Thornleys giftige blik op. 'Ik ben bereid een gedetailleerde onthulling over deze zaak te publiceren, inclusief deze foto's en documenten.'

'Dat durft je niet,' sputterde Thornley; zijn zelfverzekerde façade begon te barsten. 'Ik klaag je aan wegens laster!'

'Smaadschrift, om precies te zijn, voor geschreven werk,' corrigeerde Danny mild. 'En je wint niet. Deze foto's en het rapport van de dierenarts vormen onweerlegbaar bewijs. Ik heb het wettelijk recht om te publiceren, en met deze foto's kunt je me niet met succes aanklagen voor smaadschrift.' Hij haalde een laatste document uit zijn aktetas. 'Maar ik ben bereid het verhaal aan te houden... als je dit ondertekent.'

Hij schoof het papier over de tafel. Het was een document dat het juridische team van de RSPCA had opgesteld, waarin stond dat de Thornleys alle aanspraken op Midnight opgaven en instemden met regelmatige RSPCA-controles van alle dieren onder hun hoede voor de komende tien jaar.

Het werd stil in de kamer terwijl Thornley het document doorlas; zijn gezicht werd donkerder bij elke regel. Mrs. Thornley boog over zijn schouder mee; in haar uitdrukking wisselden verontwaardiging, berekening en vervolgens angst elkaar af.

'Dit is chantage,' zei Thornley uiteindelijk, maar zijn stem miste overtuiging.

'Het is een keuze,' antwoordde Danny. 'Tekent je, dan blijft dit privé. Weigert je, dan weet elke dierenliefhebber in Queensland precies wat er met Midnight in jouw zorg is gebeurd. Mijn hoofdredacteur is zeer geïnteresseerd in het verhaal en in deze foto's. Op een rustige nieuwsdagen is dit precies het soort voorpagina dat kranten doet vliegen.'

De voordeur sloeg dicht en Cassandra verscheen in de deuropening, gekleed in het uniform van een van Brisbane's meest exclusieve privéscholen. Ze nam de scène in zich op en haar ogen werden groot toen ze de foto's op tafel zag.

'Wat is hier aan de hand?' eiste ze. 'Wie is hij?'

'Ga naar je kamer, Cassandra,' zei haar moeder scherp.

'Maar...'

'Nu!' spraken beide ouders in koor, met gespannen stemmen.

Het meisje wierp Danny een woedende blik toe, keek naar haar ouders en stormde toen weg, haar voetstappen klonken luid op de marmeren vloer.

Mr. Thornley keek nog eens naar het document en vervolgens naar de belastende foto's, voordat hij met tegenzin naar de pen greep die Danny hem aanreikte. Zijn hand trilde licht toen hij zijn naam zette; zijn vrouw volgde in strakgesloten stilte.

Danny pakte het ondertekende document in en stopte het samen met de foto's en het bewijs terug in zijn aktetas. Hij stond op en stak nog één keer zijn hand uit.

'Dank je voor jouw tijd,' zei hij formeel. 'De RSPCA neemt contact op over het inspectieschema.'

Hoezeer hij ook in de verleiding was de onthulling toch te publiceren, soms moest je met de duivel zaken doen om het gewenste resultaat te krijgen. En zo was Snowflake in elk geval beschermd. Hij wierp nog een laatste blik op de witte pony die vredig in het weiland graasde voordat hij weer in zijn auto stapte en wegreed.

Toen hij door de poort reed, haalde hij diep adem, voelde de spanning uit zijn schouders wegstromen, en gaf zijn telefoon opdracht een gesprek te starten.

Graham nam bij de tweede toon op. 'Hoe is het gegaan?' vroeg hij zonder omhaal.

'Het is rond,' antwoordde Danny, met hoorbare, stille voldoening in zijn stem. 'Ze hebben het document getekend waarin ze alle aanspraken op Midnight opgeven en instemmen met de controles.'

'Verdomme,' klonk Graham oprecht onder de indruk. 'Ik wist niet of ze zo snel zouden inbinden. Die foto's hebben hun werk gedaan, neem ik aan?'

'Dat en de dreiging van publieke ontmaskering. Mr. Thornley leek vooral bezorgd over zijn reputatie in de gemeenschap.'

Graham snoof. 'Zijn reputatie had allang aan diggelen moeten liggen. We wilden aangifte doen van dierenmishandeling toen we die pony in beslag namen. Al het bewijs lag klaar, een keiharde zaak.'

'Wat is er gebeurd?' vroeg Danny, terwijl hij de hoofdweg opdraaide; zijn journalistieke instincten stonden op scherp.

'Politiek,' zei Graham bitter. 'De vrouw van Thornley heeft een neef bij het Ministerie van Landbouw. Opeens was er 'onvoldoende bewijs' om vervolging in te stellen, en kregen we te horen dat we onze schaarse middelen beter elders konden inzetten.'

Danny fronste en dacht aan de magere pony op die foto's, de onbehandelde wonden, de overduidelijke verwaarlozing en mishandeling die hij had ondergaan. 'Hoe is dat mogelijk? Het bewijs was overweldigend.'

'Welkom in de wondere wereld van het handjeklap,' zuchtte Graham. 'We hebben tenminste de pony weggehaald. In sommige zaken lukt zelfs dat niet.'

De berusting in Grahams stem sprak van te veel verloren gevechten, te veel dieren die ze niet konden redden. Danny voelde opnieuw waardering voor het werk dat de RSPCA deed, vaak tegen machtige tegenstand in.

'Nou, dit keer hebben jullie gewonnen,' zei Danny vastberaden. 'Het document geeft jullie wettelijke bevoegdheid om elk paard onder hun hoede te inspecteren, inclusief die dure witte pony die ze onlangs hebben gekocht.'

'Ah ja, die arme Snowflake.' Grahams toon klaarde een tikje op. 'Geloof me, mijn collega's en ik gaan regelmatig onaangekondigde controles doen. Ze krijgen geen kans meer om een dier slecht te behandelen.'

Danny laveerde door het late-middagverkeer, terug richting het RSPCA-complex in Dakabin. 'Ik breng het ondertekende document binnen het uur bij je langs.'

'Perfect,' antwoordde Graham. 'En als je er toch bent, heb ik nog wat andere papieren voor je.' Er klonk nu een glimlach in zijn stem. 'Zoe's adoptieaanvraag voor Midnight is goedgekeurd. Ze is nu zijn wettelijke eigenaar.'

Danny's hart maakte een sprongetje bij het nieuws. 'Fantastisch! Weet ze het al?'

'De papieren zijn pas een paar uur geleden binnengekomen. Ik wilde haar later bellen, maar als jij toch langskomt...'

'Ik vertel het haar graag,' zei Danny, die zich Zoe's reactie al voorstelde, en Lucy's blijdschap als ze het nieuws hoorde.

'Bij deze geregeld. Tot zo.'

Danny beëindigde het gesprek, terwijl een gevoel van juistheid zich van hem meester maakte. Na maanden van onzekerheid, van Lucy zien hechten aan Midnight terwijl de toekomst van de pony niet zeker was, voelde dit als het laatste stukje dat op zijn plek viel. Nu zou Midnight blijven bij de mensen die van hem hielden, die zijn lichaam en zijn geest hadden geheeld.

Het was zoals altijd lawaaiig op het RSPCA-terrein toen Danny aankwam: blaffende honden in het asiel en potentiële adoptanten die kirden over schattige kittens in de hokken. Hij trof Graham in diens kleine kantoor, omringd door dossiers en de onvermijdelijke koffiebekers die een lange werkdag verrieden.

Graham stond op om zijn hand te schudden; zijn doorleefde gezicht brak open in een grijns. 'De man van het uur,' zei hij, terwijl hij de envelop met het ondertekende document aannam. 'Was je hier vanaf het begin bij geweest, dan hadden we die aanklacht wegens dierenmishandeling misschien wel kunnen laten beklijven.'

'Ik ben al blij dat we het nu hebben opgelost,' antwoordde Danny. 'Lucy was er kapot van geweest als ze Midnight hadden teruggekregen.'

Graham knikte, met begrip in zijn ogen. Hij had genoeg zaken gezien om te weten dat de band tussen een kind en een dier iets kostbaars is, het beschermen waard. Hij opende een lade en haalde er nog een map uit.

'Hier is wat ik je beloofd had,' zei hij, terwijl hij die aan Danny overhandigde. 'Alles ondertekend en officieel. Zoe Webb is nu de wettelijke eigenaar van de pony die bekendstaat als Midnight.'

Danny nam de map aan; het gewicht in zijn handen leek iets groters te vertegenwoordigen dan alleen juridisch eigendom. Het was tastbaar bewijs van Midnights transformatie van een mishandeld, angstig dier naar een geliefd gezinslid met een permanent thuis.

'Dit betekent veel,' zei Danny eenvoudig. 'Voor ons allemaal.'

'We krijgen niet vaak een happy end in dit werk,' antwoordde Graham, met een hese stem waarin emotie meeklonk die hij duidelijk niet gewend was te uiten. 'Goed om er eens eentje te zien slagen.'

'Als je nog eens een zaak als die van Midnight krijgt,' bood Danny aan, 'iets waarbij politieke druk betekent dat jullie de wet niet kunnen gebruiken... je hebt mijn nummer.'

'Sta je open voor een anonieme bron?' vroeg Graham. 'Hypothetisch?'

'Absoluut.' Danny reikte hem met een grijns zijn visitekaartje aan. 'Een anonieme bron zou mij hier prima e-mails kunnen sturen.'

Danny verliet het RSPCA-kantoor met een gevoel van voltooiing, terwijl hij richting Ridgewater reed. De middag gleed over in avond; het gouden Queenslandse licht verzachtte het landschap en verwarmde het interieur van de auto. Hij kon niet wachten om het nieuws met Zoe te delen, om haar gezicht te zien wanneer ze besefte dat Midnight officieel van haar was.

Maar terwijl hij reed, begon er nog een gedachte vorm te krijgen in zijn hoofd, eentje die de afgelopen weken steeds indringender was geworden. Zijn scheiding zou binnen een paar dagen definitief zijn, en daarmee een pijnlijk hoofdstuk afsluiten. En als het zover was, werd het misschien tijd om het volgende hoofdstuk officieel te beginnen.

Dat idee voelde goed; het nestelde zich in zijn hart met een zekerheid die hem zowel verraste als geruststelde. Op de een of andere manier had hij iets gevonden wat hij nooit had verwacht: een tweede kans op liefde, op familie, op thuis.

Hij sloeg het grindweggetje in dat naar Ridgewater leidde; de spanning bouwde zich in zijn borst op. Vanavond zou hij Zoe vertellen over de adoptiepapieren. En binnenkort, heel binnenkort, zou hij haar een nog belangrijkere vraag stellen.

Het echtscheidingsvonnis lag op Danny's bureau. Definitief. Na maanden van papierwerk en juridische procedures was zijn huwelijk met Ginny officieel voorbij. Danny streek met zijn vinger over het reliëfzegel; hij voelde geen triomf en geen verdriet, maar vooral een stille afsluiting. Het document stond voor zowel een einde als een begin: het sluiten van een hoofdstuk dat steeds pijnlijker was geworden en het openen van een nieuw hoofdstuk vol onverwachte vreugde.

Hij wist al jaren dat zijn huwelijk misliep, nog voor Ginny's affaire. Ze waren uit elkaar gegroeid, vreemden geworden die weliswaar een huis en een kind deelden, maar verder weinig. De ontdekking van haar relatie met een man waarvan Danny wist dat hij gevaarlijk was, was minder hartverscheurend dan beangstigend, en zette hem ertoe aan om de volledige voogdij over Lucy te eisen. Die strijd was elke slapeloze nacht en elke euro waard geweest; de veiligheid en het geluk van zijn dochter waren de enige prijs die telde.

Nu, zittend in zijn rustige thuiskantoor, legde Danny het vonnis zorgvuldig in een map en schoof die in zijn bureaulade. Het verleden lag officieel achter hem. De toekomst echter; die wachtte op Ridgewater, in de gedaante van een krullenharige paardentherapeute met goudbruine ogen en handen die wonderen verrichtten met angstige, gespannen paarden.

Zijn hand gleed naar de binnenzak van zijn jasje, waar het kleine fluwelen doosje zat. Hij had de ring drie dagen geleden gekocht, na nóg een rit naar Brisbane. De juwelier was geduldig geweest terwijl Danny twijfelde, tot hij eindelijk koos voor een eenvoudig maar elegant ontwerp: een kleine saffier geflankeerd door twee diamanten. Niet opzichtig, maar mooi en onderscheidend, precies zoals Zoe.

Danny keek op zijn horloge. Over een uur moest hij Lucy ophalen op Ridgewater, maar als hij vroeg ging, kon hij Zoe hopelijk even alleen spreken. Hij pakte zijn sleutels en liep naar zijn auto, zijn hart sloeg een snelle cadans tegen zijn ribben.

Onderweg naar Ridgewater oefende Danny wat hij wilde zeggen; de woorden tolden in allerlei volgordes door zijn hoofd, maar geen ervan leek precies goed. Hoe vertel je iemand dat ze je leven hebben veranderd? Dat ze weer licht hebben gebracht op plekken die lang donker waren geweest? Dat je, als je hen met je kind ziet, weer in tweede kansen gaat geloven?

Hij parkeerde bij de grote schuur; de vertrouwde geluiden en geuren van Ridgewater overspoelden hem. Een paar paarden graasden in de nabije weilanden, en iemand longeerde een paard in de longeercirkel – Zoe, realiseerde hij zich toen hij dichterbij kwam.

Ze stond midden in de cirkel en stuurde een vos met subtiele bewegingen van alleen haar handen en lichaam, zonder zweep of touw. Het paard cirkelde in een makkelijke draf om haar heen, wierp af en toe zijn hoofd, maar reageerde vooral op Zoe's stille aanwijzingen. Danny leunde tegen het hek, tevreden om haar aan het werk te zien. Ze bewoog met zoveel gratie en zekerheid; haar lichaamstaal was helder en zelfverzekerd. Het paard beantwoordde haar met groeiend vertrouwen; elke geslaagde cirkel versterkte de band tussen hen.

Danny dacht terug aan de eerste keer dat hij Zoe met een paard had zien werken, de dag dat hij Kate interviewde. Hij was toen al getroffen door haar geduld en haar zachte autoriteit. Diezelfde eigenschappen hadden hem persoonlijk naar haar toegetrokken en een basis van vertrouwen gelegd die was uitgegroeid tot iets veel diepers.

Zoe keek op en zag hem; haar gezicht brak open in een warme glimlach die zijn hart, zelfs na al die maanden, nog steeds deed overslaan. 'Sta je me te bespioneren?' riep ze terwijl ze naar het hek liep, haar wangen rozig van de inspanning, een paar krullen los uit haar vlecht.

'Aan het bewonderen,' verbeterde hij, en hij boog zich voorover om haar kort te kussen. 'Je bent uitzonderlijk met ze.'

Ze liet haar hoofd een tikje zakken bij het compliment, een gebaar dat hij vertederend vond. Voor iemand met zoveel kunde kon Zoe verrassend bescheiden zijn over haar talenten.

'Emma's nieuwste project,' legde ze uit, met een knik naar de vos, die nu een pluk gras aan de rand van de cirkel onderzocht. 'Nog groen, maar pijlslim en gretig om te plezieren.'

Ze schoof het hek open en voegde zich buiten bij hem, terwijl ze stof van haar kleren klopte. 'Ik verwachtte je nog niet; ik denk dat Lucy nog op een buitenrit is met Jemima en Charlotte?'

'Alles is goed,' stelde hij haar gerust. 'Ik dacht dat we misschien even konden wandelen, als je niet te druk bent?'

Zoe bestudeerde zijn gezicht; er verscheen een lichte frons tussen haar wenkbrauwen. 'Je kijkt zo serieus.'

'Gewoon nadenkend,' zei hij, en hij stak zijn hand naar haar uit. 'Loop je mee?'

Ze verstrengelde haar vingers met de zijne en viel naast hem in de pas terwijl ze richting het meer liepen. Even liepen ze in comfortabele stilte; de middagzon verwarmde hun schouders. Danny voelde het gewicht van het ringdoosje in zijn zak, tegelijk een belofte en een vraag.

'Ik heb vandaag het definitieve echtscheidingsvonnis gekregen,' zei hij toen ze de oever naderden, waar het water fonkelde in het late middaglicht. 'Het is nu officieel.'

Zoe kneep zachtjes in zijn hand. 'Hoe voelt dat voor je?'

'Vooral als een opluchting,' gaf hij toe. 'Het was een lange weg, maar het voelt goed dat het echt is afgerond.' Hij pauzeerde om zijn gedachten te ordenen. 'Tussen Ginny en mij was het al voorbij lang voordat de papieren werden ingediend. Maar dat het nu officieel is... voelt als toestemming om volledig te omarmen wat hierna komt.'

Ze bereikten de eenvoudige houten steiger die het meer in stak, dezelfde plek waar ze samen hadden gezwommen op die zwoele decembernacht. Danny leidde haar het verweerde hout op; het water klotste zachtjes onder hen.

'Ik heb veel nagedacht over volgende stappen,' vervolgde hij, terwijl hij zich naar haar toe draaide. 'Over wat ik wil voor mijn toekomst. Voor Lucy's toekomst.'

Zoe's ogen hielden de zijne vast, warm en geduldig. 'En wat is het dat je wilt?'

'Jou,' zei hij simpelweg. 'Jou in ons leven, als familie. Als mijn vrouw.'

Hij nam beide handen van haar in de zijne; zijn hart bonsde, maar zijn stem bleef vast. 'Ik vraag het niet vanwege je visum, al weet ik dat dat nog speelt. Ik vraag het omdat ik me mijn leven niet zonder jou kan voorstellen. Omdat jij me hebt laten zien wat echte verbondenheid is. Omdat Lucy dol op je is, en ik...' hij stokte en slikte tegen de emotie die zijn keel dichtkneep. 'Ik hou van je, Zoe. Meer dan ik ooit voor mogelijk had gehouden.'

Haar ogen werden groot en vulden zich met tranen. Danny liet één hand los, greep in zijn zak en haalde het kleine fluwelen doosje tevoorschijn. Toen knielde hij neer op de houten steiger.

'Zoe Webb,' zei hij, terwijl hij het doosje opende en de ring erin liet zien, 'wil je met me trouwen?'

De tijd leek stil te vallen terwijl hij de emoties over haar gezicht zag trekken – verrassing, vreugde, liefde. Haar handen trilden licht toen ze naar hem reikte.

'Ja,' fluisterde ze, en daarna harder: 'Ja. Natuurlijk ja.'

Danny schoof de ring om haar vinger, stond op en trok haar in een omhelzing die als thuiskomen voelde. Haar armen sloten zich om zijn nek toen hun lippen elkaar vonden in een kus die smaakte naar zoute tranen en geluk.

'Jullie gaan trouwen!' Lucy sprong vanachter een eucalyptusboom tevoorschijn, haar gezicht straalde. 'Ik wist het! Ik wist het!'

Danny en Zoe deinsden geschrokken uit elkaar, net toen Lucy zich in hen wierp en bijna alle drie het meer in duwde.

'Lucy!' Danny hield hen staande en keek verbaasd naar zijn dochter. 'Wat doe jij hier? Ik dacht dat je op buitenrit was.'

'We waren vroeg terug omdat de pony van Charlotte een los ijzer had,' legde Lucy buiten adem uit; haar woorden buitelden over elkaar van opwinding. 'En ik zag je auto, en Sarah zei dat jullie met z'n tweeën naar het meer waren gaan wandelen, en ik dacht dat je het misschien VANDAAG ging vragen zoals je tegen mij had gezegd dat je het binnenkort misschien zou doen, dus ik ben jullie gevolgd!'

Ze sloeg haar armen om hen allebei; haar kleine lijfje trilde van geluk. 'We worden een echt gezin! Jij wordt mijn nieuwe mama! Dit is de beste dag OOIT!'

Danny ving Zoe's blik over Lucy's hoofd; zijn hart was zo vol dat het wel moest overstromen. Vanaf de dag dat Lucy voor het eerst op Foxie's rug klom tot dit moment van pure vreugde hadden ze een weg afgelegd die niemand van hen had voorzien. Ze hadden gevochten voor Ridgewater, voor Midnight, voor elkaar. En op de een of andere manier, tegen alle verwachtingen in, hadden ze gewonnen.

'De beste dag ooit,' beaamde hij zacht, met zijn ene arm om zijn dochter en de andere om de vrouw die zijn vrouw zou worden. In de warme Queenslandse zon, met het meer voor hen en Ridgewater achter hen, hield Danny Wareham zijn familie dicht tegen zich aan en voelde hij zich eindelijk, volledig thuis.

Hoofdstuk Negentien

ZOE KLEMDE DANNY'S HAND vast terwijl ze met de lift naar de veertiende verdieping van de glazen en stalen kantoortoren zoefden. Vandaag kon haar hele toekomst in Australië bepalen, haar toekomst met Danny en Lucy. Danny kneep bemoedigend in haar hand toen ze de ontvangstruimte van het advocatenkantoor binnenstapten, waar de airconditioning een welkome verademing was na de drukkende aprilochtend.

'Meneer Wareham en mevrouw Webb?' De receptioniste begroette hen met een professionele glimlach. 'Meneer Weston verwacht je. Wilt je mij volgen?'

Zoe streek nerveus haar donkerblauwe jurk glad en wenste dat ze iets formelers had aangetrokken. Danny, die haar spanning voelde, legde een geruststellende hand in haar rug terwijl ze de receptioniste volgden door een gang met aan de muren ingelijste certificaten en getuigenissen van dankbare cliënten die Australië's complexe immigratiesysteem met succes hadden doorlopen.

Bryce Weston stond op vanachter zijn bureau toen ze binnenkwamen, glimlachte en stak ze om de beurt de hand toe.

'Fijn je weer te zien, mevrouw Webb, en om je te ontmoeten, meneer Wareham. Gaat je zitten,' nodigde hij uit, terwijl hij naar de stoelen aan de overkant van zijn bureau gebaarde. 'Kan ik je thee of koffie aanbieden?'

'Thee zou heerlijk zijn, dank je,' antwoordde Zoe, haar mond ineens kurkdroog.

Terwijl de receptioniste vertrok om hun drankjes te halen, zakte Bryce weer in zijn stoel en opende een map die Zoe herkende als degene met alle documenten die ze vooraf hadden gestuurd. Haar visumaanvraagformulieren, Danny's echtscheidingsvonnis, hun verlovingsaankondiging, foto's van hen samen met Lucy op Ridgewater, karakterreferenties van verschillende cliënten van Zoe, en een formele brief op Ridgewater-briefpapier van Sarah, ter bevestiging van Zoe's dienstverband.

'Ik heb jouw dossier opnieuw bekeken in het licht van deze nieuwe informatie,' begon Bryce. 'Je hebt uitstekende documentatie aangeleverd, dat maakt mijn werk een stuk makkelijker.'

Zoe voelde Danny's hand de hare opzoeken onder tafel, zijn duim kleine rondjes trekkend in haar handpalm. Het eenvoudige gebaar kalmeerde haar op hol geslagen hart.

'Laat me het proces even voor je schetsen,' ging Bryce verder nadat hun drankjes waren gebracht. 'Je vraagt een Partnervisum aan, subklasse 820, dat is de tijdelijke verblijfscomponent. Zodra die is verleend, ligt je op koers voor de permanente verblijfscomponent, subklasse 801, die doorgaans twee jaar na de datum van de eerste aanvraag wordt verwerkt.'

Zoe knikte, terwijl ze de informatie probeerde op te nemen en vocht tegen de aanhoudende ongerustheid die haar al maanden plaagde. Wat als ze toch een reden vonden om haar te weigeren? Wat als ze Australië moest verlaten, Danny en Lucy moest achterlaten, Ridgewater en alle paarden die haar nodig hadden?

'Het goede nieuws,' zei Bryce, alsof hij haar gedachten las, 'is dat dit met jouw aantoonbare relatie en Lucy's duidelijke band met jullie beiden vrij rechttoe rechtaan zou moeten zijn.'

'Echt?' Zoe kon de hoopvolle verrassing niet uit haar stem houden.

Bryce glimlachte. 'Echt. Het Department of Home Affairs zoekt bewijs van een oprechte en bestendige relatie. Dat hebben jullie in overvloed.' Hij tikte op de map. 'De foto's, de gezamenlijke bankrekening die je hebt geopend, de verklaringen van vrienden en familie; het schetst allemaal een helder beeld.'

'En hoe zit het met de bruiloft?' vroeg Danny. 'Wat betekent dat in dit verband?'

'De bruiloft versterkt jouw zaak aanzienlijk,' legde Bryce uit. 'Al wil ik benadrukken dat het Department vooral kijkt naar de inhoud van jouw relatie, niet alleen naar de juridische status. Ze willen zien dat je jouw leven op betekenisvolle manieren deelt.' Hij wierp een blik op zijn aantekeningen. 'Samenwonen, financiële verantwoordelijkheden delen, een leven opbouwen met Lucy – dat zijn cruciale elementen.'

'Dat doen we allemaal al,' zei Danny zelfverzekerd.

Zoe kneep onder tafel in Danny's hand, terwijl de opluchting over haar heen spoelde. Haar visasituatie had als een onneembare horde gevoeld toen haar aanvraag voor geschoolde migratie werd afgewezen. Nu, hier in dit kantoor met haar verloofde, ontvouwde zich een duidelijke weg vooruit.

'Er zijn vandaag nog een paar formulieren om in te vullen,' vervolgde Bryce, terwijl hij enkele documenten over het bureau naar hen toeschoof. 'En je moet erop voorbereid zijn dat er na de bruiloft mogelijk een interview of huisbezoek plaatsvindt. Dat zijn standaardprocedures om de relatie te verifiëren.'

'Kondigen ze een huisbezoek van tevoren aan?' vroeg Zoe, denkend aan hun drukke schema's op Ridgewater.

'Niet per se,' antwoordde Bryce. 'Het onaangekondigde karakter helpt om een authentisch beeld van jouw leven samen te krijgen.'

Ze brachten het volgende uur door met papierwerk, waarbij ze pagina na pagina juridische formulieren parafeerden. Zoe zette haar handtekening zo vaak dat die vreemd begon te ogen. Maar met elk formulier dat klaar was, liet de knoop in haar maag een beetje meer los.

'Dan,' zei Bryce toen ze het laatste document afrondden, 'laten we het hebben over jouw trouwplannen. Wanneer denkt je te trouwen?'

'Half april,' antwoordde Danny. 'We houden het eenvoudig, gewoon een kleine ceremonie op Ridgewater met goede vrienden en familie.'

'Perfecte timing,' knikte Bryce goedkeurend. 'We dienen de aanvraag meteen in zodra de huwelijksakte is afgegeven. De ceremonie op Ridgewater is ook een mooie touch, het toont jouw inbedding in de gemeenschap en Zoe's gevestigde leven hier.'

Zoe voelde een warme gloed bij de gedachte aan hun trouwplannen. 'We willen iets intiems, met de mensen die het meest voor ons betekenen. De McKenzies zijn zo steunend geweest, ze zijn praktisch familie – nou ja, ze zijn nu mijn familie, denk ik, of in elk geval Sarah, sinds ze met mijn broer is getrouwd!'

'En Lucy is door het dolle heen,' voegde Danny glimlachend toe. 'Ze oefent al voor haar rol als bloemenmeisje.'

'Ik denk dat je er uitstekend voor staat,' zei Bryce, terwijl hij de ingevulde formulieren tot een nette stapel ordende. 'Ik behandel persoonlijk al het immigratiepapierwerk, en ik ben altijd bereikbaar als je vragen of zorgen hebt.' Hij keek Zoe recht aan. 'Op basis van alles wat ik vandaag heb gezien, ben ik ervan overtuigd dat jouw toekomst in Australië veilig is.'

Die eenvoudige uitspraak maakte een vloed aan emoties los waarvan Zoe niet had beseft dat ze die had opgepot. Haar zicht werd wazig van de tranen terwijl ze dankbaar knikte.

'Dank je,' wist ze uit te brengen, haar stem dik.

Toen ze even later het kantoorgebouw verlieten en de heldere zon van Brisbane instapten, voelde Zoe zich lichter dan in maanden. Danny trok haar dicht tegen zich aan terwijl ze naar de parkeerplaats liepen en drukte een kus op haar slaap.

'Ik zei toch dat het goed zou gaan,' murmelde hij.

'Dat zei je,' stemde ze in, leunend in zijn stevige aanwezigheid. 'Het is alleen... ik ben zo lang zo bezorgd geweest dat het moeilijk te bevatten is dat het echt zo eenvoudig kan zijn.'

'Geloof het maar,' zei Danny, zijn stem vast en overtuigend. 'Over een paar weken ben je Zoe Wareham. En niets zal onze familie nog uit elkaar halen.'

Onze familie. De woorden vulden haar hart tot barstens toe. Ze was naar Australië gekomen op zoek naar een nieuw begin, nooit had ze gedacht een thuis te vinden dat zo compleet was, een liefde zo allesomvattend. Terwijl ze terugreden naar Ridgewater, staarde Zoe naar het Queenslandse landschap dat haar zo dierbaar was geworden, en stond ze zichzelf eindelijk toe echt te geloven dat dit de plek was waar ze thuishoorde.

Zoe stond voor de antieke spiegel in de logeerkamer van het Grote Huis en herkende zichzelf nauwelijks in de eenvoudige ivoorkleurige zijden jurk die langs haar figuur streek en in zachte plooien tot haar enkels viel. Haar wilde krullen waren getemd in een losse opsteekkapsel, met kleine inheemse bloempjes erdoorheen geweven door Kate's geduldige handen. Buiten het raam lag Ridgewater in al zijn glorie, de weiden goud in de late middagzon, eucalyptusbomen die lange schaduwen over het gras wierpen. Ze legde een hand op haar buik; vlinders dartelden onder haar vingers. Over minder dan een uur zou ze Danny's vrouw zijn, Lucy's stiefmoeder.

Een zachte klop op de deur ging vooraf aan Sarah's entree; haar alledaagse spijkerbroek en T-shirt waren vervangen door een zwierige jurk in een tint blauw die paste bij de wolkeloze Queenslandse lucht. 'Iedereen is bijna klaar,' zei ze, haar gebruikelijke doortastendheid verzacht door een oprechte glimlach. 'Je ziet er prachtig uit, Zoe.'

'Dankzij jullie allemaal,' antwoordde Zoe, wijzend op de jurk die Emma haar had geholpen vinden, de bloemen die Kate had geschikt, de locatie die Sarah had omgetoverd. 'Ik kan niet geloven hoeveel werk jullie hierin hebben gestoken.'

Sarah wuifde de dank weg. 'Daar is familie voor.' Ze liep naar het raam en keek naar het groeiende gezelschap beneden. 'Het lijkt erop dat iedereen er is. Marcus wacht wanneer jij er klaar voor bent.' Grijnzend draaide ze zich om en voegde toe: 'Hij lijkt zenuwachtiger dan jij.'

Nadat Sarah was vertrokken, wierp Zoe nog een laatste blik in de spiegel, amper in staat te geloven dat deze dag was aangebroken. Toen ze haar broer naar Australië was gevolgd in de hoop op een frisse start, had ze nooit kunnen bedenken dat ze dit zou vinden: een man die haar volledig liefhad, een kind dat onder haar zorg was opgebloeid, een plek die meer als thuis voelde dan waar ze ooit had gewoond.

De deur ging weer open en Marcus verscheen, knap in een strak pak, zijn gebruikelijke onverstoorbaarheid barstend toen hij zijn zus als bruid zag.

'Je ziet er...' begon hij, toen schraapte hij zijn keel. 'Mam en pap zouden zó trots zijn geweest.'

Zoe voelde de tranen opwellen en knipperde snel. 'Waag het niet me voor de ceremonie al aan het huilen te maken,' waarschuwde ze, haar stem een tikje bibberig. 'Kate vergeeft het me nooit als ik haar make-upkunst ruïneer.'

Marcus stak de kamer over en omhelsde haar voorzichtig, bedachtzaam met haar jurk. 'Klaar om een Wareham te worden?'

'Meer dan klaar,' antwoordde ze, terwijl ze haar arm door de zijne haakte.

Samen daalden ze de trap van het Grote Huis af en stapten de omlopende veranda op, waar Pip met Lucy stond te wachten. Het meisje hapte naar adem bij het zien van Zoe, haar ogen groot van verrukking.

'Je lijkt wel een prinses!' riep Lucy, haar eigen jurk een miniatuurversie van die van Zoe, een krans van inheemse bloemen rond haar donkere krullen.

'En jij bent het mooiste bloemenmeisje van heel Australië,' antwoordde Zoe, terwijl ze bukte om Lucy op de wang te kussen. 'Ben je er klaar voor?'

Lucy knikte plechtig, haar gezicht ineens ernstig onder het gewicht van haar taak. 'Pap staat te wachten. Hij ziet er heel knap uit en heel zenuwachtig.'

Pip gaf Lucy haar mandje met bloemblaadjes en nam haar positie in om hen voor te gaan naar de ceremonieplek. Terwijl ze het pad van het huis naar de oude eucalyptusbomen liepen waar de ceremonie zou plaatsvinden, nam Zoe de gedaanteverwisseling van Ridgewater in zich op.

De McKenzies hadden zichzelf overtroffen. Rijen strobalen, bedekt met zachte dekens, vormden de zitplaatsen, langs het pad stonden weckpotten gevuld met inheemse bloemen. Sprookjeslampjes waren tussen de takken van de eucalyptusbomen gespannen, klaar om te gaan twinkelen wanneer de schemering na de ceremonie zou vallen. Voorin maakte een eenvoudige boog, geweven met eucalyptus en mimosa, de altaarruimte. Hoefijzers hingen aan nabije takken, een detail dat Zoe deed glimlachen – geluk en paarden, de twee dingen die haar naar dit moment hadden gebracht.

En toen zag ze Danny, wachtend naast de trouwambtenaar, met Ben aan zijn zijde. Hij droeg een eenvoudig pak, zijn haar licht verward door het zachte briesje, zijn gezicht lichtte op toen hij haar zag. Lucy had gelijk gehad; hij zag er knap uit, maar wat Zoe het meest trof, was de liefde die van hem uitstraalde, zo krachtig dat ze die bijna over de afstand heen kon voelen.

Het kleine gezelschap gasten stond op toen Lucy de intocht begon en bloemblaadjes over het pad strooide, haar gezicht een studie in concentratie. Toen het moment kwam voor Zoe en Marcus om te gaan lopen, overspoelde haar een overweldigende zekerheid. Dit was goed. Dit was thuis.

De trouwambtenaar, een vrouw met een warme stem die door Emma was aanbevolen, heette iedereen welkom toen Zoe naast Danny plaatsnam, met Lucy trots aan haar zijde. De ceremonie zelf was kort, in lijn met hun wens voor eenvoud, maar toen het moment aanbrak om hun persoonlijk geschreven geloften uit te wisselen, bonsde Zoe's hart met het gewicht van het moment.

Danny ging eerst, zijn stem vast ondanks de emotie die in zijn ogen schitterde.

'Zoe, jij kwam in ons leven toen Lucy en ik verdwaald waren, en je wees ons de weg naar huis. Je hebt me geleerd dat geduld en zachtheid zelfs de diepste wonden kunnen helen. Je hebt Lucy niet alleen een moederliefde gegeven, maar ook een voorbeeld van kracht en compassie waarvan ik alleen maar had durven dromen voor haar.' Hij pauzeerde en nam haar handen in de zijne. 'Ik beloof jouw dromen net zo vurig te steunen als jij de onze hebt gesteund. Ik beloof je partner te zijn in alles, om tegemoet te treden wat er ook komt met dezelfde moed die jij hebt getoond. En ik beloof je elke dag eraan te herinneren hoeveel vreugde je in ons leven hebt gebracht.'

Zoe knipperde de tranen weg toen ze aan haar eigen geloften begon, haar stem zacht maar helder.

'Danny, jij hebt me Lucy toevertrouwd, je hart, je toekomst. Vandaag beloof ik dat vertrouwen op elke mogelijke manier te eren. Ik beloof niet alleen je vrouw te zijn, maar ook Lucy's moeder, haar lief te hebben als die van mijzelf en haar te helpen uitgroeien tot de bijzondere vrouw die ze nu al aan het worden is.' Ze keek naar Lucy, wier ogen glansden van geluk. 'Ik beloof ons thuis te bouwen met lachen, met eerlijkheid, en met het soort geduld dat liefde elke dag dieper laat worden. Jij en Lucy zijn de familie waarvan ik niet wist dat ik ernaar zocht, en ik zal jullie beiden koesteren al de dagen van mijn leven.'

Ze wisselden ringen, eenvoudige banden die het gouden middaglicht vingen. Toen de trouwambtenaar hen man en vrouw verklaarde, was Danny's kus teder maar vol belofte, het begin van hun leven samen bezegeld voor de mensen die het meest voor hen betekenden. Lucy klapte enthousiast, waarna een golf van applaus en gejuich door hun gasten ging.

De receptie die volgde was zo ontspannen en vreugdevol als ze hadden gehoopt, met tafels onder de bomen en schalen eten die door de gasten werden doorgegeven. Toen de sprookjeslampjes in de schemering begonnen te twinkelen, ving Zoe Danny's blik en knikte ze licht. Hij glimlachte, begreep haar seintje en riep stilletjes Lucy bij zich.

'We willen je iets laten zien,' zei Zoe, terwijl ze Lucy en Danny wegleidde van het feest, richting de weide waar Midnight vredig stond te grazen.

Midnight hief zijn hoofd toen ze naderden en hinnikte een begroeting. Lucy liep meteen naar het hek, waar de pony naartoe kwam om haar uitgestoken hand te begroeten.

'Lucy,' zei Zoe, haar hart vol terwijl ze de band tussen kind en pony gadesloeg, 'ik heb een speciaal huwelijkscadeau voor jou.' Ze stak een hand in de zak van haar jurk en haalde er een envelop uit, hurkte neer zodat ze op ooghoogte was met haar nieuwe stiefdochter. 'Dit zijn Midnight's officiële eigendomspapieren. Ze staan nu op jouw naam.'

Lucy staarde naar de envelop en toen naar Zoe, haar ogen groot wordend. 'Van mij? Echt van mij?'

'Echt van jou,' bevestigde Zoe. 'Dit is mijn belofte aan jou, als je nieuwe mam. Midnight zal altijd van jou zijn, en hij zal hier op Ridgewater altijd veilig zijn.'

Lucy's gezicht vertrok van emotie terwijl ze eerst haar armen om Zoe sloeg en toen haar vader erbij trok in de omhelzing. 'Ik hou van je, mam,' fluisterde ze tegen Zoe's schouder, het woord 'mam' nog nieuw en kostbaar tussen hen.

Danny sloeg zijn armen om hen beiden heen, zijn ogen zochten die van Zoe over Lucy's hoofd heen. Op dat moment, met Midnight die nieuwsgierig toekeek vanuit de weide en hun bruiloftsgasten op de achtergrond feestvierden, wist Zoe dat ze alles had gevonden waar ze ooit naar had verlangd; een familie gevormd niet door bloed maar door keuze, door liefde, en door de helende magie van geduld en vertrouwen.

Zoe was de was van de week aan het sorteren in de woonkamer toen het scherpe kloppen op de voordeur haar deed opschrikken. Ze verwachtte geen bezoek, en Danny zou pas over een uur terug zijn van zijn afspraak met de redacteur. Ze legde de gevouwen kleren opzij en ging open doen, verbaasd toen ze een streng ogende vrouw in een strak donkerblauw pak op de veranda aantrof. De vrouw hield een officiële identiteitskaart omhoog met daarop het wapen van de Australische overheid en de woorden 'Department of Home Affairs'.

'Mevrouw Wareham?' vroeg de vrouw, haar toon kort en professioneel. 'Ik ben Veronica Pearson van het Department of Home Affairs, Immigration Division. Ik ben hier voor een verificatiebezoek in verband met jouw partnervisumaanvraag.'

Zoe's hart schoot naar haar keel. Bryce had hen gewaarschuwd dat dit kon gebeuren, maar de werkelijkheid op haar stoep was toch andere koek.

'Ja, natuurlijk,' kreeg ze eruit, terwijl ze opzij stapte om de beambte binnen te laten. 'Komt je binnen. Ik verwachtte niet... dat wil zeggen, we waren niet verwittigd...'

'Deze bezoeken zijn met opzet onaangekondigd, mevrouw Wareham,' legde beambte Pearson uit, terwijl ze de hal binnenstapte. Ze droeg een tablet en een smalle map; haar scherpe ogen namen het huis al grondig op. 'Is jouw man thuis?'

'Hij is op afspraak met zijn redacteur in Brisbane, maar hij zou zo thuis moeten zijn,' antwoordde Zoe, in gedachten berekenend hoe snel ze Danny kon sms'en zonder verdacht over te komen. 'Wilt je een kop thee terwijl we wachten?'

'Graag na een korte rondgang, dank je,' zei beambte Pearson, terwijl ze op haar tablet keek. 'Dit is standaardprocedure om te verifiëren dat jouw huwelijk niet enkel om immigratieredenen is gesloten. Ik moet jouw woonsituatie zien en je enkele vragen stellen.'

Zoe knikte en probeerde kalmte uit te stralen, terwijl haar maag zich in zenuwachtige knopen legde. Ze ging haar voor door hun huis, het oude huis van Danny's grootmoeder dat ze stap voor stap aan het moderniseren waren. Ze hadden de keuken en een van de twee badkamers verbouwd en Lucy's kamer opnieuw ingericht, maar er bleef nog genoeg te doen.

'Dit is onze slaapkamer,' zei Zoe, terwijl ze de deur naar de masterbedroom opende.

Beambte Pearson liep naar binnen en noteerde het kingsize bed met nachtkastjes aan weerszijden, het ene vol met Danny's leesbril, notitieblok en een beduimelde misdaadroman, het andere met Zoe's handcrème, een schaaltje met elastiekjes en een boek over technieken voor blootsvoets bekappen. Aan de muur hing een ingelijste trouwfoto: Danny en Zoe onder de sprookjeslampjes op Ridgewater, Lucy tussen hen in met haar bloemenkroon een tikje scheef, alledrie stralend van geluk.

De beambte liep naar de kledingkast, die openstond, en zag Danny's overhemden naast Zoe's jurken hangen, hun schoenen door elkaar op de vloer eronder. Ze maakte aantekeningen op haar tablet, zonder iets in haar uitdrukking te verraden.

'Hoe lang woont je op dit adres samen?' vroeg ze, terwijl ze de en-suite badkamer bekeek, waar twee tandenborstels in een keramische houder stonden en zowel mannelijke als vrouwelijke zeep en shampoo in de douche.

'We zijn ongeveer vier maanden geleden gaan samenwonen,' legde Zoe uit, denkend aan Bryce' advies om eerlijk en to the point te zijn. 'Nadat Danny me ten huwelijk vroeg.'

Ze gingen verder door het huis; de beambte nam Lucy's slaapkamer in zich op, met paardenversieringen en foto's van haar op Midnight prominent in beeld. In de gang toonde een fotowand meer familiekiekjes: Lucy's eerste rit op Foxie, Lucy op de kerstshow met Honey, en de drie van hen met Midnight nadat Lucy haar lintjes had gewonnen op de Ridgemont Show.

In de keuken bleef beambte Pearson stilstaan bij de koelkast, die bedekt was met Lucy's kunstwerken. Een kleurige tekening met het opschrift 'My Family' liet drie figuurtjes zien die elkaars hand vasthielden; een lange met 'Dad' eronder, een middelgrote met krullen met 'Mum', en een kleine ertussen met 'Me'. Aan de zijkant stond een zwart paard met 'Midnight'. De beambte bekeek het langer dan iets anders en maakte nog een aantekening.

'Lucy tekende dat de dag na de bruiloft,' lichtte Zoe toe, de warmte niet uit haar stem kunnend houden.

De voordeur ging open en Danny's stem klonk: 'Zo? Ik ben eerder thuis. De afspraak was sneller klaar dan verwacht.'

Hij verscheen in de keukendeur, zichtbaar verrast bij het zien van beambte Pearson, maar herpakte zich snel. 'Hallo,' zei hij, en stak zijn hand uit. 'Danny Wareham.'

'Beambte Pearson, Department of Home Affairs,' antwoordde ze, terwijl ze zijn hand schudde. 'Ik legde jouw vrouw net uit dat dit een standaard verificatiebezoek is.'

'Natuurlijk,' zei Danny, terwijl hij vanzelf naar Zoe's zijde liep, zijn hand in een steunend gebaar in haar rug. 'Wilt je een kop thee? Zal ik het water opzetten, Zo?'

Zoe knikte dankbaar, opgelucht door Danny's kalme aanwezigheid. Ze bewogen samen door de keuken, Danny die de waterkoker vulde terwijl Zoe mokken uit het kastje pakte, hun huiselijke ritme overduidelijk ingesleten. Beambte Pearson keek toe, maakte af en toe aantekeningen maar stelde nu minder vragen.

Terwijl het water kookte, haalde Zoe de koekjestrommel, die ze automatisch aan Danny doorgaf, waarna hij die opende en een selectie op een schaaltje legde. Ze hadden deze theedance al ontelbare keren gedaan; hun soepele coördinatie sprak boekdelen over hun gedeelde leven.

De voordeur vloog opnieuw open, gevolgd door het geluid van een schooltas die in de hal werd neergegooid. 'Mam! Pap! Ik heb een A voor natuurkunde voor mijn werkstuk over paardenanatomie!' Lucy's stem ging haar vooruit de keuken in, haar schooluniform een tikje gekreukt, haar gezicht stralend van opwinding.

Ze rende rechtstreeks naar Zoe en sloeg haar armen stevig om haar middel. 'Mevrouw Thompson zei dat het het beste van de klas was en dat ik Midnight een keer mee naar school mag nemen voor show-and-tell. Mag dat? Alsjeblieft?'

Zoe lachte en streek door Lucy's haar. 'Dat moeten we even bespreken, liefje. We hebben nu bezoek.' Ze draaide Lucy zachtjes naar beambte Pearson, die de interactie met onverholen belangstelling volgde.

Lucy's uitbundigheid doofde een beetje toen ze de onbekende opmerkte, maar haar aangeboren vriendelijkheid nam het al snel weer over. 'Hallo,' zei ze beleefd. 'Bent je van papa's uitgever? Hij schrijft een boek over hoe hij Ridgewater heeft gered van de corrupte politici.'

Een zweem van een glimlach brak door beambte Pearson's professionele masker. 'Nee, ik ben van de overheid, hier om jouw ouders wat vragen te stellen.'

'Oh,' zei Lucy, terwijl ze dit verwerkte. 'Gaat het over mam's visum? Onze advocaat meneer Weston zei dat alles goed was nu ze getrouwd zijn.'

'Lucy,' onderbrak Danny zacht, 'ga jij je even omkleden, terwijl wij het gesprek met beambte Pearson afronden? Dan kun je ons daarna alles over je werkstuk vertellen.'

Lucy knikte, gaf Zoe nog een snelle knuffel en stoof de trap op, haar voetstappen denderend met de ongeremde energie van een negenjarige.

Beambte Pearson nam de aangeboden thee aan; haar tablet lag nu opzij. 'Ze voelt zich duidelijk erg op haar gemak bij jullie beiden,' merkte ze op, met een oprechte vraag in haar toon.

'Het is een hele reis geweest,' gaf Zoe toe. 'Toen ik Lucy net leerde kennen, was ze nogal teruggetrokken na alles wat er met haar biologische moeder was gebeurd. Maar paarden hebben een manier om mensen te helen.' Ze glimlachte, denkend aan die eerste weken. 'Nu kan ik me mijn leven niet meer zonder haar voorstellen. Zonder hen allebei niet.'

De beambte knikte, en iets in haar uitdrukking verzachtte terwijl ze haar thee nipte. Ze stelde nog een paar vragen over hun dagelijkse routines, hun werk, hun plannen voor de toekomst. Nadat ze haar thee op had, maakte ze nog enkele laatste aantekeningen op haar tablet voordat ze hen beiden aankeek.

'Alles lijkt in orde,' verklaarde ze. 'Jouw woonsituatie en gezinsdynamiek zijn consistent met een oprecht huwelijk.' Ze stond op en pakte haar spullen. 'Dit bezoek was slechts een formaliteit, maar wel een belangrijke.'

Terwijl ze haar naar de deur begeleidden, draaide beambte Pearson zich nog even om; haar professionele masker zakte net genoeg om een oprechte glimlach te laten zien. 'Gefeliciteerd met jouw huwelijk, mevrouw Wareham. Jouw gezin ziet er prachtig uit.'

Nadat de deur achter de beambte dichtviel, zakte Zoe opgelucht tegen Danny aan; zijn armen sloten zich meteen om haar heen.

'Zie je wel?' murmelde hij in haar haar. 'Niets om je zorgen over te maken. We zijn glansrijk geslaagd.'

'Dat zijn we, hè?' zei Zoe, terwijl ze lachend naar hem opkeek. 'Omdat dit echt is. Alles.'

Van boven klonk Lucy's stem, die naar beneden riep of ze haar werkstuk mocht laten zien. Danny drukte een kus op Zoe's voorhoofd voordat ze loslieten en samen naar de trap liepen, op weg naar het nieuwste hoofdstuk in hun leven als gezin.

Epiloog

De Ridgewater Christmas Show toverde het normaal zo utilitaire hippisch centrum om tot een feestelijk winterwonderland. Feeërieke lichtjes twinkelden aan elke staldeur en hekpaal, groen-rode linten sierden de rails van de piste, en een enorme kerstboom stond trots bij de ingang van de hoofdarena. Zoe streek Lucy's kraag recht en gladde haar kraakheldere witte blouse, die er ondanks de ochtendvoorbereidingen nog steeds onmogelijk netjes uitzag. Van nerveuze beginner tot beheerste deelnemer in iets meer dan een jaar: Lucy's transformatie was bijna net zo opmerkelijk als die van Midnight.

'Denk aan wat we geoefend hebben,' zei Zoe, terwijl ze een onzichtbaar stofje van Lucy's schouder veegde. 'Ga rechtop staan, houd afstand van de anderen en laat Midnight zichzelf tonen.'

'Ik weet het, mam,' antwoordde Lucy, en dat ene woord zorgde nog elke keer voor een warme kriebel in Zoe's borst. 'We oefenen al weken.'

Midnight stond geduldig naast hen, zijn vacht glanzend als gepolijst ony x in de ochtendzon. De ooit doodsbange rescue-pony hield nu trots zijn hoofd hoog, zilveren belletjes in zijn manen klonken zacht bij elke beweging. Zijn ogen, ooit groot van angst, straalden nu rustige zelfverzekerdheid uit terwijl hij de bedrijvige menigte in zich opnam.

'Jullie zien er allebei perfect uit,' verzekerde Zoe hen, terwijl ze op haar horloge keek. 'Het is bijna zover. Laten we gaan, ze gaan zo jullie rubriek afroepen.'

Terwijl ze richting de arena liepen, zag Zoe Danny bij de reling staan, zijn camera al in de aanslag. Hij ving haar blik en stak een duim op, zijn trotse glimlach zelfs van een afstandje zichtbaar. Om hem heen dromden de McKenzies, Sarah die baby Kit op haar heup liet stuiteren terwijl Marcus beschermend in de buurt bleef. Pip had Jake zo ver gekregen dat hij haar op zijn rug droeg zodat ze beter kon kijken, wat Zoe deed snuiven van ingehouden gelach toen ze voorbijliepen.

'Rubriek 2A, begeleiders onder de twaalf met pony's, graag de ring betreden,' klonk de aankondiging uit de luidsprekers.

'Dat zijn jullie,' zei Zoe terwijl ze Lucy's schouder kneep. 'Veel succes!'

Lucy knikte, haalde diep adem en leidde Midnight met het zelfvertrouwen van een doorgewinterde begeleider de arena in. Zoe haastte zich om zich bij Danny aan de reling te voegen.

'Ze lijkt zo volwassen,' fluisterde Danny toen Zoe naast hem kwam staan.

'Ze ís volwassen,' antwoordde Zoe, haar keel dichtgesnoerd van trots. 'Kijk nou, Danny. Een jaar geleden kon ze amper met vreemden praten, en nu stapt ze die ring binnen alsof hij van haar is.'

De jury, een gedistingeerde vrouw in een feestelijke rode jurk, gaf de combinaties de opdracht hun pony's langs de omheining te laten stappen. Lucy begeleidde Midnight met subtiele, zekere hulpen, en hield perfecte afstand tot de andere deelnemers. Midnight bewoog met vloeiende gratie, zijn pas regelmatig en doelgericht, het hoofd precies zo gedragen dat zijn elegante profiel mooi uitkwam.

'Kijk eens hoe hij zichzelf presenteert,' fluisterde Pip achter hen. 'Die pony wéét dat hij bijzonder is.'

De jury liet de begeleiders in het midden opstellen en begon vervolgens aan de keuring, gestaag langs de rij bewegend. Toen ze bij Lucy en Midnight kwam, hield Zoe haar adem in. De jury liep langzaam om hen heen, haar ervaren blik nam elk aspect van Midnights exterieur in zich op: zijn houding, de glans van zijn vacht en de alertheid in zijn oog. Ze knikte waarderend, maakte aantekeningen op haar klembord en vroeg Lucy vervolgens om met Midnight weg te stappen en daarna aan te draven.

'Perfecte overgangen,' mompelde Kate terwijl ze naast Zoe kwam staan, haar professionele oordeel gedragen door jarenlange wedstrijdervaring. 'Kijk naar die verheven draf. Pure kwaliteit. Het zou zo'n fijne dressuurpony zijn... we laten Lucy dit jaar wat meer gevorderde oefeningen met hem doen.'

Na alle deelnemers bekeken te hebben, keerde de jury terug naar het midden van de ring. 'Ik heb mijn beslissing genomen,' kondigde ze aan. 'Zouden alle begeleiders hun pony's nog één keer rond de ring willen laten gaan, dan roep ik de plaatsen om.'

Lucy en Midnight maakten hun laatste ronde met hetzelfde gepolijste optreden dat ze de hele tijd hadden laten zien.

'Op de eerste plaats,' verklaarde de jury, 'nummer vijftien, Ridgewater Midnight, begeleid door Lucy Wareham.'

Het Ridgewater-publiek barstte los in gejuich, waarbij Pip's enthousiaste gefluit boven het applaus uit klonk.

Lucy's gezicht bloeide open van plezier terwijl ze Midnight naar voren leidde om het blauwe lint in ontvangst te nemen. Ze stond kaarsrecht naast hem, haar hand vast op de loodlijn, nam de felicitaties van de jury beheerst in ontvangst en draaide zich daarna gracieus om de andere deelnemers te feliciteren.

'Dat is ons meisje,' zei Danny, zijn stem dik van emotie terwijl hij foto na foto maakte.

Toen Lucy en Midnight de ring verlieten, vloog Zoe hen in de armen. 'Jullie waren geweldig, jullie allebei!'

'Heb je het gezien?' vroeg Lucy, haar ogen glanzend. 'Midnight was zó braaf, hij trok geen spier toen die ballon bij de ingang knapte!'

'Ik heb het gezien,' verzekerde Zoe haar, terwijl ze weer op haar horloge keek. 'Je hebt nu een halfuur voordat de ruiterklasse begint. Laten we Midnight opzadelen.'

Terug in de stal hielp Lucy Zoe met opzadelen terwijl Danny elk moment bleef vastleggen. De pony stond de hele tijd rustig, en draaide af en toe zijn hoofd om te snuffelen aan Lucy's zak, waar ze kleine snoepjes bewaarde. Ze lachte en gaf hem er één, prees hem omdat hij al een lint had gewonnen, maar berispte hem dat hij niet overal mocht kwijlen zodra ze zijn hoofdstel had omgedaan.

'Denk eraan,' zei Zoe terwijl ze de singel controleerde, 'vloeiende overgangen, gelijkmatig ritme, en houd je blik omhoog. Dit kun je.'

Lucy knikte, weer serieus met de focus van vóór de wedstrijd. 'Ik laat hem niet in de steek.'

'Dat zou je nooit kunnen,' antwoordde Zoe zacht, en gaf Lucy een zetje om op te stijgen.

Toen ze Lucy de ring in zag rijden voor de ruiterklasse, voelde Zoe een golf van emotie die haar overviel. Het was bijna niet te geloven dat Lucy pas een jaar geleden begonnen was met rijden; ze reed net zo goed als veel kinderen die zo ongeveer in het zadel geboren waren. En Midnight, die onder haar met gebalanceerde, regelmatige passen bewoog, vertoonde geen spoor meer van de mishandelde pony die Zoe ooit uit pure angst had aangevallen.

De jury liet de klasse alle gangen zien: stap, draf en galop, in beide richtingen. Lucy stuurde Midnight door elke overgang met subtiele hulpen, haar kleine handen rustig aan de teugels, haar zit stabiel en in balans in het zadel.

Toen de individuele onderdelen begonnen, reden Lucy en Midnight hun figuur met vloeiende perfectie. Midnight's oren gingen bij elke subtiele hulp aandachtig naar Lucy, zijn reacties waren onmiddellijk maar ontspannen. Toen ze afsloten met een perfect vierkant halthouden voor de jury, zag Zoe de goedkeurend knikkende vrouw en voelde ze de hoop in haar opborrelen.

De aankondiging van nóg een eerste plaats zorgde voor nieuwe uitbarstingen van feestvreugde bij de Ridgewater-supporters. Lucy's gezicht lichtte op van pure blijdschap toen ze opnieuw het blauwe lint aannam, Midnight trots onder haar staand, terwijl Danny en Zoe juichten en opveerden van vreugde op de tribune.

De slotparade bracht alle jonge ruiters van Ridgewater de arena in om hun prestaties van het jaar te vieren. Lucy kon de kerstsfeer niet weerstaan en had een paar rendiergeweien aan Midnight's hoofdstel bevestigd. Tot ieders vermaak accepteerde de ooit schrikachtige pony die vernedering met opmerkelijke gelatenheid, met als enige protest een enkele hoofdschud die de belletjes in zijn manen liet rinkelen.

Terwijl ze hun ronde voltooiden, Midnight paraderend onder zijn belachelijke gewei, leunde Zoe tegen Danny aan, zijn arm warm om haar schouders.

'Van zorgenkind tot kerstster,' murmelde ze, terwijl ze naar Lucy keek die straalde van trots. 'Geen slechte gedaanteverwisseling.'

'Net als wij allemaal,' antwoordde Danny, en drukte een kus op haar slaap. 'Onze weg naar huis vinden met Kerst.'

Zoe knikte, haar hart vol, terwijl ze Lucy en Midnight de arena zag rondgaan, omgeven door lichtjes en feestvreugde, de reis die hen allemaal samen had gebracht voltooid.

The Big House op Ridgewater baadde in kerstsfeer, elk oppervlak versierd met feestdecoraties die Ingrid in decennia familievieringen had verzameld. Zoe volgde Danny en Lucy de veranda op en naar binnen, waar de airconditioning weldadig koel aanvoelde na de vochtige avondlucht buiten. Zachte kerstmuziek klonk uit verborgen speakers en mengde zich met de opgewekte gesprekken van de uitgebreide McKenzie-clan die zich al in de ruime woonkamer had verzameld. Zoe voelde een golf van thuishoren toen ze om zich heen keek naar de familie die de hare was geworden, nog kostbaarder nu ze officieel een Wareham was, niet langer bezorgd over visumaanvragen of de vraag of ze mocht blijven.

'Daar zijn ze! Onze kampioenen!' Jim McKenzie's bulderende stem sneed door het geroezemoes heen terwijl hij uit zijn fauteuil overeind kwam. Nog altijd recht van lijf en leden en imposant op eenenzeventig, bewoog Jim zich met de vanzelfsprekende souplesse van een levenslange paardenman, terwijl hij de kamer overstak om Lucy hartelijk te omhelzen.

Ingrid volgde in zijn kielzog, haar platinablonde bob glanzend in het zachte licht, elegant als altijd in een rode zijden blouse. 'Kom, kom, Lucy, je moet bij mij zitten,' zei ze, haar lichte Zweedse accent hoorbaarder in haar opwinding. 'Jemima kijkt al de hele dag naar je komst uit.'

Lucy liet zich meevoeren naar het midden van de kamer, waar Jim en Ingrid hun kersthof hadden ingericht, de trotse grootouders in hun bijpassende fauteuils. Zoe keek glimlachend toe terwijl Lucy haar linten liet zien en elk detail van de rubrieken met levendige gebaren navertelde.

'Ze zal het tot na Oud en Nieuw over die linten hebben,' mompelde Danny, terwijl zijn hand de holte van Zoe's rug vond. 'Al geef ik haar groot gelijk.'

'Ze heeft ze verdiend,' antwoordde Zoe, terwijl ze de kamer afspeurde naar haar broer.

Sarah en Marcus stonden bij de kerstboom, omringd door een klein groepje bewonderaars dat kirde over de baby in Marcus' armen. Nog maar drie maanden oud en Christopher, alias Kit, Webb trok al de aandacht met dezelfde stille autoriteit als zijn vader, al deed zijn outfit — een piepklein kerstmanpakje mét muts — wel iets af aan de ernst van zijn blik.

'Laten we onze neef bekijken,' stelde Zoe voor, terwijl ze Danny richting de boom leidde. Zodra ze dichterbij kwamen, zag Sarah hen en zwaaide.

'Daar zijn jullie!' zei Sarah, terwijl ze Zoe's hand kneep. 'Heeft Lucy die linten ook maar een minuut losgelaten?'

'Ik denk dat ze ermee heeft geslapen,' zei Danny doodernstig, waardoor ze allemaal moesten lachen.

Marcus droeg de baby voorzichtig over naar Zoe's armen. 'Hij oefent met applaudisseren, maar het lijkt vooral op willekeurig met zijn armpjes maaien.'

Zoe wiegde haar neefje en verwonderde zich over zijn kleine gezichtje en de manier waarop zijn serieuze blik op haar gericht bleef. 'Hallo, knapperd. Heb je van je eerste paardenwedstrijd genoten?' De baby kirde als antwoord, en een klein handje greep naar een lok van haar haar. 'Dat neem ik als een ja.'

'Hij is onmiskenbaar een McKenzie,' zei Sarah trots. 'Hij spitst zijn oortjes al zodra we hem meenemen naar de stallen.'

'Over toekomstige ruiters gesproken,' kondigde Pip aan, die bij Zoe's elleboog was opgedoken en met brede grijns in de kinderwagen keek, 'Honey's veulen wordt precies de goeie maat voor zijn eerste pony. Tegen de tijd dat Kit erop kan zitten, is hij bijna klaar om ingereden te worden.'

Jim, die een uitstekend gehoor had zodra het om paardenpraat ging, riep vanuit de andere kant van de kamer: 'Ho, ho, ho, Pip! Het is McKenzie-traditie dat ík de eerste pony voor mijn kleinkinderen koop. Dat heb ik voor Jemima gedaan en dat doe ik ook voor kleine Kit.'

'Je bent te laat, ouwe baas,' plaagde Pip, haar ogen twinkelend van kattenkwaad. 'Honey's palomino-hengstveulen is al voor Kit gereserveerd. Hij is het evenbeeld van zijn moeder, en jij weet hoe bijzonder Honey is.'

Jim trok zo'n overdreven pruillip dat iedereen moest lachen. 'Het gebrek aan respect in mijn eigen huis! Na al die jaren waarin ik Ridgewaters reputatie heb opgebouwd!'

Ingrid klopte verzoenend op zijn arm. 'Je kunt zijn twééde pony kopen, lieverd. Kinderen hebben altijd een upgrade nodig.'

Deze nuchtere suggestie oogstte nog meer gelach en een nurkse knik van Jim. Zoe gaf Kit terug aan Marcus net toen Emma en Kate zich bij hun kring voegden, allebei roodgloeiend van opwinding over hun aanstaande Europese tour.

'De papieren zijn gisteren binnengekomen,' kondigde Emma aan. 'Phoenix en Sparrow zijn vrijgegeven voor transport, en we hebben stallen geregeld op alle belangrijke concourslocaties.'

'En Cavalier's paspoort is eindelijk ook binnen,' voegde Kate toe, waarbij haar gebruikelijke gereserveerdheid plaatsmaakte voor oprechte geestdrift. 'Em en ik hebben een uitvalsbasis in Frankrijk geregeld waar we tussendoor samenkomen. We blijven minstens zes maanden daar.'

'Het wordt een heuse Ridgewater-invasie van Europa,' zei Ryan, terwijl hij een arm om Emma's middel sloeg. Zijn designkleren hadden het afgelopen jaar geleidelijk plaatsgemaakt voor praktischer outfits, maar Zoe zag dat hij zelfs in vrijetijdskleding nog altijd een gepolijste allure had.

'Ben en Ryan zijn absolute kampioenen geweest in dit hele verhaal,' ging Kate door. 'Ze hebben hun werkschema's omgegooid om de wedstrijdkalender te laten passen.'

Ben, die diep in gesprek was met Danny, keek op toen zijn naam viel. 'Het is het waard om deze twee op dat niveau te zien rijden. Bovendien kan ik overal schrijven, en Ryan's golfbaan draait zichzelf tegenwoordig bijna.'

'We laten Jemima bij mam en pap,' legde Emma uit, met een blik naar haar dochter die Lucy op haar tablet een filmpje liet zien van een chique invlechttechniek. 'Maar ze brengen haar in de schoolvakanties naar ons toe. Ze is nu al aan het plannen welke Europese bezienswaardigheden ze wil zien.'

'Voornamelijk de beroemde hippische centra,' merkte Ryan droogjes op. 'Al heb ik er toch een paar échte toeristische attracties doorheen weten te fietsen.'

Het gesprek verschoof toen Ben zich weer tot Danny wendde. 'Dus, de officiële publicatiedatum is in maart, toch? Het marketingteam was in zijn nopjes met het omslagconcept.'

Zoe zag hoe Danny's gezicht oplichtte terwijl hij over zijn boek sprak, een bundel waargebeurde misdaadverhalen over corruptie binnen de overheid, inclusief het verhaal dat hij had geschreven over het corruptieschandaal rond de rondweg dat Ridgewater bijna ten onder had doen gaan. Trots borrelde in haar op; hij had zijn onderzoeksjournalistiek omgezet in een meeslepend verhaal dat de uitgeverij meteen had binnengehengeld.

'Ze praten nu al over een mogelijke serie,' vertrouwde Danny toe, een zweem van verwondering in zijn stem. 'Als deze aanslaat, willen ze meer Australische true crime.'

'Je hoeft niet ver te zoeken,' antwoordde Ben met een veelbetekenende grijns. 'Dit land brengt creatieve criminelen voort.'

'Het voelt nog steeds onwerkelijk,' gaf Danny toe. 'Van freelancen naar een boekcontract bij een van de grootste uitgevers van het land.'

'Je hebt het verdiend,' zei Zoe, terwijl ze zijn hand kneep. 'Dat verhaal verdiende het om goed verteld te worden.'

'En Verity regelt die deal maar wát graag voor je,' zei Ben, doelend op zijn agent, die Danny nu ook als cliënt had aangenomen. 'Ik wed dat ze je snel belt over tv-rechten. Het zou een fascinerende documentaireserie zijn.'

Naarmate de avond vorderde, werd het feest steeds uitbundiger. Schalen met eten verschenen op de eettafel, champagnekurken knalden, en kerstliederen vervingen de achtergrondmuziek.

De sfeer in de kamer verschoof subtiel toen Jim zich ongemerkt verwijderde, vermoedelijk om zijn kerstoutfit aan te trekken. Zoe voelde een vlinder van verwachting in haar buik die niets te maken had met Jim's aanstaande optreden als de Zweedse Tomten.

Ze keek Jim de gang door verdwijnen en wist dat het straks tijd zou zijn voor het cadeautjesmoment, en dat het allerspeciaalste geschenk eindelijk onthuld zou worden.

Jim keerde getransformeerd terug naar de woonkamer. Zijn witte baard mocht dan nep zijn, de twinkelende ogen en uitbundige lach waren dat allerminst toen hij de kamer binnenstapte verkleed als Tomten. Ingrid had Zoe uitgelegd dat in de Zweedse traditie de Tomten een soort kabouterachtige figuur is die de cadeaus op kerstavond brengt, in plaats van de ons bekendere Kerstman op eerste kerstdag. Hij droeg een rood kostuum dat leek op dat van de Kerstman, maar met een langere muts en meer rustieke details waarvan Ingrid volhield dat ze authentiek waren.

'Ho ho ho!' bulderde Jim, zijn stem boven muziek en gesprekken uit. 'Is iedereen braaf geweest dit jaar?'

De kamer barstte in gelach en gejuich los terwijl Jim naar de torenhoge kerstboom liep, waar een berg ingepakte cadeaus lag te wachten. Zoe ving Ingrid's blik aan de overkant van de kamer, de oudere vrouw gaf haar een bemoedigend knikje. Natuurlijk had Ingrid het geraden, dacht Zoe. Niets ontging haar op Ridgewater.

'Allereerst,' kondigde Jim aan, terwijl hij met overdreven zorg tussen de cadeaus rommelde, 'een speciale bezorging voor juffrouw Lucy Wareham, kampioensruiter!'

Lucy stapte naar voren, haar ogen groot van verwachting, terwijl Jim haar een groot, prachtig ingepakt pakket aanreikte. Zoe keek toe hoe Lucy het lint en papier zorgvuldig verwijderde en een glanzend nieuw zadel met bijpassend hoofdstel voor Midnight onthulde. Het zwarte leer was boterzacht, het stiksel onberispelijk, met subtiele zilveren accenten die perfect zouden passen bij Midnight's zwarte vacht.

'Pap!' hijgde Lucy, terwijl ze Danny met verblufte vreugde aankeek. 'Het is prachtig! Precies wat ik wilde!'

'Alleen het beste voor mijn kampioen,' antwoordde Danny met een warme glimlach, terwijl Lucy haar armen om hem heen sloeg. 'Jij en Midnight hebben het verdiend.'

Zoe voelde haar hart opzwellen toen ze naar hen keek, vader en dochter, verbonden door een liefde die het afgelopen jaar alleen maar dieper was geworden op Ridgewater. Lucy liet eerbiedig haar vingers over het zadel glijden en bekeek elk detail met de serieuze waardering van een echte paardengek.

'Midnight gaat hier zó knap mee staan,' verklaarde ze. 'Mag ik het morgenochtend meteen aan hem laten zien?'

'Als eerste,' beloofde Danny. 'Al vermoed ik dat hij meer interesse heeft in zijn kerstwortel dan in zijn nieuwe tuig.'

Jim ging door met het uitdelen van cadeaus, tussen gelach en uitroepen van verrukking door. Zoe nam een prachtig ingepakt cadeau van Sarah en Marcus aan en dwong zichzelf in het moment te blijven, in plaats van bij de onthulling die nog zou komen.

'En nu,' kondigde Jim aan, terwijl hij een klein doosje omhoog hield, 'een speciaal cadeau voor Danny en Lucy Wareham.'

Danny keek verrast op, duidelijk niet op nog een presentje voorbereid. Hij nam het doosje aan met een verbaasde glimlach, Lucy dicht tegen hem aan gedrukt terwijl hij het voorzichtig uitpakte.

'Toe dan, maak open,' drong Lucy aan, nieuwsgierigheid fonkelend in haar ogen.

Zoe hield haar adem in toen Danny het deksel van het doosje tilde en een piepklein paar handgebreide gele babysokjes tevoorschijn kwam, genesteld op een bedje van zijdepapier. Een moment staarde hij er alleen maar naar, zonder het te vatten. Naast hem werden Lucy's ogen groot in plotseling begrip.

'Echt?!' riep ze uit, opspringend met een blij hupje. 'Echt-echt?!'

Danny bleef sprakeloos naar de sokjes kijken, hief toen langzaam zijn blik om Zoe aan te kijken. Ze zag het moment waarop het kwartje viel, zijn uitdrukking verschoof van verwarring naar verwondering, met tranen die in zijn ogen sprongen.

'Zoe?' fluisterde hij, in dat ene woord een wereld aan vragen.

Ze knikte, haar eigen zicht wazig van tranen. 'Uitgerekend in juli,' bevestigde ze zacht, haar stem vast, ondanks de emotie die haar dreigde te overspoelen.

Het was stil geworden in de kamer; de familie McKenzie hield collectief de adem in terwijl ze dit intens persoonlijke moment meemaakten. Danny zette het doosje voorzichtig op de salontafel, liep naar Zoe toe en nam beide handen in de zijne.

'Een baby?' vroeg hij, zijn stem schor van emotie. 'Krijgen wij een baby?'

'Wij wel,' knikte ze, terwijl toch een traan ontsnapte. 'Ik weet het al een paar weken, maar ik wilde het zo vertellen, met Lucy, met iedereen erbij.'

Lucy sloeg haar armen om hen allebei heen, haar hele lijfje trilde van opwinding. 'Ik word een grote zus! Ik ga de baby alles leren over paarden en hoe je moet rijden en hoe je manen invlecht en alles!'

Danny lachte, half snik, terwijl hij Zoe en Lucy stevig tegen zich aantrok. 'Dit is alles,' fluisterde hij tegen Zoe's haar. 'Jij bent alles.'

De kamer barstte los in gejuich en felicitaties, de familie McKenzie die zich om hen heen sloot met omhelzingen en goede wensen. Marcus gaf Danny een klap op zijn rug, terwijl Sarah Zoe omhelsde en fluisterde: 'Welkom bij het moederschap, zus.'

Pip stond erop de sokjes te inspecteren en verklaarde dat ze 'absoluut perfect voor een toekomstige ruiter' waren, wat Zoe aan het lachen maakte.

'Ik vind dit wel een toost waard,' kondigde Jim aan, terwijl hij zijn glas whisky pakte. 'Sarah, schenk iets alcoholvrijs in voor onze aanstaande moeder!'

Glazen werden snel rondgedeeld, en Zoe nam met een dankbare glimlach een flûte sprankelende appelcider aan. Jim hief zijn glas, zijn stem droeg tot in elke hoek van de kamer.

'Op nieuwe beginnings,' proclameerde hij. 'Op de volgende generatie van de Ridgewater-familie. Mogen ze zo goed rijden als hun ouders en van dit land houden zoals wij allemaal doen.'

'Op nieuwe beginnings,' echode iedereen, de glazen geheven in feest.

Danny's arm klemde zich steviger om Zoe's middel terwijl ze hun drankjes nipten, zijn hand beschermend op de hare op haar nog platte buik. Lucy leunde tegen haar andere zijde en kletste opgewonden over alles wat ze haar nieuwe broertje of zusje zou leren.

Door de brede ramen zag Zoe de paarden in hun nachtweitjes, vredige silhouetten tegen de met sterren bezaaide Queensland-hemel. Midnight ging op in de duisternis, maar ze wist dat hij daar was; veilig, gelukkig en geliefd, precies zoals het bedoeld was.

Van geredde pony tot geliefd gezinslid, van vreemden tot familie: al hun wegen waren samengekomen op Ridgewater, waar wonden, zichtbaar en verborgen, genazen en banden ontstonden die een leven lang zouden duren.

'Gelukkig?' murmelde Danny, terwijl hij een kus op haar slaap drukte.

'Volmaakt,' antwoordde Zoe, terwijl ze tegen hem aanleunde en uitkeek over de paarden onder de sterren, haar hart vol van de liefde die haar omringde en het nieuwe leven dat in haar groeide.

Zoe's Bananenbrood

INGREDIËNTEN

3 of 4 heel rijpe bananen, geprakt
⅓ kopje macadamia-olie (of gesmolten boter)
¾ kopje ruwe rietsuiker
1 ei, losgeklopt
1 theelepel vanille-extract
1 theelepel baking soda (natriumbicarbonaat)
Snufje zout
1½ kopje bloem
  Optioneel:
¼ kopje gedroogde mangostukjes, fijn gehakt

½ kopje gehakte macadamianoten
¼ kopje kokosrasp

BEREIDINGSWIJZE

Verwarm de oven voor op 175 °C. Vet een cake- of broodvorm in.

Meng de geprakte bananen met de olie, suiker, het ei en de vanille.

Meng in een aparte kom de bloem, baking soda en het zout.

Spatel de droge ingrediënten door het bananenmengsel tot alles net gemengd is.

Roer de macadamianoten, kokos en mango erdoor als je die gebruikt.

Giet het beslag in de voorbereide vorm en bak 60–65 minuten, of tot een ingestoken satéprikker er schoon uitkomt.

Laat 10 minuten in de vorm afkoelen en stort dan op een rooster om volledig af te koelen.

Heerlijk om zo te eten, maar probeer ook eens een plak met een dikke laag roomboter!

Ik hoop dat je hebt genoten van deze Queenslandse familierecepten van de vrouwen van Ridgewater! Zorg dat je de hele serie hebt gelezen om ze allemaal te ontdekken!

Andere boeken van Caitlyn Lynch

De Verloren Australiërs

Het Meisje in de beek
Het Meisje op het jacht
Het Meisje in het herenhuis

De Reddingsrangers – Eliteromantic-suspense vol actie en Special Forces-helden

Gered door de ranger
    De thuiskomst van de ranger
    De missie van de ranger
    Het bloed van de ranger
    Ranger Vuur (exclusief voor nieuwsbriefabonnees)

De Amazones van Ridgewater – In het hart van Australië: moedige vrouwen en onvergetelijke paarden

Vertrouw op je pad
    Barrières doorbreken
    Balans vinden
    Geschreven in de sterren
    Kerstmis op Ridgewater

Tropische ontsnapping – 7 vrolijke, flirterige tropische romans!

Een bieuw begin op het Rif
    De onverwachte miljardair
    Foute bruiloft, echte liefde
    Op laag luur
    Hartstocht in de ring
    Liefde in beeld
    Liefde in de praktijk

Op zichzelf staande romans

Liefde in de scrum – Een liefdesroman over een rugbyspeler en een rockzangeres
Als wensen paarden waren - Een Ierse romance

Ontdek alle publicaties van Shenanigans Press op onze websitehttps://www.shenaniganspress.com/nl!

Of volg ons op sociale media; we zijn te vinden op Facebook en Instagram.

En vergeet je niet in te schrijven voor onze nieuwsbrief om op de hoogte te blijven van nieuwe uitgaven, acties, winacties en meer!